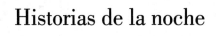

Historias de la noche

Laurent Mauvignier

Historias de la noche

Traducción de Javier Albiñana

EDITORIAL ANAGRAMA
BARCELONA

Título de la edición original:
Histoires de la nuit
Les Éditions de Minuit
París, 2020

Ilustración: Casa iluminada al atardecer en un vecindario, © Bret Curry

Primera edición: junio 2024

Diseño de la colección: Julio Vivas y Estudio A

© De la traducción, Javier Albiñana, 2024

© Laurent Mauvignier, 2020

© EDITORIAL ANAGRAMA, S. A., 2024
    Pau Claris, 172
    08037 Barcelona

ISBN: 978-84-339-2439-1
Depósito Legal: B. 3129-2024

Printed in Spain

Liberdúplex, S. L. U., ctra. BV 2249, km 7,4 - Polígono Torrentfondo
08791 Sant Llorenç d'Hortons

*Hay secretos dentro de los secretos,
sin embargo, siempre.*

D. F. WALLACE,
El rey pálido

1

Ella lo mira por la ventana y lo que ve en el aparcamiento, pese a la reverberación del sol que la deslumbra y le impide verlo como le gustaría... él, de pie, arrimado a ese viejo Kangoo que va siendo hora de que se decida a cambiar algún día –como si observarlo le permitiera adivinar qué está pensando, cuando tal vez él solo aguarda a que ella salga de la gendarmería adonde la ha acompañado sabe Dios cuántas veces, dos o tres en quince días, no lleva ya la cuenta–, lo que ve, pues, como está un poco más arriba con respecto al parking, levemente inclinado después del bosquecillo, de pie junto a las sillas de la sala de espera, entre una planta raquítica y un pilar de hormigón pintado de amarillo donde podría leer requerimientos a testigos si se le ocurriera mirarlo, es –al hallarse ligeramente a mayor altura, por lo que la sala se le antoja deformada, un poco más pequeña de lo que es en realidad– la silueta compacta, pero grande, recia, de ese hombre al que piensa ahora que lleva demasiado tiempo tratando como si todavía fuera un niño –no un hijo, en la vida ha deseado tener uno–, sino como uno de esos chiquillos de los que te ocupas ocasionalmente, un ahijado o un sobrino de cuyo encanto puedes disfrutar egoístamente, aprovechando su infancia sin tener que cargar con los quebraderos de cabeza que esta conlleva, que genera su educación como otros tantos daños colaterales inevitables.

9

En el aparcamiento, el hombre tiene cruzados los brazos –unos brazos robustos en la prolongación de los hombros membrudos, un cuello grueso, una barriga prominente y una mata de pelo castaño muy hirsuto que le hace parecer siempre despeinado o desaliñado–. Se ha dejado barba, no una barba demasiado frondosa, pero que no le sienta nada bien, piensa ella, le acentúa su lado desabrido, esa impresión que causa indefectiblemente a quien no lo conoce, confiriéndole también un aire más campesino –se vería del todo incapacitada de decir qué es un *aire* campesino–, la imagen de un hombre que no quiere salir de su granja y se mantiene literalmente *encerrado* en ella, enfurruñado como un exiliado o un santo, o, al fin y al cabo, como ella en su casa. Pero lo de ella no es grave, tiene sesenta y nueve años y su vida discurre apaciblemente hacia su fin, mientras que la de él, que no cuenta más que cuarenta y siete, tiene aún un largo camino por recorrer. Sabe que tras ese aire huraño que se da, en realidad es dulce y atento, paciente –a veces quizá demasiado–, siempre ha sido servicial con ella y con los vecinos por lo general, a la menor ocasión hace un favor, sí, sin pensárselo mucho, a quien se lo pida, aunque es a ella a quien prodiga de buen grado más favores, como hoy acompañándola en coche a la gendarmería y esperándola para acompañarla a la aldea, a fin de evitarle hacer en bicicleta algo así como siete kilómetros de ida y otros tantos de vuelta.

Bergogne, sí.

Cuando él era un crío, ella ya decía Bergogne. Había ocurrido de la manera más simple, casi espontáneamente: un día lo había llamado por el apellido para hacerlo rabiar; al niño le había divertido y a ella también, todo porque él imitaba con frecuencia a su padre, con esa cara seria e implicada que pueden poner los niños cuando interpretan el papel de adultos responsables. Se había sentido halagado, aun sin haber acabado de advertir el ápice de ironía y dureza que ella adoptaba al dirigirse a su padre

10

por el apellido, pues con frecuencia, más que para hacerle un cumplido pretendía soltarle alguna observación mordaz o tratarlo como hace la maestra de escuela cuando para reprender a un chiquillo lo llama de la forma más seca posible. Bergogne padre y ella se abroncaban de buen grado, por costumbre, como entre amigos o buenos compañeros, pero, en cualquier caso, poco cuenta eso ya –¿treinta?, cuarenta años diluidos en la bruma del tiempo pasado–, todo eso además no había importado de verdad, porque se habían sentido siempre lo bastante próximos como para cantarse cuatro verdades, casi como la vieja pareja que nunca habían formado pero que habían sido, a pesar de todo, en cierto modo –historia de amor platónico y sin haber encontrado quizá espacio para vivirse, siquiera en sueños, por parte ni de uno ni de otro–, pese a lo que las lenguas viperinas y los envidiosos pudieron insinuar.

Todo siguió igual después de la muerte del padre: Bergogne. Su apellido para hablar con el hijo, con ese hijo y no con los otros dos. Desde entonces, aunque lo hiciera sin la menor ironía, tan solo por costumbre, utilizaba siempre ese tono a un tiempo duro y con un ápice de superioridad o de autoridad en la voz de los que no era consciente, cuando lo llamaba para pedirle que le trajera dos o tres cosas del Super U si pasaba cerca de la ciudad, o que la llevara si iba a ir allí –una *ciudad*, aquella población de tres mil habitantes–, pero también con esa dulzura de la infancia que él percibía implícita.

Llévame, Bergogne,

como si le hubiera murmurado al oído mi pequeño, mi gatito, mi niño, mi tesoro, en un repliegue oculto de la rudeza de su apellido o en el de la voz de ella, en su manera de pronunciarlo.

En otro tiempo, se alojaba durante las vacaciones en una casa antigua muy elegante, y todo el mundo la miraba como una gran señora, vagamente aristócrata y sobre todo vagamente loca –una artista parisina exuberante y pirada–, preguntándose qué clase de descanso iba a buscar allí, en La Bassée, reapareciendo cada vez con más frecuencia, quedándose cada vez más tiempo, hasta que un día desembarcó definitivamente, entonces sin marido ni equipaje –qué había hecho con su marido banquero no se sabría–, venida a instalarse con una parte del dinero de él, de eso no cabía duda, aunque nadie sabía por qué había decidido enterrarse en semejante agujero cuando habría podido instalarse al sol, en la playa, en países más acogedores, más gratos, menos anodinos, no, eso nadie lo sabría; se lo preguntarían durante mucho tiempo porque la gente, por más que le guste su región, no es tan gilipollas como para no ver lo vulgar y anodina que llega a ser una zona así, llana y lluviosa, con cero turistas que acudan a aguantar el aburrimiento que desprenden sus senderos, sus calles, sus paredes empapadas –y, si no, ¿por qué todos habían soñado en largarse pitando algún día de allí?

Ella había dicho que aquel era el único sitio donde quería vivir, envejecer, morir –que los demás podían quedarse con el sol y la Toscana, el Mediterráneo y Miami, muchas gracias–. Ella, loca de atar, prefirió instalarse en La Bassée y no quiso comprar ni visitar ninguna de las tres hermosas casas del centro de la ciudad, con su aspecto de pequeños castillos nada mal imitados, tipo fino, torrecillas, ladrillo y vigas a la vista, desvanes y anexos. Pues no, prefirió vivir en medio de ningún sitio, repitiendo que para ella no había nada mejor que ese ningún sitio, imagínense, en medio de ningún sitio, en la campiña, un lugar donde nadie habla nunca y donde no hay nada que ver ni que hacer pero que a ella le gustaba, repetía, tanto es así que había acabado abandonando su vida anterior, la vida parisina y las galerías de pinturas y todo el frenesí, la histeria, el dinero y las fiestas con que la gente fantaseaba en torno a su vida, para ponerse a trabajar de verdad, según ella, encararse por fin con su arte en un lugar donde la dejaran en paz. Era pintora, y que el viejo Bergogne padre, que le vendía huevos, leche, que mataba cochinos y los vaciaba hasta la última gota de sangre en su corral, que se pasaba la vida enfundado en sus botas de goma llenas de mierda y de la sangre

12

de los animales, emplastado de tierra en verano y de lodo los once meses restantes del año, que él, que poseía el caserío, hubiera trabado amistad con ella, había sorprendido a la gente y, por extraño que pareciese a quienes querían ver en ello una historia lujuriosa para que resultase verosímil y comprensible, no, eso no se había producido nunca, ni él ni ella habían mostrado la menor atracción el uno por el otro, la menor ambigüedad amorosa o erótica, hasta que un día él le vendió una de las casas del caserío, convirtiéndola en vecina suya y alimentando de nuevo los rumores y las conjeturas.

Así pues, no había sido por amistad ni por deseo de tenerla a su vera cada día por lo que le había vendido la casa contigua; sencillamente, tras años de rechazo, acabó resignándose a vender las dos casas, que sus últimos inquilinos abandonaron para ir a caer en las fauces del paro masivo al fondo de los barrios de viviendas baratas de una población oscura, dejándolo ante esa evidencia, esa idea o más bien esa constatación que le revolvía el estómago, a saber, que todos los jóvenes se marchaban, abandonando unos tras otros las aldeas, las granjas, las casas y las explotaciones agrícolas, una auténtica hemorragia que, a su parecer, traía a todo el mundo sin cuidado; en fin, que allí no se quedaría nadie; de todas formas, nadie tenía qué coño hacer en La Bassée, es cierto, pero entre no tener qué coño hacer en ella y qué coño hacer con ella había un matiz que nadie parecía ver, porque nadie quería verlo. Bergogne padre se había visto obligado a admitir que tampoco sus hijos se quedarían, que no vivirían con él en ninguna de las casas del caserío para mantener la granja como a él le habría gustado, o creído que harían, como lo había hecho él antes que ellos, y lo hiciera su padre antes que él.

Su mujer había muerto hacía tiempo, dejándolo solo con tres muchachos a su cargo; Bergogne padre esperaba que, entre los tres, sus hijos tendrían más capacidad para ampliar y sacar adelante la granja, pero hubo de comprender que tan solo se quedaría Patrice, pues los dos más jóvenes enseguida eligieron dejarlo,

13

como dijo uno de ellos, con sus boñigas. Ambos se largaron en cuanto alcanzaron la edad de marcharse, y, por desgracia, aquello no tenía nada de extraño, hacía ya tiempo que toda La Bassée se veía abocada a decaer, a hacerse pedazos, un mundo –el suyo–, tan solo destinado a menguar, a reducirse, desvanecerse hasta el final, esfumarse por entero del paisaje; y pueden llamarlo desertificación si quieren, rumiaba Bergogne, como diciendo que es un giro natural que no se podrá ni refrenar ni atajar, porque en realidad lo que quieren es que la palmemos sin decir nada, que nos quedemos con la baba en los labios y en posición de firmes, buenos soldaditos hasta el final; la Bassée desaparecerá y se acabó, no será el único agujero del que no quedará más que un nombre –un fantasma en un mapa IGN–, y además La Bassée es un nombre tan trillado que hay cuatro o cinco con el mismo, esta Bassée no es ni siquiera la del norte, encajonada entre Arras, Béthune y Lille, que es una ciudad de verdad y no una aldea como esta, todo esto va a ser aspirado, zampado, digerido y cagado por la vida moderna y puede que no sea eso lo peor. Bergogne padre espumeaba de rabia, todo iba a desaparecer, no solo las granjas y con ellas todas las aldeas, sino también las zonas residenciales que habían crecido para luego languidecer y marchitarse sin siquiera haber tenido tiempo de aflorar, junto con la fábrica metalúrgica que, tras largos años de agonía, había acabado cerrando sus puertas como todo lo demás, como acabaron en barcos fantasmas las viviendas baratas, que habían surgido del suelo como pústulas en una piel malsana, en el momento en que parecía que La Bassée iba a ampliarse, con sus flamantes fábricas de nombres resonantes como los de un Terminator que pondrían en su sitio a la competencia, fábricas que aún no se sabía que estaban podridas de amianto y contenían esa muerte jodida que al final habrá matado a cuantos se habían prometido la gran vida.

Así pues, los dos hermanos de Patrice habían seguido los consejos que les había dado su madre antes de morir, se habían largado como un solo hombre, uno a vender calzado cerca de

Besançon y el otro, sin duda el más espabilado pero también el más pretencioso de los tres, a trabajar *en la banca*, como decía con el tono de desprecio necesario para dejar claro a los demás que no tenía intención de vivir como un paleto toda la vida, convertido en cajero o contable del Crédit Agricole de Dios sabe dónde –con tal de que estuviera lejos de allí le parecía cumplir un destino–, viviendo, trabajando sin duda no en una ciudad sino en el margen interminable del suburbio de una ciudad. Los tres hermanos no se llevaban bien y habían acabado rompiendo al morir Bergogne padre, como si llegaran así a la resentida conclusión de que lo compartido desde la infancia fueron primero juegos, luego hastío e indiferencia, luego crispación y, por último, deseo de que cada cual vuele con sus propias alas, lo más lejos posible de los demás. Pero él, a quien llamaban Pat o Bergogne hijo, por su nombre de pila, Patrice, o sencillamente por su apellido, Bergogne, con su calma y su lentitud habitual, su determinación apacible, ruda, sin remilgos, había dicho que no quería vender, que conservaba la explotación y que permanecería allí hasta el final, comoquiera que fuera, es decir en el centro geográfico de la historia que habían vivido, suscitando así la reprobación fraterna, su exasperación y su ira, pero también su incomprensión –muy bien, pues te las apañas para apoquinar nuestra parte, habían exigido. Cosa que hizo, endeudándose hasta la noche de los tiempos y probablemente muy por encima de lo razonable–, pero aguantó mecha, la granja siguió en manos de un Bergogne, respondiendo a los deseos de su padre.

Del caserío, les queda por tanto a los Bergogne la casa que ocupan, unos cuantos campos, la decena de vacas, la leche que Patrice suministra a la lechería que fabrica mantequilla y queso –no tanto como para vivir, pero suficiente para no morir.

En cuanto a ella, había comprado la casa contigua a la suya, en la que lleva veinticinco años. Patrice la conoce desde hace no menos de cuarenta, es un rostro de su infancia, y sin duda ese es el motivo de que pase a verla a diario, de que se haya apegado a ella no como como una madre que sustituyera a la suya –fallecida de cáncer demasiado pronto– sino simplemente porque está ahí, forma parte de su vida, ha atravesado su adolescencia y su vida de adulto pasando a ser, con el correr de los años, no una confidente o una simple presencia tranquilizadora en la que buscar apoyo, sino podría decirse que su mejor amiga, puesto que, sin necesidad de pedirle nada, simplemente presentándose en su casa en cualquier momento del día, aceptando el café y el aguardiente que le sirve en una copita apenas más grande que un dedal o directamente en la taza de café, sabe que puede confiar en ella y que no lo juzgará, que estará siempre ahí, con él.

Ella piensa en todo eso –o más bien le viene a la mente, la historia de Bergogne–, mirándolo, observando los charcos en el aparcamiento todavía empapado por la lluvia de la mañana, pese a la luz que deslumbra en el asfalto agujereado, lleno de baches, y en los charcos, los reflejos de las nubes blancas y de un gris azul, los destellos del sol en la carrocería blanca del Kangoo, un blanco cegador cuando el sol atraviesa las nubes gris acero; Bergogne da unos pasos mientras la espera, ella sigue mirándolo y se culpa un poco por hacerle perder el tiempo, tiene otras cosas que hacer mejor que esperarla, lo sabe, le irrita un poco todo ese tiempo perdido por culpa de unos gilipollas que no saben qué hacer con su vida ni cómo amargar la de los demás. Pero no puede hacer como si no ocurriera nada, esta vez es bastante distinto, no le gustaría que se agravara, además ha sido él quien le ha propuesto llevarla –no sabe por qué desde niño se adelanta con frecuencia y responde a deseos que ella todavía no ha tenido tiempo de formular–. Siempre ha sido así con ella, no porque no haya osado decepcionarla, o porque se sienta demasiado impresionado por ella, cuya apariencia siempre había expresado algo bastante distinto de cuanto conocía y quizá bastante inquietante también, feroz tal vez, con su largo cabello teñido de naranja desde siempre,

16

su maquillaje y sus vestidos a veces muy abigarrados, sus gafas de plástico abultadas con el borde cubierto de una línea de brillantes, hubiera asustado a un niño impresionable en una región donde a nadie se le ocurría ser demasiado visible. Pero, así como ella había sido siempre excéntrica, tampoco él había sido nunca miedoso ni espantadizo, al contrario, enseguida había sentido por ella un respeto, un amor que ella le devolvía sobradamente; y ahora, incluso en un contraluz que no lo favorece –ha engordado mucho desde que está casado–, la invade una oleada de ternura hacia él y hacia su paciencia; solo desea no pasarse horas esperando, o más bien no hacerle a él esperar durante horas.

Pero no, no, sabe que eso no va a durar. Por teléfono le han prometido que no se alargaría. Y además, ya está, oye pasos, un movimiento detrás de ella, una puerta que se abre y rechina, el golpeteo de unos dedos en un teclado, el timbre de un teléfono, de repente el sonido de la gendarmería asciende hacia ella, para ella, como si por fin lo percibiese, existiera, como si al oír el rechinar de una silla de despacho en las baldosas volviera al vestíbulo de la gendarmería y pudiera por fin sentir el aire caliente de la estufa junto a la planta de interior, el olor a polvo que desprende, y oír de pronto la voz del gendarme llamándola; ella se vuelve y ante ella está el mismo larguirucho canoso, el de la última vez, que le dio su nombre y su grado, que olvidó nada más salir de la gendarmería, antes siquiera de subir al coche de Bergogne. En esta ocasión intenta rememorar al menos su nombre, tanto da el grado, un nombre de resonancia polaca o rusa, algo así como Jukievik o Julievitch, pero no le viene enseguida, no es grave, acaba de entrar en su despacho y el gendarme la invita a sentarse.

Le ha tendido el brazo, señalándole con la mano abierta la silla de escay negro no precisamente nueva –ella observa los desgarrones como pieles muertas y muy finas, o más bien como cenizas de papel de periódico volando por encima del fuego de la chimenea–, la mano del gendarme, gruesa y larga, pelos negros y blancos entremezclados, una alianza de plata, y, mientras se

17

sienta, cuando aún no le ha dado tiempo de pegar la espalda al respaldo ni las nalgas al fondo, lo justo para esbozar el movimiento de sentarse en el borde, de colocar el bolso sobre las rodillas y de comenzar a abrirlo –buscando la cremallera con los dedos–, al gendarme sí le ha dado tiempo de rodear su escritorio y sentarse con un movimiento firme y resuelto, encajando bien el trasero en el fondo, y, sin darse cuenta porque realiza ese movimiento decenas de veces al día, mecánicamente, con un golpe seco de los talones habrá acercado el asiento a la mesa alargando los dos brazos simétricamente y asiendo con un ademán los dos extremos del escritorio para arrastrarse hacia él, pum, en un plisplás; ni siquiera se verá hacerlo y lo que sí verá será a esa señora de pelo naranja, con tiempo para recordar que las dos veces anteriores se dijo a sí mismo que había debido de ser guapa, el tiempo suficiente para observar que volvía a tenerlo claro, tuvo que ser muy guapa, es decir que a pesar de la edad seguía siéndolo, desprendiendo una fuerza, una elegancia que ya había advertido las otras dos ocasiones que vino, sí, era raro ver eso, semejante energía, un fuego tan vivo e inteligente en el cuerpo y en los ojos. Ahora, mira esas manos que han extraído un sobre de ese bolso de un rojo intenso y casi negro, mientras piensa *de color sangre*, y estirando el brazo hacia él por encima del escritorio, le alarga ya el sobre y la carta anónima que acaba de recibir.

Las cartas anónimas, la gente ironiza, sí, o se las da de tolerante diciéndose que por desgracia puede que sean una especialidad francesa, habría que ver, todas las historias durante la Segunda Guerra Mundial, una especialidad campesina, como el paté o el foie gras en algunas regiones, una tradición detestable, bastante penosa y por fortuna sin excesivas consecuencias, pero que tampoco puede tomarse a la ligera, explica el gendarme igual que había explicado la última vez, con fatalismo y un ápice de hastío o de consternación, porque, repite, tras las cartas anónimas se oculta casi siempre gente amargada y envidiosa que no tiene otra cosa que hacer que rumiar su bilis y cree descargarla insultando a un enemigo más o menos ficticio, denostándolo, amenazándolo, escupiéndole un odio visceral a través de una hoja de papel; imposible hacer nada, y además, leyendo la carta que ella le ha tendido, o más bien hojeándola –ha cogido las gafas de leer y no se ha molestado ni en calzárselas en la nariz, simplemente las ha mantenido a unos diez centímetros de su cara– mientras sostiene la hoja con una mano, aunque los pliegues de la carta, doblada en cuatro tienden a cerrarla sobre sí misma, como si la carta desvelara de mala gana su contenido, esas palabras escritas con ordenador en una tipografía cuerpo dieciséis de lo más vulgar, parecida a la Courier New en negrita, con el texto centrado e impreso en papel blanco ordinario de ochenta gramos, echa un breve vistazo, emite un prolongado resoplido y se encoge ligeramente de hombros, refunfuñando.

Se echa de ver que no es muy agradable.

Pero ya se ha quitado las gafas y, con un movimiento seco, como se hace con los objetos demasiado insignificantes, deja caer la carta sobre el escritorio –ha permanecido sobre el pliegue antes de desplomarse sobre uno de sus lados–, bueno, mire, haremos que la analicen, pero al no haber resultado nada de las anteriores, no veo que esta nos vaya a dar respuestas. La gente está chalada, pero los detalles los cuidan mucho, seguro que no encontraremos huellas ni nada aprovechable.

Sonríe al decir esto, acompañando el final de la frase con una mueca dubitativa o fatalista, consternada también, y se siente obligado a seguir hablando porque la mujer espera y se ha inclinado en la silla, espera que diga algo más, sí, prosigue.

Por lo general, les basta con desfogarse por escrito, la energía que gastan en franquear la carta los agota lo suficiente y no van más lejos.

Excepto que no franquearon la carta, dice ella, la metieron debajo de mi puerta. Alguien vino hasta mi casa para eso.

El gendarme enmudece, acaban de frustrarse sus certezas o los intentos de los que quería valerse para que la mujer restase

19

gravedad a aquello, porque al fin y al cabo no se contentan con insultarla y tacharla de loca, en esta ocasión la amenazan. Ha advertido que el gendarme se ha callado, ha visto pasar una duda en la expresión de su rostro, arruga de la boca, ojos, cejas, bueno, bueno, bueno, se limita a resumir, ¿cuántas viviendas tiene usted?

La del caserío, y ya está.

Sí, ¿y cuántos son en el caserío?

Tres casas. Bergogne con su mujer y su hija. La otra casa está en venta, y luego yo.

Ella se calla un instante y, antes de que él pueda contestar, pues sabe que tiene que contestar, que le debe una respuesta, que tiene que decir algo tranquilizador en nombre de la gendarmería, del Estado o de lo que sea, él se incorpora en su asiento y quizá lo hace girar, en un abrir y cerrar de ojos se recompone, pero antes de hablar, de esbozar lo que iba a decir, es ella quien toma la palabra.

Pero puedo defenderme muy bien, sabe,

casi alzando la voz, contestando de antemano a lo que él dirá, sin lugar a dudas, si ella no habla lo bastante rápido,

tengo a mi perro, sabe. Tengo a mi perro.

20

2

Ese azul, ese rojo, ese amarillo anaranjado y esos goteos, esas manchas verdes de colores planos, de veladuras, y esas formas difusas, espumeantes, esos cuerpos y esos rostros que surgen de un fondo pardo oscuro y profundo, de un halo malva y como luminiscente o por el contrario, pastoso, rugoso, rocalloso, tenebroso, esas formas arrancadas a la oscuridad por destellos de color; paisajes y cuerpos, cuerpos que son paisajes, paisajes que más que paisajes son vidas orgánicas, minerales, proliferando, invadiendo el espacio, esparciéndose en lienzos muy grandes que ella pinta –las más de las veces formatos cuadrados de dos metros, a veces menos, a veces rectangulares, pero entonces verticales y casi nunca horizontales. En su juventud admiró mucho a Kirkeby y a Pincemin, sus pinturas terrestres y variopintas, pero fue hace ya tanto tiempo que le da la impresión de que aquella joven que recuerda nunca fue ella.

En La Bassée, los nombres de los pintores contemporáneos no dicen nada a nadie. Puede que la pintura que le gusta o que le gustaba no diga nada a nadie y que no pueda hablar de ella con nadie, pero mejor así, porque no quiere hablar de lo que hace, no le gusta hablar de pintura o de arte, siempre resulta muy fatigoso e ilusorio hablar de arte, siempre las mismas reflexiones vacías y repetitivas, intercambiables, cosas que tanto un mal pintor como

21

uno bueno podrían decir de la misma manera, porque ambos son igualmente sinceros e inteligentes, aun cuando uno solo de los dos posea talento, una fuerza, una forma, un conocimiento de la materia y de las ideas, una visión, porque a su entender los artistas están ahí para tener visiones, y por eso realizó una serie de Casandras que pintó como si encarnaran la fragilidad y la verdad extraviadas en un mundo donde la brutalidad y la mentira son la norma, pensando que los artistas dicen la verdad o no dicen nada, y que la dicen mientras no saben que la dicen, cuando nadie los cree, y *porque* nadie los cree. No hablar sino pintar, no usar las fuerzas perfectas para ergotizar para terminar diciendo las mismas trivialidades que los demás, sino pintar lo que la palabra no puede mantener como una promesa; tener la visión de lo que aún no ha acaecido, pintar la manzana viendo el manzano en flor, el ave en vez del huevo, volverse hacia el futuro y acogerlo por su misterio y no para dárselas de saber antes que los demás, mejor que los demás, sobre todo, no como hizo durante demasiado tiempo, cuando era joven, filosofando y parloteando sobre todo lo que le interesaba, untando todo cuanto hacía con más palabras de las que se necesitaban para asfixiar a diez generaciones de artistas; así que no, ni una palabra, se acabó, desde hace cuarenta años se lima la lengua para abrir su visión, abrirse ella misma a su visión, para obligar a su mirada a profundizarse, al igual que se intenta ver en la noche, hacerse a la oscuridad. Tiene la suerte de poseer un arte que puede hablar sin necesitar abrir el pico, así que no se priva, ha encontrado el lugar idóneo comprando esa casa donde no había nada dispuesto para albergar un taller de pintura. Podía haber elegido una casa más adaptada, pero le gustó esta, la vecindad con Bergogne padre la tranquilizaba, la lejanía del pueblo también, y disponía de suficientes fondos para derribar los tabiques que separaban el salón del comedor, transformar todo aquello en una inmensa estancia alisando las paredes, instalando rieles y paneles para multiplicar las superficies donde poner los cuadros y optimizar el espacio, montar lámparas especiales, todo un sistema para obtener una luz blanca y perfecta, natural, sin agresividad ni deformación de los efectos de color, para no llevarse la desagradable sorpresa de descubrir un amarillo donde creía haber puesto un blanco en cuanto sacara un lienzo de su taller. Le importaba un pimiento cargarse su comedor y su salón, eliminar las obras que Bergogne padre había hecho en la casa para los anteriores inquilinos; había pagado para poder destruir aquellas estancias previstas para recibir, dar cenas y fiestas o llevar una vida de familia, para cultivar relaciones, todo lo que ella ya no tenía, no quería o no había querido, y había pagado al contado para eso: poseer una casa que fuera su taller, pues para ella lo importante era que su taller estuviera en la casa y no al lado.

Así, se pasa el tiempo en el taller y puede volver a la entrada y a la cocina atravesando un espacio del tamaño de una mesa, poco más; arriba, instaló su dormitorio y conservó una de las dos habitaciones de invitados, pues a veces siguen presentándose antiguos amigos de juventud, los que no la han olvidado, que acuden a ver su pintura y a pedir noticias o darlas, que se van con cuadros y los venden para ella, aunque no vende gran cosa – le dicen que no es lo bastante complaciente o dócil con el mercado, que debería aparecer más por las ferias, o sea al menos una vez de cuando en cuando ya que no lo hace nunca, que no responde a los requerimientos de los galeristas pese a que les ha gustado su trabajo, ni a las cartas de sus antiguos compradores o mecenas, que es una pena que no se esfuerce más y que dé la espalda a todo el mundo, una pena para ella y su pintura, pero sobre todo para su público, se debe a su público, tenía uno y ha acabado perdiéndolo por su negligencia, es una auténtica pena – sí, sin duda, contesta, sin duda, pero bueno, ella está bien y no lo piensa, indudablemente es un poco rígida y se toma la pintura demasiado a pecho, seguro. En realidad, es cierto que mientras pinta debería actuar a lo artista que vende muy bien su trabajo –lo cual podría hacer, porque sabe lo que hace, lo que pinta, aun cuando se deje desbordar y sorprender por los cuadros que nacen bajo sus dedos, sabe también que la inspiración

23

no le cae del cielo a nadie y que es menester trabajar, leer, ver, meditar, pensar su trabajo, y que solo una vez realizado el trabajo intelectual, hay que saber olvidarlo, desterrarlo, saber desprenderse de él y dejar desbordarse de ese mundo conceptual y meditado por algo que viene de debajo, o de al lado, que hace que la pintura exceda el programa que se le ha asignado, cuando de pronto el cuadro es más inteligente, más vivo, más cruel también, con frecuencia, que aquel o aquella que lo ha pintado.

Lo sabe, busca el momento en que es la pintura la que la ve, ese momento en que tiene lugar el encuentro entre ella y lo que pinta, entre lo que pinta y ella, y, por supuesto, eso es algo que no comparte. Prefiere que, como todos los días a la hora en que aparece para comer en su casa, Bergogne le refiera lo que hace en el campo, le hable de los terneros, del trabajo en curso o de su mujer Marion y de Ida –sobre todo Ida, con la que ella pasa mucho tiempo, porque todos los días, al salir de la escuela, Ida acude a merendar a su casa y pasar un rato allí mientras espera a sus padres, que suelen volver tarde.

Hoy, Ida vendrá sobre la siete; le contará lo que ha hecho en la escuela, y ella, por su parte, no le dirá que su padre la había llevado esa misma mañana a la gendarmería, como no mencionará las palabras del gendarme Filipkowski –no es que se haya acordado de repente del nombre del gendarme, sino sencillamente que lo había leído en la tarjeta que él le había tendido al final de su entrevista, tarjeta en la que había podido leer su nombre bajo el que había añadido, con un bolígrafo, su número de móvil, al tiempo que repetía dos o tres veces,

Llámeme al menor problema,

insistiendo en que debía llamarlo si volvía a recibir una carta anónima, sobre todo si la habían introducido bajo la puerta, sí, como aquel sobre de papel de estraza que había encontrado la víspera, entrada la tarde, y del que había hablado a Bergogne por la mañana no en tono de miedo, sino de irritación y de una ira que cada vez contenía peor, Empiezan a tocarme las narices esos gilipollas.

El gendarme Filipkowski había sido claro diciendo que, aun imprecisas, aun de loco y poco creíbles, no dejaban de ser amenazas, habían dado un paso más, y no solo por lo que decían, sino porque habían ido allí, habían demostrado que podían arriesgarse a llegar hasta su casa. Hablaban además de quemar a las brujas de pelo naranja, de limpiar el mundo de las locas que mejor harían quedándose en sus casas —¿acaso le echaban en cara ser parisina, no ser de allí, a ella que llevaba allí tanto tiempo?

Pero más bien le daba la impresión de que le echaban en cara haberse acostado con uno o dos hombres casados —¿las cosas se habrían dicho, sabido, adivinado? ¿O lo habrían confesado los propios maridos?—, maridos con los que debió de haber hecho el amor unas cuantas veces sin que nunca se plantease el que fueran amantes a tiempo completo y menos aún maridos —eso ya está bien, ya lo había experimentado—, pero quizá alguna mujer quería vengarse o uno de los hombres le reprochaba haberse negado a ser su amante «oficial». Y el gendarme una vez más quiso incitarla a reconocer que tal vez tenía una idea de quién podía ser el autor de aquellos correos, aquellas amenazas, aquellos insultos que le enlodaban el cerebro, pues las palabras de aquellas últimas cartas le impedían a veces conciliar el sueño, pero ella había contestado que no, lo ignoraba y no necesitaba bajar los ojos ni desviar la mirada para mentir al gendarme, pudo mirarle a los ojos, ¿qué quiere usted?, una mujer mayor como yo, no tengo la menor idea, no tengo enemigos ni conozco a nadie. El gendarme pareció quedarse perplejo, dejó pasar un breve silencio dubitativo, como si hubiera comprendido que ella no lo había dicho todo y no tenía intención de hacerlo, que algo en su interior se resistía a hacer una lista de culpables potenciales, de convertirse en delatora, consciente de que tampoco se podía demostrar nada contra nadie.

25

Por supuesto, no contaría nada de todo aquello a Ida cuando volviese a su casa. La niña dejaría su cartera en el vestíbulo, o sea prácticamente en la cocina, e iría a lavarse las manos, en el fregadero. Ella, como había hecho con Bergogne al salir de la gendarmería, haría como si tal cosa, ostentaría una sonrisa discreta, hablaría con voz desenfadada.

¿Todo bien, cariño?, con el mismo tono con el que había consentido en referir dos o tres pormenores a Bergogne, para agradecerle el tiempo que había perdido por su culpa. Bien debía resumirle lo que le habían dicho, pues ya ves, nada especial, los polis son como los matasanos que te ponen cara de entierro para anunciarte cosas graves, y después si te preguntas por lo que has escuchado, lo único que entiendes es que no saben más que tú. Contó que examinarían las cartas para asegurarse de que provenían de la misma persona, a lo que añadió, entre harta y divertida por la hipótesis: como si yo tuviera tantos enemigos para que sea un tarado distinto cada vez –para mí que es más bien una tarada, una mujer, estoy segura, la última vez que fui al baile, pasé mucho rato con, ya sabes quién, ¿no?

Bergogne se limitó a sonreír; se hacía una idea pero no le preguntaría si estaba en lo cierto. Mientras el Kangoo circulaba hacia el caserío, ella siguió hablando, hasta que acabaron callando, y solo para cambiar de tema –porque no merece la pena seguir con esto, ¿no te parece?– ella dijo: Bergogne, chato, esa barba me parece de lo más ridículo, no te sienta nada bien. Te has echado encima diez años, me darás el gusto de afeitarte eso, ¿eh? Si no lo haces por mí, al menos hazlo por tu mujer, te recuerdo que mañana es su cumpleaños y que, aunque no le hagas otro regalo, te lo va a agradecer hasta el final de los tiempos.

Ahora, está sentada en medio de su taller, en el desbarajuste de todos los cuadros –entre los que están colgados en las paredes, los que están tan solo apoyados, los que están hacinados en los peldaños de la escalera que asciende a las habitaciones, los que no están montados en los bastidores y vegetan enrollados como telas–, mira el que tiene enfrente, en medio de la estancia, pegado a la pared en la que le gusta trabajar, y que aún no está enmarcado: el retrato de la mujer roja.

Sabe que está terminado, que está listo –le falta un poco más de azul junto a los ojos. Duda si añadir algo más, se dice que, haga lo que haga, nada podrá modificar esencialmente el cuadro ni profundizarlo, que profundizarlo podría significar destruirlo; la mujer roja está desnuda, su cuerpo enteramente rojo–, de un rojo casi naranja, pero las sombras son de un rojo muy puro, vibrante, bermellón, una sombra que es una luz coloreada y no un tono oscuro de color, lo que lo cambia todo, le costó muchísimo obtener ese efecto. La mujer roja atraviesa con su fijeza a aquel o aquella que alza los ojos sobre ella; su retrato se asemeja tal vez al de esa chiquilla, de donde arranca toda su ansia de pintura, pues comenzó a pintar, hace ya mucho tiempo, para desembarazarse de una foto de David Seymour, que la tenía obsesionada desde tiempo atrás, el retrato de una niña polaca que dibuja la casa de su infancia en una pizarra, en un hospicio. La niña traza con tiza un círculo de fuego, la destrucción que arrasa el dibujo; se percibe sobre todo el terror en los ojos de la cría de negro –lo que capta el fotógrafo. Había visto aquella imagen y la única manera que tuvo de olvidarla, o de poder vivir con eso, fue convertirla en una pintura, que fue el primero de sus lienzos en blanco y negro, un lienzo amplio, la chiquilla perdida en la blancura brillante del lienzo –su mirada demente y fija. Ahora, más de cuarenta años después, se dice que la mujer roja que acaba de terminar tiene casi la misma expresión alucinada; entraña el fuego de una casa destruida, su jadeo como minado por el de las bombas que estallan en la ciudad. Piensa en eso ante la mujer roja, en medio de su taller, y no oye a su pastor alemán que dormía junto a ella hace aún dos minutos. Espera que algo conteste a lo que escruta, una señal de vida, pues la vida debe originarla la pintura. Ahora su perro se levanta porque ha oído que llega alguien, o que todavía no ha llegado, pero él sabe que es la hora, entre las cuatro cuarenta y cinco y las cuatro cincuenta y cinco, según las dificultades de la circulación. Al extremo del camino pedregoso que conduce del caserío a la carretera mal asfaltada donde se dejan los contenedores de la basura, carretera que conecta con la departamental que se toma para ir a la población de La Bassée, el autobús escolar va a detenerse, su puerta a abrirse, e Ida, con dos niños de los caseríos vecinos, se apeará. Apenas se cierre la puerta con su ruido de suspensión hidráulica, los tres niños se separarán o se reirán dos o tres minutos más, intercambiarán dos o tres palabras y emprenderán enseguida la marcha uno hacia el oeste, el otro hacia el este, el otro hacia el norte; Ida caminará con las manos agarradas a las correas de la cartera, sin prestar atención a lo que tiene delante –conoce demasiado el momento en que la carretera mal asfaltada, erosionada, socavada por los sucesivos inviernos y veranos, el frío y la lluvia, el calor y las ruedas de los tractores, gira a la izquierda dejando convertirse la franja alquitranada en un camino de gravilla blanca, cegador en verano pero cenagoso las más de las veces y casi rojizo entonces, o más bien ocre, amarillo, como está ahora, empapado de la lluvia que ha caído toda la noche y parte de la mañana, lleno de charcos marronáceos y hondos y anchos que ha de rodear y que a veces se entretiene saltando, y, en un extremo, el caserío y los tejados de las tres casas, de los graneros y el establo, en su casa, los tejados verdosos a trechos debido al musgo y a los vegetales que han invadido los muros y han proliferado hasta lo alto de los tejados; está el caserío, como un puño cerrado en medio de los campos de maíz y de las dehesas donde las vacas pasan los días pastando; están también los árboles que recorren el río separando la tierra en dos espacios; al otro lado una iglesia de piedra blanca de toba, y aquí, en nuestra zona, los chopos, cual ejército en posición de firmes, en hilera, flanqueando y sombreando el río.

Pero todo eso queda ya bastante lejos, se requiere tiempo para llegar andando, y atravesar esa suerte de minúsculo bosque silvestre, como un cuadrado de árboles erguidos en la campiña, árboles cuyas hojas y ramas se oye susurrar al albur del viento, trayendo también el trino de los pájaros y donde viven los zorros, que a veces se acercan demasiado –alguien vio uno en el corral, a primera hora de la mañana antes de ir a la escuela.

Pero esta tarde a Ida solo le interesa la punta de sus pies: cómo con sus deportivas amarillas hace rodar la suela en la grava y unas veces la rodea, otras la golpea, la proyecta, la manda a lo lejos. Ida sabe, cuando franquea los charcos, cuando salta los más grandes haciendo rebotar la cartera en la espalda, que, al llegar, apenas cruce la gran verja que debe de estar abierta, de todas formas, a la izquierda, en el establo, ocupándose de las vacas, estará su padre afanándose vete a saber con qué, en el cobertizo o en el patio en su mono de color petróleo; no la verá y ella no querrá molestarlo. No, se encaminará por la derecha a la primera casa, frente a la puertaventana, tras la cual la esperará el pastor alemán, porque Radjah hace eso a diario.

Abrirá y cogerá la cabeza del perro entre las manos, le acariciará las orejas mientras él intenta lamerla, alzando la boca hacia ella, gimiendo de placer, le acariciará repitiendo,

¿Hola perrito, cómo está mi perrito?

y avanzará porque la puerta de entrada da directamente a la cocina, donde dejará caer la cartera sin darse cuenta, siempre en el mismo sitio, a la izquierda de la puerta. Irá a lavarse las manos al fregadero, se las secará, atravesará la cocina y se encaminará de inmediato al taller; no hará preguntas, aunque se preguntará para sus adentros qué pintura le espera hoy, ¿será de nuevo esa horrible mujer roja que parece dar un repaso a la gente amenazándola con no se sabe qué y mostrando sus gruesos pechos y los muslos que se abren, obscenos, sobre ese sexo que se muestra sin pudor y que la mujer roja exhibe con indiferencia, sin provocación ni nada, así, solo su cuerpo que a Ida no le gusta porque la mujer parece

29

adusta y sobre todo provocarla, como si tuviera algo que echarle en cara —por qué pintas a esa mujer, ¿eh? A mí me gustan los animales que haces y hasta las demás mujeres, pero esa, esa me da miedo—, es lo que podría decir si se atreviese, pero no se atreverá y no dirá nada.

Irán a la cocina, Tatie le dará la merienda y se tomará su té de pie contra el fregadero de acero inoxidable, escuchando cómo le ha ido en la escuela. Luego, después de la merienda, podrán dibujar: Ida ha prometido hacer dibujos de regalo para el cumpleaños de su madre, y Tatie ha prometido ayudarla,

Ida espera que a Tatie le gusten sus dibujos, porque la opinión de Tatie cuenta casi tanto como la de su madre.

3

¿Vas a hacerle un regalo a mamá?, pregunta Ida mientras hace rechinar los dientes con las pasas y las almendras, los copos de avena, comiendo como todos los días con avidez lo que le prepara Tatie, al tiempo que pretende, casi como cada tarde, fingiendo apartar el tazón de cereales, que no tiene mucha hambre, no, no mucha. Cuando basta insistir un poco o por el contrario hacer como si no se insistiese en absoluto, anunciarle con indiferencia que se le va a retirar el tazón de cereales para que de inmediato se aferre a él y diga espera, tomaré un poco, aparentando ya picar, como cada vez, hasta acabar engulléndolo todo; pero lo cierto es que hoy es un día especial, y aunque tiene hambre no quiere perder el tiempo comiendo, no, tiene mucha prisa, esta tarde Tatie y ella van a hacer pinturas para el cumpleaños de su madre, porque mañana –y no es cualquier cosa, es casi un pequeño acontecimiento– Marion cumplirá cuarenta años.

Ida aún no ha preparado nada, aplazando desde hace semanas el momento en que tendrá que realizar ella misma algo por no haber comprado un regalo como le sugería su padre, lo cual no hizo porque no tuvo ninguna idea convincente, condenándose a tener que hacerlo con sus propias manos. Dos días atrás, Tatie le propuso hacer unos dibujos y pinturas, e Ida contestó de acuerdo, sí, por qué no, más bien con resignación que con excitación en la voz. Pero ahora que se hubo abierto paso la idea en su mente, la excitaba como si fuera suya. Tatie había prometido que le procuraría aguada o acuarela, hojas de papel como las que utiliza a veces, con un grano especial en el que prende bien la pintura, o incluso un cartón entelado, o hasta un lienzo sobre un bastidor de pequeño formato –un formato cuadrado o paisaje. Pero Ida se lo pensó bien y acabó decidiendo que no se veía capaz de pintar sobre lienzo, al final decidió optar por unos dibujos como los que hacía de pequeña, sobre modestas hojas de formato A4, las mismas en que siempre había escrito, dibujado, coloreado, pintado, salvo aquellas largas sesiones, a veces, a los cinco o seis años, en que Tatie y ella colocaban en el suelo una tela de varios metros cuadrados, más grande que una sábana, y blanca, un poco pegadiza, recuerda muy bien el *¡cloc!* que oía al levantar las rodillas desnudas de la tela. Como recuerda lo mucho que se reían y se volcaban las dos en los colores acrílicos con los que habían pintado –a manos llenas, con los pies, arrojando al final el cuerpo entero, revolcándose con la impresión de nadar en una ciénaga viscosa.

Ahora, Ida prefiere pintar aguadas añadiendo palabras que escribirá con el rotulador, cada letra con un color distinto. Se muere de ganas de empezar, por lo que despacha a toda prisa la merienda, se apresura a dejar el tazón en el fregadero y a frotarse las manos en el agua –rápidamente y mal secadas con el trapo demasiado húmedo colgado en el armario de debajo del fregadero, zas, ya está–, ¿hará también Tatie una pintura para su madre?, se lo pregunta como se pregunta a veces si esta se incomodaría oyéndola llamarla como lo hacen sus padres, por su nombre de pila, Christine, diciéndose que sin duda a Tatie no le importaría, casi seguro.

Sencillamente, Ida no ha conseguido nunca cambiar o imitar a sus padres sobre ese particular, no se oye el nombre de *Christine* en los labios, como si en sus labios sonara falso, como si no pudiera dirigirse así a su Tatie sino forzosamente a otra persona, pues ese nombre se le antoja demasiado lejos de ellas, de su relación, de lo que se cuentan, en el secreto de lo que sienten una por otra. Le parece que Christine parece preferir que se la llame Tatie –por lo menos ella–, entonces todo está bien así, además Ida podría llamarla con todos los nombres posibles, que al final eso no cambiaría nada del misterio por el que, tan pronto le habla de su madre, Tatie se muestra esquiva o incluso finge no haberla oído. Ida no osa preguntarle si tiene alguna razón para evitar hablar de Marion, si solo son imaginaciones suyas o si existe algo oscuro entre ellas, si lo que Tatie piensa de mamá hace que no pueda decirlo, algo que puede herir a Ida, como si Tatie pensase que Ida es demasiado frágil para oír verdades o pensamientos desagradables, tal vez crueles, como pensamientos vergonzosos o indignos, como si fuera posible que Tatie pensara cosas malas de alguien y en particular de uno de sus padres, hacia alguien que ella ama, e incluso que fuera posible –verosímil– que pudiera pensar algo malo de su madre, pues Ida no concibe que se pueda hablar mal de su madre.

Siempre ha presentido que se espían, se callan, se las ingenian para que todo vaya bien aunque, bueno, se advierte que disimulan un poco, pero Ida no ve lo que Tatie Christine puede reprochar a Marion, y aun si percibe que algo chirría entre ellas –pero ¿el qué?–, no puede ser grave, por más que se presienta, en esa paz que preservan una y otra, algo ficticio entre ambas mujeres, tal vez el esfuerzo o la simulación, qué si no, una forma de reticencia o de contención, por más que realmente Ida no ve qué podría pensar Tatie de mamá que sea tan particular como para no decírselo. Y sin embargo, sí, Christine, de repente se muestra más abrupta, más seca cuando habla de Marion. Casi áspera. O si no, por el contrario, empieza a hacer preguntas, pone cara de quien tiene que resolver un problema y medita en voz alta, le gustaría saber lo que se dice en casa y no acaba de atreverse a preguntarlo, le gustaría satisfacer su curiosidad y al mismo tiempo ocultarla, no dejar ver que le interesan cosas que no son de su

33

incumbencia, asunto suyo, cosas íntimas que se dicen papá y mamá, o que no se dicen. A veces hace preguntas raras, casi bajando la voz, como de pasada, como si tal cosa, pero como baja la voz es como si temiera que alguien la oyese –pero ¿quién?–, como si fuera a preguntar cosas extrañas quizá prohibidas que han de guardarse. Por el momento, mientras instalan las aguadas y los papeles sobre la mesa de la cocina, Ida insiste un poco, Tatie, ¿vas a hacerle un regalo a mamá? Christine acaba respondiendo al final, pero no enseguida, primero pasa la esponja por la mesa, luego un trapo, tan concentrada en lo que hace o en la respuesta sobre la que debe meditar, lleva tiempo, que durante largo rato no se oye más que la péndola en la pared de la cocina, ¿será porque no sabe qué responder, porque no le apetece, porque preferiría hablar de otra cosa o no hablar en absoluto? Ida no lo sabe, nota que Christine se contiene y, en el momento en que se lo va a volver a preguntar, Christine comienza a tartamudear, perdiéndose en ehs incómodos para ambas, vacilaciones que no le pegan, no está acostumbrada a hablar de modo vacilante, al contrario; hasta que, recobrándose para acabar con tanto desconcierto, se lanza por fin, sí, un regalo, claro, tendría que hacerlo, yo, y deteniéndose en pleno vuelo, como sorprendida ella misma de no tener una respuesta que dar, mueve la cabeza, se encoge de hombros en señal de impotencia o de claudicación, Bueno, muy bien, has ganado es verdad, no tengo regalo.

Pero no lo dice, mientras Ida reanuda ya la pregunta, insiste, pero sin pesadez, casi por juego, como si no pudiera concebir que esa pregunta pueda resultar embarazosa o que el aprieto al que somete a Christine pueda reflejar no solo el apuro que entrañaría no haber pensado en un regalo, sino la verdad que revela tal olvido, el desinterés que manifiesta por el cumpleaños de la madre de la niña, o no solo por su cumpleaños, sino, a través de él, por la propia madre de Ida.

¿Vas a hacerle un regalo a mamá?

No lo sé. He de pensarlo, todavía no se me ha ocurrido nada.

Y, con un movimiento un tanto rápido, Christine va a servirse más té. Ida la ve darse la vuelta y llenar la taza; la observa, de espaldas, inclinada, y espera. Christine se vuelve y dice sí, hay que hacerlo, es verdad que no lo he pensado, a ver si lo hago... Observa a la chiquilla con los codos abiertos sobre la mesa, bien apoyados sobre el hule con viejos motivos de flores lacerados por los cuchillos y blanqueados por los surcos de las esponjas y los polvos de limpieza, las manos alzadas junto a la cara, el busto inclinado muy cerca de la mesa y de la hoja en la que va a dibujar, sus brazos endebles y sus largos y finos dedos, su cabeza tan grácil, sus ojos muy negros y brillantes, vivos, inteligentes y casi belicosos, y su pelo con sus mariposas y sus corazones que sujetan las mechas más largas para liberar la frente y los ojos, su rostro vuelto hacia Christine –su rostro que espera respuestas, que necesita comprender el porqué de esas vacilaciones y esos silencios, esas tergiversaciones antes de contestar, cuando debería ser tan sencillo, su pregunta es sencilla, basta responder, no concibe que Christine pueda no responder que por supuesto ha hecho ese regalo que Ida descubrirá mañana con su madre, durante la velada de cumpleaños; no comprende ese apuro y Christine lo presiente en el silencio muy breve que sigue; Ida estará casi se enfadada, yo le regalo un dibujo, pues tú puedes regalarle una pintura, ¿no?

Christine se lanza entonces a una explicación que quisiera sencilla y clara y que embrolla sin acabar de darse cuenta, sí, tienes razón, pero no estoy segura de que le gusten mis pinturas. Sabes..., no a toda la gente les gustan. Los hay a quienes no les gustan, pero nada de nada... A veces, la gente no te dice nada para no ofenderte, o porque no saben cómo decírtelo... A tu madre, desde hace ya tiempo, pienso que no le gustan mucho mis pinturas... Y Christine no le dirá a Ida hasta qué punto ese silencio de la gente, por solícito que pretenda ser, resulta hiriente, te niega casi tan profundamente como si no existieras, porque a esa gente te arriesgas a darle algo y ese algo deberían agradecerlo, eso

35

es lo que piensa Christine, que hubo de soportar en otro tiempo la indiferencia en sus *vernissages* donde algunos supuestos «amigos» preferían hablarle de la calidad del champán o de su nuevo corte de pelo que de sus cuadros, sí, aquellos a los que habría matado, y ahora Christine no puede explicarle a Ida que ese es uno de los motivos por los que acabó ocultándose allí, en aquel caserío, hace ya tanto tiempo, para evitar los navajazos de las frases ofensivas y las sonrisas condescendientes, los silencios asesinos.

Flores, sí, jardín de flores a la inglesa, batiburrillo de manchas, de colores, de donde emerge no obstante una impresión armoniosa, como si la confusión produjera no el desorden que se le achaca, sino un orden sorprendente, distinto de aquel, más convencional, anodino, de un orden voluntarista; en medio de las flores, el dibujo de una mujer abigarrada también, flores sin nombre que no existen más que en el papel con pétalos de aguada realzados con el rotulador, precisados con trazos que confirman los contornos y afirman ese retrato que se asemeja supuestamente a su madre, pero en el que Ida ha representado primero la imagen de una chiquilla huesuda y exageradamente estirada –inacabablemente longilínea–, como si para Ida su madre no fuera más que la versión alargada de una niña, como si para ella un cuerpo de adulta no fuera otra cosa que una infancia mayor pero sin pilosidad ni cadera ni pechos ni nada de eso, que ella no ve, y a lo cual no parece prestar ninguna atención, pues es a ella misma a quien dibuja proyectándose a una vida de adulta que fuera como una infancia exagerada. Encima del rostro de su madre ha escrito las palabras «feliz cumpleaños mamá»,[1] en letras mayúsculas, con un color distinto para cada letra, alternando colores cálidos y fríos. Se ha aplicado en sustituir la O de «bon» por el dibujo de un corazón muy rojo, con el interior rosa y un

---

1. En francés *bon* anniversaire. *(N. del T.)*

minúsculo corazón en su centro, amarillo, y luego amarillo más claro aún en el interior, como en fusión, irradiante, y por el placer de seguir dibujando, coloreando y pintando, sobre su hombro la mirada benevolente de Tatie, sus consejos, sus palabras de aliento, porque le gusta tener a Christine a su lado, posándole a ratos la mano en el hombro y frunciendo el ceño, meditando antes de animarla a buscar una u otra pista –¿por qué no haces un camino en tu jardín de flores? ¿Y por qué no das aquí unos toques un poco más cálidos, ves, ahí, son azules, verdes, no crees que una pizca de amarillo avivaría todo eso?–, Ida se ha lanzado a otra pintura, con un corazón que abarca toda la hoja y se expande, se agranda y parece no solo desbordarse de la hoja sino engullirlo todo, un corazón *así de grande*, escribe dentro, en espiral.

Mamá te quiero con el corazón así de grande.

Este es menos coloreado que el otro pero le gusta mucho, le gusta la idea de las palabras que parten en espiral hacia el corazón del corazón, pero necesita la opinión de su padre, eso seguro, veremos si Patrice lo prefiere al otro, el dibujo con el jardín florido y mamá dentro, en medio mamá como una reina en su jardín, adormecida o incluso mareada por el perfume muy penetrante de las flores, sabedora de que en esa clase de jardín nunca habrá avispas ni abejas, tampoco mosquitos, tan solo belleza –una belleza que no se aja, no mancha, no pica, no hiere, se limita a difundir por el mundo sus perfumes, sus luces, su esplendor, no esperando de nosotros más que nuestro deslumbramiento–, mamá en su vestido y sobre todo con sus pendientes de aro que le gusta ponerse cuando sale a bailar con sus amigas, algunos viernes por la noche.

Ida se pregunta cuál de los dos dibujos preferirá Patrice. Forzosamente tendrá que elegir; ha pensado que podría regalar los dos pero como no está segura de sí misma, pues toda la vida ha temido equivocarse, necesita a su padre –casi su autorización para ratificar lo que hace. Atraviesa el corral, seguida por Radjah, al que pregunta,

¿A ti qué te parece, perrito? y como no parece interesarle el asunto le dice tienes razón, no es nada interesante, no sé dibujar como Tatie, Tatie sabe dibujar y pintar e inventar imágenes, inventa muy bien, mira tan bien que después no le cuesta reproducir todo lo que ha sabido ver, como si le pasara de la cabeza a los dedos sin esfuerzo; tiene suerte Tatie, de saber hacer eso. Hay gente que sabe, pero yo, se dice en el momento en que entra en el establo, donde la acoge el frescor y el olor terroso, herboso, de las vacas y del heno, el olor a leche también y el de los mismos animales, de las deyecciones y de las moscas que atraen, los mugidos impresionantes, como multiplicados por el techo y las paredes de perpiaños, yo qué sé.

Siempre la impresiona entrar allí. Sabe que a Patrice no le gusta que entre, siempre tiene mucho trabajo con los animales; es su territorio, allí solo pueden entrar él, el veterinario y las vacas. Además, no es un lugar apropiado para hablar, no, es un lugar donde Patrice pasa mucho tiempo ordeñando las vacas u ocupándose de ellas, y Patrice no quiere que Ida entre allí porque las vacas lecheras serían insuficientes para vivir, y tiene que vender por su carne todos los terneros que nacen durante el año. No quiere que Ida se acerque, teme que se apegue a ellos y quiera que renuncie a venderlos o que lo pase muy mal, que de inmediato se lo eche en cara, poniéndolo como un trapo, formándose a saber qué idea de él cuando él mismo debe reconocer que le duele ver marcharse a aquellos terneros con los que todos los años contrae una suerte de vínculo tierno, casi paternal. Lo siente, pero reprime ese movimiento que le incita a no mandar los animales al matadero, lo contiene, su padre lo hacía todavía en mayor número, incluidos los cerdos, así que a qué viene tanta reticencia puesto que se ve obligado a hacerlo y no podría vivir sin eso, y además, cuando sale a cazar los domingos no se anda con tantos remilgos con las perdices y las liebres, los faisanes y todo el resto.

Y es que tiene clavado en el alma el hecho de que la agricultura intensiva hiciera polvo la vida de su padre y la de los campesinos de la comarca –junto con otros que tienen más o menos su edad, y algunos jóvenes que siguen lanzándose a esa locura; él quiere una agricultura a dimensión humana, pendiente de los animales y de los hombres. Se siente orgulloso de su taller de quesos y de vendérselos a un quesero que no le discute mucho los precios –los clientes son fieles, bastante numerosos, aunque Patrice sabe también que cualquier incidente sería una catástrofe; ha pedido prestado bastante dinero así que todo debe ir sobre ruedas, y, por el momento, aun cuando no tiene ningún margen de maniobra, pueda pegarse tremendos sustos y viva largos periodos de insomnio, puede decirse que todo va más o menos bien y que, si ha perdido el sueño, no es solo por eso, o no fundamentalmente por eso. Los verdaderos motivos de sus insomnios los conoce. Trabaja como un condenado para luchar en contra. Se pasa mucho tiempo en el campo, lo que hace no tiene que ver con la agricultura que practicaba su padre, es cierto, tiene a una mujer y a una hija a quienes alimentar y, cuando ve a Ida correr hacia él, los ojos brillantes de malicia, tan vivaracha, tan gozosa, sabe que hace bien desconfiando de los pesticidas, aunque detesta a los ecologistas, que le corresponden –sabe que lo único importante es el futuro de su hija.

Papá, papá, anda dime.

Muestra las imágenes, una tras otra: el corazón inmenso coloreado como un arco iris, con su declaración desplegada en espiral, y la otra, el jardín florido. La niña espera, patalea.

Bueno, ¿cuál? ¿Cuál prefieres?

Patrice duda –finge dudar, para alargar el suspense–, y tarda en contestar, tuerce el gesto, ah, cuál, es difícil, no sabe, duda de nuevo y sigue fingiendo meditar, pasa de uno a otro hasta que dice,

¡Los dos, me gustan los dos!

¡No, tienes que elegir!

No puedo.

¡Tienes que elegir!

Soy un osazo, no puedo.

Y antes de que pueda chistar, avanza un paso hacia ella soltando un rugido que truena como ella nunca le habría creído capaz. Le encantan esos momentos en que se arroja sobre ella, grita y ríe al mismo tiempo, retrocede corriendo, lanzando en el corral su gritito estridente como un vuelo de golondrinas sobre el corral del caserío, y luego una carcajada que llega hasta la casa de Christine.

Al atravesar el patio, Ida siente latirle muy fuerte el corazón, como si también ella viviera con un animal salvaje en plena mitad del pecho.

4

Como todas las aldeas, esta tiene su nombre indicado cuando se llega: un largo letrero, letras blancas en cursiva sobre fondo negro, como una tira que ostentase el luto de una historia siniestra o como, quizá, los créditos de una película que no se ha rodado, con su título más o menos prometedor –un programa, una historia, salvo que nadie recuerda haberla leído o escrito e ignora su origen, como si no hubiera tenido comienzo y hubiera estado allí desde siempre, el «*écart*» de las Tres Chicas Solas, perdurando por encima del tiempo gracias a un cartel ligeramente inclinado al borde de la cuneta, el pie clavado en un bloque de cemento enmohecido y aguantado por una piedra que alguien debió de colocar algún día para aguantar el letrero en ese lugar donde la carretera asfaltada cede el paso al camino pedregoso.

Nadie se detiene allí, ni lo lee, el letrero podría desaparecer sin que nadie reparase en ello. Cuando se instaló allí, Christine acudió al ayuntamiento para informarse de aquel nombre –había conocido Rhonne, L'Hospital, Les Deux Pendus, Gardedeuil, La Pierre Blanche, Ronce Noir, Le Cheval Blanc–, nombres de consonancias extrañas, poéticas las más de las veces, en los que suena la aspereza de tiempos antiguos que ascienden como olores a cloaca y recuerdos de fosas comunes, con sus brujas abrasadas y sus guerras de religión, sus leyendas incomprobables y tenaces de personajes y de historias que por fuerza tuvieron su tiempo de verdad como para que grabaran los nombres en algún lugar en la realidad. Christine buscó, se enteró de que un «*écart*» es un caserío –un lugar apartado–, que había ya viviendas allí desde hacía tiempo, mucho tiempo antes de los Bergogne y las tres casas, pero no pudo saber nada sobre las tres chicas solas, nadie sabía quiénes pudieron ser ni parecía haberlo sabido nunca, y Christine pensó que en otro tiempo tal vez miraron a aquellas mujeres como parecía que la miraban a veces a ella, con suspicacia y recelo, utilizándola para fomentar chismes, como debieron de hacerlo tiempo atrás sobre aquellas tres chicas que tan solo existían ya en el nombre del caserío que les hacía de tumba, de memorial, como si, de tanto hundirse en el olvido, buscándolo quizá, hubieran hallado refugio en el nombre que habían tenido a bien otorgarles.

Ida dejó trabajar a su padre y atravesó el gran patio cuadrado, de aquella tierra batida y rebatida donde quedan aún algunas matas grises y raquíticas de un antiguo césped que no había resistido las intemperies ni las pezuñas de las vacas, el peso de los tractores, las máquinas herramienta, los coches y sobre todo la falta de mantenimiento, pues ni Bergogne padre –a quien se le había ocurrido sembrar césped pero luego lo había olvidado y abandonado por completo– ni Patrice se habían interesado en ello, nadie había tenido tiempo ni ganas de hacerlo, como tampoco las mujeres de la casa que trabajaban en la granja, en el campo o en otros lugares, en la fábrica algunas o limpiando en las casas de los ancianos, o los jóvenes –los dos hermanos de Patrice, que habrán sido los últimos en ser llamados *los jóvenes*, con esa sospecha de ironía para denunciar por lo bajo una inconsecuencia supuesta o real–, a ellos, pues, no se les habría ocurrido mover un dedo si la idea de ocuparse del césped hubiera cruzado su mente, cosa que de todas formas no se había producido nunca. Y además el patio era demasiado grande, la tierra dura como la roca, compactada por la gente y los animales que lo habían pisoteado durante generaciones.

El patio estaba rodeado de muros de poco menos de dos metros de altura, más bajos que los de un cuartel o una fortaleza, como en todos los caseríos de la región, para recalcar la soberanía de los amos; las dos casas –la de Christine y la de Bergogne– se hallan a la derecha una detrás de otra; subiendo en sentido inverso al de las agujas de un reloj, está el cobertizo donde Patrice guarda el coche y el tractor, y donde Marion guarda también su coche, pues se ve obligada a tener uno, como lo tienen todos en el campo, atrapados a varios kilómetros de la ciudad, adonde han de acudir de vez en cuando y adonde ella va a diario. Todo el mundo debe tener su propio coche si quiere circular libremente, a lo que todos se conforman sin cuestionárselo, excepto Christine, que, al pedirle a alguien que la lleve o cogiendo la bicicleta, si no es que decide ir andando, algo que hace a menudo, sigue mostrando, aun sin quererlo, que es distinta de los de aquí, irrecuperable urbanita perdida entre los aldeanos, y, aun cuando convive con ellos desde hace tanto tiempo, es como si quisiera que todos comprendan que a todas luces ella no será totalmente asimilable, como no lo fuera otrora en el corazón de su vida parisina, siempre reacia a cuanto implica pertenencia, como si tuviera la pretensión, mediante señales tan discretas y baladíes como no saber conducir, de poder escapar al dominio de una comunidad y de la tutela de un grupo.

Después del cobertizo, sin dejar de subir en sentido inverso al de las agujas de un reloj, está el establo, junto al cobertizo de chapa y perpiaños, y a la izquierda del establo un granero que sirve de almacén, cuyo tejado se vendrá abajo en breve si no se hace nada y se deja invadir por la herrumbre, pues le llueve encima todo el invierno, viejas máquinas agrícolas, un tractor –un antiguo cacharro Multi Baby de 1954 cuya pintura azul cielo agrietada, reventada, todavía se ve a trechos donde no la ha devorado la herrumbre–, una vieja segadora McCormick y una mesa de pingpong, dos

Peugeot 103, una Motobécane averiada, y, al volver hacia el portal y la casa de Christine, a la que se abre el patio, esa pared gruesa y agrietada todo a lo largo. Y así, una al lado de otra, como dos hermanas gemelas, la casa de Christine y la de los Bergogne, la de Christine ocultando detrás su espalda, más independiente, aislada, con su patio más pequeño y mejor cuidado que los de los Bergogne –un auténtico césped, un montón de plantas vivaces, un batiburrillo a la inglesa, un camino de grava, unos árboles frutales podados, un pozo decorativo pero con la piedra limpia y los herrajes pintados–, otra casa, esta en venta, pues los expropietarios acababan de marcharse jubilados a una casa en la costa, casi frente al Fuerte Boyard –mejor que en la tele.

Sobre el hule naranja de la mesa de la cocina, en su casa, Ida va a hacer los deberes; es ya bastante tarde, los minutos pasan, la hora avanza, pronto anochecerá. Ida ha dejado sus dos pinturas en casa de Christine y ha pensado que en el fondo su padre tenía razón, no había ningún motivo para escoger entre las dos, su amor por su madre es lo bastante grande como para englobar un corazón *así de grande* y un jardín florido y coloreado a la par. Ida tiene que hacer los deberes, aunque hoy no ponga la atención y el tiempo necesarios; ha hecho las pinturas para el cumpleaños de su madre, le ha llevado tiempo, ha tenido que plantarse, volver a empezar, echar a perder tres hojas de papel inútilmente, limpiar los pinceles de Christine y la mesa, y al final recogerlo todo antes de cruzar el patio para enseñarle a su padre las dos pinturas –o dibujos, dice indistintamente pintura o dibujo porque, para ella, la pintura no es aún más que el hecho de colorear formas previamente dibujadas–, y luego vuelve a casa de Christine a depositar sobre la mesa de la cocina las hojas completamente secas, que habían empezado a alabearse.

Coge la cartera y corre a su casa para sentirse allí. Coloca la cartera sobre la mesa de la cocina, la abre, resbalan los cuadernos, el cuaderno de correspondencia de la escuela, dos o tres menudencias —una regla de veinte centímetros, un sacapuntas que vuelve a dejar en el fondo de la cartera sin prestarle atención–; coge el cuaderno que necesitaba y su bolígrafo del plumier, se dice que no se entretendrá mucho, no puede hacerlo todo, o no muy bien, no será la primera vez, nadie va a comprobarlo, como si todo se hubiera juntado para que mañana se presente en la escuela sin haber hecho nada —qué se le va a hacer– de todas formas no le gusta la lengua y menos aún las mates —ese momento, en cierto modo bendito, retrasando de nuevo el momento de ponerse, ha sido el segundo en que suena el teléfono en el salón.

Mamá, ¿eres tú?

Ida sabe ya que su madre va a explicarle que tiene un montón de trabajo atrasado en la oficina y que sí, probablemente no llegará antes de que caiga la noche; Ida se la imagina, como en casa, cuando habla por teléfono, yendo espontáneamente hacia la mesa tras haberse pegado el móvil al oído y haber alzado el hombro izquierdo, subiéndolo lo más arriba posible contra la cabeza inclinada, sin siquiera darse cuenta y empezando ya a hablar, metamorfoseando su tono, de repente jovial, vivo, divertido o simplemente vigorizado como por una ráfaga de aire fresco o una buena noticia, y sin ya darse cuenta Marion coge de la mesa su paquete de cigarrillos, el mechero y sale pitando fuera como si huyera de aquella casa donde la vida de familia la tenía encerrada en el amor invasor de Ida y de Patrice, ambos demasiado pesados o inquisidores para ella, y ahora Ida, hablándole, escuchando las palabras de su madre y a través de ellas los soplidos, las caladas, la succión del cigarrillo, el momento en que aspira del filtro, el humo escapando de entre sus labios y sube diluyéndose en el cielo —el movimiento del cuello cuando Marion alza la cabeza y parece soplar hacia las nubes para impulsarlas más lejos–, cosas que hace sin darse cuenta pero que Ida se sabe de memoria, como la inflexión cuando llama para decir que tendrá que llegar más tarde por el trabajo, siempre entre alegre y avergonzada, no pidiendo permiso sino esperando que se la disculpe, con voz festiva como cada vez, y, como hoy de nuevo, Ida contesta a su madre con el mismo tono festivo y dinámico; habla, repite, cuenta con ese ligero exceso para decir que sí, el día ha sido guay, sí, estupendo, y fuerza esa tonalidad alegre porque sabe que Marion quiere oír que todo va bien, siempre bien; bromean, como si el teléfono no sirviera sobre todo a Marion para anunciar que llegará tarde, como si mereciera la pena precisarlo, es tan frecuente, la imprenta le da mucho trabajo, por lo tanto ha de llamar, es así, como cada vez Ida sabe que su madre va a decirle, date el baño cariño si quieres que nos dé tiempo para cenar juntas, si no tendrás que cenar sola, hay pollo en la nevera, o se lo pides a Tatie pero tú sabes apañártelas sola, y si lo prefieres tomas el baño.

Como cada vez, Ida hablará de Tatie; en esta ocasión será de esa horrible mujer roja que la desnuda con esos ojos que parecen haber visto el fin del mundo o no sé qué, esforzándose en reírse amablemente de Christine, como si tal cosa, como para acercarlas a las dos, no para criticar ni hablar mal, no por maledicencia ni maldad, sino solo por reír, lo que Ida cree sin segundas. Hablará de la mujer roja y su madre fingirá la voz ofuscada y el tono escandalizado —le dará mucha risa oír a su madre subirse por las paredes—, diciendo no quiero que mires semejantes horrores a tu edad, qué historias son esas, haciendo reír a la niña, soltando la risa ella misma, a sabiendas de que ni una ni otra se creen su ira, sino que les divierte esa farsa. Aquello durará unos minutos, y como cada vez Marion acabará diciendo que tiene que colgar, su jefe la espía, lo que Ida sabe por supuesto, si su madre se toma tiempo para llamarla es porque ha salido de su despacho, porque está delante de la entrada de la imprenta con sus cigarrillos en una mano y el teléfono en la otra, e imagina que mientras habla Marion estará rascando la gravilla con la punta de la suela, dibujando arcos de círculo y bajando los ojos, lanzando de vez en cuando una mirada al pasillo de la entrada y a las dos chicas de la recepción.

46

Marion no le dirá a Ida que una vez colgado el teléfono tirará el cigarrillo; lo que queda de él, esa colilla demasiado corta, fumada hasta el filtro que aplastará de una patada tan rabiosa como falsa será su sonrisa cuando se cruce con su jefe en el pasillo, a quien ofrecerá –aprovecha cacho gilipollas– una sonrisa rabiosa, sabe muy bien que le tiene echado el ojo –vamos, aprovecha– que no tendría más que mirarlo para que se sintiese autorizado a engañar a su mujer a quien jura fidelidad casi todas las mañanas, porque no tiene medios ni ocasión de engañarla. Sabe que la mira con ese desprecio, esa arrogancia, tan solo porque no tiene ninguna posibilidad con ella –Marion conoce perfectamente ese hastío que se remonta a tiempo ha–, el otro va a decirle con el mismo tono falsamente desinhibido, qué, señora Bergogne, ¿otra pausa para echar un pitillo?, a lo que ella contestará con el mismo rictus prendido en los labios, no incitadora sino sarcástica, haciéndose la zoqueta que a él le gustaría ver en ella, oh, qué amable inquietándose por mi salud, haciéndole un corte de mangas en cuanto le da la espalda –pobre lerdo–, como casi a diario.

Marion tiene que reunirse enseguida con sus dos colegas; les espera bastante curro retrasado y tendrán que darse un buen tute, entretanto seguirán rajando, Lydie contará, ¿sabéis el chico que conocimos el otro día en el karaoke? Aprovechará para decir que no estaba nada mal, pues bueno, se dio cuenta –se sintió como una auténtica gilipollas, pero fatal, lo juro, resulta que curra en el mismo sitio que mi marido. Se reirán un buen rato, se prometerán volver pronto al karaoke o ir a bailar cualquier noche de viernes. Lydie podrá quejarse de no poder salir todas las semanas con sus colegas, Nathalie envidiar la libertad de Marion,

Oye, ¿cómo te las apañas? Qué guay tu hombre. Cuida de la niña, te deja largarte a bailar con las amigas, ¿confía en ti o se la suda?

Marion podrá contestar que no es un tío que decida por ella, ni él ni ninguno, así de claro, que es mayorcita para decidir sola. Pues sí, ¿salimos las tres el viernes que viene?

Y concluye,
Mañana es mi cumpleaños, podríamos permitirnos una botella de champán entre amigas, ¿no?

5

Résiste,
Prouve que tu existes,
Y mientras se deja llevar por la canción, apenas vislumbra el caserío en la noche que cae –el cielo vira de un azul pálido de franjas rosadas a un profundo azul noche donde el caserío forma una mancha negra que emerge de la superficie plana y gris de los campos; no ve desde su coche ninguna luz que traspase la oscuridad del caserío, nada, mientras que en casa de Christine y en la de los Bergogne las han encendido ya hace tiempo, pero Marion no se fija, sin duda ni siquiera mira, canta,
Va, bats-toi,
la radio al máximo,
Refuse ce monde égoïste,
los graves,
Résiste,
el coche vibra,
Résiste,
a Marion le gusta la canción de France Gall y al mismo tiempo Marion la canta
Résiste,
como si se hablase de vacaciones o de amor,
Résiste,

sin preguntarse si lo que se dice le atañe o no, como una burbuja de aire para aprovechar ese momento en que está sola en su coche, un lapso muy breve –el trayecto entre la imprenta y la casa–, unos kilómetros para ella sola, lo que duran dos o tres canciones, no más, y ya abandona la departamental doblando en la minúscula carretera que va hacia su casa. Bajo las ruedas reconoce las vibraciones de la carretera reventada, el asfalto agrietado, los baches, las cunetas a los lados y los campos que se extienden, alejan las casas, las calles, las hileras de árboles, y muy pronto no hay ya viviendas, ni alumbrado público con su serie de halos naranja desplegándose en la carretera como siniestros farolillos, se acabó, solo sus faros para iluminar esa carretera que conoce de cabo a rabo, con el riachuelo a la izquierda que corre a reunirse con el río al que se arroja una treintena de kilómetros más allá, el río tras la hilera temblorosa de chopos, y enseguida el camino y el cartel blanco y negro anunciando a sus tres chicas solas que parecen desafiar a un mundo de hombres y prometer que la soledad no es un castigo sino una solución.

Como todas las noches, cruza el portal metálico siempre abierto, conduciendo muy lentamente. Echa esa breve ojeada a la casa de Christine, porque a la entrada de su casa hay una vidriera que da directamente a la cocina y, aunque Christine parece no estar nunca –sin duda siempre en su taller–, en la cocina una luz blanca y fría, casi azulada, está encendida y se ve nítidamente desde el exterior; la puertaventana abre un espacio luminoso en el que Marion no ve aun así, las más de las veces a contraluz, más que la silueta del pastor alemán, orejas erguidas, al acecho, Radjah que ha debido de oír llegar el coche de lejos o que ha tomado la costumbre de esperar, como hace por las tardes cuando acecha la llegada de Ida. Puede que esté simplemente habituado a esas horas a las que vuelve Marion, pasando ante la casa de su vecina sin prestarle mucha atención, es consciente de que a Christine no la inquieta su coche entrando en el patio, porque reconoce el motor, sabe la hora, y solo su perro parece interesarse en la llegada de Marion, porque está ahí también para vigilar —ladra una o dos veces, unos ladridos perezosos, sin convicción, lo justo para decir, para indicar a su ama que llega alguien. Y tal vez Christine, desde el taller en el que pinta, desde la butaca en la que, sentada y a punto de adormecerse, le gusta escuchar ópera —Puccini y Verdi, pero también música contemporánea: Dutilleux, Dusapin—, y finge no oír a su perro o le ordena dejar de ladrar y de patear, arañando las baldosas, golpeando una silla con el rabo, para decirle que es inútil molestarla, dada la hora, sabemos quién llega. Lo dice lo bastante fuerte porque el perro está en otra habitación, pero se lo pide con una suerte de dulzura y de paciencia que no mostraría desde luego al humano a quien se le ocurriera molestarla por tan poca cosa.

Marion va a entrar en su casa —la de ellos— por la entrada que da enseguida al comedor; va a dejar la chaqueta en la percha y a arrojar el bolso, sujeto al hombro por la fina correa de cuero, al canapé del salón, donde echará un vistazo a la televisión; oirá las noticias, ya más de las ocho, ¿no habéis comido? ¿No has comido aún, chata? ¿Te has dado el baño al menos?

Luego abraza a su hija, Ida se le ha puesto delante repitiendo, mamá, que no se dice «comido», se dice «cenado», no hemos cenado —Ida es puntillosa y su padre se enorgullece cuando los reprende, a Marion y a él, por sus errores y sus inexactitudes—, papá y yo queremos cenar los tres juntos, te esperábamos. Patrice va a salir de la cocina, está todo listo, la besa en los labios —bueno, no del todo en los labios— finge no observar que esta noche ha apartado ligeramente la cara, apenas nada, tan solo le ha rozado la comisura de los labios y ha deslizado el rostro a la mejilla, ya es algo; Patrice ha preparado la cena, esta noche como casi todas las noches, y, mientras guisa —es un decir: más bien calienta comida congelada—, no se ha dicho para sus adentros que su mujer hace todo lo posible para volver tarde, como si quisiera evitar ese

51

momento de encontrarse los tres, no, rechaza ese pensamiento que a veces intenta forzar esa barrera que él le opone, una fracción de segundo todas las noches, y en ocasiones más de un segundo, varios entonces, en que el pensamiento se escapa y se propaga por su mente, pero cada vez rechaza esa idea maligna y mordaz según la cual Marion hace todo lo que puede para volver lo más tarde posible, no, no es cierto, o al menos en parte, porque Bergogne sabe que quiere ver a su hija –a ese respecto no hay duda alguna–, y en cualquier caso cocinar no le molesta, no es un engorro para él, ¿qué dificultad representa abrir unas cajas y verterlas en una cacerola, extraer una brandada de bacalao del celofán y de la bandeja de aluminio para meterla en una bandeja que va al horno? En cambio, al final, siempre es Marion la que sirve en la mesa. A él no le gusta servir y no consigue decidirse a hacerlo, como si pensara que es degradante o que no es una tarea propia de un hombre, cuando es el único que se pone un delantal en esa casa, de vez en cuando, pues solo él repite los gestos de su madre y de su abuela, cuando pone a asar carnes, caza, porque vivió suficiente tiempo solo para verse obligado a ponerse a cocinar un mínimo, y además le gusta comer, como le gusta invitar a los amigos y compartir con ellos una buena carne de charolesa, un buen vino tinto, aunque entiende poco; así que no, ningún problema con la cocina de a diario, pese a esa imposibilidad para él de llegar a servir en la mesa, que sigue siendo como una realidad que a él no le sorprende, como no sorprende a Marion, que toma el relevo como si fuera ella la que ha preparado la cena y realizara hasta el final los gestos que llevan de la cocina de gas al salvamanteles en la mesa.

Todas las noches, le toca a ella simular, para salvar una especie de apariencia que a ambos les trae sin cuidado, de la que, en cualquier caso, ni uno ni otro parecen tener conciencia de que hacen lo posible por salvar sus rasgos más evidentes, como si tuvieran que convencerse a sí mismos de que la cena la había preparado Marion y no Patrice, como si sus vidas reposaran sobre el mantenimiento de esa ilusión de la que ni uno ni otro tienen verdadera conciencia. Marion coge las cacerolas con las verduras, las sartenes calientes, saca las fuentes del armario de la cocina y desliza en ellas las verduras cocidas y la carne –a sabiendas de que comen demasiada, también por hábito y pereza–, condimenta, adorna con perejil, pimiento de Espelette, y entretanto Patrice e Ida se atiborran de pan, sus mandíbulas parecen bailar o afanarse en masticar, deformadas por la miga, por el hambre que los atenaza aún desde hace al menos una hora durante la cual no han cesado de repetirse esperamos a mamá, comiscando, dándole a los pepinillos y las rodajas de salchichón y los patés, como todos los días, ese día como cualquier otro.

Hay que esperar a que Marion venga a sentarse para empezar a hablar –retazos de conversaciones que no acaban de terminar, interrumpiéndose por la menor cosa, ah por cierto, escucha–, y aguzamos el oído dos minutos por un asunto que nos interesa de las noticias, abandonando lo que habíamos comenzado a decir y que diremos luego o mañana o si no otra noche, porque en todas esas noches las conversaciones reaparecen, se prolongan, estirándose de uno a otro día, de una a otra semana, como si se tratara de una sola y única conversación que se repitiese, se desplegara, se transformara cada noche, compuesta de palabras idénticas o con algunas variaciones, al margen, sobre un pormenor, una idea nueva, sobre el día que uno ha pasado, sí, Marion cuenta, bah, no ha habido nada muy interesante hoy, pero creo que hemos cometido una gilipollez las chicas, bueno pues que un cliente nos ha pedido carteles, marcapáginas, y no le hemos preguntado si tenía los derechos para las imágenes.

Cariño, ¿quieres más carne?

Ida no contesta y es como si Marion hubiera hablado para no decir nada, no se da cuenta de que Patrice está esperando que siga, pero no, se le olvida, puede que en realidad no haya oído a Patrice que le pide que siga, pues está ya absorta en el plato vacío de su hija, su hija ha comido deprisa,

Cariño, ¿quieres más carne?

demasiado deprisa, estará hambrienta. Entonces qué importa esa conversación en la que no cree, aunque la ha iniciado ella, como si estuviera ya harta de ese asunto de la gilipollez que cometieron en el curro porque, al fin y al cabo, sus colegas y ella han agotado ya el tema tras haberle dado vueltas y haberlo estrujado en todos los sentidos, además lo ha contado por decir algo, por hablar, así que repite,

Cariño, ¿quieres más carne?

porque lo único que le importa a ella es el plato vacío de su hija. Luego sigue hablando, como si no hubiera habido interrupción: no le hemos preguntado si tenía los derechos, pero una agencia de fotos ha presentado denuncia contra el tipo y evidentemente el muy cabrón se ha vuelto contra nosotros.

¿A qué os exponéis?

A nada. En realidad, a nada. Pero nos han convocado mañana a las tres con el director de proyecto y el jefe.

Y se hará un nuevo silencio, como si todo tema estuviera agotado, nacido muerto, abocado al fracaso, como si nada de lo que se dijera pudiera aventurarse y constituir una conversación, pues, después de la jornada, con el cansancio, les da la impresión a los tres de que las conversaciones son vacuas y reflejan más un malestar que un deseo de compartir la jornada; así que escuchan las voces de los periodistas que les llegan del salón, con el volumen lo bastante alto para que se oigan a pesar del comedor que separa el salón de la cocina. Nunca se les ha pasado por la cabeza cenar en el comedor, salvo los días de fiesta, como harán mañana, pues las comidas transcurren en la cocina; escuchan la televisión como se hace con la radio, lo que importa es lo que se dice, escuchan lo que se dice, hacen comentarios, Patrice, sí, sobre política, despotrica, sobre Europa, despotrica, pero Marion no le sigue nunca la corriente pues sostiene que ella no sabe nada de política, o que prefiere no oír hablar de ese tema, y mira comer a su hija, la observa, a veces parece auscultarla para ver si está bien, si todo está bien, como si su hija se hallase en peligro o como si fuese la única cosa en el mundo que le importase, ver comer a su hija, y desde luego no oír hablar de política, ni de nada, sobre todo de boca de Patrice. Y sin embargo, todas las noches, hay un momento en que Patrice habla, en el que va a contar lo que ha acontecido para él, en la granja, un ternero que se ha roto una pata, un problema en la quesería, más raramente de dinero —no le gusta exhibir sus dificultades o los temores que le embargan ante inversiones acaso azarosas, los intereses de los créditos, los vencimientos, pero por las noches abriga la convicción de que hay que hablar, deben hablar, es necesario, no quiere ese silencio de muerte que reinaba en su infancia en torno a aquella mesa, con sus padres y hermanos.

Entonces habla, sobre todo lo que se le ocurre, y esta noche —mira, hoy he acompañado a Christine a la gendarmería, ha vuelto a recibir una carta anónima. Sabe que Marion e Ida pueden reaccionar, recordando que habían convenido no mencionar esa historia de las cartas anónimas en presencia de Ida, para no asustarla, ¿acaso son cosas que puedan decirse delante de una chiquilla? ¿Puede hablarse de esas amenazas, de esa maldad, no hay que protegerla y hacerle creer durante el mayor tiempo posible que el mundo que nos rodea no está poblado de locos furiosos ni de gente amargada, envidiosa, mezquina? ¿O bien por el contrario hay que revelarle ya lo que, tarde o temprano, descubrirá por sí sola? ¿Hay que decírselo, prepararla para enfrentarse a ese mundo? Lo han hablado ya en varias ocasiones, no lo habían aclarado, pero Marion había dicho, no, no se habla de eso en la mesa.

Es demasiado tarde para esta noche. Infringe lo que se había decretado como una ley, elude una barrera, pero lo más importante para él, en este momento, es no dejar espesarse el silencio en torno a los gestos de la cena, de sus pensamientos vueltos todos hacia el interior de la vida de cada uno y resueltamente cerrados a los demás, pese a las ternuras que comparten, que vienen como esquirlas a clavarse tras el rostro para sorprender una señal de connivencia, una complicidad sobre una historia que a uno le gustaría oír, entender, una idea, algo, pero no, todo permanece confinado y lo único que se comparte es la voz de un periodista televisivo o de un reportaje sobre cualquier tema camelístico, y Patrice se empecina, como en todas las cenas familiares, y habla, ha llevado a Christine a la gendarmería, ha recibido otra carta anónima –¿ah, sí?–, ve que Marion se interrumpe una fracción de segundo, no sabe si para decirle que se calle, que no mantiene su palabra e Ida, de repente,

No me ha dicho nada Tatie, ¿por qué no me ha dicho nada?

Porque no es importante, contesta Marion con tono casi distraído, para desdramatizar lo que presiente en la pregunta de su hija; Ida frunce el ceño,

Pero ¿por qué la gente envía cartas así?

y contesta Patrice, Patrice que se da cuenta de que no tendría que haber hablado, de que Marion se lo echará en cara, o más bien, sabe que no hará nada contra lo que ha dicho, manifestará su descontento mediante una forma de ira fría, Marion no dirá nada, eso seguro, sabe que después de la cena se quedará solo en la cocina, sentado ante la mesa, que sentirá abatirse sobre él, en todos sus miembros, el peso de una fatiga desproporcionada, su desgaste, ¿puede ser que la edad le caiga encima con tal brutalidad? Tiene cuarenta y siete años y a veces piensa que tiene dos veces más, le da la impresión de que todo se contrae en él, se encoge, bebe una copa de vino y oirá en el piso de arriba a Marion y a Ida, y, sin saber muy bien por qué, algo le herirá, las oirá reír a las dos, algo lo enviará a un sentimiento lejano, perdido en las brumas de su infancia, la sensación de ser excluido, ajeno, quizá ya olvidado o inútil.

6

En la oscuridad de la habitación, las estrellas fosforescentes que constelan el techo brillan con su destello anisado y pálido; Ida las escruta como si observase la misma bóveda celeste, oye los pasos de su madre que desciende la escalera de madera, y la madera cruje, cada peldaño con su crujido propio, más o menos pronunciado, más o menos singular, y es así todas las noches, cuando su madre la deja esperar el sueño, temblorosa aún, emocionada por la lectura que le ha hecho, Ida mira el techo y se recrea soñando. Ida sabe leer muy bien y le gusta la lectura, pero todas las noches mamá cuenta una historia que va a buscar en el gran libro de tapa amarilla, letras doradas y en relieve, parodia del libro dorado como los que abren los viejos filmes de Disney –un libro que compila cuentos del mundo entero, historias y personajes por los que se tiembla, todo bajo este único título: *Las Historias de la noche.*

Esta noche la historia era la de un hombre que mata a su vecino porque le envidia la parcela de tierra que el otro se niega a cederle, pero el perro del vecino muerto persigue al asesino por doquier y aúlla tan fuerte todas las noches que este se ve finalmente obligado a acudir al sheriff y confesar su crimen; por supuesto, el perro encuentra el lugar donde el otro ha enterrado el cuerpo de su amo. La historia no asusta a Ida, a quien por el contrario emociona mucho el amor de ese perro, por su fidelidad a la memoria de su amo, por su obstinación en desenmascarar al asesino y reclamar justicia y reparación –una tumba cristiana para su amo en vez del anonimato de la fosa a la que lo había condenado su asesino–, e Ida no ve ninguna de las imágenes horribles que abundan en el texto, pues todo gira en torno a ese perro y su devoción, su amor a su amo, un perro del que Ida ignora si es de una raza especial o si es un mestizo, se dice que le encantaría tener uno así, que la siguiera a todas partes y estuviera dispuesto a todo por ella, como un hermanito o un amigo secreto. Ida, los ojos pegados al techo, ve confundirse la bóveda celeste con el sueño que la envuelve, en el que se enrosca dejándose mecer, llevar por esa somnolencia que desciende sobre ella y adormecer por la voz de su madre, mientras le cuenta una de las *Historias de la noche* –estas son en ocasiones un poco aterradoras, eso sí, no todas adecuadas para una chiquilla de su edad: las hay para niños pero también para adolescentes, donde los vampiros hacen que las noches sean distintas a cuanto Ida conoce y que su madre le lee riendo, adoptando un tono exageradamente grave como para neutralizar todo peligro de miedo por parte de su hija, haciendo estallar en sus oídos la ironía y la inverosimilitud de la historia que narra. Pero se las lee aun así e Ida sostiene que son las que prefiere, cuando en realidad esas historias se cuelan secretamente en sus sueños, colorean sus noches con imágenes y sensaciones que hacen que a veces, por la mañana, Ida se despierte temblando y preocupada por presencias o voces que al parecer le han susurrado historias más temibles que las que le ha leído su madre, con esa voz que tanto le gusta oír y que es casi más hermosa que la de la misma historia, como si el embrujo no se debiera a las palabras de la historia ni a la historia misma, o no solo, sino a la energía, al movimiento, a la vibración que circulan en el espacio ínfimo del aliento que la transporta.

He ahí lo que le gusta a Ida, sin saber nombrarlo. Como le gusta el ritual tan perfectamente engrasado de ver a su madre cerrar el libro y depositarlo en la mesita de cabecera a su lado, y el momento en que se inclina sobre su hija —sus caras tan próximas la una de la otra—, ese momento en que madre e hija se susurran tiernas tonterías,

Te llamo si tengo un problema.

Pero no tendrás ningún problema.

Ya, pero ¿y si aparece un dragón?

A los dragones, les rompes los dientes.

Así, mientras se entretiene con la bóveda celeste, en el techo de su habitación, Ida oye los pasos de su madre en la escalera, y también, pero de más lejos, las voces y el sonido metálico de la televisión, ¿estará Patrice ante la pantalla o sigue en la cocina, acabando a solas su cena, prolongándola más o, por el contrario, habiéndola terminado, puede que esté recogiendo la mesa, a no ser que esté esperando —no, sabe que no. Sin verlo, se lo sabe de memoria: Patrice está sentado en el grueso canapé de cuero azul o casi turquesa frente a la tele, en el salón, y es el único momento del día en el que se ve con derecho a no hacer nada, es decir el único momento durante el cual acepta abandonar su cuerpo a la relajación, y dejar flotar su mente en la pantalla 16/9 de colores saturados, demasiado vivos, a los que no presta mucha atención, pues en realidad no suele quedarse ante el televisor, salvo a veces por la noche, cuando el sueño lo rechaza obstinadamente y acaba renunciando a buscarlo, pero solo entonces, porque, en cuanto se instala ante una película con Marion, se duerme o se amodorra, hasta tal punto que al cabo de un rato reacciona pero ya no se entera de nada, insistiendo a veces para seguir a su lado e intenta no dormirse, para estar con ella y acostarse al mismo tiempo, aun cuando las más de las veces no merece la pena, ante la pantalla se cae de sueño, no entiende nada, se le han esfumado los personajes, las situaciones, el argumento, todo.

Esta noche, como casi todas las noches, oye pasos en la escalera mientras dormita ante los anuncios, o bien ante el parte meteorológico, con el mando en la mano cuando no se le pasa por la cabeza utilizarlo para cambiar de cadena o para apagar el televisor, cosa que podría hacer pues sabe lo que va a ocurrir, esta noche como todas las noches: Marion va a bajar la escalera y no hará el gesto que él ansía, cuando le consta, cuando sabe sin la menor duda, que no se lo concederá, como si aquello no tuviera la menor importancia para ella, y por eso él intenta contener ese leve dolor que siente, esa humillación, y todo es tan rápido, un soplo, ya está, se acabó, ha pasado a unos metros de él y no ha hecho el amago de volverse para dirigirle la palabra o sonreír. Le hiere un poco, una sensación fría que le atraviesa el cuerpo, le recubre el interior del pecho pero rechaza esa sensación incorporándose y deslizando el mando sobre la mesa baja ante él, y, como quien se arroja al agua, conteniendo el aliento, todo el cuerpo requerido para ello, levantarse –la verdad es que está demasiado gordo, el aliento es demasiado corto, le sorprende ver cómo con la edad el cuerpo se le escapa también–, comprende por qué ella no se mueve hacia él, hacia su cuerpo demasiado pesado, su carne gelatinosa casi rosada y repugnante, su carne obscena le asquea de sí mismo, ese cuerpo que soporta con desprecio y consternación, y, cuando se acerca a la cocina, el olor del humo del cigarrillo le invade las fosas nasales, perfumando toda la planta baja de la casa con la presencia de Marion.

Es el único cigarrillo que se permite aquí, abriendo la puerta vidriera de la cocina; Ida está acostada, Marion se encuentra frente a la mesa sin recoger –los platos pringados de salsa con las huellas de pan, y las migas, las manchas, los vasos sucios, los tenedores, cuchillos, cucharas, los restos, residuos, tarros de yogur vacíos, mostaza sin cerrar, tapón de vino pegado a la botella, sacacorchos tirado, todo eso, él lo sabe, la cansa porque ella también trabaja, ella también se cansa y, maldita sea, por qué, en vez de sentarse en el canapé, a la espera de que Marion le cuente la historia a su hija, por qué, en vez de repantingarse ante la tele, no ayuda a su mujer, él que tantas veces ha repetido que estaría dispuesto a *todo* por ella, sin tampoco llegar a hacerlo *todo* por ella, no se levanta al menos a recoger la mesa, limpiarla, meter los platos y los vasos y los cubiertos en el lavaplatos en vez de esperar a que sea ella quien cargue con el mochuelo, por qué ni siquiera le pregunta si necesita ayuda, como si ella no hubiera agradecido que recogiese la mesa de cuando en cuando, en vez de seguir, como hace, sin interrogarse nunca sobre las razones que le impulsan a no hacer nada, como si, al haberse convertido en una costumbre, no pudiera replanteárselo o como si, una vez más, se tratara de rendir tributo a privilegios, sombras, ritos, hábitos que arrastran sus viejos códigos caducos y misóginos cuando él, Patrice, está convencido de que es ajeno a todo eso. No, no se siente como los ancianos que conoció en su infancia, ni siquiera como sus padres, como su propia madre, a quien nunca se le habría pasado por la cabeza trabajar en otro lugar que en la granja de su marido ni de pedirle que quitara la mesa, que fregara los platos, cuando ella también habría pensado que era su trabajo, que ese trabajo le correspondía porque lo habría considerado envilecedor y degradante para un hombre, Eso, no, Patrice no lo piensa. Se sienta todas las noches, a la hora de la cena, en la cocina de su infancia, y, aun enteramente rehecha, no hay nada que hacer, nada cambia en el secreto del tiempo, no basta renovar, reparar, ocultar tras la pintura y la modernidad, siempre afloran resabios de una época que se querría olvidar. No se lo plantea, pero Bergogne hijo imita a Bergogne padre, o lo prolonga sentándose como él, en la cabecera de la mesa, como ha visto hacer toda la vida.

Patrice avanza ahora hasta la puerta de la cocina, donde sabe que encontrará a su mujer fumando, pero también con los auriculares puestos, ella sostiene que escucha música con los auriculares mientras friega y recoge la cocina para no molestarlo mientras mira la televisión; pero él no la cree, sabe que en realidad lo hace para aislarse de su presencia, como para prevenirle de que no quiere que la moleste y para encontrar un rato en el que pueda prolongar ese amado aislamiento que encuentra en el coche al volver del trabajo, y también en el sueño, como lo encontrará luego. Patrice se sabe todo eso al dedillo, ese momento en que la ve de espaldas metiendo la vajilla en el lavaplatos o fregando las fuentes a mano, silboteando y cantando, sin ser consciente sin duda de que canturrea casi en voz alta en la cocina, y se pierde en sus pensamientos mientras le da al pitillo, cerrando casi los ojos, el ceño fruncido, a sabiendas de que Patrice está detrás de ella, lo bastante lejos no obstante, pero no en la misma cocina, manteniéndose en el mismo marco de la puerta, y de que mira su cabello cuyo color rubio le realzan con tintes una vez al mes en la peluquería, los pendientes de aro, el jersey ligero que deja asomar a ras del cuello, como una criatura mágica, el dibujo de un tatuaje del que solo ve la parte que emerge: alambres de púas, como una trenza de espinas, como la corona en la cara ensangrentada de Cristo. Cada vez esa visión espanta a Patrice, cómo ella, que nunca habla de ello, pudo aceptar que le inscribieran semejante imagen en la espalda, por qué ese tatuaje, en un sitio donde tantos otros los tienen tan bonitos y originales, maoríes, floridos, artísticos, mientras que se advierte que el suyo se lo hizo alguien que no conocía muy bien su oficio, en una época en que las mujeres, sobre todo, no se hacían tatuar.

Casi todas las noches se repiten los mismos gestos, los mismos actos insignificantes y lentos, casi mecánicos, efectuados unos tras otros, sin que se pregunten el porqué ni se pongan en duda –¿por qué él decide cepillarse los dientes antes de ponerse el pijama o a la inversa? ¿Por qué, como todas las noches, le da por sentarse ante el ordenador del despacho en el salón después de que Marion haya acabado de recoger la cocina y la haya visto subir a acostarse? Sabe que ella va a prepararse, a acomodarse en la cama y leer media hora o un poco menos, cayéndose de cansancio, a veces sin verse con fuerzas para apagar la lámpara de su lado y dejar que el libro abierto se le caiga, casi desplomado, encima, a la altura del pecho, como si el sueño la hubiera invadido de improviso y no hubiera podido luchar contra el adormecimiento como él no puede luchar todas las noches contra esa necesidad que tiene, siempre, de levantarse e ir a consultar todos sus mails, no solo los que ha recibido desde hace ya un rato –el número considerable de aquellos a los que no había contestado–, sino los nuevos, los que van a exigirle una cita para venderle material agrícola o recordarle que debe dinero, que debe pensar en vacunar a los animales, en renovar el seguro de esto o aquello, pues a diario afluyen a su correo electrónico un montón de mensajes que debe comprobar para no asfixiarse mientras duerme, y todas las noches el tiempo que les dedica le sirve, en el momento en que apaga el ordenador, para encontrarse solo en la casa; en el pasillo, arriba, abre la puerta de Ida y la encuentra dormida muy profundamente, los brazos abiertos, el busto inclinado a dos dedos de caerse de la cama, las piernas cruzadas fuera del edredón; permanece el tiempo necesario para juntar ese cuerpo del que cada miembro parece querer separarse del resto corriendo en el sentido opuesto de su pareja, y, en el momento en que se acerca a su habitación, oye ya la respiración pesada, larga, casi un ronquido, la señal de que Marion se ha dormido –en ocasiones se apresura, no abre el ordenador, deja todo en suspenso, las cartas insistentes de los bancos, el fondo de pensiones, la contabilidad, y corre a su cuarto esperando que todavía no esté dormida.

A veces se la encuentra enfrascada en un libro, el libro colocado sobre el regazo, con cara de estar concentrada en una novela policiaca, tan absorta que no lo ve. No sabe si lo oye, se alegra tanto de que no se haya dormido. Pero esta noche, cuando entra en la habitación, duerme. Sabe que ha tardado en subir, ha percibido esa calma en que la misma casa parece hundirse en la oscuridad y el silencio, lentamente, dejándose ir suavemente, en tanto que él no lo consigue, de pronto angustiado al pensar en un mensaje al que debe por fuerza contestar para apaciguar a un acreedor, porque, sin atreverse a confesárselo, teme recibir el mensaje de un banco que podría no concederle una prórroga, el mensaje de un alguacil, una citación, un requerimiento, y es que esta noche ha dejado pasar demasiado tiempo, lo sabe, ha subido y ha sabido enseguida que esposa e hija dormían, que estaban juntas, aunque en habitaciones separadas, pero en la misma temporalidad, en el mismo mundo compartido de la vida de ambas, excluyéndolo a él, dejándolo solo al borde de su camino. Y entonces recobra ese silencio de la noche, como cuando era niño y su madre tenía que tranquilizarlo, decirle que los muertos no se levantan para comerse a los niños ni para jugar con ellos, como le explicó una noche en que él lo temía y lo creía. Ese dolor tantas veces repetido de tener la sensación de estar ausente en la mirada de ella, cuando toda esa belleza en la que él creía –o había creído– que le daba acceso, la posibilidad de contemplarla, de tocarla, lo arrojaba aún más violentamente a su soledad, simplemente debido a un libro abierto que acaba de cerrar y dejar en la mesita de noche.

La mira dormir, lleva tan solo una camiseta demasiado grande, gris, en la que su cuerpo parece flotar, y sin embargo sus pechos parecen más grávidos que cuando están en un sujetador. Los mira sin empacho, sin apuro, su forma, las curvas, su peso; le gustaría tenerlos en sus manos, sopesarlos, acariciarlos ni que sea a través de la tela, como mira sin empacho también el escote demasiado profundo y la piel en la que algunas arrugas dibujan líneas que él va siguiendo, y el cuello, el rostro de perfil de su mujer, su belleza que se ignora en el momento en que descansa, cuando duerme, dejándole a él el privilegio no de poseerla sino de contemplarla, sorprendiéndose aún de poder gozar del privilegio de admirar a esa mujer y de verla dar vueltas a su alrededor, vivir, reír, y dormir; y ha de resignarse a esa herida que se despierta a esta hora, cuyo dolor consigue burlar a través del afán en el trabajo, de todos los problemas que lo abruman y en los que opta por ahogarse para olvidar que su mujer, con su aliento, su boca –sus labios–, la forma de su nariz, las arruguillas en la comisura de los ojos y ese olor que solo es suyo y del que la habitación, las sábanas, la pro-

pia casa parecen una emanación, no le deja ya tocarla con frecuencia, él que se muere de la vergüenza que le produce desearla,
sabiendo que, una vez al mes quizá deja que su cuerpo rechoncho,
de grasa y músculos pesados, rosa y pálido, lívido como el de un
cadáver, de una piel rugosa, maloliente, agria, su cuerpo que él
mismo mira con asco, con vergüenza, se satisfaga en ella, dejándolo retozar como ve que ella hace, cerrando los ojos y conteniendo el aliento, lo sabe –esperando que despache su faena lo antes
posible, como si no quedara más remedio que concederle al
menos eso.

7

La maquinilla eléctrica vibra en su mano y produce el sonido de una nube de abejas mientras se dice que Christine tiene razón, esa maraña negra y gris de pelos rebullendo en sus mejillas y en su barbilla queda fea y le envejece –o más bien, trasluce algo de él, de su malestar consigo mismo, con su imagen, cuando a veces le presta atención y se decide a hacer algo, no porque le preocupe de verdad sino porque sabe que es importante para Marion que, aun cuando no se lo confesará nunca, en todo lo que rechaza en él, debe de contar en parte esa indolencia, ese descuido que concede a su apariencia, porque a menudo sorprende esa desolación con que puede mirarlo cuando salen y se ven obligados a enfrentarse a la presencia de otras personas.

Sabe que Christine opina que Marion en ocasiones lo mira con arrogancia, y conoce lo bastante bien a Christine como para intuir lo que piensa de su mujer, cómo lo piensa, en qué términos –si se atreviera a decirlo con las palabras que tiene en mente y que le consta que no son palabras indulgentes o cariñosas, pero que Christine se ve obligada a guardar para sí, hasta tal punto deben de restallar en su cerebro–, por quién se toma, Marion –esa pindonga de Marion, la pretenciosa Marion que va de diva–, la gilipollas de Marion. Pero Christine nunca ha dicho nada, él sabe que es consciente de que no debe intentar nada, porque conoce sobradamente las reacciones que puede tener un hombre enamorado como para saber que no se lo permitiría, que no le concedería el espacio para hacerlo, tanto más porque Christine puede también ser desdeñosa y altiva, así que ¿qué podría alegar para atacar a Marion? Patrice se dice, cuando lo piensa –a veces podría pasarse horas enteras dándole vueltas a su irritación contra palabras que Christine no le ha dicho pero que sabe que piensa–, que decididamente uno ve la paja en el ojo del vecino y nada en el propio, nada, poco más y llegaría a pensar que Christine quiere acusar a Marion de sus propios defectos, aun si lo que piensa entonces, sobre todo hablando de la paja en el ojo ajeno, es que en realidad el peor de todo aquello es él, él, que pretende amar a su mujer *más que nada* y ni siquiera piensa en ayudarla en los más sencillos quehaceres caseros, o alguna que otra vez, porque ya no queda más remedio y hay que ocuparse de la casa haciendo bricolaje los domingos –cambiando una junta en el cuarto de baño o decidiéndose a arreglar la lavadora–, y tanto más cuanto que Marion no tuvo otra que aprender a apañarse, ha vivido sola lo suficiente como para saber cambiar una bombilla. Ahora, casi siempre se encarga ella de la compra al volver del trabajo –el Super U le cae de camino, es cierto, pero nunca se le ocurre descargarla de eso por ejemplo el fin de semana, al igual que le cuesta lo suyo acudir a las visitas médicas de Ida y más aún cuando la profe quiere ver a los padres; siempre carga con ello Marion, aunque suele darle la impresión de que, de una manera indirecta y tácita, impone que de todo lo referente a su hija se encargue ella.

De cuando en cuando, en cambio, Patrice intenta prestar atención a su atuendo, no llevar siempre la misma eterna camisa a cuadros superdesvaída, raída, cuyos colores han desaparecido casi de tantos lavados y tanto sol. Intenta agradarle, invita a gente, hace regalos –muchos– e intenta, más esperando llamar su atención que por complacerse a sí mismo, esforzarse en su apariencia, aun cuando no visita con frecuencia la peluquería, ha engordado demasiado y no ha renunciado a ir a cazar con los amigos. Se dejó aquella barba pensando que a ella le gustaría, aunque evidentemente fracasó, fue un fracaso, la barba le daba un aspecto astroso, no del todo frondosa, compacta, por no haber ido al barbero como todos los tipos a la última, y, al ver los rebujos aglutinados de pelos negros y blancos en el lavamanos, se repite que hace bien quitándosela; esta noche, para su cumpleaños, Marion lo redescubrirá como lo conoció. Le hará ilusión, y de todas formas tenía razón Christine, estaba ridículo, no le favorece, como cada vez que ha querido *ir de guapo*, no le ha favorecido nada, y se siente como se sentía ya, de adolescente, cuando intentaba vestir bien y al final se sentía ridículo y afectado, con su único pantalón de pinzas y su chaqueta con hombreras, su corbata de cuero, su gel extrafuerte en el pelo para salir los sábados por la noche a los bailes, a la sala de fiestas, donde siempre los tíos más espabilados sacaban a las chicas que acudían en pandilla, y en torno a las cuales se veía dar vueltas a chicos de pelo largo en el cuello y corto encima y delante –un flequillo muy alto: el corte mullet–, o pelo muy corto con la cola de rata colgando del cuello; tipos que eran obreros, albañiles, aprendices, artesanos, había de todo, chicos que como él venían de su aldea, de las granjas, pero también de las urbanizaciones y de las viviendas baratas, de lejos a veces, y que se marchaban las más de las veces con el rabo entre las piernas pero que, por la esperanza de una cita, estaban dispuestos a aguantar toda la velada en la cantina, vaciando botellines de cerveza por packs enteros y contando los botelleros vacíos que se acumulaban detrás de la barra, y esperando emborracharse lo suficiente para lanzarse a tentar la suerte con una chica a la que conocían por lo menos desde la escuela primaria.

Había visto y participado en aquello, pero poco a poco todos se habían casado, los compañeros de la escuela, los chicos que conocía de vista; todos los de su edad habían sentado la cabeza y tíos más jóvenes que él en cambio se habían abonado a la cantina de la sala de fiestas, habían tomado la iniciativa de ligar con las chicas en cuanto se achispaban, mientras que él nunca se atrevía, siempre solo como los últimos colgados de los que la gente solía compadecerse, aquellos tipos un poco retrasados como Mauduit hijo, a quien veían en los campos con sus cabras desde toda la vida y a quien llamaban inevitablemente Ugolin por sus orejas de soplillo, un chaval que no había ido a la escuela y que se había hecho adulto como por accidente, o como Albert, a quien llamaban Einstein, un chaval que había acabado encontrando a Dios y vivía en un cobertizo habilitado en la granja de su abuela, cuyas paredes había forrado con pósters que había sacado de las páginas centrales de *Playboy* encontradas no se sabía dónde. Patrice siguió yendo al baile durante mucho tiempo, pegado a su cerveza mientras una orquesta tocaba éxitos de los años ochenta en imitaciones toscas, dándose cuenta un día de que era demasiado tarde, de que para los chavales —los hermanos pequeños de aquellos con los que había empezado a ir— que a su vez acudían a hacer de gallitos y ligar con las chiquillas de quince años, debía de darles la impresión de que él era también un retrasado, a quien algunos iban a tratar de campesino, cuando ellos trabajaban también en granjas; pero lo catalogaban como a esos tontos de pueblo con quienes uno se reía, de quien uno se reía apandándoles sus Gitanes Maïs o sus Gauloises, al tiempo que les daban coba con grandes palmaditas en la espalda, tipos a quienes se quería por eso pero también porque eran patéticos, con ellos todo el mundo se sentía mayor —todos aquellos adolescentes inseguros que iban de hombres y soñaban con pescar a las chicas, llevárselas a dar una vuelta con su Golf GTI o en sus Renaults 17 tuneados.

Patrice había acabado también por no ir al baile —él que no había bailado nunca, que había estado a punto de matarse diez o veinte veces al volver a casa, demasiado borracho como para no confundir la carretera y la cuneta lanzado en su viejo Fiat Panda negro, después de dejar que su 103 se pudriese en el granero junto con una parte de su infancia y de su adolescencia, él que había estado a punto de pegarse casi las mismas veces y a quien había perseguido un tipo que quería machacarle el cráneo a golpes de pico –un pico que el tipo guardaba en el maletero de su 205– porque había sorprendido una mirada supuestamente insistente de Patrice a su novia, y, él que en el baile no había hecho nunca más que mirar de reojo a unas adolescentes que tan solo buscaban pasar el rato, bailar, casarse y que, mira por dónde, no lo habían visto nunca. Bien es cierto que a fuerza de verse rechazar un baile, una copa o, en caso de que ellas los aceptasen, tener que oírlas narrar su amor perdido por un guaperas que se había marchado con otra, consciente de que no podría sacar provecho alguno de la que se quejaba pero tampoco tenía nunca ojos para él, como si no estuviera allí, siempre invisible, siempre atónito de cómo las mujeres no hacían sino enviarlo a su soledad, a su fracaso, a su odio a sí mismo, al final dejó de salir.

Desde entonces, había mantenido relaciones con dos mujeres.

La primera, que no duró mucho tiempo pero a la que amó –o creyó amar– porque le hizo ver que, contrariamente a lo que él creía, podía ser atractivo, podía también considerarse que su planta no era la de un hombre gordo sino la de un hombre fuerte, una suerte de Depardieu o de Lino Ventura de pueblo, que tenía rasgos singulares, sí, un rostro tal vez enfurruñado pero en el que podía también leerse la expresión de un gran pudor, timidez, que podía agradar, y además agradó a aquella mujer con la que había estado en la escuela y a la que se encontró un día detrás de la caja de un supermercado; y fue él quien se sorprendió invitándola a tomar una copa.

Al cabo de unos meses ella se marchó, contando que necesitaba otra cosa, y él se dijo las mujeres se marchan por eso, por *otra cosa*, no era tan tonto como para no saber interpretar y decirse: *por otro*. Después conoció, un poco por azar, a una mujer que fue capaz de infundirle confianza, de hacerle ver que su cara podía no resultar fea como él se lo contaba a sí mismo desde la adolescencia, porque confundía la fealdad con la rudeza. Aquella mujer le dijo que parecía honrado, que se advertía en él –lo que se le antojó una tontería–, aquella mujer que no era muy guapa, él lo sabía, pero como él tampoco y como nadie lo era de todas formas por estas latitudes, tanto daba, a las personas que son guapas o que aparecen como tales se las ve vivir en la televisión dramas psicológicos en grandes pisos cuyas llaves nadie tendrá nunca aquí. Así pues, aquella mujer le gustó. Estuvo mucho tiempo con él, pero no tuvieron hijos, uno de los dos no podía tenerlos, y, cuando se planteó la hipótesis de que podía ser él, se negó a que le hicieran la prueba para analizarle el esperma –hizo una vez lo que odiaba hacer, dejarse llevar por su ira, por esa violencia que se pasaba el tiempo reprimiendo, contrariamente a lo que su padre hacía con sus hijos, a diario, con los pretextos más diversos, *soplamocos*, golpes con la palma de la mano, a los tres chicos pero sobre todo a él, Patrice, porque era el mayor, mamporros feroces apenas cubiertos por los gritos de la madre que suplicaba a su marido que parase –¡Para! ¡Para! ¡Lo vas a matar!–, y lo cierto es que en la familia eran así desde hacía tiempo, todo el mundo sabía que el abuelo de Patrice fue un hombre violento, que acabó en el manicomio cuando durante toda su infancia Patrice creyó que era un jubilado en una residencia de jubilados, pero no –Intentó matar a tu abuela a cuchilladas, le había contado su madre, un día en que él le preguntaba por qué en su casa reinaba siempre tanta violencia, por qué los hombres sufrían de demencia, el abuelo, el padre, y él, Patrice, que temía ser como ellos, llevar eso *en la sangre*, y que le asqueaba la violencia que sentía hervir en él, aunque estallaba raras veces, en todo caso casi nada desde que era hombre, y nunca más desde que conoció a Marion–, no como cuando explotó de rabia contra aquella mujer con quien tenía que haberse casado y que insistió en que se hiciese una prueba para saber si era él el estéril, tras haberse burlado y reído, juzgando ridículas aquellas aprensiones de macho, aquellos pudores de otro tiempo, y él arreó un puñetazo en la mesa, literalmente, como había visto a su padre hacerlo tantas veces, y luego, sorprendiéndose por su ira, dejándola subir de punto, Patrice la había emprendido con las sillas, y poco más y habría sido ella a quien hubiera apaleado y estrellado contra una pared, la mujer que él quería como madre de sus hijos y de quien pensaba que *era la buena*, imaginándose que podía esperarse todo de ella y que se acomodaría porque todas las mujeres de la aldea habían apencado con todo, sin dejar nunca a los maridos y sin ni siquiera pensarlo, ignorando que todo había cambiado, que el mundo había cambiado, él que se felicitaba por no ser como su padre y que, sorprendido de ver aflorar aquella vieja furia estúpida, salvaje, de asesino que pervivía en la historia de su familia, tuvo que resignarse a comprender que no estaba a salvo de esa violencia que odiaba en su padre. Y así, a la mañana siguiente, la mujer se marchó, sin dar más motivo que el terror y el asco que había experimentado al verlo *loco* de rabia –no se puede vivir con un hombre que tiene la mirada que tú tenías anoche. Le había dado la razón: había tenido la inteligencia de no soportar a aquel energúmeno que Patrice albergaba en la cabeza.

Pero todo eso, ahora, se ha acabado; recoge en la palma de la mano todos los pelos de su barba, los tira a la basura bajo el lavabo, enjuaga el pilón, se mira –su piel blanca está ajada, el sueño persiste aún en los ojos, en la piel espesa que hincha los párpados. Ahora recobra su rostro, el hoyuelo en la barbilla, las mejillas demasiado pesadas –bueno, se dice que hoy es un día especial, su mujer cumple cuarenta años. La ha besado al levantarse. Ella ha entreabierto los ojos y ha sonreído cuando le ha deseado un feliz cumpleaños. Ha balbuceado algo así como un gracias que él ha adivinado más que oído, es igual, todos los días se despierta antes que ella, acostumbra a sorprenderla en las brumas del sueño.

Dentro de una hora se habrá tomado ya el café, se habrá embutido en el mono de trabajo y habrá visitado a sus vacas, mientras que Marion no habrá terminado de preparar el desayuno de Ida ni de cepillarse los dientes, y piensa con frecuencia en esa imagen que le vuelve de los primeros días de su encuentro en que la ve de espaldas en el cuarto de baño de un hotel, iluminada por un fluorescente encima del lavabo, con su sujetador de encaje negro, pero sobre todo, en la espalda, ese tatuaje con un alambre de espino cortado a la altura del cuello y más abajo una flor gigante, como una rosa con los pétalos circundados por zarzas, traspasados por espinos metálicos y gotas como lágrimas o sangre, como si los pétalos sangraran lágrimas o lloraran sangre –una imagen violenta que no llegó a saber cómo había aceptado Marion que le tatuaran–, se preguntó si había practicado el motociclismo tiempo atrás, si había conocido a bikers o a rockers, e intentó vincular aquella imagen con imágenes que pudiera reconocer, pero lo que se le quedó al verla en aquella habitación de hotel, después de su primera noche, fue que antes de ser una promesa de amor, Marion era una desconocida, con el espesor de una vida de la que él lo ignoraba todo. Le sorprendió el tatuaje porque no coincidía en absoluto con la imagen que se había forjado cuando la vio en una foto, cuando se hablaron durante las primeras citas a las que se presentó dándole la impresión de una mujer muy seria y sobre todo muy coqueta –¿demasiado?–, en absoluto una chica para un hombre como él. Una urbanita, a buen seguro, a quien gustaba que la llevaran al restaurante, al cine, incluso quizá al teatro, cuando él no había pisado nunca un restaurante ni un cine, y se habría pitorreado si le hubieran propuesto ir a ver un espectáculo –ni tiempo, ni nada que ver con su vida, ni pasta para despilfarrar por tan poca cosa–, porque había aprendido muy pronto uno de los reproches que se le hacía a la gente de las ciudades, lo que decía su madre con su tono severo, sin cordialidad ni concesión: la gente, en la ciudad, siempre con el monedero en la mano.

Creyó al conocer a Marion que aquello sería imposible, y se preguntaba cómo podía no darse cuenta de que no tenían nada en común, cuando, por el contrario, ella parecía feliz de verlo tan distinto que incluso había insistido enviándole unas imágenes de ella explicando, llena de ilusión, que estaba sacándose un título que le permitiría trabajar en una imprenta, cuando él dudaba en hablarle de la granja, de La Bassée, preguntándose como podía ella verle interés a eso, muy bien, se atrevió a decir, veámonos. Se encontraron y la primera vez ella se rió –un poco demasiado, como si se hubiera empeñado en encontrarlo gracioso, a él, sabiendo sobradamente que no lo era–, y le dejó atónito que quisiera volver a verlo, que pasaran una, dos, tres, cuatro, varias veladas en la ciudad, hasta llegar después del restaurante a compartir una velada en la bolera, otra en el karaoke, y luego la divergencia que había observado con la chica del tatuaje en la espalda, que había acabado si no olvidando al menos minusvalorando, pues las noches de amor, cuando la abrazaba, en la oscuridad de las primeras habitaciones, lo habían transformado todo, y la rosa arrugada, las espinas metálicas, todo aquello había acabado desvaneciéndose con la luz. En la oscuridad solo quedaron la calidez y la suavidad de la piel de Marion, su abandono, sus pendientes de aro en la mesita de noche; aquella divergencia que él presentía, acabó olvidándola totalmente o decidiendo no verla, sin pretender entenderla, porque lo más importante y lo más extraordinario era que una mujer de tal belleza e inteligencia se interesase por él, no solo por una noche, sino que le hablase de un proyecto de vida, de matrimonio –fue ella quien adelantó la palabra, que osó pronunciarla cuando ardía en los labios de Patrice desde hacía meses. Tendría treinta y dos o treinta y tres años cuando la conoció, recuerda aún la cara de Christine, su recelo, su silencio obstinado, suspicaz, Christine, que le había dicho que realmente era un extraño chisme, internet. Sí, lo sé, había contestado Patrice, nunca se me han dado bien las chicas, si es lo que quieres decir.

No, yo no digo eso.

Pero es la verdad. Pareces creer que porque la haya conocido en una página web –y había polemizado, explicando: sabrás que, en las páginas de encuentros, puedes encontrar también a personas de verdad. Yo, además, nunca habría encontrado a una mujer como ella. ¿Por qué no vas a encontrar a alguien tú también, ¿eh?

Ella se encogió de hombros y soltó una carcajada sonora y afablemente condescendiente.

¡Ah! ¿Yo? ¿Te me imaginas? Habrase visto, este Bergogne.

8

Bueno, en vez de tanta cháchara, más te vale espabilar.

Es verdad, Christine tiene razón, tiene que decorar el salón y preparar la mesa, ir a la ciudad –no precisamente en la puerta de al lado, por el riesgo de atascos en el cinturón–, Bergogne habla de cinturón, mientras que Christine, como incorregible parisina, habla del *périph'*, como si el nombre fuera a cambiar en algo en la realidad de esa cincuentena de kilómetros que Bergogne deberá recorrer para comprar el regalo de su mujer.

Esta mañana, han hecho lo de cada día: Patrice ha trabajado en el campo, Marion ha llevado a Ida a la escuela y se ha ido a su trabajo, Christine se ha sentado frente al lienzo que creía haber terminado la víspera y, en el taller, se ha encontrado con esa mujer desnuda y roja presidiendo una enorme butaca, como una reina un poco más grande que una mujer de estatura real, que espera no se sabe qué, como una gigante avejentada, cuya edad la lleva camino de la vejez, pero con suavidad, lentamente, acompañándola en su plenitud pero sin hacerla oscilar aún hacia la decrepitud, una edad de un viso que no es ya el del esplendor o del triunfo del cuerpo pero que tampoco es todavía el de su desmoronamiento, una edad humana fruto de deslizamientos, de épocas que se superponen, se contaminan un poco como las capas de pintura sucesivas dejan ver su presencia por veladuras, como si la edad dejara al descubierto varias épocas de una sola vida en una sola imagen. Durante toda la mañana, Christine intentó descifrar a aquella mujer preguntándose no por qué la había pintado ni por qué ese cuerpo había sido pintado con todas aquellas gradaciones, aquellas tonalidades de rojo, toda una gama que se había aplicado en unificar trabajando las superposiciones, las sombras y las luces, el espesor o la fluidez de la textura, como si la piel fuese puro color y la carne, como en los cuadros de Rubens que tanto la habían impresionado de joven en Amberes, y de los que conservaba un recuerdo entre la fascinación y el empalago, como ante un postre demasiado cremoso, se había transformado ella misma en pintura, procurando asegurarse de que la postura de la mujer fuera ajustada, creíble, no realista sino dotada de una densidad real; ¿era posible creer que aquella mujer estaba sentada en la butaca en la que debía estar sentada, que se sentía el peso de su cuerpo, de sus antebrazos en los apoyabrazos, imaginar la tensión de su peso en la butaca o, por el contrario, era un cuerpo que carecía de realidad y presencia?

Christine sabía que tenía que haber dejado de observarla –de tanto mirar demasiado tiempo un cuadro acaba uno no viéndolo. Más le habría valido salir a caminar, pasar la mañana fuera. Hace buen tiempo, habría podido desentumecer las piernas, deambular por la campiña bajo el cielo azul y casi suave, rebasado ya el invierno para abrirse camino hacia una estación más clemente; habría podido caminar a la orilla del río con su perro, para meditar, es decir para olvidar meditar y dejar vagabundear las ideas y los pensamientos, dar libre curso a la circulación de su mente, si no el pensamiento no sobreviene, dejarse llevar, como hace desde hace años con su perro, a andar el uno al lado del otro, a pasar horas por allí, o atravesar los bosques, caminos, antes de regresar y dejarse de nuevo invadir por las ganas de pintar o de leer, pero también de escuchar música tomándose un té. Además, hoy tiene que hacer tartas. La quiera o no, esta noche es el cumpleaños de su vecina, está todo previsto, y ella tiene su parte que cumplir: Patrice cenará con su mujer y su hija y ella se presentará a eso de las ocho y media, con dos o tres tartas distintas. Marion se sorprenderá quizá porque le parecerá demasiado para ellos cuatro, quizá se reirá, ignorando que a las nueve aparecerán sus dos colegas.

Pues sí. Una sorpresa suplementaria. Patrice había pensado en todo, pensó Christine cuando le comunicó su idea, y no era de extrañar, tenía mil delicadezas con su mujer desde siempre, aun cuando por fortuna se había aplacado, durante años había dilapidado todo el dinero que no tenía haciéndole regalos que ella no necesitaba y que por lo demás nunca había pedido, reconocía Christine, porque si bien reprochaba muchas cosas a Marion no le reprochaba ser despilfarradora o haber exigido a su marido que se arruinase por ella, eso no, Christine la había visto incluso con frecuencia inducirle a que ahorrase, como si a Marion le aterrase la idea de verlo ponerse en peligro financieramente por ella, y no era raro que Christine se hiciese la pregunta de si a Marion lo que la angustiaba era la idea de quedar en la indigencia –cicatera hasta la más vulgar tacañería–, o que tan solo se preocupara y fuera precavida, como quien, por haber conocido la pobreza, recela de ella como una enemiga personal de quien debe mantenerse a distancia. Pero el enamoramiento de Bergogne había rozado la ridiculez, con frecuencia Christine no había podido evitar encontrarlo pueril, sentimental y servil, o francamente bobo cuando la irritaba demasiado, nunca habría amado a un hombre que se comportase así con ella, demasiado dependiente, demasiado afectuoso, casi obsequioso, tan atento que parecía no tener vida propia, como si estuviese enteramente polarizado por su mujer; a Christine le había costado soportarlo, aunque por supuesto nunca se había atrevido a reprochárselo u observárselo; no lo hizo en la época en que él conoció a Marion como no lo habría hecho hoy, hacia el mediodía, cuando ha traspasado la puerta para comer, golpeando dos o tres veces la puerta vidriera y entrando sin esperar respuesta –se le oye desenlodarse las botas en el felpudo metálico fuera antes de entrar, va a lavarse las manos sin decir nada o un vago

¿Qué tal la mañana?

a lo que ella contesta con un vago

Bien, bien, ¿y tú?

Y a las doce han comido como todos los días, pero esta vez Patrice no ha tenido tiempo de tomar un café ni de charlar mucho rato. Tenía que ir a la ciudad,

¿Qué era lo que le ibas a regalar?

Un ordenador, pero uno bueno, el que tiene es demasiado viejo.

Ya... ¿Más de seis meses?

No, tampoco eso, ha concluido encogiéndose de hombros, como si él mismo no supiera cuántas veces se había gastado para su mujer y su hija el dinero con el que tenía que pagar a sus acreedores. Sabe muy bien que lo que hace es una gilipollez, y sin embargo es una gilipollez que calibra. Christine ha ironizado porque él ha pretendido no saber gran cosa de ordenadores, le gustaba recordarle que había conocido a su mujer a través de internet, provocándolo al respecto como cada vez que hablaban del asunto, tal vez intentaba volver expresamente sobre ello, como si esperase que volvieran a tocarlo porque, para defenderse mejor, él acabaría incitándola a que le imitara.

Patrice se fue rápido después de comer –no, rápido no: con gestos precisos y sin embargo veloces, pero sin determinación ni precipitación.

Él que no ordena nada en su casa, que es descuidado y torpe en cuanto pone los pies en ella, para su oficio, en cambio, con las vacas y con los quesos, despliega una gran maestría en sus gestos y muestra una profesionalidad temible, como si se desdoblase, que el hombre de la casa y el hombre de la granja no fueran el mismo, que uno y otro hubieran podido mirarse sin reconocerse, o que uno pudiera estar consternado ante el otro como si este último, por el contrario, hubiera podido confesarse admirado y envidioso del hombre que sabía gestionar tan perfectamente su granja, ocuparse de sus animales, pasar tiempo con ellos, hablándoles, valorando la leche que le proporcionaban, como si conociera el arte de transformarla en oro, en forma de queso; y es ese hombre, no el otro, el que por fortuna se había hecho cargo de todo al comenzar la tarde, y que milagrosamente sabía dónde encontraría todo lo que necesitaba, aquella caja arrumbada en el viejo aparador al fondo del trastero, que se sacaba una vez al año para las decoraciones de Navidad –una caja de cartón que debía de datar de la mudanza de Marion, en la que se encontraban un batiburrillo hecho de banderines de colores y guirnaldas eléctricas y sencillas guirnaldas de papel plisadas, bolas de Navidad, figurillas, un muñeco navideño en una bola de nieve–, donde Bergogne sabía que encontraría, entre las guirnaldas, la que no tenía nada que ver con la Navidad, una guirnalda en letras doradas que podía desplegar un *feliz cumpleaños* de varios metros, que le bastaría colgar en el salón, quizá por encima de la mesa o un poco más allá, pero lo bastante cerca para que Marion la viera en cuanto cruzara la puerta del comedor; la verdadera puerta estaba situada por la parte de la cocina, a la izquierda, pero nadie pasaba nunca por allí, todos entraban por la puerta vidriera que abría directamente al comedor, no como en casa de Christine.

Su idea era que Marion se quedara atónita al llegar, que la engañara la mesa al entrar –le había costado encontrar los manteles, sobre todo había perdido un tiempo considerable en escoger uno– y que se quedase maravillada por la decoración y las luces tamizadas, la guirnalda con letras mayúsculas doradas deseándole un feliz cumpleaños, pero también, y sobre todo, la mesa puesta, pero no de cualquier manera, con aquellos famosos platitos encima de los grandes que le venían de su bisabuela y que no se sacaban nunca porque eran demasiado valiosos y frágiles como para arriesgarse a exponerlos al menor peligro –una porcelana tan fina que se transparentaba en los bordes, un ribete dorado, aves lira y pavos reales pintados a mano y cuya pintura se había borrado en parte al correr del tiempo–, y dos candelabros de bronce que sacaba por Navidad y fiestas como dos talismanes que traían felicidad a la familia desde hacía varias generaciones, y como dos tótems que presidían en las mesas de las fiestas; las velas que había comprado a escondidas de Marion unos días antes en la droguería del centro –velas entorchadas de color malva–, y servilletas a juego con el mantel de lino grueso, con ribete naranja y motivos de color mostaza, copas de vino de cristal con dibujos de hojas de vid y arabescos grabados, vasos de agua gruesos y soplados a mano –el vaso atravesado de burbujas de aire–, bonitos objetos artesanales cuyas imperfecciones daban fe de su calidad. No había tenido tiempo de complacerse del trabajo que había podido realizar porque, sin siquiera consultar la hora, sabía que iba avanzando. Que la tarde se abría ante él y que tenía que hacer lo que había que hacer –como si se viera desbordado, como si se hubiese retrasado en su programa, aun cuando sabía muy bien que esa fiebre no se debía al tiempo que le quedaba, porque tiempo tiene, el tiempo por el contrario se abre ante él, tan tarde no es, Bergogne tiene tiempo de sobra, lo que tiene que hacer tampoco es tan extraordinario, coger el Kangoo e ir a la ciudad, estacionar no lejos de Darty para no tener que cargar con el ordenador a pie, es un aparato que imagina que pesará como un muerto, no merece la pena cargarse y arramblar mucho rato con eso por las calles que imagina abarrotadas de gente y saturadas de ruidos; de todas formas, nunca le ha gustado pasearse por la ciudad ni recorrer las tiendas, no, los escaparates no son lo suyo, aunque lo haya hecho varias veces con Marion –sobre todo al principio, cuando ella vivía aún en la ciudad.

Tendría que detenerse en la panadería, pasar por Picard también, porque había decidido, tras consultar su página web y haberse echado atrás varias veces, dudando con una casa de comidas que conocía, que iría a Picard, donde compraría mollejas acompañadas de trozos de pavo asados y pequeñas colmenillas, todo ello realzado con una salsa de oporto, con lo que quizá haría arroz, y de primer plato habría foie gras con cebolla confitada o cereza negra; tenía que pensar en comprar champán, varias botellas, una para el primer plato pero también dos o tres para el postre, cuando llegasen las colegas de Marion –colegas a quienes tenía que mandar un mensaje para recordarles que las esperaban a las nueve, como habían quedado, pues se temía que se olvidasen o aparecieran demasiado pronto. Ya está, una bola de angustia había empezado a presionarle el estómago, aunque, sobre todo, no se atrevía aún a confesarse que no era solamente por todas esas razones por lo que comenzaba a sentir esa ligera ansiedad, sino por otra que, para sus adentros, prefería hacer como si no existiera, rechazándola, como si no le cosquilleara, como si no interviniera en su decisión de ir a la ciudad –como si no supiera que en realidad era esa la razón por la que había decidido ir, que decidió por él, y no por ese pretexto en el que se apoya al subirse al coche e ir a la ciudad, el regalo de cumpleaños de su mujer, como intenta creerse, aferrarse a esa idea, y convencerse de ella con obstinación y mala fe, cuando sabe muy bien que habría podido pedir que le mandaran ese ordenador y que una casa de comidas podría haberse hecho cargo de la cena; aunque temiera que hubiese un problema con la entrega del ordenador, la probabilidad leve pero existente bastó para convencerle de que tenía que ir a la ciudad a recoger personalmente el regalo, o más bien, bastó para proporcionarle la excusa que le hacía falta para decirse que iba a la ciudad por necesidad. Y también estaba la necesidad de pasar por Picard y comprar congelados, porque era incapaz de cocinar lo bastante bien para una cena de cumpleaños, aunque también sabía que habría podido contentarse con la sección de congelados de Super U, o incluso pedirle a Christine que cocinase, cosa que ella habría hecho de buen grado, lo sabe, o incluso acudir a una casa de comidas como dudó en hacer, por el barrio conoce a todo el mundo, carniceros, charcuteros, casas de comidas, compañeros de escuela o amigos que conoció cazando o en otros lugares, en el bistró, en los bailes, sí, había bastante gente en La Bassée o en el cantón o aun un poco más lejos que habría podido prepararle una cena de cumpleaños que a Marion le encantara, sin tener que atizarse más de cincuenta kilómetros para eso. Y bueno, había descartado todas las posibilidades y se había apañado consigo mismo para crearse la necesidad de ir a la ciudad. Y ahora, la bola en el estómago había subido más, oprimiéndole muy pronto la garganta, impidiéndole respirar, bloqueándole a ratos también la mente dejándolo como estupefacto, apático, obligado a comprobar varias veces todo lo que había hecho ya y lo que le quedaba por hacer, una lista que se negaba a escribir en un trozo de papel pero que escribía con pelos y señales en su cerebro.

Lo ha preparado todo en el salón, tiene que ir a cambiarse, no va uno a la ciudad vestido de cualquier manera. Hay que hacer un esfuerzo, tampoco mucho: una camisa y un jersey de camionero, unos vaqueros limpios, ropa que no llevará esta noche, pero que será suficiente para esta tarde. Porque para esta noche, una vez que Ida y él se hayan bañado y duchado los dos, la cosa cambiará bastante: tendrán que arreglarse para recibir a Marion, vestirse con prendas que no usan casi nunca.

Y ahora, pues, decide marcharse; se sube al Kangoo y sabe que al pasar ante la puerta de Christine esta le hará una señal con la mano, que Radjah acudirá a ladrar o que, si está fuera, empezará a dar vueltas alrededor del coche para hacerle fiestas; cruzará lentamente la verja –ya está, el coche se lanza hacia delante, Patrice acelera y enseguida alcanza la carretera al extremo del camino, rebasa el panel y deja tras él el caserío que va a tornarse minúsculo en el retrovisor, hasta perderse de vista, él preguntándose por qué de pronto empieza a latirle tan fuerte el corazón, por qué la organización de ese día, el regalo, la cena, los preparativos, no le procura tan solo alegría y placer, por qué siente tal aprensión, tal ansiedad. Le duele ligeramente la cabeza, se siente casi febril ahora. Tiene la boca seca y se dice que tenía que haberse llevado agua. Mientras circula, antes de que el coche alcance la departamental, palpa con la mano derecha su cazadora de cuero en el asiento del copiloto; hurga, intenta abrirse paso, ya está, los dedos penetran en el lado izquierdo interior de la cazadora, sienten el bulto, la cartera está ahí, por un instante ha pensado que se la había dejado, que en la precipitación –no hay ninguna precipitación–, en la sensación de urgencia, en el temblor interior de lo que cada vez se asemeja más al pánico, ha podido olvidarse la tarjeta, pero no, todo va bien, tiene la cartera, sabe lo que va a hacer, lo sabe, su mala conciencia y esta pregunta: ¿cuánto dinero sacará?

9

Aunque sabe que tiene que ponerse a hacer las tartas, es superior a sus fuerzas, tiene que demorar un poco más el momento de cargar con eso y, fingiendo llegar hasta allí por azar, de pasada, deambula por su taller como si su trabajo estuviera allí y no en la cocina, como si fuera allí donde tiene que hacer sitio para preparar aquello a lo que debe dedicar esta tarde.

Pero pasa lo de siempre, basta que se convenza de que un cuadro está terminado para que descubra que no lo está, y todo ello casi por azar, una ojeada que revela lo que su empecinamiento le había ocultado, le ha ocurrido montones de veces que lo descubra sin buscarlo, revisando determinados lienzos que había dejado arriba, en la habitación de invitados –los invitados no eran forzosamente la gente que sigue viniendo a verla de vez en cuando, porque estos son más bien como vestigios de amistades antiguas–, como si las *habitaciones de invitados* las reservase únicamente para sus lienzos, solo a ellos les reservaba un lugar para reposar de esa labor inicial que habían cumplido bajo sus dedos. Con frecuencia, al volver a verlos, le salta a la vista que esos cuadros no están acabados, y de pronto es como una acusación, un reproche –¿cómo se le ha podido escapar *eso*?–, no ha ido a buscarlos lo bastante lejos, no los ha empujado lo bastante lejos a sus aislamientos para que una forma que sea plena, irreversible, aparezca; y como cada vez que decide abandonar un cuadro porque cree que ya se mantiene por sí solo, que no ve qué podría añadirle sin destruirlo, desnaturalizarlo, se decide finalmente a volver a verlo una vez más, solo la última, pero siempre como si tal cosa, como si fuera por accidente. Y volverá otra vez, y escrutará con mayor atención, y se negará a pensar que se ha tocado el final –como nos negamos a encontrarnos cara a cara lo que hemos deseado durante mucho tiempo, cobrando conciencia de que lo que amábamos era el trayecto y no la llegada. Hoy, de pronto le salta a la vista que esa mujer roja no se contenta con mirarla altivamente, imponiéndose a la mano que la ha creado. No. Lo que choca a Christine es que, como de costumbre, tenía que haberlo pulido, ese cuadro, medirse con él, tenerlo delante para entender lo que no cuadraba con la naturaleza misma de su proyecto; dejando de repente que la reflexión diera paso al agobio y la devastación, ese lienzo no es tan solo demasiado grande, la mujer imponente, sino que es sentencioso, explícito, como si fuera ella la que aparece desnuda delante de su cuadro y roja también, pero de vergüenza, todavía no de ira –eso vendrá más adelante, como cada vez, cuando, a fuerza de darle vueltas, le entran ganas de destrozar lo que ha hecho volcando cubos de pintura en la tela, y de destruirla del todo.

Pero de momento habrá de tranquilizarse, volverá a su tela, pero no antes de mañana.

Hoy tiene otra cosa que hacer –las tartas de cumpleaños que ha prometido a Patrice y a Ida, con quien ha escogido: una tarta de manzanas, una tarta de tres chocolates, y otra más, de nueces. Bueno, sigue oscilando en sus pensamientos, los ojos clavados aún en la mirada de la mujer roja, que se le antoja tan grandilocuente y zafia que estaría dispuesta a destruirla de inmediato sin el menor remordimiento, pero con la cabeza ya vuelta hacia la cocina y los ingredientes que habrá que sacar, encontrar –no necesita recetas, se las sabe desde hace tanto tiempo–, pero tiene que comprobar que no le falta nada, en la cocina como en la pintura hay que colocar los utensilios encima de la mesa, tenerlo todo preparado, con esa manía de las listas que siempre ha tenido; pero esa oscilación entre dos preocupaciones podría durar más tiempo y sorprenderla, tal vez unos minutos o por qué no una hora, en la misma postura, las manos en los bolsillos del pantalón, plantada en pleno centro de su taller frente a una tela con la que parece sostener un diálogo cuando se trata más bien de una guerra de trincheras, cada una a un lado del foso que las separa. Pero se detiene, ha oído a su perro que se agita en la cocina, las uñas que rascan la puerta, las baldosas también. Patea, Radjah se impacienta, quiere salir, y es ella la que sale de sus reflexiones que no lo son en realidad, más bien una suerte de estado de ensueño –así es cómo pierdo los días sin ver transcurrir ninguno, le da tiempo a decirse mientras corre hacia la cocina.

¡Sí, ahora voy, perrito!

Ve a su perro delante de la puerta, las orejas tiesas, expectante, que se incorpora, se yergue, ladra, y sin pensárselo más, se acerca a abrirle la puerta. El perro la empuja, se abre paso, vuelve a ladrar al cruzar el patio a toda velocidad, en diagonal, como si supiera a dónde va. Lo sabe, no cabe duda: directo hacia el establo. Christine se sorprende, no suele tomar esa dirección con tanta seguridad. Radjah suele ir hacia el exterior de la casa y del caserío, cruzando el portal, que se deja siempre abierto, corre hasta el otro extremo del camino, adentrándose a veces en los campos de alrededor, pero nunca demasiado lejos, para volver rápido, sin detenerse en el patio ni en ningún sitio, ya no tiene edad, pero esta vez se eterniza –¿está cazando, la oreja enhiesta por la curiosidad o por alguna presa que quiere alcanzar tomándose tiempo para no asustarla lanzándose demasiado deprisa sobre ella?–, Christine lo ve reducir el paso al llegar al establo: escruta, se para pero no como un perro de muestra, lo que hace, lo que espera, observe, ella no lo ve. Entra en el establo. A Christine no le da tiempo de preguntarse si va a volver enseguida o a eternizarse un rato allí, además enseguida deja de pensar en ello, se olvida de eso, ahora mira hacia el coche que ve llegar del camino y que penetra en el patio —un coche que no conoce entra y da una vuelta completa para estacionar al lado mismo de ella. Le da tiempo a decirse que es extraño que Radjah no regrese hacia el coche, ha tenido que oír el motor, con lo loco que se pone cuando asoma algún coche por allí, sobre todo un coche desconocido, como este, un coche blanco tipo Clio —por lo poco que sabe Christine—, cuyo conductor sigue sin apagar el motor, aunque está parado, como si el tipo buscara algo en el asiento de al lado. Apenas le da tiempo a Christine de preguntarse qué hora es, de decirse que le molesta que la importunen, cuando el tipo apaga el motor y sale del coche.

Enseguida desconfía, conoce a esa clase de hombres. Los ha conocido, jóvenes o menos jóvenes. Este, ojos muy claros, brillantes, cristalinos, pelo oscuro de greñas frondosas —belleza de actores— y hermosas arrugas profundas alrededor de los ojos. Tendrá más de cuarenta años, no podría decirlo. Le sonríe con una mirada franca pero que no acierta a calificar de cordial ni simpática, demasiado perfecta, dientes blancos y bien alineados, sería demasiado decir *salvaje*, no, no tiene una sonrisa salvaje, sin embargo, se pilla los dedos con esa palabra comodín, que le cuesta tiempo quitarse de encima para ver más claramente, más precisamente la naturaleza de esa sonrisa que se divierte —sí, seguro, más divertida, violentamente divertida, podría decir, que salvaje. Mira por todas partes, el hombre, con sus ojos muy claros, grises o azules, risueños también, y marcados por las famosas patas de gallo, como las llaman, no cabe duda, ese hombre se ríe a menudo o pasa tiempo al sol, o bueno, lo que sea, no lo sabe y además le trae sin cuidado, tiene que hacer las tartas y poco tiempo que dedicar a un vendedor de seguros, de contratos de electricidad, o de cualquier cosa que de todas formas no necesita.

El hombre se maravilla de la casa, del patio, muy ostensiblemente, muy jovial, mucho más expansivo cuando quiere expresar admiración, asombro, soltando su

Hola,

con desenvoltura. Y entretanto, ella intenta adivinar lo que va a tratar de venderle, cacerolas, seguros, paneles solares, uno de esos tipos como los que se presentan en su casa de vez en cuando. Pero quizá no viene por ella y lo que espera es ver a Patrice. Quizá lo único que quiere es endosarle segadoras gavilladoras o abonos o –vete a saber–, pero no, no ha avanzado. Ha amagado un gesto, tras permanecer unos segundos sin moverse, tal vez dudando qué hacer, cómo iba a proceder, retroceder hacia el coche, pegarse a él fingiendo de nuevo una desenvoltura exagerada, demasiado voluntarista, pese a su voz extrañamente dulce, casi infantil, temblorosa, poco segura. Y ahora que se ha pegado a su coche, sin adelantarse hacia Christine ni siquiera haber intentado acercarse, estrecharle la mano, y luego, tras poner las manos detrás de él contra la parte inferior de la espalda, las palmas abiertas contra la portezuela, las piernas derechas y la mirada perdida, como si le sobrara tiempo y a Christine también, si ese particular dependiera únicamente de su real gana, se toma un poco más de tiempo antes de hablar: las casas a su alrededor, el patio, el cielo, menea la cabeza, parece asentir a una conversación que no tiene más que consigo, y al final fija sus ojos muy claros y seductores en Christine,

Hola,

¿Qué quería?

Vengo a visitar la casa.

¿La casa?

No puede salir del paso con una simple sonrisa como aun así intenta hacer, y rápidamente se vale de las manos, las saca de detrás de la espalda y las alza al cielo como para disculparse de insistir,

Sí, la casa, ¿no hay una casa en venta? Espero a la persona de la agencia, prosigue. Advierte que su respuesta no resulta convincente, que cuando ha dicho la *casa*, Christine ha teñido su pregunta de reproche, de acusación, de enojo, para que el otro se quede bien convencido, pero también para dejarle la posibilidad

89

de salir del paso no insistiendo, rectificando, diciendo que se había debido de equivocar o, cuando menos, que no quería molestar, algo así, en vez de lo cual se pierde en explicaciones que embarulla con gestos –las manos hundidas sucesivamente en los bolsillos de la chaqueta, en los del pantalón y de pronto nuevamente ante él, como bailando al margen de su voluntad pero queriendo convencer, revoloteando.

Verá, me envía la agencia del pueblo. Me ha telefoneado una señora que me ha citado aquí, me ha dicho que estaría, habré llegado demasiado pronto.

Pero entonces Christine enarca las cejas y comienza a sonreír a su vez, no porque le divierta o la intrigue la situación, sino quizá porque se dice que en esta ocasión va a encontrar el modo de abreviar esa comedia, la va a solucionar por la vía rápida.

¿De qué agencia habla? No hay ninguna agencia, de las llaves de la casa me encargo yo. Así se ha convenido con los vecinos. Han puesto anuncios en internet y me avisan si alguien quiere visitar. ¿Ha visto el anuncio? ¿Quién es usted?

¿Ah? Pues yo he hablado por teléfono con una señora.

No hay ninguna agencia que se encargue de esta casa, se ha debido de equivocar. Aquí sí que hay una casa en venta, pero no es por agencia.

¿Habrán cambiado de parecer? A lo mejor se lo han encargado a otra agencia.

Si es así, tendrá que volver, no puedo enseñarle la casa si no estoy segura.

No, si lo entiendo... La verdad es que es bonito este sitio. Se está tranquilo aquí, ¿eh? Nadie que les moleste. Bueno, que pase un buen día.

Sí, adiós, dice ella, dejando al hombre tiempo para que haga una señal con la mano que debe de parecerle elegante o educada, que refleja más bien su apuro, su torpeza. Sube al coche y ella lo observa sin moverse, decidida a esperar a ver salir el coche, lo que este hace enseguida; el coche se dirige hacia el portal, el conductor lanza una mirada a Christine y ahora no sonríe en lo más mínimo –su cara no refleja una expresión clara tras el cristal del coche–, pero su mirada es un tanto insistente, como si la observara, reflexionase a su vez o fuese a preguntarle algo, pero no. Luego el coche sale del patio y reemprende el camino, muy pronto desaparece, y deja a Christine en el umbral de su casa, vuelta hacia el establo con una extraña sensación, una sensación desagradable que tarda unos segundos en identificar: simplemente es que no ha creído una palabra de lo que le ha dicho el hombre. Aunque aun así se ha dado perfecta cuenta de que sabía que la casa de los vecinos estaba en venta, no se cree esa historia de la cita y de la agencia, le da la impresión de que solo ha venido para verla a ella, de cerca. Esa impresión desagradable se instala en ella, la invade durante unos minutos, y hasta pasado un rato no se da cuenta de que no ha oído a su perro, no, Radjah no ha vuelto a pesar de que hubiera alguien en el patio, y eso sí la sorprende, como la sorprende, ahora, ese silencio; no oye nada, y es un nada ensordecedor, como si el silencio lo hubiera destruido todo –y llama a su perro, una vez,

¡Radjah!

dos veces,

¡Radjah!

Pero su voz se pierde en el patio, con su eco especial cuando este está desierto, por las tardes. Conoce bien ese silencio como conoce también a su perro; volverá dentro de cinco minutos y por eso, al entrar en su casa, como sabe que va a permanecer unos segundos en el taller, deja la puerta de entrada entreabierta, Radjah podrá volver cuando quiera –y no pasa nada por que el aire un poco frío entre en la casa.

10

La ciudad se extiende y Patrice recobra ya el control de sus gestos, de sus emociones; como cada vez que le da la impresión de tener que enfrentarse a la hostilidad, de pronto se siente paradójicamente entonado, como despierto, rehecho en su interior, no listo para pelearse con nadie sino sencillamente listo, como si pudiera actuar sobre todo, verlo todo, oír, sentir, y es como si su cerebro volviese a funcionar cuando, frente a la niebla en la que le parecía perderse hace un rato, las ideas tornen a ponerse en movimiento. Ya está, lo controla todo, le basta con sacar fuerzas de flaqueza, conservar la cabeza fría y no ceder a deseos, que ni siquiera lo son de verdad, más bien pulsiones o fantasías, apenas –no son nada.

Recapitula todo lo que tiene que hacer al tiempo que descubre esta tarde una ciudad de calles relativamente fluidas, tranquilas, las grandes arterias no están abarrotadas, están casi desiertas –y eso que no es época de vacaciones–, hay gente cerca de los grandes almacenes, es cierto, pero las aceras están medio despejadas, ante él se abren grandes espacios con facilidad, respira libremente y ahora su mente está serena; los bulevares, los grandes árboles en la franja central, todavía no tienen hojas pero retoñan más que en La Bassée, aquí los árboles están un poco adelantados porque en la ciudad las temperaturas son más elevadas que en el campo. En la luz casi cálida de la tarde, el ayuntamiento aparece con su fachada merengada, sus columnas blancas, sus cariátides y sus banderas francesas y europeas que ondean –o más bien cuelgan porque apenas sopla el viento– encima de la gran escalera de piedra que llega a los estanques delante mismo. La nacional, las cervecerías y las terrazas, las sillas de mimbre, los castaños en la plaza y la calle peatonal que conduce a la estación, los tilos, los parterres de césped, conoce todo eso muy bien porque alguna que otra vez hay que ir a la ciudad, y él iba con frecuencia en la época en que conoció a Marion, pues allí vivía ella. Todo parece tranquilo, nada que cause inquietud, no, ningún motivo, lo que se despliega ante él no es la agitación de una ciudad sobrecargada de ornamentos –decoraciones– escaparates y neones –multitudes–, no, en absoluto, flota una especie de calma transmitida por las fuentes de los grandes estanques ante el juzgado que el ayuntamiento, la gente, las calles, las fachadas, el movimiento casi lánguido de la ciudad, nada trepidante, todo eso lo mira con cierta curiosidad y un placer que lo sorprende a él mismo, tal vez porque hace un día grato y porque, como ayer, el sol hace refulgir el firmamento, como si todo pareciera haber sido lustrado, lavado, nimbando la ciudad de una luz primaveral.

En cuanto entra en la tienda, comprende que debería ir deprisa: en el mostrador una señora se queja de que le han entregado una pantalla para su *home cinema*, y que no es la que esperaba, y, detrás de la ventanilla, un joven enclenque con su chaleco del establecimiento y sus cuatro pelos bajo la barbilla acneica le contesta, nos ocuparemos de ello, repite, y se ocupa, busca en el ordenador, y entretanto alrededor de Patrice la gente va y viene, los dependientes, le extraña la tranquilidad –para nada la multitud de los días importantes–, y aparte de algunos curiosos que vienen a elegir televisores, incluso está francamente desierto. Patrice se dice que menos mal que es entre semana, no debería esperar demasiado. Y en efecto, no espera más de diez minutos antes de irse con su bulto, una enorme caja que le tienden en una inmensa bolsa de plástico que resulta ser demasiado pequeña, imposible, pero dos dependientes le confeccionan un sistema para poder llevar la caja, unos cordeles que atan a un asa de plástico que le permite acarrear el ordenador, finalmente no tan pesado, muy bien, gracias, y abandona la tienda diciéndose que no ha pensado en pedir papel de regalo, tanto da, tendrá que pensar en buscar en casa, sí, donde ha encontrado la guirnalda debe de haber, se pregunta si habrá algo más que los recortes de papeles de Navidad, útiles para regalos minúsculos, pero sin duda hará falta casi un rollo entero para ese paquete; si no hay, le pedirá a Christine, en todo su maremágnum seguro que tendrá lo necesario –a él pensar en cosas tan ligeras y simples le ayuda a respirar y a sentir que se le relaja el cuerpo. Se siente aliviado, algo acaba de liberarse en él, seguro, tiene el regalo de Marion y va a poder volver, ha de pasar por Picard pero la tienda le coge de camino, solo falta subir al coche y abandonar la ciudad.

Acomoda la gran caja del ordenador en el asiento trasero del Kangoo –podía haberlo metido en el maletero, pero no, lo deposita en el asiento trasero y cierra la puerta lateral. Sube delante, se sienta frente al volante e, instintivamente, sin saber por qué, mira en el retrovisor interno, incapaz de moverse, limitándose a observar el ordenador –la gran caja y esa asa que han confeccionado para él–, insistente, demasiado insistente, muy insistente, sí, lleva demasiado tiempo, ahora tendría que coger la llave del coche y arrancar. Debería irse de allí, lo sabe, se lo dice, se lo ordena, pero su mano derecha va a buscar en el bolsillo interior de su cazadora de cuero, sí, siente que está ahí y entonces la coge, ya está, la cartera está en su mano derecha, la pone en la izquierda, los dedos de la mano derecha hurgan y buscan en la abertura lateral, el corazón empieza a latirle cada vez más fuerte, solo tiene un billete de veinte y dos de cinco, con un gesto seco guarda la cartera en su bolsillo interior, exhala un suspiro tan largo, tan hondo, que se diría que es él quien lo expulsa del coche, de repente abre la portezuela sin siquiera echar una mirada al retrovisor para comprobar si alguien podría chocar con él; pero por suerte no, no hay nadie en la carretera, no está acostumbrado a comprobarlo, en su campiña nunca hay nadie detrás de las portezuelas al abrirlas, como mucho un perro, pero nada más, y ahora Patrice está en la acera con la llave del coche en la mano. Cierra el coche, sabe muy bien lo que hace, pero necesita respirar hondo para sencillamente tomarse tiempo, tiempo, sí, para tomarse tiempo se detiene ante un banco; desliza la tarjeta en el cajero automático y se le informa de que ese cajero solo expende billetes de veinte o de diez, no presta atención a eso. Retira cien euros, sabe que es mucho. Coge el dinero, es tiempo ganado, tiempo para dudar, tiempo para torturarse la mente, para dejarse creer que puede renunciar o ceder –podría deambular, caminar por las calles, ir a tomarse un café en una terraza y dejar pasear a la gente ante él, a todas esas personas afanadas que van y vienen, como destellos, imágenes, y luego se esfuman, retornan a lo desconocido de su vida, sin vínculo con la de él; sí, eso va a hacer. Se dice que eso va a hacer. Se acerca a una cervecería, la gente en la terraza, dos parejas, un estudiante leyendo un libro cuyas tres cuartas partes están subrayadas con Stabilo rosa, las mesas vacías con su cenicero de metal, el agua que gotea de los árboles sobre las mesas, el pavimento mojado que resbala todavía a trechos y los rastros de barro bajo la acera; y al final no se detiene y sigue andando, internándose en la ciudad diciéndose que le sobra tiempo para tomar el aire –qué importa, tiene tiempo, todavía un poco, sabe a dónde va y se cuenta a sí mismo que va a otro sitio– o ni siquiera, finge mentirse contándose que solo lo hace para meditar sobre las cosas que tiene que hacer o que aún no hecho; el corazón le late cada vez más fuerte y tiene la garganta seca, horriblemente seca, las manos en cambio las tiene de una humedad que sirve para recordarle que se miente sobre todo a sí mismo y que, de todo lo que hace aquí, quizá eso sea lo más lamentable, esa mentira que se inflige cuando más le valdría confesarse lo que viene a buscar durante la tarde luminosa y mortecina de esa ciudad ni grande ni pequeña; cuanto hace, ahora, es ganar tiempo sobre sí mismo para prolongar su mentira, su hipocresía. Por más que consulta su reloj, coge su móvil y se para en una esquina de la calle para comprobar si tiene mensajes, sabe que no tiene, pero pararse es otra manera de ganar tiempo, unos segundos antes de reemprender la marcha; guarda el móvil en el bolsillo y al final sí, se para en la terraza de un café de los grandes bulevares –y sentado, tomándose un café demasiado amargo que se bebe lentamente, reprimiendo las ganas de bebérselo de un trago, mira abrirse ante él los bulevares, con los coches estacionados junto a las aceras a ambos lados de la franja central, las grandes masas de las hojas de los castaños que sombrean la avenida de grava –los follajes que ya han brotado aquí–, la alternancia de semáforos verdes y rojos, los coches que se detienen, arrancan, los peatones que se aglomeran y cruzan y se dispersan.

Muy pronto se va a poner en marcha. Tiembla, tiene un poco de frío. Deja dinero en la mesa metálica rojo oscuro, las monedas hacen un ruido extraño al golpear el metal, se levanta, busca en el bar para despedirse del camarero, pero no, no lo ve. Se marcha, se adentra en el bulevar bajo los árboles, el crujido de la grava, el inmenso desaliento que le invade, camina, estaría dispuesto a volver a fumar ahora mismo, le recuerda a cuando era niño y el miedo que les tenía a las mujeres y lo mucho que le atraían, y mujeres ve de repente, africanas muy jóvenes que avanzan por parejas. No quiere cruzárselas, de modo que abandona la franja de árboles y cruza la calle, espera a que pasen unos coches, toma la primera calle sin saber a dónde va, no sabe a dónde le lleva, tanto da, es una calle pequeña, la toma sin prestarle atención, y cómo sucede todo no sabrá contárselo a sí mismo, más adelante, en el coche, cuando intente rehacer el recorrido, de tanto que le late el corazón como para hacerle estallar las sienes, la sangre, la sangre que le late demasiado fuerte en las venas, su cabeza, no sabrá contarse cómo camina de repente acompañado de esa chica negra sobre la que, mientras caminan el uno al lado del otro,

96

ella ligeramente detrás de él, no cesa de preguntarse, *¿cuántos años tiene, cuántos años tiene?*

En vez de eso, las palabras resbalan, y por supuesto, como las conoce de antemano, no oye realmente que ella se lo hace todo por cincuenta euros; está casi consternado por el precio y sin embargo dice sí, tan solo oye su propia voz que da a entender –pero ¿a quién?, ¿a la chica?, ¿a sí mismo?– que está interesado en la chica, y su voz absurda y temblorosa le pregunta cómo se llama –Precious–, queriendo contestarle que es bonito cuando ni siquiera se le pasa por la cabeza que ese no es realmente su nombre –¿De dónde eres?– De Ghana, contesta ella, y ahora lo lleva a una calleja, y se da cuenta de que es prudente, vela por lo que pasa en torno a ellos, dice que caminará unos metros delante de él y él ni siquiera piensa en la policía, se pregunta si va a salir de la semiinconsciencia que le hace perder su sentido común, si tan solo le guía el deseo diciéndose que en otro tiempo los hombres hacían lo que va a hacer sin avergonzarse ni experimentar la menor duda ni la menor culpabilidad, mientras que él se reconcome y se juzga severamente cuando la chica lo lleva no a una habitación como pensaba que haría, porque normalmente eso es lo que acostumbran a hacer –ha estado aquí ya varias veces, y varias veces la cosa transcurrió en habitaciones más bien sórdidas, que apestaban a amoniaco y a meados, a agua de colonia, a jabón y a agua corrompida–, pero eso es todavía peor, no sabe cómo ha ido a parar a la semioscuridad de una caseta de la basura, de pie, el pantalón a la altura de los tobillos, el rabo en la boca de una chica negra agachada ante él, y esos gestos que lo han dejado helado, sorprendido, cuando antes de coger el preservativo, ella ha sacado de un neceser un paño para limpiarse las manos delicadamente, con técnica, cual cirujano que se dispone a operar, cómo había guardado con la misma delicadeza precavida y estudiada, doblándolos con lentitud y una dulzura casi infantil, escolar, los dos billetes de veinte y el de diez. Él se apoya en un contenedor de basura y no sabe cómo se empalma, pero se em-

97

palma, la chica le sujeta la base de la polla y se afana en chupár-
sela con aplicación. Él se dice que si le sujeta la base de la polla
no lo hace para magrearle los testículos ni para hacerle correrse
más aprisa, sino simplemente para aguantar el preservativo que
le ha deslizado; tiene tiempo para pensar en eso, tiempo para
verlo todo, las basuras, la recogida selectiva, por suerte los contenedores están vacíos y el olor no es muy fuerte, un efluvio dulzón,
hay algunos objetos en un rincón, un taburete, cosas para la
limpieza, de repente le entra pánico ante la idea de que entre
alguien, la chica se incorpora y se levanta el vestido y se baja el
leotardo, las bragas, se vuelve para que la tome por detrás, le
ofrece su culo y él ya no se empalma, no es lo que quiere, acaso
quiere eso, verse hacerlo, verse follar a una chica que quizá no es
ni mayor de edad y cuya vida monstruosa, espantosa, imagina, el
dinero que sin duda no será para ella y que entregará a una mafia
cualquiera, y por más que se dice todo eso para sí, algo se la suda,
ahora se la suda, agarra las nalgas de la chica y su polla se hunde
en ella, se anima, nota su polla que vuelve a endurecerse en ella
y entonces los pensamientos que se agitan no la conciernen ya
para nada, le gustaría que estuviera desnuda, cogerle los pechos
a manos llenas, comérselos, chupar las areolas, le invaden imágenes, y luego, como descargas eléctricas, todas esas noches de
humillación desde hace años, esa ira que cobra forma cada noche
cuando entra en la habitación y su mujer se niega a él –¿desde
hace cuánto tiempo se niega por completo a él, años ahora?, desde que se casaron todo se empobreció, podría echar la cuenta del
empobrecimiento que se instaló entre ellos, lo que se deja de
hacer, la crudeza y la libertad de los gestos, los olores de los cuerpos, maldita sea, los cuerpos que se tornan tan comedidos, el
comedimiento que se torna tan triste, cómo muy pronto se escucha el cansancio, cómo han hecho el amor cada vez con menor
frecuencia, una vez por semana, luego una vez cada quince días,
luego una vez al mes y ahora de cuando en cuando sabe que
Marion le concede unas caricias que no se toma en serio, que no

quiere, él lo nota, cómo se contraen sus muslos, cómo le cuesta más penetrarla que antaño porque su sexo no se moja ya para él y cómo sin siquiera darse cuenta adelanta los brazos sobre los pechos para impedirle que hunda en ellos la cara, la boca, los labios, o cogérselos como le gusta hacerlo, sabe cómo ella se contrae, cómo el cansancio ocupa más espacio que él en la cama, frasecillas además, asesinas —estoy baldada, mañana madrugo—, y esos pensamientos le suscitan una especie de impulso morboso y amargo contra sí mismo, porque se avergüenza de él, se dice que es lamentable dejarse dirigir por sus cojones, acaso se necesita eso para vivir. Acaso se necesita para...

Y ahora le levanta el vestido y quiere acariciarle la espalda y al poco se agarra a los hombros de la chica, piensa que no va a correrse y sin embargo está loco de rabia contra esa vergüenza que le asalta porque sí, es un hombre y quiere follar, no vivir frustrado de todo como vivió su adolescencia asfixiada, pero aun así soportable porque se decía que no duraría, que solo era una etapa antes de conocer a la que le satisfaría también desde ese punto de vista, pero no es así y ahora se lo echa en cara a Marion y a las mujeres, se siente indignado, ¿por qué ha de avergonzarse de sus pulsiones, por qué ha de ocultarlas?, las domina siempre, las domina casi siempre, ¿por qué ha de ocultarse y vivir en la vergüenza? Si está avergonzado es porque le decepciona aquello a lo que Marion le obliga cuando se limita a darle la espalda, aunque sabe también que ella tiene derecho a darle la espalda, ¿qué cabrón obligaría a su mujer, quién forzaría a su mujer, acaso se ha parado a pensarlo?, no, por supuesto, pero sabe que ella, antes, bueno, ha comprendido —creído comprender—, porque ella no se expresa nunca muy claramente sobre el particular, Marion, no, pero él sabe que no siempre ha conocido hombres que le hayan pedido su opinión, pero él, él la quiere, quiere a su mujer, se muere por ella, se dice que sería más fácil si no la amase tanto, no quiere herirla, las mujeres no nos pertenecen de todas formas y sin embargo acaba de pagar para que una mujer se alce el vestido y separe los muslos, y esa ira extraña no lo abandona, sino que le da aún más fuerza, deseo, le motiva, le estimula, le excita todavía más a cada embate de cadera, de riñones, como si se vengara de las mujeres, de la distancia por parte de la suya, pero no solo eso, de su juventud también, de las fotos de *Playboy* en el cobertizo de Albert, de los paletos como él que nunca han tenido la suerte de contar en la lotería amorosa de las chicas y de los chicos de su edad, y el odio, el deseo de gozar, el goce del odio se le sube a la cabeza cuando se dice que todo el mundo lo toma por un gilipollas, un tío que apesta a granja y a lodo, a la goma de las botas, a odio de repente porque no se gusta y nunca se ha gustado de verdad —y, que él recuerde, si de verdad le gustaba vivir en el caserío, en la granja, lejos de los demás, era porque los animales nunca lo menospreciaron.

11

Amable, sí. Bien tiene que ser amable, a su manera, de no ser
así difícilmente se lanzaría a la pastelería, cuando el único anhelo que experimenta de verdad es volver a su pintura, retornar al
punto por el que sin embargo ha pasado ya varias veces; pero es
así, lo sabe, el momento en que está a punto de terminar un
cuadro es a la par el peor y el más excitante; es el momento prometido y rehusado en un mismo movimiento, próximo y siempre
rechazado en el instante en que cree alcanzarlo. Siempre hay que
retomarlo, hasta que se acaba, porque llegado un momento, aun
cuando no se le vea venir, el final impone detener la mano encima del cuadro, dejándola parada, como estupefacta, por detrás
de la trayectoria que el lienzo ha seguido, la pintura chorreando
aún a lo largo de un pincel cuyos pelos están saturados de color,
la mano rendida a la evidencia de que no hay nada que añadir.
Pero ha prometido a Ida y a Patrice que haría tartas, y va a ponerse a ello. Por más que se diga a sí misma que no es nada tan
importante, en realidad lo vive como un sacrificio bastante doloroso por el esfuerzo real que representa, lo sabe, pero hará eso por
Ida y por Bergogne, pues este es servicial y amable con ella como
solo lo sería un sobrino o el hijo que no ha tenido, o el amigo
ideal que nunca ha conocido más que por él, del que hace las
veces –sobrino o hijo–, al igual que Ida, como quien dice, hace

las veces de nieta ideal a la que adora por encima de todo, y de la que, hace un rato, ha mirado una vez más con afecto y benevolencia las dos pinturas que había hecho la chiquilla para su madre –por quien, en cambio, Christine no haría desde luego el esfuerzo que va a hacer ahora, no, a decir verdad, no piensa nunca en los cumpleaños de Marion, un descuido que se repite todos los años como un punto sobre una i para dejar bien claro que no le importan gran cosa el cumpleaños y Marion, sin culpabilidad ninguna, pues no ignora que por descontado es recíproco y que Marion se acuerda tan poco de su cumpleaños como ella del suyo. Coinciden en no experimentar una simpatía particular la una por la otra, sin fingir entre ellas, sin molestarse en actuar con hipocresía so pretexto de que eso agradaría a Ida y tranquilizaría a su padre, o de respetar el orden pseudofamiliar que reina entre Bergogne y la vecina. Ese punto las une de cara a Ida y a Patrice, y desde el primer día en que se conocieron fue así, cada una para sí misma, y también para la otra, cada una lo ve en los ojos de la otra, en su impaciencia en cuanto están en la misma estancia –no es que no se quieran, ni siquiera, es un poco menos que eso: comparten un caserío, en cierto modo Bergogne e Ida también lo comparten, a decir verdad casi podrían sentirse allegadas o cómplices de saberse tan plenamente de acuerdo en el modo de verse entre ellas y podrían casi fraternizar –¿sororizar?– sobre compartir esa indiferencia entre una y otra, sabedoras ambas de que no hay motivo alguno de incomodarse por el olvido de una fecha de cumpleaños, como no lo hay de ofenderse por el olvido de un regalo –nunca se han hecho regalos, y, sobre ese extremo están en tan entera armonía que podría jurarse que acabarán comprendiéndose totalmente, por poco que hagan el esfuerzo que todavía espera Bergogne, al que todavía no ha renunciado del todo, de entenderse como a veces hacen ante una copa, cuando una de las dos encuentra en la otra un inicio de connivencia, un aire de complicidad en cuanto se trata de reírse de los defectos y los tics de Patrice, y de divertirse a sus expensas.

102

Así pues, hará las tartas, harán la cena de cumpleaños los tres, como la familia oso del cuento –un papá; una mamá; un niño–. Luego Christine traerá las tartas todavía tibias, no antes de las ocho y media, sin duda incluso un poco después para no marcar su celo ni dar que pensar que esperaba oculta tras la puerta. De eso ni hablar: se presentará tranquilamente cuando hayan terminado de cenar, con la esperanza de que a las dos colegas de Marion no se les haya ocurrido lo mismo que a ella, llegar con un cuarto de hora de retraso para no mostrar que están deseando irrumpir, que no quieren hacerse pesadas –está por ver–, pasar un rato también con los Bergogne y tenerlos para sí sola, como si formaran los cuatro una familia, por más que a Christine no le guste contarse esa clase de mentiras, ella no es de la familia, solo es una amiga, es normal que los deje estar en su intimidad, antes de aparecer, aunque espera que puedan estar media hora los cuatro, porque le encantan esos momentos especiales de las fiestas, ya sea Navidad o en los cumpleaños, esa ternura que circula en la casa, un Bergogne dulce como un cordero y una Ida excitada como una pulga, e incluso Marion entonces, acariciante como una gata –todo ese bestiario con el que Christine los equipara sintiéndose entre ellos cual pez en el agua.

Dejará las tartas en la mesa del comedor y Marion le ofrecerá una copa de champán para recibirla; Christine la aceptará deseándole un feliz cumpleaños y sonriendo ante la decoración y el esfuerzo realizado por Patrice –una sonrisa compartida entre las dos mujeres para saludar el trabajo de Bergogne,

¡No hay nada como un holgazán cuando le da por trabajar!

soltará Christine alzando la copa, o depositando las tartas ante los aplausos de Ida. Cortarán dos en seis partes, Marion querrá saber quiénes son los invitados sorpresa, colocarán velas en la tarta de chocolate, pero sin cortarla todavía, la cortarán en el último momento y le colocarán velas blancas rodeadas de un ribete rojo en una cara, con puntos azules y verdes, una en forma de cuatro y la otra de cero. Christine reconocerá las dos pinturas que la niña hizo la víspera y que ha venido a recoger durante la tarde, el ambiente de la fiesta, la mesa puesta, todo el cuidado puesto por Bergogne. Cogerá un trozo de tarta y tomará con ellos una copa de champán, luego alegará que tiene que apresurarse y no esperará a las colegas de Marion, no le caen muy bien, y si se queda un poco más será para no mostrarse grosera, sí. Tal vez haga el esfuerzo de esperarlas para saludarlas, aunque lo cierto es que detesta oír risitas –más misógina que un hombre y crítica con las mujeres como nadie, se muestra arrogante con la mayoría de ellas y las juzga dignas del desprecio que les profesan la mayoría de los hombres–, así es que no pasará por eso, además se imagina muy bien a las tres colegas de Marion en la oficina tras sus ordenadores, cotorreando sobre las veladas de karaoke que se montan *entre chicas* –esas veladas grotescas que se conceden como conceden a sus críos fiestas *de pijamas*–, y a ella, Christine, todo eso la asquea, siempre ha detestado a las hembras histéricas que ridiculizan a las mujeres y las perjudican, no, no les dará las gracias, e, intentando amainar ese desdén que le producen para no disgustarle mucho, intenta también moderar su consternación y su ira apiadada contra el pobre Bergogne, que deja demasiada libertad a su mujer, permitiéndole salir al menos una vez por semana para ir a bailar con sus amigas –nada tan ridículo como esas mujeres de cincuenta tacos que se cuentan que siguen teniendo veinte años–, pero le duele por Bergogne, la guapa Marion que sale a bailar y a cantar con las amigas y sin duda a dejarse seducir por guaperas de diez a quince años menos que ella, por no hablar del hecho de que debe de gustarle dejarse seducir, de que quizá ligue ella misma y de que, quién sabe, tenga amantes de una noche –pobre Bergogne, simple palomino víctima de su amor y su ingenuidad, quizá del miedo de perder a su mujer.

Christine prefiere no pensarlo, en cuanto lleguen ellas se irá y seguirá con su pintura.

Por el momento, ignora los ruidos, no alcanza a oírlos por casi todas partes a su alrededor, como hará dentro de unos minutos.

Por el momento, no presta ninguna atención a esos crujidos, esos resoplidos o esos pasos que comenzará a percibir justo cuando haya acabado de colocar sobre la mesa de cocina los ingredientes y los utensilios que va a necesitar.

Por el momento, pues, no presta atención a los ruidos del exterior, ni al hecho de que su perro siga sin volver a su lado. Se concentra en lo que tiene que hacer: cascar los huevos, reservar las claras, batir las yemas, el azúcar, la sal, las nueces, añadir la harina y la levadura y seguir batiendo —¿podría oír, en ese momento, lo que sucede al lado mismo de su casa, cuando no sabe ni tendría modo ninguno de saber que en el mismo momento una mano de hombre ha tendido ya un trozo de carne a su perro, en el establo? ¿Cómo iba a saberlo sin ir a verlo en persona, cosa que no hará, porque no se le ocurre? Sigue mezclando, bate las claras a punto de nieve y en el establo la mano hace ya un rato que ha arrojado el pedazo de carne ante el perro. El trozo al caer en la losa de cemento ha hecho un ruido como un *flop* mojado, fláccido. El perro se ha arrojado ya encima, no para olfatear o para dudar de lo que le ofrecen, sino para hincar los colmillos sin prestar atención a la mano del hombre que se lo ha echado; el perro atraído o más bien excitado por el trozo de carne sanguinolenta y sin ver que, en la mano que el hombre mantiene apretada tan fuerte en torno al mango de una navaja la hoja brilla como las de los cuchillos de combate, a lo que el perro no presta ninguna atención pues lo que ve y lo que siente, lo que se adueña de su cerebro hasta el punto de dejarlo sordo y ciego a todo peligro es esa carne, el olor a carne que tal vez le recuerda los sotobosques y la caza de los domingos por la mañana con Bergogne, el olor de las piezas y de la sangre de los animales recién muertos; la carne le hace dar tantas vueltas a la cabeza que no presta atención a nada y que no ve al hombre del chándal azul, navaja en mano, la mano que avanza, y, en el mismo momento, o quizá unos minutos después, Christine incorpora delicadamente con un tenedor la clara a punto de nieve a la pasta que espera a su lado, mientras, en el momento en que va a verter la preparación en el molde untado con mantequilla y en que lo habrá metido en el horno, el perro habrá recibido el primer navajazo, que le habrá arrancado un primer chillido próximo a un grito —muy agudo— pues el hombre al recorrer la pared del establo habrá cogido al perro por el flanco y el perro no habrá visto nada, como asfixiado por el sabor de la carne, con la carne en la boca; mientras Christine se restriega las manos en el delantal, como lo hace tantas veces con la pintura en la bata, el perro ha tenido tiempo de lanzar una especie de grito más agudo que el primero, penetrante como la hoja de la navaja que acaba de desgarrarle las costillas y que la mano ha retirado ya con un movimiento muy rápido —seco; febril— para hundirla de nuevo, sin dar tiempo al pastor alemán a reponerse de la sorpresa, para intentar replicar, morder, la boca restalla en el vacío, no dura mucho, por otra parte Christine aún no ha puesto a derretir al baño maría el chocolate con esas dos cucharas soperas de agua, no, la mano se ha plantado en la garganta del perro y Radjah ha acabado desplomándose en la losa de cemento, las fuerzas le han abandonado, todavía gime, lentamente, cada vez más despacito, como llantos de niño, quejidos, y luego nada, espasmos, el asombro, la sorpresa y el dolor, la boca ensangrentada cubierta por la enajenación de la carne, y él, una masa derrumbada porque las patas han flaqueado, el cuerpo abatido de lado, la cabeza golpeada contra el cemento.

Ahora, el hombre ha arrastrado el cuerpo del perro un poco más lejos al fondo del establo, como si no quisiera dejarlo en un sitio demasiado abierto, como si la muerte requiriera un lugar más velado, más discreto, casi sosegado, donde hay un montón de heno sobre el cemento. Hace eso y limpia en el pelaje del perro la hoja de la navaja —por un lado, por el otro, así, varias veces, como afilan los cuchillos en las carnicerías con un gesto rápido y seguro, casi ostensible, coreográfico; lo hace con aplicación, dobla la navaja y la guarda en el bolsillo del pantalón de chándal. Mira el cuerpo del perro, cuya boca abierta deja colgar la lengua y muestra los colmillos de color marfil, amarillentos y, entretanto, al otro lado del caserío, en diagonal, Christine ha dejado de pensar en su cuadro, tampoco piensa en Marion o en Ida ni en Bergogne, no, se dice que podría escuchar las sonatas de Bach, en la grabación de Gastinel, que le entusiasma, si bien, de tanto escucharla, con los años ha experimentado una suerte de cansancio, casi de repulsión, no debido a la interpretación de Gastinel, que le gusta mucho, sino solo debido a su abuso de Gastinel; como una convaleciente, puede permitirse de vez en cuando, sin sucumbir al deseo que podría muy pronto repetirse de escucharla varias veces seguidas, ininterrumpidamente, como hiciera tiempo atrás hasta el exceso, no, volver a ponerla escuchándola una vez, una sola vez, y en eso piensa ahora.

Entonces interrumpe lo que está haciendo y pasa al taller para poner el CD, regular el volumen, alto pero tampoco demasiado, lo suficiente para oír desde la cocina, que no está lejos, solo una separación pero sin puerta —mandó quitar todas las puertas hace ya tiempo, resultaba demasiado complicado con los lienzos y los bastidores—, la música, el violonchelo, y en el momento en que vuelve a su cocina, en que mira en su mesa si no le falta nada para empezar a dedicarse a la segunda tarta, un hombre que ha acabado de frotarse con heno la sangre que le manchaba las manos, en el establo, ha salido de ese establo, conforme a un plan preconcebido hace ya bastante tiempo, ha salido por la parte trasera, ha recorrido el caserío por la derecha, pasando detrás del cobertizo y hundiendo los pies en la tierra cenagosa del campo de maíz que orilla el caserío; recorriendo la pared del cobertizo, ha continuado pegado a la casa de Bergogne caminando a paso vivo, sin detenerse, según un plan preconcebido —recorrer la pared lateral, deslizarse detrás de la casa de Bergogne, plantarse en el patio de

107

la casa en venta, en la que no te expones a que te importune ni te vea nadie y luego, y luego vuelves hacia la casa de la vecina –la que llaman la vecina como si fuera un nombre, su nombre, como si no fuera nada más–, y, prologando el movimiento y sin plantearse más cosas, recorriendo de nuevo la pared de su casa, ya que sirve de pared de separación entre las casas, avanzarás hasta la de ella: hay una puerta detrás, que da a un cuartito en el que ella lava la ropa. Ya está. Esa puerta está siempre abierta, cada vez la hemos visto abierta –¿cuántas veces habríamos podido entrar en la casa y hacer lo que vamos a hacer ahora?

Pero no, ha de hacerse ahora. Ahora, está todo listo. El hombre se desliza hasta la puerta, que abre sin esfuerzo; apenas tiene tiempo de recobrar el aliento porque se le ha ensuciado el chándal –los bajos del pantalón enlodados, las deportivas asquerosas–, entra, la música, Bach, el violonchelo de Gastinel se le mete en los oídos como un soplo de aire fresco que no se esperaba. En su cocina, Christine se dice que hay una corriente de aire en algún sitio, le da la impresión de haber oído pasos, pero no, sin duda su perro acaba de volver a casa, qué otra cosa va a ser, nunca ha habido fantasmas en esta casa.

12

Su casa, en la que Bergogne piensa ahora como si no la hubiera visto desde hace siglos, como si lo hubieran privado de ella como se priva a un detenido de todo cuanto es su vida. En el coche antes de arrancar, se dice que hace mucho que se ha marchado, que ha pasado demasiado tiempo fuera de casa. Si ve infidelidad en esa hora que acaba de pasar aquí, no es tanto por una relación sexual remunerada como porque ha desertado, a sus propios ojos, de su puesto, su trabajo, su granja, sus animales que le necesitan y que ha decidido dejar plantados perdiendo un tiempo precioso para hacer gilipolleces, como un crío o un obseso incapaz de controlar sus impulsos, dejándose devorar por ellos como un perro en celo o como el ganado con el que convive, sí, nada tiene que ver con el amor, ni siquiera la frustración relacionada con su mujer, es simplemente algo que hay que hacer, que debe hacer, como lo hacen sus animales.

Se tranquiliza repitiéndose que no hay que hacer tantas cábalas sobre eso, conceder tanta importancia a algo que quizá no la tiene, al fin y al cabo es una nimiedad, solo una cuestión de hormonas; lo sabe, como la chica a la que acaba de pagar sabe que puede aceptar hacerlo porque comercia con lo que no es ella, que realmente no da nada que diga algo de ella, aunque le cueste y no necesariamente le apetezca entregarse al primero que llega; él no quiere saber si lo hace por obligación o si ha decidido convertirlo en su trabajo, si piensa que es un oficio como otro cualquiera o una pesadilla de la que hace todo lo que puede por salir –los casos de chicas forzadas a la prostitución para pagar deudas a traficantes que se han quedado con su documentación, cosas que se oyen en las noticias sobre africanas a quienes han vendido el paraíso y para quienes Europa resulta ser un infierno más. No sabe nada sobre esa chica, y en ese instante finge no tener que pensar en ello, dejando que su mente revista esos asuntos con un velo brumoso de falso pudor –¿qué pinta ahí el pudor para él, que lo orilla tan fácilmente cuando le conviene?–, y no quiere pensar en ella, quiere reducir a esa chica a la nada o, mejor dicho, no a la nada sino a las condiciones en que vive, eludir la cuestión de si pagándole aviva su infierno o la ayuda a salir de él. Quiere zanjar el tema y acabar también con la sensación íntima y mortificante de tener que hacerse siempre más discreto, como si formular un deseo fuese siempre más o menos pisotear el del vecino. Lo que le irrita es el tiempo perdido, cuando sabía ya al salir que iba a ceder, es verse malgastar el tiempo por *su propio* placer, cosa que siempre ha odiado, no solo porque sus viejos le enseñaron que lo primero en lo que un hombre debe trabajar es en olvidarse de sí mismo, ignorarse o anularse, él y sus problemas, porque ha de llenar el puchero de los demás y para ello ha de ser una máquina y trabajar, sino también porque el trabajo es el único medio de que dispone para no pensar en verse como alguien que se sobrevalora a la menor ocasión y cede a cada nimiedad que se le presenta. Sus padres le repitieron eso desde siempre, como los de ellos se lo habían repetido, y los de ellos mucho antes. Como si aquellas frases fuesen el eco de tiempos inmemoriales, de un decir de los antiguos que pudo llegar hasta él deambulando a través de los pasillos de los siglos. Sí. Bastante se lo repitieron de crío: aunque se cortase profundamente al caer sobre unas piedras o se hiriese al golpearse la cabeza, aunque a veces lo

110

humillasen en la escuela por su ropa demasiado vieja o birriosa, no se jode a la gente por tan poca cosa.

Antes de meter la llave de contacto, de arrancar el coche, sí, aun antes de eso, le machaca ese pensamiento. La sensación de vergüenza que le corroe al pensar que ha querido satisfacer un goce del que es el único beneficiario. Antes de la vergüenza o del remordimiento de haber cosificado a una joven de la que no volverá a saber nada. Y ahora tiene que darse prisa y serenarse, hacer como si no hubiera perdido ese tiempo para satisfacer esos instintos que él mismo no ve en realidad como los de un animal, pues ellas, al menos, no tiemblan cuando gozan, lo hacen y no montan un cacao, no pagan, no compran la satisfacción y el desfogue, no se aprovechan de las desdichas del mundo y de la vulnerabilidad de las mujeres.

Y sin embargo, pese a todo eso, lo que se produce ahora, en su coche, es también la sensación de relajarse, de descansar, y la verdad es que vuelve de vez en cuando a los bulevares, necesita volver –tampoco tantas veces, en realidad no ha adquirido costumbres aquí–, la verdad es que durante unos minutos, solo en el habitáculo, siente una oleada de paz a través del cuerpo que casi le hace olvidar sus músculos doloridos y sus tensiones, sí, viene porque lo necesita, porque más que colmar una necesidad social que le angustia demasiado, necesita liberarse de su impaciencia y de las presiones que se inflige, como si estuviera a punto de caer o de explotar en una ira que no pudiera ya dominar si no cediese de vez en cuando a una suerte de escapatoria, que ve también como una justificación o un pretexto para dejarse llevar, como vio tantas veces caer a su padre cuando cedía a sus arrebatos, sus ansias de asesinar de las que hablaban las ancianas evocando a su padre pero también a su abuelo y los ataques de cólera de uno y otro, *de tal padre tal hijo*, como necesita salir de caza para encontrarse a solas en el bosque, andar durante ho-

111

ras antes de acabar encontrándose a tíos como él, que conoce de toda la vida pero con quienes no habla nunca de esas cosas –como si solo él las viviera–, tíos que acompañaban también a sus padres de niños, durante horas, a quienes daba la impresión de haber sido armados caballeros por ellos, o de que se les confiaba un secreto del que solo ellos eran dignos, lo recuerda, los únicos momentos en que su padre no le daba miedo y en que le abría un espacio que le hacía sentirse feliz y orgulloso de compartir. Esa querencia le viene de la niñez, y sigue gustándole pasar ese rato acechando, escudriñando, cazando la pieza, y aunque no le gusta matar le gustan el acecho y las horas buscando la presa, el calor del animal recién muerto cuyo cuerpo sigue palpitándole en los dedos, la suavidad de sus plumas, su pelaje, ese rato en el que no piensa más que en respirar y sentir el aire frío y húmedo del campo, ese rato que comparte con el perro de Christine, los dos solos, antes de reunirse con los demás, con quienes Bergogne beberá junto a los coches vino caliente de los termos, esperando divertidos o compasivos al que vuelve de vacío. Y así, se relaja en su coche, la nuca apoyada en el reposacabezas, el cráneo ligeramente inclinado hacia atrás; su aliento es cada vez más hondo, le invade una somnolencia cada vez más pesada, dura unos minutos. Lucha, la rechaza, durará unos minutos más, tiene que incorporarse en el asiento –bueno, basta ya, hay que ponerse en marcha. Y en ese preciso momento enciende el móvil, que se había acordado de apagar. El teléfono y los mensajes. Un texto de Nathalie, una de las colegas de Marion: tres palabras y un emoticón bobo para confirmar lo que ya había confirmado hace una semana, que vienen las dos, Nathalie y Lydie, que llegan esta noche hacia las nueve, a lo que Patrice se siente obligado a contestar, en dos clics,

Gracias, hasta la noche.

Por qué da las gracias a esa chica a la que apenas conoce y a quien tampoco tiene en demasiada estima, no lo sabe. De todas formas, tampoco sabe cómo va a apreciar a esas dos mujeres con las que Marion sale tan a menudo, dado que con frecuencia le da

112

la impresión de que su mujer prefiere su compañía a la de él; no se atreve a confesar que les tiene celos, pero sí se confiesa que no le inspiran un gran cariño, y piensa o imagina que incitan a Marion a ocultarle cosas que él nunca ha tenido interés en desvelar, aunque lo quisiera, por la mañana, o entrada la noche, cuando vuelve borracha, obligar a Marion a contarle qué ha hecho esa velada, a decirle a quién ha visto, a quién ha conocido, si ha bailado mucho y si se lo ha pasado bien –¿bien?, ¿sí?, ¿con quién?–, apestando a colilla y a alcohol y hecha polvo los sábados por la mañana y, sobre todo silenciosa. Cada vez calla y él tiene que hacer ese esfuerzo considerable de no preguntar nada, cuando ella ni siquiera hace el esfuerzo de concederle un detalle de esas veladas de las que queda excluido; y lo que más teme, la causa de que no le gusten Nathalie y Lydie: que sus amigas y colegas sirvan a Marion de tapadera para ocultarle cosas más graves, tal vez un amante, lo piensa con frecuencia, se imagina que cualquier día se marchará con otro, ya le pasó con una mujer que no era de la talla de Marion, y entonces, dando en divagar en el terreno de los más feroces celos –la sombra de alguien entre ella y él–, se reconcome contándose que se marchará con ese hombre que vive ya entre ellos, pues desde un principio se dice que Marion acabará echando a volar, seguro, se aburre con un tipo como él. Las dos chicas están ahí como para recordarle que tiene los días contados, que él es un mero favor o una tolerancia que le concede Marion –¿por qué debilidad o bondad pasajera?–, ¿y acaso no ve, cuando vuelve de cazar, cuando deposita sobre la mesa de la cocina esos animales muertos, la escopeta todavía humeante, el morral con ese olor tan fuerte a cuero, el asco que inspira no solo a Ida sino también a Marion, que lo mira entonces como si no lo conociese, preguntándose qué clase de hombre es? Tal vez por eso hace lo que puede por ser agradable a su mujer, por eso cede a todo, preocupándose sin saber siquiera de qué, como no sea descubrir que ella podría marcharse por un pronto si le confesara alguna vez su obsesión por verla ir a bailar y beber –sabiendo que en el fondo de sí mismo, sobre todo, algo renuncia cada día más a intentar gustarle y se contenta cada vez más, ya que no con gustarle, con serle agradable, ya que no con atraerla, con complacerla.

Por esa razón ha invitado a Nathalie y a Lydie a compartir la tarta de cumpleaños de Marion, arreglándoselas para averiguar sus números de teléfono sin que se entere Marion. Al menos, ese SMS que recibe le obliga a salir de su ensimismamiento y de sus contradicciones; ha de ponerse en movimiento, vamos, despegamos ya, muy pronto el motor y la vibración que transmite en todo el coche cuando este se pone en marcha acabarán sacándolo de su confusión. Patrice se concentra –intermitente, salir– incorporarse a la hilera y esperar a que el semáforo se ponga verde, dar media vuelta un poco más lejos para retornar a la carretera, como si el volver a hacer las cosas en sentido inverso pudiera permitir remontarse en el tiempo y borrar si no lo que se ha podido hacer al menos la memoria que se conserva de ello, como si fuera posible borrarlos rehaciendo simplemente los mismo gestos al revés, pero no, hay que renunciar y mantener las ideas en tensión, atravesar la ciudad, y, al volver hacia la nacional, detenerse en Picard, en la zona comercial antes de la circunvalación. Es lo que va a hacer, en un tiempo que va a parecerle considerable, interminable, no solo porque tendrá que hacer cola en la caja y ese momento se le hará tan largo que dudará en mandarlo todo a paseo, a sabiendas de que ganaría unos minutos que perdería de inmediato puesto que tendría que encontrar otra solución para la cena –¿Super U?, ¿el carnicero?–, sino también porque es incapaz de calmarse en la cola, de sobrellevar su desazón con paciencia como ha tenido que sobrellevarla en el momento de vagar por las secciones, cesta en mano para encontrar lo que tenía pensado. En vez de eso había dudado preguntándose si era una buena idea, si no sería mejor dejarse guiar por el azar y por las ganas del momento, para finalmente volver a su elección inicial; bastante tiempo había pasado navegando por el sitio web de la tienda de congelados, no va a cambiarlo todo, arriesgarlo todo, por lo menos sabe que a ella le gustan las colmenillas y las mollejas de ternera –y de repente Marion le ha vuelto a la mente, como si reapareciera en la realidad.

Bien. Ya está. Hecho. Ha esperado mucho tiempo, pero por fin ha salido de los almacenes. Mete la bolsa de congelados en el portamaletas y se dice que dentro de media hora estará de vuelta. Se reunirá con Ida y podrán prepararse, tomar un baño o una ducha, vestirse decentemente, acabar los preparativos y esperar a que llegue Marion –pero sabe que no llegará forzosamente antes de las siete o tal vez más tarde, ha hablado de esa dichosa reunión con su jefe y el jefe de proyecto, sabe que esa reunión será de nuevo un momento poco agradable para ella, quizá un poco movido, siempre teme que en diez segundos eche a perder todo lo que tanto tiempo le ha costado construir, ese trabajo que tanto ha deseado y tanto le gusta. Pero es tan impulsiva, tan reacia también a la idea de dominio, no, Marion no es de las que se dejan someter, odia que la tomen por una tonta a la que van a manejar fácilmente, todo en ella se resiste y provoca truenos y relámpagos que hace estallar sobre las cabezas al tiempo que espeta frases asesinas, sonrisas, gestos, una actitud cuyos efectos sabe perfectamente dosificar –su acidez, su violencia, su provocación amalgama de desenvoltura e ira, distancia irónica y agresión directa. Sabe poner en juego todo eso, él lo sabe, hace a veces con él lo mismo que la ha visto hacer –a menudo– con Christine, cuando esta suelta indirectas sobre su forma de vestir o de estar en la mesa, y cuando, a modo de contestación, Marion se deja el cigarrillo en los labios, con cara agria, sin decir esta boca es mía, entre consternada o intrigada por la voz de Christine que la llama señora Dietrich, con todo el sarcasmo que puede en la voz.

Patrice piensa en eso, ahora circula por la autopista. Treinta kilómetros antes de la salida y de la nacional con la que tendrá que enlazar enseguida; ya está, abandona la autopista y entra en la nacional, pasa el primer pueblo, luego el segundo y, mientras el Kangoo vuelve a tomar velocidad, se dice que no hay que preocuparse, no es el primer cumpleaños de Marion que celebran, si bien los cuarenta años poseen un carácter un poco particular y conllevan una dimensión simbólica tal vez, una sensación más solemne, en el fondo es un simple cumpleaños más, se dice Patrice conectando la radio, cosa que no hace casi nunca, una gilipollez que difunde Radio Nostalgie, esas canciones como las que cantaban en los bailes en los tiempos en que iba todavía y que igual se siguen cantando, se pregunta, aunque necesita tiempo para darse cuenta de que otro ruido acompaña la radio y el ruido del motor, otro ruido, una vibración diferente de las que sacuden habitualmente el coche, junto a los bajos de la radio y del chasis que tiembla, de las ruedas en la carretera, pero no, no va a ser la carretera llena de baches,

(un neumático)

hace falta tiempo para percatarse,

(un neumático)

viene de las ruedas, no ha notado nada, entendido nada, pero ahora tiene que parar, mierda, es un neumático, un neumático, joder, ¿tiene todo lo que necesita para cambiarlo? Sí, sí que lo tiene, pero ahora sí está claro que va a llegar tarde.

13

Durante unos segundos, Christine cree oír el aliento de su perro, las garras de sus patas en las baldosas, el desmesurado jadeo de alegría de los animales, sin apocamiento ni falso pudor... pero no, comprende enseguida que se ha equivocado, como comprende que ya solo escucha la música de Bach de manera intermitente, como si la perturbase o la preocupase otra cosa que la música, o el tiempo que puede dedicarle esta tarde —como si no estuviera acostumbrada a cocinar escuchando música— lo perturbasen interacciones que le embarullan la concentración. Se pregunta por qué el perro no se ha acercado hace un rato hacia el hombre y el coche, resistiendo entonces —en el momento en que se lo pregunta— a la tentación que la asalta un instante antes de renunciar a ella, de salir y atravesar el patio para llegarse al establo y averiguar qué retiene a Radjah, pero muda de parecer, desechando esa tentación como una idea pueril y sin importancia, como si esa idea fuese un simple capricho y nada más, repitiéndose que más que miedo era curiosidad, extrañeza, ¿qué puede haber retenido tanto a Radjah allí, cuando siempre corre como un loco en cuanto llega un motor por el camino incluso antes del cartel de esas Tres Chicas Solas?

Entonces, estrujando la masa, dejando que los olores del chocolate derretido le suban a la nariz, se pregunta, prestando ya apenas atención al violonchelo de Gastinel, por qué ese tipo pegado a su coche le produjo tan mala impresión, como si, durante el rato que habían hablado –¿cabe llamar a eso hablar?–, se hubiera dedicado a cachondearse de ella sin que ella lo advirtiera enseguida, pero dejando una distancia fina como un papel de fumar en sus gestos, en la entonación de su voz, en su sonrisa, para que ella percibiese el juego y la ironía que gastaba, como si quisiera que supiese lo listo que era y que jugaban a un juego que solo él dominaba, que conocía forzosamente más que ella, presentía ahora que no hubiera debido responder como lo había hecho, dejándole demasiado espacio, demasiada libertad cuando sin duda sabía perfectamente que ninguna agencia se ocupaba de la casa en venta. Se había hecho el tonto para engatusarme y para comprobar hasta dónde podía llegar, se dice, volviendo a ver el modo como el hombre se había pegado a aquel coche que parecía un vehículo de alquiler, no un coche particular, no, demasiado limpio, y ese aire desenvuelto y seguro de sí mismo que ostentaba, pese a muestras de turbación –esas manos que revoloteaban, que parecían incapaces de calmarse, sin pararlas más que cuando lograba mantenerlas en la espalda, interpuestas entre el coche y él, o cuando se las colocaba bajo los brazos, encajadas como cuando pone uno el periódico para no acordarse de él, apretadas como fingiendo que estaba ocultando algo.

Ahora, se dice que es extraño que un hombre pueda expresar a la vez la certeza de dirigir un juego que solo él ha definido y al mismo tiempo la incertidumbre, la duda y acaso incluso la inquietud, como si se propusiera en realidad dos cosas y no una, suficientemente diferentes una de otra para que pueda experimentar conjuntamente la satisfacción del control por una parte y el temor por otra, se dice Christine, abandonando de momento sus tartas, mirando la mesa de la cocina, las fuentes, la harina que ha cubierto a trechos el hule. Oye el violonchelo que le llega de la estancia de al lado y que parece dirigirle un mensaje que le cuesta percibir, como si su capacidad de percepción la agitaran otras ideas distintas de las que deberían ser las suyas, ideas que retornan y giran alrededor de ese hombre y del malestar persistente ligado a él, cada vez más persistente y pegajoso como la masa de la tarta que se chupetea en los dedos para quitársela –y más que hacia Bach y el violonchelo de Gastinel su atención retorna hacia el hombre, con ese aire irritante de guaperas, su pelo frondoso, sus ojos muy claros, azules o grises, pero penetrantes y sobre todo el aire temiblemente divertido cuando fisgoneaban por todas partes, hacia la casa de Christine, sobrevolando la fachada pero también el tejado, y luego hacia la casa de Bergogne, hacia el patio, el cobertizo, no volviéndose nunca por completo para no perder de vista a Christine un solo segundo, manteniéndola siempre en su campo de visión pero rodeando el caserío como si ya le perteneciera. Piensa de nuevo en eso y lo ve clarísimo, ni un segundo la ha perdido de vista mientras le hablaba, actuando con desenvoltura, pero sin mostrar la menor tranquilidad; entonces, sin saber realmente por qué razón, por qué intuición, se restriega las manos en el delantal y se encamina hacia la puerta de entrada. No se lo piensa, cierra la puerta sin hacerse más preguntas, con un gesto seguro, muy decidido, pero que ataja no obstante en pleno movimiento, dudando o vacilando, como si cambiase de parecer mientras estuviera echando el cerrojo. Sí, duda, se lo vuelve a pensar. De repente, por el contrario, abre la puerta por completo y sale, la mirada vuelta hacia el establo –frente a ella a la derecha– mirada que oscila más a la derecha, hacia el cobertizo. Bergogne no debería tardar en volver y sin embargo algo, en el aire, una aprensión –durante la tarde Bergogne suele trabajar aquí o nunca muy lejos, y su perro suele ponerse a ladrar por cualquier cosa y deambula por el patio en busca de no se sabe qué maravilla, y luego se duerme en el rellano para calentarse al sol si este viene a calentar la baldosa de cemento.

Pero en esta ocasión no es así. Al final se oye llamar al perro con su voz carrasposa –no está acostumbrada a alzar el tono de voz,

¿Radjah?

escuchando el vacío en el que resuena su interrogación, su pregunta que se propaga por encima del caserío durante unos segundos que se le hacen larguísimos; y luego, dejándolo deslizarse sobre ella primero, no soporta ya ese vacío, y para impedirle que se propague, que prolifere, insiste y ahora ya no es con tono de pregunta,

¡Radjah! ¡Radjah!

cada vez más fuerte,

¡Radjah!

de afirmación y casi de ira,

¡Radjah!

insistiendo de nuevo,

¿Qué estás haciendo? ¡Ven aquí!

pero su voz se pierde en el vacío, su voz que ha pasado a ser muy alta transluciendo su ansiedad o esa suerte de estupefacción, o de duda,

¡Aquí!

cuando permanece inmóvil en el rellano de su casa,

¡Perrito!

sin atreverse a cruzar el patio para ir a ver qué puede estar haciendo su perro por el establo, le parece raro que no reaccione, no oiga su voz, cuando normalmente reacciona tan rápido.

Pero no quiere atravesar el patio, algo le impide hacerlo, ir a buscar a su perro —como si, al hacerlo, confirmase el desasosiego y las preguntas que comienzan a surgir en su cabeza, esa ligera zona de desazón ante el silencio de la casa; entonces entra y ahora cierra la puerta con llave tras ella, como no lo hace casi nunca. El perro se ha ido a hacer el loco a algún sitio, puede pasarle, ya le ha pasado —vamos, hace mucho tiempo que no le pasa, lo había hecho de muy joven, pero eso, esa idea que le ronda, quiere mandarla lejos atrás en su cerebro. Disimularla en un espacio oscuro y no revelado, no formulado; descartado dejarse dominar por eso, no, no quiere ceder a esa sensación que nunca ha experimentado en su casa. Nunca ha tenido miedo aquí. Entonces, corre hacia la mesa de la cocina e intenta, bueno, en qué punto estamos, qué me queda por hacer, ah sí, la tarta, las manzanas, acabar de cubrir la tarta con chocolate. Sus manos intentan tomar el control de lo que se hace en su cocina, dejándolas orquestar el tiempo, el ritmo, porque les toca a ellas dirigir las operaciones, esas manos muy secas y descamadas por la pintura y la esencia de trementina –nunca las ha cuidado mucho y sus manos no están en buen estado, un poco demasiado rojas, como quemadas en algunas partes. Las hunde en la harina, tiene que hacer una masa. La trabaja, la pasa por el rodillo, la extiende, qué tiene que hacer ahora –de repente no recuerda los gestos que debe realizar, cuando los conoce a la perfección, y ahora los olvida, se le escapan, no sabe ya como atraerlos, es como si su cuerpo comenzase a decirle que eso no es importante, y al poco se abstiene de todo movimiento, de todo gesto, retenida al borde de la mesa, de pie pero como paralizada porque le da la impresión, cree que, no, seguro que no, y luego la música, el violonchelo que suena de nuevo y ataca como si viniera a romperle los tímpanos y esa música que tanto le gusta no le llegara ya a los oídos como un viejo compañero sino como un chirrido siniestro que no reconoce, y, durante una fracción de segundo, le entran ganas de correr al taller y parar su vieja cadena de alta fidelidad, cambiando enseguida de parecer y conteniéndose sin saber muy bien por qué o porque se dice que el silencio puede resultar más ensordecedor que las *Suites* de Bach, más peligroso para ella, si cede a su deseo de ir a apagar tendrá que oír ya no la música sino lo que esta recubre, porque sí, a pesar de todo, esa inquietud que crece, esa sensación de –¿qué?, ¿inseguridad?–, ¿es posible que por una vez pueda decirse que está inquieta, aquí, en su casa, en plena tarde, u ocurre sencillamente que, de todos los ruidos de la casa entre todos esos crujidos que se sabe de memoria, Christine perciba algunos que nunca ha oído? Sabe que, si va a apagar la música, es porque debe confesarse esa impresión confusa de oír *otra cosa*;

ruidos, sí, sonidos, vibraciones también que no son los movimientos *íntimos* de la casa. Si apaga la música, se imagina ser aspirada por el silencio que seguirá y verse obligada a tranquilizarse, como si de pronto tuviera que oír –pero el qué, no tiene ni idea. Sin embargo, no puede seguir así y permanecer en esa zona difusa, necesita claridad así que se restriega las manos en el delantal y suelta un oh, mierda, a guisa de hasta el gorro, o como si hubiera olvidado una cacerola en el fuego, y se dirige a toda prisa no hacia el taller ni hacia la cadena de alta fidelidad, sino más lejos, al pequeño pasillo que lleva a la parte trasera de la casa, donde lava la ropa y la tiende los días de lluvia.

Intenta no observar que actúa con cierta rapidez o nerviosismo, como si se tomara tiempo cuando se da perfecta cuenta de que corre demasiado y que aumenta su agitación, que le ordena correr todavía más, y, al llegar a la estancia un poco oscura, mira la puerta al fondo –la puerta abierta y no cerrada como lo está habitualmente, si bien nunca con llave. Christine no entiende por qué Radjah había de pasar por allí si nunca va por esa parte de la casa. Por qué ha pensado eso, a no ser que, sí, debe de ser eso, a no ser que haya sido un animal, probablemente un animal, comadreja, ardilla o tejón o cualquier otro, o seguramente un gato, sí, no sería la primera vez que un gato viene a tumbarse en la cesta de la ropa, pero los vecinos se mudaron y la casa de al lado está vacía, en venta, las paredes abandonadas a sí mismas sin ya ningún vecino ni ninguno de sus tres gatos, con aquel locuelo de Caramel, al que le gustaba ir con frecuencia a su casa y que no le tenía ningún miedo a Radjah; le vuelve esa imagen, pero sabe que no se encontrará al gato en la cesta donde le gustaba tumbarse o como había hecho otra vez Bleue, aquella magnífica cartuja que había parido una camada de gatitos en las sábanas que esperaban que Christine las lavase –esa imagen de la gata y de la masa bullente e informe de los gatitos minúsculos, ciegos, casi sin pelos, viscosos, en el espesor arrugado y húmedo de las sábanas, la imagen aparece y desaparece con la misma rapidez, casi en el mismo movimiento, pues, de pronto, oye en la escalera que da a la primera planta, un crujido, luego otro, ahora está segura, no son los ruidos de la casa, es otra cosa.

Su primera reacción es cerrar la puerta con un gesto tan fuerte que el *clac* hace temblar la pared, esa pared que no ofrece más que un tabique de pladur y que con un golpe de hombro podría derribarse, aunque a Christine no se le pase por la cabeza hacerlo. Ha cerrado la puerta, es la primera vez que cierra una puerta con llave aquí, precipitadamente, consciente de hacerlo para protegerse, y además no tiene tiempo de pensarlo, de pensar en nada, esta vez puede decir que la está asaltando una oleada de miedo, no sabría decir por qué, tal vez por el hombre de antes y porque su perro no haya aparecido, la inquietud de que su perro no esté con ella, sí, de pronto la preocupa, por qué no está aquí, y luego ese tipo extraño, ahora esos ruidos y la puerta abierta, entonces sin pensarlo más se encamina hacia su taller sin echar una mirada ni a la alta mujer roja que preside en medio de la estancia, ni a las demás pinturas; no, no ve nada y apaga el equipo sin preocuparle ese momento que interrumpe –pues habitualmente procura no pararlo en mitad de una pieza, como si fuese una brutalidad que no puede imponer a los músicos, aunque tampoco iban a enterarse nunca; prefería suspender su gesto y permanecer ante el equipo un minuto o dos esperando a que terminase el fragmento para cortar el sonido–, esta vez lo apaga sin reparar en lo que hace.

Cuando para el violonchelo, hace ya un buen rato que en realidad ha dejado de escucharlo o de oírlo. El vacío que deja tras de sí colma el espacio del taller, de la casa entera. Christine alza la mirada al techo y se da cuenta de que contiene la respiración para que no la moleste su propio aliento, para tener la seguridad de percibir todos los ruidos que le llegarán, preparándose ya a oír un crujido por encima de su cabeza, en las habitaciones de arriba, ruidos que no comprenderá cuando no, no, lo que se impone es el silencio y nada más. Permanece así durante un minuto o dos, pero esos dos minutos no son como ciento veinte segundos desgranados encima de su cabeza, sino antes bien como el peso de un silencio de media hora, y solo entonces oye llamar en la puerta de entrada –lo justo para sobresaltarse, rehacerse, decirse que todo va bien, recordar durante una fracción de segundo que Bergogne todavía no le ha reparado ese timbre que lleva un año o dos sin funcionar, pero qué puede importar si nadie viene a verla, o tan poca gente, y ahora entra en la cocina y mira a través de la puerta que hizo acristalar hace ya tiempo, porque estas casas antiguas tienen todas el defecto de estar perpetuamente sumidas en la oscuridad.

La imagen del gendarme le pasa por la cabeza, el gendarme cuyo nombre intenta recordar. ¿Philowski? No se acuerda, pero enseguida le vuelve, ah sí, Filipkowski, le da ya la impresión de volver a la realidad, se dice que tal vez es él, que viene a comprobar si todo va bien, o porque tiene información sobre las cartas, además ese lío de las cartas empieza a quemarle la sangre, empieza a angustiarse por cualquier cosa cuando en realidad no tiene ningún motivo para tener miedo. Va a la cocina con esa idea de que probablemente sea él quien viene, él u otro, entonces aminora el paso al acercarse a la cocina, en cuanto esté allí podrá ver, por encima de la mesa y al otro lado de la estancia, a través de la parte superior de la puertaventana, la cara de el que o la que viene y que insiste, dando sucesivamente tres golpes, deteniéndose unos segundos, y volviendo a dar tres golpes bastante fuertes, los mismos, exactamente, que los precedentes; y de nuevo esa pausa de unos segundos antes de volver a empezar, y vuelta otra vez, Christine se sobresalta en el pasillo cuando suenan de nuevo los tres golpes, y se irrita, quién puede ser, y al llegar a la cocina reconoce de inmediato al hombre de antes, el que le sonríe como hacía, con esa sonrisa que quiere ser simpática y cálida pero que carece extrañamente de simpatía y de calidez. Christine se detiene un momento, pero se recobra, no duda, se abalanza hacia él y abre la puerta, y, sin darle tiempo a decir esta boca es mía, lo repasa de arriba abajo clavándole una mirada agresiva,

¿Qué quiere?

Eh... Sí, disculpe. No quiero molestarla, pero me preguntaba...

Ya le he explicado que yo no hago visitar la casa si los propietarios no confirman la cita.

Sí sí, lo sé, lo sé. No es por eso. Solo quería saber si podríamos hablar, si no le apetece que hablemos un rato.

Lo siento, pero para eso se ha equivocado de dirección.

Y está ya cerrando la puerta –lentamente ha cogido la manilla y comienza a empujarla, pero él, igual de empalagoso, casi divertido, ha puesto el pie para bloquear la puerta, se adelanta un poco y suspira, encogiéndose casi de hombros.

Ah, no, no, yo... Yo no tengo ganas de hablar, no, no, Yo no tengo nada que decir. Pero mi hermanito creo que sí que tiene muchas ganas de hablar con usted.

A Christine apenas le da tiempo de entender, piensa que es una broma, duda, y luego se vuelve: dentro de la casa, un joven con chándal azul eléctrico, pelo rubio, decolorado, casi blanco. Sus deportivas están llenas de barro y de hierba pegada, uno de los cordones está desatado, manchas de sangre en el pantalón. La mira y le sonríe.

14

No podría decir qué hace allí como un gilipollas en el borde de la carretera, con una rueda pinchada y la radio que sigue con esa canción de Bourvil —de niño, los únicos discos que había en casa eran precisamente un elepé de Bourvil, otro de Mireille Mathieu y algunos de cuarenta y cinco revoluciones, uno de ellos de Sylvie Vartan que

a su madre le encantaba y que decía que el amor quema los ojos y se convierte en humo como los cigarrillos.

Ahora oye la voz de Bourvil como si fuera la de su padre, que, detrás o a través de la voz de Bourvil, venía a cachondearse de él para obligarlo a mirarse al espejo, recurriendo a la voz suave y frágil del actor-cantante para arañar su inocencia y su candidez, y, por el contrario, devolverlo a sus impudicias y a su situación ridícula —cómo ha sido capaz de aprovecharse del cumpleaños de su mujer para justificar la necesidad de ir a la ciudad, en virtud de qué oportunismo, qué argucia de cinismo—, como si a través de la voz falsamente cándida de Bourvil fuese una época más ingenua que la nuestra, ya que no más dulce, la que lo juzgara, lo mirase con arrogancia evocando la nostalgia de un baile perdido y la tristeza de la posguerra. Bergogne, ni más duro ni más listo que nadie, está a punto de dejarse atrapar por la dulzura melancólica de la canción, un hombre llora su amor perdido y rememora su historia, su vida, como en la canción, sobre un montón de escombros. Bergogne se deja devorar por los recuerdos amargos de una época en la que él también habría podido decir que *estaba bien*, porque había creído hallar en Marion el sosiego y la plenitud, la consumación de su vida amorosa, la promesa del final de esa soledad evocada por la voz de Bourvil; pero la soledad ha retornado y la de la canción viene de pronto a recordarle la suya –joder, cierra el pico Bergogne, ya está bien, deja de lloriquear por ti como un crío y llévate una buena patada en el culo, se dice Patrice cuando se inclina sobre la autorradio y la apaga de un golpe seco, desabrochándose al mismo tiempo el cinturón de seguridad pues sabe que no es momento para caer en la ñoñería, aunque, sin saber muy bien por qué, se queda clavado en el asiento y mira el ordenador por el retrovisor interior, pegado como con celo, ¿cómo puede hacerle eso, cómo puede ensuciar el amor que siente por ella haciendo esas bellaquerías tan fresco? ¿Cómo puede hacer esa clase de cosas y quedarse tan fresco? ¿Cómo puede contarse a sí mismo que ama a su mujer y que ella lo es todo para él, que nada existiría sin ella, después de lo que acaba de hacer, cómo puede creerse ese baile de palabras que él se dice que son las suyas, que las piensa?, porque lo cierto es que vive su amor por Marion con tal ardor que piensa no ser digno de la suerte que ella le concede compartiendo su vida, por más que esa pregunta se resume siempre en saber cómo una mujer como ella ha podido chiflarse por un tipo como él, como si se lo hubiera preguntado desde los primeros intercambios que habían tenido en internet, porque al ver la foto que ella le había enviado, él pensó al principio que era una broma o una forma de prostitución o algo por el estilo. Luego, después de las primeras citas, después de las primeras noches de amor, incluso después de que se casaran, ese asunto acababa siempre resurgiendo, y sabe que algún día, tendrá que tener el valor de confesarle que no puede ya con esa vida que llevan, las apariencias engañosas conforme a las cuales acuerdan creer ambos que todo va bien. Habrá de tener el valor de contarle que cuando va a la ciudad se detiene en los bulevares, que pasa ratos con unas... ¿cómo lo dirá?, ¿qué palabra empleará? ¿Dirá esa palabra que no pronuncia nunca y que es para él como una palabra demasiado prudente, o hará como la gente que habla de alguien diciendo que ha fallecido para decir que ha muerto –¿por qué no dicen que ha muerto, en vez de intentar ocultar el cadáver tras esa palabra balsámica, falsamente púdica? *¿Fallecido?*–. Lo mismo ocurriría en sus labios con la palabra *prostitutas*, igual de inoportuna e hipócrita; o bien deberá decirlo con esas palabras suyas, me voy de putas, sabes, está tarde me he ido a ver a las putas porque necesito que una mujer...

Cierra los ojos. Pasan coches por la nacional. El Kangoo sufre sacudidas por los movimientos de aire debido a los coches que circulan a veces demasiado deprisa, excediendo sobradamente la velocidad autorizada. Si pierde tiempo, Ida habrá llegado a casa antes que él y se sorprenderá de no verlo, cuando le había prometido estar en casa antes que ella y esperarla para que los dos tuvieran aún un montón de cosas que hacer juntos: la decoración y la cena, pero también, y quizá sobre todo, ponerse guapos, como convinieron hacerlo hace ya varios días, complotando ambos para organizar la velada disfrutando del placer de esa complicidad, contándose ya la cara de Marion al volver del trabajo, ataviados con sus mejores galas, con la mesa puesta y la guirnalda de *feliz cumpleaños*, aunque ya la hubieran instalado hace un año –y sin duda también el año anterior–, tanto daba, lo más importante era que descubriese la fiesta que le habían organizado, como si no pudieran hacer menos para sus cuarenta años, porque se quedaría sorprendida y decepcionada si se limitaban al regalito hecho aprisa y corriendo, para celebrar el día, aunque no había peligro de que eso ocurriera, porque llevaban días excitados imaginando la velada.

Y ahora se está exponiendo a echarlo todo a perder, a decepcionar o preocupar a Ida si pierde más tiempo. Por eso mismo ha de salir de ese embotamiento que lo tiene paralizado. Patrice sigue atrapado por el retrovisor interior, los ojos clavados en el reflejo del regalo de Marion, hasta que por fin echa una mirada al exterior. Puede salir del coche, rodear el Kangoo para examinar los cuatro neumáticos, bueno, mierda, frotándose las manos contra el pantalón se dice que tiene que darse prisa, es el trasero derecho el que está reventado, pero le parece oír ya la pesadez de su voz al teléfono contando que tiene que cambiar un neumático –ella lo verá, de todas formas–, más le vale ponerse a ello cuanto antes, una vez ha abierto el maletero y buscado el gato –ah, sí, hace falta la llave para abrir el soporte que aguanta la rueda de repuesto debajo del coche. Intenta no correr demasiado, hacer las cosas con orden,

uno: el coche está estacionado en un espacio suficientemente llano, vuelve a abrir la portezuela, sube, comprueba que ha puesto bien el freno de mano y mete la primera,

dos: la llave para abrir está en la guantera, vale, entonces ir a la guantera y luego,

tres: salir y colocar la llave en el maletero, girar, notar, debajo, soltarse el soporte que aguanta la rueda de repuesto y coger la rueda,

cuatro: ponerla al lado de la rueda que hay que cambiar,

cinco: y encontrar el gato,

ya está, coloca el gato, se pone nervioso porque ha olvidado poner las luces de emergencia. ¿Qué más ha olvidado? Ah, sí, vaciar el maletero y aligerar al máximo el coche, lo que va a hacer, vaciando el maletero de las dos cajas de herramientas que había dejado: sacar el regalo de Marion y ante todo ponerse el chaleco amarillo –el chaleco fluorescente–, ir a colocar el triángulo para señalar su presencia unos metros más arriba. Le cansa, pero aun así lo hace, le dan más miedo los polis que el accidente, o bien, digamos que cree más en la presencia de los polis que en el riesgo de accidente –le cuesta imaginar que alguien venga a empotrarse en su coche en pleno día, cuando su coche no invade en absoluto la carretera. Se enfunda el chaleco, despliega el triángulo de seguridad, que coloca unos metros más arriba. Luego pone el tornillo antirrobo en la llave, afloja las tuercas con dos vueltas de llave –gira en el sentido inverso al de las agujas de reloj. La operación requiere forzar un poco, suelta unas patadas para ayudarse, y ayuda, coloca el gato siguiendo la muesca en la parte baja de la carrocería, como debe ser, coloca la manivela y gira, el coche se levanta: la rueda gira enseguida en el vacío.

La cambia y, cuanto más se apresura, más siente que las cosas lo desbordan, no debe perder la serenidad, es de tontos, no lleva a ninguna parte, él no es así, normalmente sabe pararse a pensar, pero ahora no, una vacilación, una niebla en la cabeza, y sin embargo avanza, cambia la rueda, vuelve a colocar las tuercas, las aprieta. Guarda la rueda y su neumático reventado en el maletero, sin miramientos, como si se lo recriminase, ahora tiene que bajar el gato con la manivela, exactamente como antes pero en el otro sentido, y sin duda es en ese momento en que el coche está bien afianzado en el suelo, las cuatro ruedas tocando el suelo, cuando le estalla ese arrebato de ira contra sí mismo, me cago en la leche puta, ha tenido que ser precisamente él quien ha ido a meterse en la mierda y se ha puesto a hacer idioteces, piensa en la hora, la tira de tiempo perdido, debería estar ya en casa, y aquí está, a cuatro patas en el borde de una carretera, cuando está aumentando la circulación porque la gente ha terminado de trabajar y vuelve a los pueblos de los alrededores, como cada día a la misma hora, exactamente lo que quería evitar, sin que se dé cuenta pero porque no se concentra lo bastante en lo que se supone que está haciendo, no sabe cómo pasa, pero suelta la manivela, qué falso movimiento o qué descuido, no, porque no lo sabrá, ni aun cuando intente explicarse lo que ha sucedido, contándoselo como si tratara de entender una aventura ocurrida a otro, que él hubiera escuchado preguntándose a qué tontaina ha podido pasarle, la manivela que sigue teniendo en la mano izquierda, los dedos índice y corazón de la mano derecha atrapados, el índice cortado al nivel de la falange proximal, la sangre explotando en su mano, no puede contener un grito cuando intenta retirar el dedo y este se queda pillado, el corazón milagrosamente intacto, protegido por el índice que lo ha recibido todo, la carne cortada y bañada en sangre, el movimiento de pánico para abrir el gato con la otra mano, sí, por fortuna el coche no necesita ya gato, las ruedas están pegadas al suelo y en lo que a eso respecta todo va bien, todo salvo ese dolor tan intenso en el dedo, se incorpora y sacude la mano apretando los dientes y de súbito le asalta un deseo de golpear todo lo que pasa ante él, le suelta una patada en la carrocería a ese puto Kangoo cubierto de barro y de manchas de gasolina, de polvo, de polen, y unos segundos después Bergogne se envuelve el dedo en papel higiénico, no tiene botiquín en la guantera, solo detrás. La sangre corre en abundancia, brota en toda la mano, Bergogne está loco de rabia... primero contra él y contra su torpeza, en qué estaría pensando, la puta mierda, en qué, qué le pasaba aún por la cabeza para distraerse como un gilipollas, porque ahora va a tener que ordenar y meterlo todo en el maletero, las dos cajas de herramientas que deberían estar en el cobertizo desde hace lo menos tres meses, el regalo de Marion –procura no mancharlo, ojalá no se vea sangre. Ida tiene que llegar a casa y esperarle, eso seguro, le esperará y es culpa tuya, solo tuya, Bergogne, piensa en su hija, y ya no en Marion, es Ida la que ilumina su mala conciencia y esa vergüenza que espera combatir al tomar la decisión de subir al coche, diciéndose que tiene que emprender la marcha cuando antes.

Pone ya el contacto, el intermitente izquierdo. Quiere extremar la prudencia –basta ya de gilipolleces– y actúa con lentitud, circunspección, repitiendo mentalmente los gestos y las actitudes adecuadas al tiempo que las ejecuta. Sabe que no podrá aguantar así hasta su casa: el dedo no para de sangrar, brota, quema más que antes. La sangre mana demasiado fuerte, chorrea por el volante, lo pringa todo, entonces se detiene: intermitente, giro a la

131

derecha, donde la nacional hiende en dos partes un pueblo que no lo es en realidad, como un fruto separado por la carretera. Casas, una iglesia románica en lamentable estado –lúgubre, gris y mancillada por miles de camiones y coches que le han escupido de pleno el humo de sus tubos de escape–, una panadería, una papelería-estanco que está cerrada y cuyos viejos carteles amarillentos, casi borrados por el sol, acaban de quemarse, y por suerte el cartel luminoso de una farmacia donde alternan la cruz verde e informaciones sobre el tiempo. Bergogne se acerca y las puertas acristaladas se abren automáticamente a su paso. Entra, una bocanada de calor le asciende a la cara, un olor vagamente aromático. La farmacia no es grande pero hay dos ventanillas una de ellas está vacía mientras que en la otra una joven atiende a una clienta pegada a su andador, se tambalea, como se tambalea también muy fuerte la mano de Patrice, lanza latigazos como los latigazos de los calambres en las alambradas electrificadas en los prados donde pacían vacas indolentes e indiferentes, y es la misma sensación especial, ese flujo regular, rítmico, que se difundía de la mano a todo el brazo –mantiene la mano alzada, los dedos separados, como si al mantener la mano en alto el dedo fuese a sangrar menos, o como para mostrar que necesita ayuda sin tener que vocearlo, que acudan sin que necesite pedirlo. Funciona más o menos bien, la joven alza los ojos y deja plantada a la anciana sin siquiera disculparse y se dirige a Patrice.

Aguarde, que llamaré a mi jefe.

Patrice intenta sonreírle, pero no acaba de conseguirlo, todavía no ha dicho nada, ni una palabra cuando la joven pasa a la rebotica, sin dirigir una palabra a la anciana, que intenta volverse, lanzando tres cuartos de mirada reptiliana al intruso que acaba de robarle a su farmacéutica, suponiendo tal vez que lo reconocerá –conoce a todo el mundo aquí, pero lo cierto es que ese hombre no le dice nada. Se oye la voz de la joven que ha pasado a la rebotica llamando al farmacéutico, y, cuando aparece, la joven le ha contado ya, un señor que se ha herido en la mano.

Entra el farmacéutico, la joven vuelve con la anciana. Patrice se acerca a la ventanilla donde se ha instalado el farmacéutico, al punto Patrice oye su voz y le sorprende que sea tan trémula y débil, vacilante, cuando explica que se ha hecho eso cambiando la rueda hace un rato y que,

No pasa nada, caballero, todo va bien. Vamos a desinfectar esto y creo que con unos Steri-Strip todo irá bien

Patrice tiende la mano al farmacéutico, un tipo de unos cincuenta años que parece totalmente miope porque, tras las gafas de hojalata, lo mira con gran atención, los ojos casi cerrados, como si hiciera un esfuerzo considerable, y acto seguido procede a limpiar la mano ensangrentada, a desinfectar el dedo, murmura, sí, se ha dado bien. Luego le coloca unas vendas adhesivas, tomándose el tiempo necesario, Patrice se dice que va a llegar de lo más tarde, se pregunta si tendrá tiempo para meter las vacas y tiembla de ira contra sí mismo.

15

Siempre la misma escena que se repite del lunes al fin de semana, con las contadas variaciones que marcan la diferencia de una a otra estación, el calor canicular de un verano precoz, el crepitar de las gotas de agua en el tejado, el olor de las sillas cuando el sol quema a través de los cristales, el frescor casi frío del aire acondicionado o el calor demasiado seco de la calefacción en invierno, la lluvia, el viento, más raramente la nieve; y siempre, en la parada, ese mismo rechinar de las ruedas y el ruido tan especial de la portezuela que se abre y da paso a los tres niños en fila india, una vez que se han despedido de la conductora del autocar, esa señora que lleva siempre el mismo cárdigan azul que se arremanga dejando ver sus antebrazos regordetes y –que contrastan con su cabeza cuadrada y su cuello demasiado robusto– sus minúsculos pendientes redondos y de colores que parecen Smarties.

Ahora, como todos los días aparte de las vacaciones escolares, los tres niños salen del autocar, y esta vez están encantados de que no haga tan mal tiempo como anteayer, con esa lluvia muy fría que azotó la carretera con tal fuerza que el agua creció en los laterales hasta crear regueros y pequeños ríos en los bordes y en las cunetas. En los días de lluvia es difícil volver a casa sin acabar completamente empapado, sobre todo porque hay que cruzar enormes charcos en los que acaba uno ensuciándose los bajos del pantalón, los zapatos y los calcetines negros de barro, creando buenos pretextos a los padres que aprovechan siempre para meter de paso a los hijos en la bañera repitiendo que *así, una cosa menos.*

Pero hoy, los recibe el sol al salir del autocar. Desde la escuela primaria donde los recoge hasta aquí, ha llevado a la mayor parte de los niños, y los ha dejado por grupos de una decena al principio, y luego de cuatro o cinco, y, por último conforme se alejan del centro de La Bassée –la comuna se extiende por un territorio bastante amplio, y, fuera del pueblo, las casas están cada vez más aisladas y son más infrecuentes, muy pronto se ven cada vez menos casas nuevas, chalés, luego casi ninguno, y después ya solo campos de cereales, el río, bosques, y granjas y caseríos perdidos en el extremo de caminos cada vez más alejados de la recogida escolar–, salen del autocar los últimos niños, ya sea solos, ya por parejas, habitualmente hermanos y hermanas, más raramente vecinos, aunque a veces pasa, como ahora, cuando Ida va a dejar a Lucas y a Charline marchar, el primero hacia la carretera que asciende al otro lado de la línea de ferrocarril, no muy lejos de la fábrica que cerró –para alivio de casi todo el mundo, porque sí, a veces para la gente es un alivio que se cierre una fábrica, como esta donde se han fabricado durante más de cuarenta años placas onduladas de fibrocemento para las construcciones agrícolas y racores de tubos, pero sobre todo cánceres, y, para los que no han muerto de eso, depresiones vinculadas con el miedo al amianto, vivir con esa putada en casa. Lucas pasa ante el cadáver de la fábrica como ante un mausoleo o un osario esperando que acaben con todo aquello y que el tiempo se encargue de hacerlo olvidar, mientras Charline se encamina enfrente mismo de ella con su cartera decorada con la efigie de la Reina de las Nieves al hombro, dando una media vuelta de unos metros antes de internarse en las Brèchetières, y que la reciban las ocas y las gallinas de sus padres.

Ida, excitadísima ante la idea de la velada que se anuncia, no para de detenerse en la carretera para gritar,

¡Adiós, Charline! ¡Adiós, Lucas!

135

obligándolos

¡Adiós, Ida!

a volverse uno y otro para responder a coro, mientras ella emprende ya su carrera, sin escucharlos ya, corriendo en sentido contrario al de ellos. Sí, corre, aunque su carrera se asemeja más a la marcha de una locuela demasiado feliz de organizar con su padre el cumpleaños de su madre, recordando desde esta mañana todo el programa que ella y él se han trazado, pero que antes se ha fijado para sí misma: el baño, el pelo, el vestido, las joyas, las lentejuelas que ha decidido ponerse en las mejillas. Además, ha previsto ayudar a su padre, y, aunque sabe que habrá puesto ya la mesa y se habrá ocupado un poco de la decoración, aunque han acordado cosas que hacer los dos, sabe también que él necesitará ayuda, seguro, sin ella no podrá llevar a cabo todo. Lo han previsto así, ordenará su habitación como no ha estado nunca, no solo sus libros y sus deuvedés, sino también el interior de su mesa y de sus armarios. Quiere hacer lo que no se verá a simple vista, lo que maravillará a su madre más que si hiciera un rápido arreglo; será como un regalo —no, será un regalo *de verdad*, eso seguro—, su madre se pondrá tan contenta que Ida cree que no volverá a repasar todo tan de cerca durante las dos próximas semanas, y a Ida le gustan tanto esas veladas de fiesta, los cumpleaños, y no solo el suyo, también los de sus padres, y Navidad claro, no únicamente por los regalos —que también cuentan—, sino sobre todo porque ocurre algo que los días normales no le dan, y, aunque no sabe qué nombre darle a ese *algo* que no sucede a diario, y que le parece poder tocar con los dedos los días en que se celebra un acontecimiento más o menos importante, sabe que existe, que está presente entre ellos, en el aire que respiran, en la misma casa, ese *algo* que no sabe cómo llamar y que ignora qué cambia en esos momentos; pero le parece, confusamente, en la bruma de una percepción de niña en el mundo de los adultos, que, durante esos momentos de fiesta, algo en el aire se hace más ligero, despejando el peso que anquilosa todo el espacio en el que viven

136

a diario. Porque la hora no ejerce ya ningún influjo en ellos, Marion no se pasa el tiempo lanzando miradas a la péndola de encima del aparador en la cocina esperando que nadie lo note, Patrice habla sonriendo de todo y de lo que sea, de las cosas que podrían hacer durante las vacaciones como si por una vez pudieran irse los tres y no sola de colonias, como va ella los veranos, sino con sus padres, que quizá esa vez puedan encontrar el tiempo de que no disponen —¿cómo va a abandonar su padre a los animales, quién se ocuparía de ellos si se marchasen?

Esas noches, se cuentan que irán a pasar dos días a Disney, que tomarán un barco para ir a Córcega o si no a La Bourbole; Patrice se excita bebiendo y contando cosas que no tienen importancia y los hacen troncharse a los tres, improvisa adivinanzas, juegos de palabras de lo más malos que las hacen partirse pero, sobre todo, Ida ve a sus padres reírse los dos, hablarse, los ve como no suele habitualmente, beben copas juntos, y, en ocasiones, al final, ponen música y bailan —los tres juntos—, pero otras veces ellos solos, sus padres cogidos por la cintura girando casi sin moverse y abrazados, cosa que a Ida le gusta con una felicidad que no alcanza a formularse, que ejerce un poderoso efecto sobre ella, tanto que le entran unas ganas de reír que se desbordan a la menor ocasión, un ansia de unirse a ellos, siempre, a tal punto esa alegría le infunde una sensación de que nada puede separarlos —teme oírlos decir que deberían separarse, no es tonta, se da perfecta cuenta de lo que pasa, la impaciencia a veces entre ellos, la ira que no estalla, sabe muy bien que a veces Patrice y Marion dejan de pelearse únicamente porque ella está allí y esperan a que esté en la cama, como si desde la cama no oyera, entonces, ascendiendo desde la cocina, las voces temblorosas de ira, las agarradas y los reproches que ocultan otros reproches más graves, el tono que va subiendo, hasta que Patrice se calla y desaparece en su despacho. Ida se sabe de memoria todos los ruidos de la casa; sabe muy bien que sus padres creen que no los oye, al parecer piensan que la infancia es un mundo hermético a la vida de los adultos, cuando sabe sobre

137

ellos mucho más de lo que imaginan y tal vez más que ellos mismos, pues no está segura de que Patrice sepa que ha visto a su madre sola sentada en el borde de la bañera, quizá con los ojos llenos de lágrimas, que la sorprende a veces perdida en pensamientos que parecen tan sombríos y lejanos que Ida tiene que hacer esfuerzos para que su madre vuelva en sí y abandone esa cara cerrada que no le conoce habitualmente.

Y cuando vuelve a la realidad, Marion se ilumina y dice sí cariño, perdona cariño, estoy bien, estaba perdida en mis sueños, pero Ida comprende que las cosas se alojan como los bichos en las tablas que se pudren en el granero, los insectos que corroen la madera sin que se advierta. A veces ve muy bien cómo su madre no contesta a Patrice, cómo este parece hablar solo y esperar respuestas que no se producen, y, con frecuencia, ve cómo él mira fijamente a su mujer. Si pudiera leer en sus ojos, tal vez leería ira, odio, resentimiento, tristeza, remordimiento, decepción, soledad, incomprensión igual a la que experimenta cuando lo ve a él mirando a su madre que no contesta, no lo oye quizá ni siquiera, y cuántas veces es Ida la que tiene que decir,

Mamá, papá te está hablando,

porque sabe que a ella su madre va a oírla,

Sí, perdona cariño

y que a continuación Marion se volverá hacia Patrice.

Ida sabe que esta noche no pasará eso. No se producirán esos momentos de vacilación durante los que permanecen los tres en la mesa, soltando todo lo que les concierne para hablar del trabajo y de los sucesos que han oído en la tele, y luego de nada, sobre todo de nada. Pero esta noche a Patrice se le escuchará, y en cuanto su madre se despiste, lo hará sonriendo y no se volverá. Esta noche pondrán música, y estarán los regalos para Marion y las tortas y las amigas de su madre y su querida Tatie Christine que acudirá también.

Ida camina cada vez más aprisa aferrándose a las correas de su cartera Yo-kai Watch. Se apresura, avanza tan rápido que ya está en la verja del caserío y se precipita hacia la casa de Christine —espera ver a Radjah, las orejas tiesas, oírlo ladrar pisotear detrás de la puerta hasta que Christine se acerque a abrir. Pero detrás de la puertaventana no están Radjah ni Christine, así que Ida se apura, se acerca y llama a la puerta, es más una manera de decir que va a entrar que una manera real de pedir permiso, pues es como si esa casa fuera tanto la suya como aquella en la que vive con sus padres. Si llama, es también por costumbre, aunque casi cada vez que llega puede estar segura de ser recibida por los ladridos de Radjah o por su manera de rascar la puerta y de agitarse mostrando su alegría de verla, y por eso a veces entra sin llamar, el perro acude y le hace fiestas todos los días a esa hora a la que, como hoy, entra en la casa de Christine —salvo que esta vez se queda sorprendida de no ver ni a Radjah ni a Christine.

Está sola en la entrada y por lo tanto ya en la cocina; Ida no entiende el porqué de ese silencio, Christine no estará muy lejos, eso seguro, tal vez haya ido a buscar un cacharro de cocina a casa de ellos, pues Ida ve extendidos en la mesa todos los utensilios para las tartas y le llega un olor a quemado del horno,

¿Tatie?

mira en el horno, sí, huele un poco a quemado,

Tatie, ¿tu tarta?

la tarta quemándose,

¡Tatie!

y como no obtiene respuesta apaga el horno,

¡Tatie!

gritando más fuerte esta vez, pero Tatie Christine no contesta. Ida duda, ¿habrá que dejar la tarta en el horno o sacarla? ¿Cerrar el horno o dejarlo abierto? No lo sabe y decide no hacer nada, dejarlo todo tal cual. Ida sale de la cocina y cierra la puerta tras ella, no es grave, bueno, hay que espabilar, echa a correr hacia su casa, apenas se da cuenta de que en el patio no está el

Kangoo de su padre, sino un coche blanco, tipo Clio, ahí estacionado. No le presta atención, a veces hay gente que viene a ver a su padre y se queda ahí horas, no se detiene por tan poca cosa, además hoy no tiene tiempo, tiene otras preocupaciones: sale pitando hacia su casa e intenta abrir la puerta de entrada que da directamente al comedor, pero la manilla resiste, está cerrado. Ida no insiste. Da igual, a veces su padre sale durante el día y echa la llave, con frecuencia olvida abrir cuando vuelve, sabe que la llave está siempre metida bajo una maceta de balsaminas, que en esta estación parecen más un montón de briznas negras e hinchadas de agua que esas bonitas flores de un precioso rojo radiante.

Bajo la maceta, una llave plana. Abre la puerta, entra, le gustaría arrojar la cartera al canapé de la derecha, pero permanece dos segundos desconcertada, ante la guirnalda de *feliz cumpleaños* y ante los cubiertos, el mantel de ribete naranja, diciéndose estupendo, qué bonito lo que ha hecho papá, y la cartera se le escurre de la espalda, las correas separadas, como abiertas, abandonan los hombros y recorren el cuerpo de la niña; deja resbalar la cartera, que cae a sus pies en medio de un estruendo blando, y se limita a apartarla de una patada haciéndola deslizarse contra la pared, sin prestarle atención; piensa de nuevo en la llave, sabe que la reñirán si no deja de inmediato la llave bajo el tiesto de flores. Entonces, sin más espera, vuelve a la puerta, coge la llave, la deja en su sitio fuera, retorna a la casa y se desliza en la cocina –tiene hambre y no se le pasa por la cabeza volver a casa de Christine para merendar, no, no va a esperar, coge un yogur de la nevera, tiene demasiada hambre, tiene que comer enseguida, no merece la pena volver a casa de Christine por el momento. Y de todas formas tiene tantas cosas que hacer, tomar el baño, cambiarse, peinarse y maquillarse y ordenar el cuarto, hacer los deberes, cómo va a hacer todo eso en tan poco tiempo, sobre todo porque su padre debería estar aquí, ¿dónde está? Se dice que su madre no tardará en volver esta noche, no es posible, hasta su jefe estará de acuerdo en que vuelva a casa, el día de su cumpleaños no se va a atrever a retenerla demasiado tiempo, no, no lo cree. De momento se toma una compota de manzana, galletas, y tira la cucharilla al fregadero, el envase de yogur, de compota, la bolsita de galletas, todo junto a la basura; se pasa un agua por las manos a toda prisa, se inclina para beber un trago de agua –estirándose, alzando los pies y apoyándose un breve instante en los dedos, dejándose casi llevar por el borde del fregadero y bascular sosteniéndose con la muñeca en el grifo que abre y cierra con el mismo movimiento.

Ya está, una cosa hecha. Se enjuaga la boca, se dirige de inmediato hacia la puertaventana de la cocina y mira hacia el establo: tiene que ver a su padre. A esa hora tiene que estar allí. Sin pensárselo dos veces, abre la puerta, y, al llegar al patio, no piensa en su padre sino en Radjah, echando una ojeada hacia la casa de Christine, luego a la derecha, a la izquierda, sorprendida de ese silencio, se extraña,

¡Radjah!

oye su voz que se eleva en el patio, y el eco,

¡Radjah!

su voz cuyo eco le vuelve con un timbre más grave,

¡Radjah! Perrito mío, ¿dónde estás?

Atraviesa el patio y llega al establo. A esta hora, las más de las veces su padre termina de entrar las vacas o se ocupa de los forrajes o de un montón de cosas que ella no sabe siempre en qué consisten, pero que le dan la impresión de repetirse con tanta frecuencia que, aunque no sepa a qué vincularlas, comprende los gestos que hace él porque conoce la coreografía, y, aunque por lo general no se atreve a entrar directamente en el establo –sabe que a su padre no le gusta que lo haga–, duda, se echa atrás. Pero ayer lo hizo y se rieron los dos con lo de las pinturas, o sea que sabe que puede hacerlo de igual manera hoy, que no habrá problema, debe de esperarla dado que tienen muchas cosas por hacer. Se pregunta incluso cómo es posible que siga en el establo y no esperándola en casa, no se lo preguntará, comienza ya a llamarlo, extrañándose de no oír ruido al entrar en el establo –oscuridad relativa, silencio, y nada más, pregunta,

¿Papá?

su voz débil y vacilante,

Papá, ¿estás ahí?

como si tuviera que descansar de haber alzado la voz en el patio; de modo que ahora lo hace a la inversa y lo llama suavemente, lo bastante para que la oiga pero no mucho más. Y contrariamente a ayer y aun a lo que habría podido hacer de diez a veinte minutos antes, no ha saltado, no se ha reído haciendo vibrar en la voz su tono de juego, de diversión o de provocación...

Papá, ¿estás ahí?

¿Papá?

Solo un ápice de duda que se instala cuando no obtiene respuesta alguna; un comienzo de irritación también cuando empieza a pensar que podría asustarla en plan de diversión, algo tan estúpido y divertido como jugar al escondite cuando ella no tiene la menor gana de ello, pero no, seguro que no, él no haría eso. No se pregunta por qué avanza hacia el establo cuando a todas luces su padre no está ahí, no, avanza, en la oscuridad y el frescor, entre los olores de las vacas. Decide hacer marcha atrás, salir de allí puesto que su padre no está, así que por qué tiene que continuar el paso y mirar allí, al fondo del todo, en esa parte más oscura y aislada donde vislumbra el suelo de cemento y esa masa inmóvil –de entrada no sabe qué es, y conforme la reconoce, aun avanzando cada vez más lentamente– casi como si no pudiera seguir andando –está ahí, delante– y se inclina, dobla las rodillas, tiende el brazo, la mano, no dice nada por el momento pues la sorpresa, la estupefacción le impiden pensar.

¿Perrito mío?

¿Perrito mío?

¿Perrito mío?

Perrito mío ¿qué pasa?

y su mano

Perrito mío,

y su cuerpo entero sigue inclinándose,

Perrito mío,

Ida, las rodillas flexionadas, que acaba tocando el perro y comprende ya que el perro

¿Radjah?

no respira,

Perrito mío

y le coge la boca entre las manos, le repite. Como si él fuera

Perrito mío

a oírla, comprende que sus manos están mojadas y sucias, o más bien no lo comprende, su respiración se bloquea, la necesidad de huir y la necesidad de correr pero no grita, necesita salir, una necesidad que la devasta, tiene que salir del establo, le duelen las rodillas sobre el cemento, se incorpora, retrocede sin dejar de mirar al perro, retrocede más, muy lentamente, siempre frente a él, temiendo volverse, y sin embargo tiene que hacerlo, tener a su perro a su espalda con el terror que la espolea, y en cuanto se vuelve se echa a correr y atraviesa el patio conteniendo el grito que la ahoga, la perplejidad dentro de sí, cuando entra en la casa se dirige a la cocina y abre el grifo –de puntillas, tensa, temblorosa, arroja las manos empapadas de sangre bajo el chorro muy fuerte de agua fría, salpica, tanto da, lava la sangre y el agua sigue salpicando y la sangre le corre por las manos, los antebrazos, ahora lanza gritos de terror o de asco por la sangre que escapa por el desagüe y de la que no quedarán muy pronto más que unas manchas desperdigadas por la pared y por encima del fregadero.

143

Baja el chorro, pero deja correr el agua, las manos unos minutos más bajo el grifo, no entiende y se sorprende, tiembla con todo el cuerpo, se le han escapado las fuerzas y se siente como si no hubiera comido nada, las piernas y los brazos desfallecidos. Se seca las manos y consigue por fin ponerse a pensar, debe actuar como cuando quiere preguntar a su madre cuándo va a volver como hizo ayer, sí, tiene que ir al salón hacia el teléfono, cogerlo y llamar a su madre: no se oye tono. Oye un roce de cuero, un movimiento, una presencia en la misma estancia que ella: se vuelve, al precipitarse no había prestado atención.

Hay un hombre sentado en el canapé. Su pelo moreno es frondoso, sus ojos muy claros, su sonrisa un poco exagerada, Ida no tiene tiempo para decirse que nunca había visto a ese hombre.

Hola, me llamo Christophe.

Ida apenas tiene fuerza para oír,

Oye, ¿no te habré asustado, espero?

16

Cuando las dos oigan entrar por fin el Kangoo de Patrice en el patio, deberán de pensar que lleva demasiado tiempo fuera y que se pasa bastante o que, tras haberse empezado a preocupar por él y haber dejado transitar por sus mentes ideas macabras, con imágenes de chapa aplastada y de cuerpo despedazado, de hierro empotrado, de urgencias, de hospitales, de bomberos que atraviesan la ciudad con todas las sirenas bramando, dejando de oír por fin esa vocecilla que les murmura que a ver si le ha pasado *algo*, para no confesarse la palabra *accidente*, y a fin de mantener esa palabra apartada, cual animal amenazador al que se mantiene alejado evitando echar a correr para no asustarlo y mostrarle que no estamos siendo atacados, puede que después de haberse dicho todo eso, al oír entrar el coche, acaben tranquilizándose por el regreso de Bergogne, por lo que significa ese regreso para ellas, pero también para él, debido a ese temor al accidente en el que Christine piensa casi siempre en cuanto Bergogne se va, al menos unos segundos cada vez, si bien en ocasiones es una fulgurante aprensión que desaparece tan pronto como surge.

De eso, por supuesto, Christine no le ha dicho nada a Ida, como, por lo demás, no le dice nunca nada a nadie, y sus pensamientos se desvanecen de inmediato porque Ida y Christine ya no estarán solas, porque basta con oír el ruido de ese motor que conocen tan bien para recobrar la confianza y para decirse que algo se va a producir, que van a salir por fin de ese embrollo que no entienden... no va a durar, no puede durar, esos dos tipos, el más joven de los dos con su pelo decolorado demasiado rubio, casi blanco, que juguetea con su navaja se pasa el tiempo soplando en el cristal para formar vaho –¿a la espera de qué?– mientras que el de más edad por el contrario ha adoptado un aire exageradamente atento sin despegar los ojos de Ida, sorprendido, entusiasmado ante su estatura, ¡qué alta está!, dice como para sí mismo, como si Ida no lo oyese hablar de ella en tercera persona, o como si hablase de ella en su ausencia, sí, realmente tan alta, tan guapa, como si lo hubieran engañado o simplemente como si se agarrase a eso para decir algo y no dejar que se impusiera el silencio y el apuro entre ellos, como había hecho antes, por la tarde, remolineando las manos y hablando para no decir nada.

Y, mientras llega el coche, mientras entra en el patio y se le oye avanzar como hace siempre, lentamente, antes de estacionar bajo el cobertizo, sí, entretanto, el silencio se intensifica de repente o se inmoviliza, como si se solidificase entre todos ellos; escuchan, como si todos supieran que muy pronto, con la presencia de Patrice, todo dará un vuelco, Ida y Christine son las primeras en estar seguras, cuentan con él sin dudar un segundo de lo que puede ocurrir, están tan seguras que no pueden reprimir un movimiento de alegría, Christine coge la mano de Ida y la aprieta tan fuerte, todo acabará con la mera presencia de Bergogne, y, aunque no se lo dicen, aunque durante un segundo están sin duda más agitadas, e Ida no puede evitar decir,

Papá, es papá,

las asalta a ambas un impulso que les produce un bienestar tan grande que les cuesta contenerlo, y si bien no quieren mostrarse demasiado confiadas, no pueden reprimir esa sensación de liberación, casi de triunfo, aunque no necesitan decírselo, bastan unas miradas, un intercambio muy discreto, una manera de opinar con la barbilla, como si respondiesen a una pregunta que no se les ha hecho, como si quisieran afirmar su confianza o asentir a una suposición que ni siquiera se ha formulado; comparten esa confianza diciéndose que en breve todo habrá acabado, Bergogne irrumpirá aquí y se zampará de un bocado a esos dos tipos que han puesto semejante cara de tontos cuando Christine les ha gritado que dejen marcharse a la niña, que la niña no les había hecho nada, los dos tipos dejando proseguir a Christine pero sin responderle, vagamente sorprendidos o desconcertados cuando ha sacado a colación sus asquerosas cartas anónimas, preguntándoles qué tenían contra ella, qué tienen, qué ha podido hacerles.

De momento, lo único que cambia verdaderamente con la llegada de Bergogne es que uno de los dos hombres, el de más edad, el que dice llamarse Christophe y quería visitar la casa en venta, ha dicho que tenía que bajar para, como ha dicho: *recibir al señor Bergogne.*

Eso ha dicho: *recibir al señor Bergogne.*

El señor Bergogne, y Christine ha pensado ahora vas a ver el puñetazo en la cara que te va a soltar el *señor Bergogne*, fingiendo no extrañarse de que el hombre, al decir eso, le haya confesado antes que no estaba ahí casualmente, que conocía el nombre de los habitantes del caserío; y ella, no obstante su cólera, sigue sin quitarse de la cabeza esas palabras que pretenden ser tan respetuosas y corteses, pero qué son en realidad, se pregunta, esas palabras que ocultan apenas, tras su apariencia, pura ironía y sarcasmo, el *señor Bergogne*,

Imagínate,

la mofa que sale ya a relucir,

El señor Bergogne,

¿Qué quiere usted del *señor* Bergogne?

Por más qué pregunte, en ese momento, no obtiene respuesta. Christophe sale de la habitación de invitados en la primera planta, donde Christine e Ida permanecen retenidas y donde esperan ambas, sin saber muy bien el qué, sentadas en un lado de la cama, con el joven rubio sentado junto a ellas jugueteando con su navaja y mirando por la ventana, una y otra vez, curioso, acaso inquieto, repitiéndoles como si quisiera convencerse de ello, que es guay vivir allí, es estupendo esto, la mar de guay, dejando a Christine y a Ida atentas al paso de Christophe, que baja la escalera –la madera que cruje, los pasos rápidos y luego nada, no avanza, apenas unos metros, escuchan pero oyen sobre todo que se queda dentro de la casa; lo entienden porque al poco no se oye ruido, y, sin duda no menos que ellas, el joven escucha lo que ocurre, aguzando también el oído– está de pie ante la ventana, ocupando el espacio que separa el borde del somier de la ventana, manteniéndolas encerradas entre la pared y la cama. No osan moverse, todavía no, entonces Ida está sentada tan cerca de Christine que esta no ve qué otra cosa podría hacer que mantenerla pegada a ella, cogida de la cintura más para tranquilizarla que para protegerla, si bien no piensa que el joven sea capaz de hacerle daño, pues desde que lo observa, de perfil, frente a la ventana, se da cuenta de que no parece malo, no realmente malo en el sentido de que parezca tener *ganas* de asustarlas o de herirlas, y, por el contrario, parece querer mostrarse dulce con ellas, casi disculpándose por las molestias, aunque por el momento ya no hablan y él agacha enseguida los ojos –casi podría dar la impresión de que se ruboriza, eso es, sin duda se ruboriza porque le mantienen la mirada, oponiéndole una fijeza llena de ira y de incomprensión. Es como si las preguntas que veía en las pupilas de las rehenes lo atormentasen tanto que tuviera que apartar la vista para no tener que afrontarlas –como es sin duda ya difícil afrontar el silencio de hallarse a solas con esa cría y esa mujer cuando se da perfecta cuenta de que ambas han reparado en las manchas de sangre que tiene en el chándal.

Muy pronto, se dicen Christine e Ida, todo se va a zanjar. Como si la presencia de Patrice fuera a poseer esa fuerza casi mágica de aniquilar lo que acaban de vivir y que ha dejado a una y otra sumidas en un mutismo incrédulo, incapaces de exigir a los dos hombres explicaciones, cuentas, ni capaces tampoco de insultarlos y amenazarlos, Christine farfullaba preguntas sobre las cartas anónimas, intentando primero comprender por qué le echaban algo en cara, como si lo importante para ella fuera antes que nada esclarecer los motivos que pudieran justificar o cuando menos explicar por qué habían decidido enviarle cartas anónimas, antes mismo de haber matado a su perro y de retenerla, ahora, con la chiquilla de los vecinos, como rehén –porque eso mismo es lo que está pasando, ¿no?–, con la salvedad de que los dos tipos sonríen cuando les formula preguntas, como si no las comprendieran, como si les hablaran en una lengua extranjera de la que no conocían más que alguna palabra, y sus respuestas –vamos a tranquilizarnos y todo irá bien– le parecían tan falsas como los diálogos de un telefilme o de una serie americana con traducciones convenidas de palabras convenidas, se da cuenta en el momento en que formula las preguntas de que suenan igualmente falsas, sí, ese abatimiento al oírse formularlas o más bien lanzarlas como una mala actriz, escuchándose soltar esas parrafadas sintiéndose obligada a vociferarlas para compensar el hecho de no creer en ellas, acentuando de ese modo su nulidad, gritando su banalidad, preguntas como las formulan las víctimas en las películas de secuestros, y la estupidez de verse reducida al estado de personaje cuando todo lo que se te pasa por la mente no pertenece más que a un género plagado de convenciones. Y así Christine se oye pronunciar esas frases que no son las suyas y no pertenecen a nadie, como si no hubiera nadie tras esas palabras que no serían sino las copias de palabras de las que se hubieran perdido los originales, palabras deshechas, vacías de su substancia de tanto haberse repetido, hasta trocarse en esas sombras de frases que Christine ha soltado sorprendida, al pronunciarlas, de que puedan parecerle tan inapropiadas y tan pobres, tan totalmente carentes de verdad, de carne, y, en este caso, pura y simplemente de pertinencia.

¿Quiénes son ustedes? ¿Qué quieren? No tenemos dinero. No se acerquen. No toquen a la niña. ¿Son ustedes quienes me envían cartas? ¿Qué quieren de mí?

Ahora se oye una especie de reverberación en las paredes, en las habitaciones, en el aire mismo del caserío, del motor del Kangoo que entra y va a estacionar. Patrice no ha pensado en Radjah, no ha pensado que, contrariamente a sus hábitos, el perro no ha ladrado y no ha acudido a recibirle.

Bergogne está aún alterado por la herida del dedo, durante todo el trayecto el apósito le ha molestado casi tanto como la herida –le recuerda a cuando de crío se rompió el brazo jugando al fútbol en un campo, lo que le obligó a ir enyesado el día de su primera comunión, las fotos donde sonríe en su traje de comulgante cuya blancura se confunde con la del yeso–, y le irrita ese tiempo perdido, le gustaría decirse que ahora todo va a ir bien y sale del coche cargado con las bolsas de congelador que va a dejar en la cocina, no, no merece la pena meter en el congelador las mollejas de ternera, las dejará descongelar tranquilamente en su bolsa antes de sacarlas para cocinarlas. Vuelve al coche para coger el ordenador recordando que tiene que envolver el regalo –buscar en algún sitio el papel de regalo, el celo, una cinta o algo dorado para hacer bonito también, bueno, si ya no queda, mala suerte–, se deja atropellar por sus pensamientos y, si bien no está intrigado por la ausencia del perro de su vecina, sí lo está un poco por el Clío en el patio, se pregunta quién ha podido venir a ver a Christine a estas horas, pues de tanto conocerse, la gente se cree con derecho a mirarlo todo, alguien que se ha presentado –un representante, un viajante, otro gilipollas que quiere endosarle a Christine por un euro algo que al final le costará diez mil si le hace caso, pero el tipo ha elegido mal, eso seguro, ella no necesita a nadie para quitarse de encima a los tipos como ese–, pasa de largo, tiene tantas cosas que hacer, el papel, el celo, todo lo que se necesita, lo hará todo en la mesa de la cocina. Deja la caja del ordenador, comprueba que no esté el precio pegado, alguna etiqueta, en algún lado. No olvidará darle el papel de garantía a Marion, aunque no sabe ya dónde lo ha metido, no es grave, luego se verá. Empieza el paquete, pero no se ve capaz de encontrar las malditas tijeras, llama a Ida, una vez, dos, más alto, y lo deja; Ida estará merendando en casa de Christine, no es grave. Sigue buscando en los cajones del aparador de la cocina, en el mueble del comedor, no, maldice los objetos que poseen el arte de desaparecer en cuanto se los busca y que reaparecerán cuando ya no hagan falta, ah sí, mierda, se me iba a olvidar poner el champán a enfriar, y pone el champán en la nevera, diciéndose que abre demasiados frentes al mismo tiempo, va a acabar olvidando algo importante, al final coge un cuchillo, y, doblando suficientemente el papel para marcarlo consigue cortarlo con la hoja del cuchillo, lleva tiempo, cortar, pegar con celo un lado, doblar otro papel, evitar los fallos, los ángulos demasiado gruesos: tiene que quedar liso, bien doblado, simétrico también.

Ya está, el regalo está listo. Bergogne está contento, no ha salido mal del paso. Es un hermoso regalo, el paquete es enorme, da envidia, Bergogne ha encontrado incluso balduque dorado con el que perfila, pule, ahora hay que cambiarse –darse una ducha sobre todo.

Y así, durante largo tiempo, unos minutos abrumadores; en casa de Christine, esperan sin entender el tiempo que tarda en aparecer y pierden la esperanza de oírlo, de oír el andar de ese hombre, cuyo paso recio en la baldosa de cemento a lo largo de las casas conocen perfectamente Christine e Ida; oirán, en el instante en que Bergogne se detenga ante la casa, el silencio y el roce metálico de las suelas contra el cemento cuando desplazan el felpudo con ellas –todos los días el mismo ruido metálico–, van a oírlo y lo esperan como nunca lo han esperado, aunque, de pronto, Christine se dice que quizá sería preferible que no viniera, que no entrara, que tendrían que gritar para decirle que no venga. Puede que sea una especie de trampa para atraparlo a él; la asalta una inquietud que roza el pánico, pero procura no mostrarla porque no quiere que Ida comprenda lo que está pensando, pues teme la reacción de la chiquilla, teme transmitirle su miedo —pero no, de todas formas eso no cambiará nada, y, cuando Patrice entra en la casa, tras llamar dos veces antes de entrar, como hace siempre, Christine se tranquiliza diciéndose que todo va a acabar bien, tiene que acabar, esos dos chalados tendrán que explicarse, porque aterrorizar a una vieja loca y a una niña está al alcance de cualquier gilipollas, pero con un hombre como Bergogne será, se dice, otro cantar.

Pero de momento Bergogne no aparece. Se pasa un tiempo considerable en la ducha, debido a ese afán patético de dejar que le corra el agua encima como si pudiera lavarlo de su vergüenza —y sin embargo se niega a decirse que ha cometido una falta, por qué no un crimen ya puestos, un pecado, su abuela habría hablado de pecado frunciendo el ceño, hincando una rodilla en el suelo antes de santiguarse mascullando que decididamente el infierno está en todas partes; habría pedido perdón al Altísimo diciendo que el adulterio es pecado, y él, ese niño meapilas, casi ferviente, a quien gustaba el catecismo del miércoles y la misa del domingo, el rostro del Cristo de madera en su cruz de olivo y de caoba, por encima de los bancos en la iglesia de Saint-Pierre, él a quien ahora parece tan ridículo ese folclor, ¿qué le queda de aquello que creía tan intensamente y con tan respetuoso temor en su niñez, aparte del sabor amargo que le ha dejado en la boca antes de apagarse, a medida que su creencia fue haciéndose pedazos.

Hoy, bajo el agua de la ducha, recobra la esperanza ingenua de lavarse de sí mismo, vuelve a pensar en la chica, en la caseta de las basuras, la cara de la chica, la trampa de la culpabilidad que se cierra y contra la que lucha —no vas a fingir pensar en ella, com-

152

padecerte de ella y de su vida, de su miseria, no vas a hacer eso, cabrón, creerte que eres un tipo decente y que piensas en esa chica cuando te importa un pepino y es solo una manera de justificarte ante ti, porque quieres verte un poco mejor de lo que eres, tu compasión de mierda te la puedes guardar, a ella se la suda y no la necesita, esa chica, lo que necesita es dinero, el tuyo o el de otro cualquiera, sí, una vida mejor pero no tu compasión de mierda.

Y con infinita precaución y casi lentitud se toma tiempo para secarse, cepillarse los dientes, peinarse, cuidar de sus cejas que escapan en todas direcciones; y luego se corta algunos pelos de la nariz; una seriedad infinita para vestirse con su pantalón negro y una camisa blanca, aunque duda si ponérsela –puede ensuciarla si la coge enseguida–, como duda también si ponerse corbata, y no, es demasiado, resultaría grotesco, una chaqueta quedaría también ridícula. ¿Debe ponerse camiseta?, medita, una camiseta, si no se pone chaqueta, imagina que se verá a través de la camisa. Entonces permanece ante el ropero buscando la inspiración que no le vendrá nunca seguramente para ese tipo de cosas. Pero habrá que liarse la manta a la cabeza, tampoco va a ir a casa de Christine a preguntarle qué se pone, ¿no? Decide probarse el pantalón y la camisa para ver si está incómodo, si se siente embutido en esa camisa que ve que no va a ocultarle la tripa que se le sale del pantalón –ha vuelto a engordar desde la última vez–, mierda, no queda muy bien, se dice. Pero ¿se mete la camisa en el pantalón o se la deja fuera para parecer un tipo desinhibido? Tras meditarlo, se la mete dentro del pantalón, mala suerte si le aprieta un poco, no es grave. Se desviste, no vaya a ensuciarse –además, tiene que pensar en guardar las vacas. Se vestirá en el último momento, ahora se pondrá los vaqueros un poco demasiado flojos, la camisa a cuadros y su jersey de camionero agujereado en los codos. Luego tendrá tiempo de sobra para pensárselo, y cambiar de opinión si algo va mal.

17

La noche ha comenzado a descender sobre el patio, el cielo se ha teñido azulado y casi gris en una zona, ribeteada en lontananza por un halo rosado, muy pálido, al que Christine deja de prestar atención porque reconoce los pasos de Patrice en el patio.

Llama a la puerta y, cuando entra sin esperar contestación, le entran ganas de gritarle que se vaya y llame a los gendarmes o a no sabe quién, no tiene ni idea, solo siente un vacío en ella, ira y esa bola en la garganta, ese grito que pugna por salir pero no sale; calla, los ojos clavados en el joven que ni siquiera parece haber oído a Patrice —o puede que no preste atención—, sin embargo Ida se agita, y Christine se ve obligada a contenerla, a mostrarle, poniéndole el índice en la boca, que no hay que preocuparse y no llamar ni gritar para no asustar a Patrice inútilmente, no sabe cómo va a reaccionar, podría reaccionar violentamente, lo que Ida parece comprender, pues se incorpora y mira en silencio hacia la puerta.

El joven de pelo descolorido se vuelve hacia Ida y Christine; sin decir nada les impide salir de donde están, ambas lo comprenden y no intentan nada, se dan cuenta de que abajo Patrice ha tenido que sorprenderse de no encontrar a Radjah, seguro, ha debido de extrañarle encontrar manga por hombro todos los utensilios de cocina y los ingredientes sobre la mesa. Y, de hecho, per-

154

manece un momento inmóvil, en la cocina, sin atreverse siquiera a llamar, solo desconcertado, hasta que finalmente se alza su voz en el silencio de la casa.

¿Ida?

pero sin forzar, casi con miedo a molestar,

¿Christine?

como se haría para despertar a alguien,

¿Ida? ¿Christine?

y, con una pizca más de seguridad o de determinación, como si un punto de irritación viniera a forzar la nota,

¿Ida? ¿Christine? ¿Hay alguien?

pero no llega la respuesta, Christine en la planta de arriba aprieta la mandíbula y no se atreve a responder, Christine que ase muy fuerte el brazo de Ida, sus voces bloqueadas, y el otro, el joven, con su pelo quemado por el tinte y sus ojos gris claro clavados en ellas que no saben qué hacer y agachan los ojos ante él, al revés que antes, simplemente porque la ira las ha abandonado; y ahora parece como si no lograran sostener con desafío y provocación la mirada de ese tipo que sin embargo no es más que un crío –es un crío, se repite Christine, ¿qué edad tiene, pero qué edad tiene?–, y lo examina con estupor e incredulidad y, a decir verdad, le costaría sin duda admitirlo, pero algo en él la intriga lo bastante como para que piense, casi a su pesar –solo un segundo, sin poder contener esa idea disparatada–, que podría, que le gustaría retratarlo, que es el retrato de algo distinto a sí mismo, aun sin saber qué. Esperan, Ida con los ojos casi permanentemente fijos en las manchas de sangre estampadas en lo alto del chándal, y la hoja de la navaja, que el tipo se entretiene sacándose del bolsillo del pantalón –¿qué es?, ¿una Laguiole como la que tiene su padre, o una Opinel o qué otra? Lo ve jugando con la navaja, canturreando para sí solo, entretenido paseándose la hoja por la piel, comprobando su resistencia o su elasticidad quizá, sin arriesgarse en ningún momento a herirse y trazando líneas en sus manos, siguiendo trayectos imaginarios a lo largo de los dedos,

155

en las líneas de las palmas, recorriendo lentamente el trazado de las venas como si de repente se hallara solo y no viera ya a nadie a su alrededor; Ida lo espía, lo escruta, pero él es como si estuviera solo, en el silencio total, y se vuelve hacia ellas como si tuviese que comprobar que siguen ahí, que las había olvidado, pues las más de las veces observa por la ventana el cielo y la campiña, el patio del caserío.

Ida tiene tiempo para ver bien su pelo corto en la nuca, cortado con la maquinilla en lo alto del cuello y en los lados, pero que parece abombado en lo alto de la cabeza cayendo en un mechón bastante denso y formando como una ola delante, no muy larga, de perfil, la nariz está levemente torcida, el labio inferior un poco demasiado avanzado con relación al superior, la barbilla un poco prominente o tal vez sea la parte baja de la mandíbula la que está ligeramente avanzada, como si se hubiera descolgado junto a las orejas. Con todo, la cara es dulce –¿es porque es imberbe o porque su piel es tan blanca, casi sonrosada? Parece la de un niño pequeño, pero no es tan lisa, no, tiene bolsas bajo los ojos y puntos negros en las alas de la nariz, sus ojos tienen un aire perdido como lo tiene también él mismo, cuando sigue mirando por la ventana antes de reaccionar –ya está, se incorpora–, deja de canturrear ese extraño canto que parecía repetir unas

Bum,
explosiones de
Bum,
en su boca, en su cabeza, la nuca acompañando la cabeza con un leve movimiento,
Bum,
y se detiene, manteniéndose erguido, como si se despertase ante Christine e Ida, abriéndoles una amplia sonrisa que muestra sus dientes amarillos, irregulares, y uno de los cuales parece roto. Se acerca a ellas, que instintivamente retroceden; Christine estrecha más a Ida en sus brazos como para decirle al otro que no debe

acercarse a la chiquilla, como para decirle a Ida que va a protegerla, que nadie le hará daño, pero Ida quiere liberarse del abrazo de Christine y no quiere que la toquen, ha oído la voz de Christophe –una voz como apagada o ahogada por el espacio del piso que los separa, su voz que viene de algún lugar abajo y se dirige forzosamente a su padre, es lo que se dice, sí, él está ahí, lo había oído cuando las llamó, a Christine y a ella, pero después no hubo nada, y al final oye la voz muy nítida del otro, dirigida a su padre. Este va a venir enseguida a la habitación y se habrá acabado, los dos hombres se marcharán, es lo que se dice, se repite, si bien por el momento no oye a su padre sino solamente la voz de Christophe que procede de la escalera, tal vez del taller.

Qué gente tan extraña los artistas, ¿no le parece?

esa voz que simula asombro y que Christine e Ida perciben pendientes sobre todo de la repuesta de Patrice, sorprendidas de que no les llegue –¿no ha contestado o su respuesta no ha ascendido hasta ellas, se ha perdido en la escalera, demasiado débil para poder salvar la distancia que los separa?

Ahora no se mueven, quieren oír lo que ocurre abajo, sí, todo debe de transcurrir en el taller, cuando Patrice no ha encontrado a nadie en la cocina y ha visto todos los ingredientes y utensilios para las tartas; a buen seguro se habrá dicho que ellas estaban al lado mismo, que sin pensárselo dos veces ha entrado en el taller donde, por supuesto, esperaba encontrar a Christine y a Ida, pero en el que tan solo estaban las pinturas para esperarlo –solo la mujer roja, que le dice que se halla ante un misterio cuyas respuestas nunca encontrará. Bergogne no siente ni ira ni irritación, todo lo que ha sucedido esta tarde se aleja en la bruma de los recuerdos, no nota ya casi nada en la mano, no lo piensa, ahora todo irá bien. Sin embargo, teme un poco el silencio que le recibe en la casa de Christine –y que no haya puesto música, sí, le extraña–, pasa un rato detenido observando la mirada de la mujer roja y diciéndose que decididamente lo que ve no es muy de su gusto, o más bien que le incomoda, durante un segundo le ha parecido casi que la mujer iba a hablarle, pero no, es una voz de hombre la que le llega por detrás guaseándose con tono meloso, fingiendo extrañeza o interés cómplice,

Qué gente tan extraña los artistas, ¿no le parece?

Desde arriba, Christine e Ida no están seguras de lo que ha podido responder. Han percibido su voz como llegada de demasiado lejos, demasiado amortiguada, como si no hubiera podido subir hasta ellas, sin poder rebasar la extrañeza y el efecto de sorpresa que a Christophe le consta, por supuesto, que le da una ventaja sobre lo que está en juego –pero ¿qué está en juego? ¿Está en juego algo?, se pregunta ya Christine cuando intenta percibir lo que ha podido contestar Patrice. Se han abrazado muy fuerte, Christine ha sentido fuerzas en ella, la ira y la indignación, unas fuerzas que llegan por capas y se superponen al terror y a la estupefacción, los borran, los alejan lo suficiente para que ahora Christine pueda incorporarse y decida encaminarse hacia la puerta, enfrentarse al joven, porque se ha acercado a instalarse junto a la puerta: Hace una señal con la cabeza para ordenarle que no se mueva, mientras ella, frente a él, oye de nuevo la voz de Christophe,

Los artistas son gente extraña... ¿no le parece?

y ahora la respuesta asciende nítidamente hasta la planta de encima,

¿Quién es usted? ¿Dónde está Ida? ¿Dónde está Christine? ¿Qué está pasando?

las dos voces deformadas por la distancia que los separa de la otra planta, el espacio del taller y aquel en el que los dos hombres están uno enfrente del otro, que las separa pero que también las vincula, ya que desde arriba se percibe ahora lo que se intercambia, en el momento en que el uno pregunta al otro quién es, y que el otro contesta sarcástico, invirtiendo la pregunta como si tal cosa,

Yo también puedo preguntarle quién es usted, ¿no?

Y poco les cuesta entonces imaginar la reacción de Patrice,

lo conocen, oyen su resoplido al moverse, desde el piso de arriba se percibe casi cómo avanza con toda su fuerza, su potencia –es un hombre que no solo cuenta a su favor con el espesor de un cuerpo musculoso bajo la grasa, no, posee también el espesor que desprende toda su energía contenida, todo lo que su dulzura habitual parece retener de potencia prístina, y aunque no le tema porque sabe lo mucho que la quiere, hasta qué punto todo su ser tiende a protegerla, Ida sabe también que podría deshacerla de un soplo, y en eso piensan ambas, no en que Patrice pueda hallarse en peligro, ni mucho menos, sino que son los otros dos, Christophe y el joven tipo rubio, quienes podrían lamentar haber venido. Durante unos segundos, se quedan intimidadas por el silencio posterior a la provocación de Christophe cuando ha preguntado,

Yo también puedo preguntarle quién es usted, ¿no?

unos segundos de silencio, que no pueden pensar que ha sido vacuo, no, imaginan por el contrario ese silencio, colmado, saturado por el cuerpo de Patrice que se abalanza hacia el del otro, tan delgado en comparación; casi han sentido, oído, percibido el paso rabioso y aun quizá que Bergogne ha levantado la mano y agarrado al otro por el cuello de la camisa, que el otro ha debido de retroceder, sí, casi aterradas por sus provocaciones y su voz burlona que cree poder permitírselo todo. Y además es a él, a Christophe, al que oyen, pero ahora sin ironía en el tono, con una urgencia y casi un atisbo de pánico en la voz, algo que se fisura, que tiembla, una duda que no le han oído aún y que el joven rubio percibe también porque por una vez se vuelve hacia la puerta de la habitación, dando un paso hacia la puerta, pues quiere oír, ha comprendido que la voz de su hermano había perdido su aplomo, todos lo han oído.

¡OK, todo va bien!, ¡todo va bien! ¡Ellas están bien, están arriba!

y ya desde arriba oyen los pasos en la escalera, las zancadas de Patrice y tras él la voz de Christophe que sigue hablando,

¡Están seguras, todo va bien le digo! Están con mi hermano.

pero esta vez ha vuelto a sonar el tono irónico, imprimiendo su rúbrica en la inflexión de la frase, como si Christophe hubiera encontrado suficiente espacio a su alrededor como para recobrar si no su ascendiente, esa distancia divertida con la que le gusta infundirse seguridad, o, a sus propios ojos, fuerza, tal vez la impresión de controlar lo que sucede y actuar sobre los acontecimientos, dirigirlos en el sentido que él desea, dominándolos como un capitán de barco que cree que bramando a las nubes conseguirá desviar la tormenta que se cierne frente a él, cuando en realidad ya nadie presta atención a lo que dice, pues ahora Patrice salva los tramos de escalones en unos pasos, su voz tonante,

¿Ida? ¿Christine?

que explota,

¿Ida?

y cuando irrumpe en la habitación, apenas es detenido por el hombre del chándal, que retrocede, marca un tiempo, vuelve a retroceder hacia la ventana, deja pasar a Ida, que corre hacia su padre y da curso a su espanto con una oleada de palabras que se asemejan a gritos entrecortados de sollozos; su padre la coge en brazos y cubre su cara con sus gruesas manos que se tornan cálidas y suaves para ella, protectoras para Ida, que inunda su cara de lágrimas balbuceando las palabras que lleva conteniendo desde antes, desde hace demasiado tiempo,

Han matado a Radjah, han matado a Radjah y han dicho que le harían daño a Tatie si yo no venía y,

Patrice, incrédulo, inclinado sobre ella, que quiere consolarla, protegerla, que le murmura que todo ha acabado cuando no entiende nada, para quien aquello parece estar comenzando, por el contrario, pero ahora está ahí, repite mecánicamente que todo se va a arreglar,

Se va a arreglar,

y lanza una mirada a Christine como si ella fuera a responderle, a explicarle, a decirle, cuando todo en él inquiere, pero qué pasa aquí, quiénes son estos tipos, quiénes, ¿los conoce ella? ¿sabe lo que quieren? ¿qué quieren estos tipos?, como si por un segundo fuera a ella a quien quiere acusar de la presencia de esos dos tipos, ¿qué historia es esta?, la muerte del perro, la navaja, qué navaja, vinculando el miedo de Ida al de esas cartas anónimas, amenazas, como si, en un recoveco inconfesable de su cerebro, se repitiera los refranes que dicen que, sí, que no hay humo sin fuego, como si ella hubiera buscado lo que sucedía y lo que sucedía *también* a su hija. Eso, durante un puñado de segundos, se lo echa en cara. Y esa idea se insinúa el suficiente tiempo en él como para que cobre conciencia de que debe rechazarla como un olor repugnante —es brutal, irrazonable, imparable—, pero sin decirlo reprocha a Christine tener parte de responsabilidad en lo que está sucediendo, y por más que esa idea se desvanece muy pronto no lo hace tan rápidamente como debiera, pero sí lo suficiente para que tenga tiempo de decirse que es un razonamiento absurdo, una gilipollez por supuesto, ella no tiene nada que ver con esto, nada en absoluto, por eso mismo no contesta cuando él sigue mirándola, solicitando aún una explicación por su parte que no se producirá.

En su lugar: solo la extrañeza y el estupor que se prolonga en el semblante de Christine.

No tarda en comprender Patrice que la expresión de Christine acaba de cambiar porque el otro ha entrado en la habitación. Patrice se vuelve,

¿Quién es usted?

pero el otro lo interrumpe,

Si supiera usted lo mucho que nos alegra estar aquí.

porque ni siquiera lo oye,

¿A que sí, Bègue?

ni siquiera lo ve,

Yo me llamo Christophe y él es mi hermano pequeño, es Bègue. Lo llamamos Bègue.[1] Bueno. Sí. Nos alegramos mucho

1. En francés, tartamudo. *(N. del T.)*

de estar aquí. Es guapa su niña. Realmente guapa. Una auténtica belleza, tú, ¿eh? ¿Lo sabes?

Patrice aprieta las manos sobre su hija, como para protegerla de las palabras del otro, como si las palabras que utiliza para hablar de ella fueran a herir a Ida o a impactarla, de una u otra manera. A Bergogne no le gusta eso, siente a través del calor de su piel que a Ida tampoco le gusta. Está agitada. Es casi fiebre, sus minúsculos hombros redondos y lisos, sus clavículas, sus huesos tan finos, su cuerpo tan frágil, tan vulnerable, Bergogne nota que tiembla y no quiere que se le note –es una niña valiente y no sabe hasta qué punto lucha, pero lucha con todas sus fuerzas contra las imágenes que ha visto, contra el asco y la ira también que aquellos dos tipos le inspiran; intenta no llorar cuando le vuelve la imagen del perro y siente en los dedos el olor de la materia pegajosa mezclada con los pelos y el heno, cómo se han impreso en la memoria de sus manos el peso y la flojedad de su cabeza, el cadáver todavía no rígido y las manos llenas de sangre, pegajosas, que se ha lavado, el agua de un rosa sucio en el fregadero, un rosa muy pálido en el esmalte, las manos que apestan, el olor a polvo, a cemento, y los brazos tendidos bajo el grifo, la sangre, el hilo de agua y ese hombre sentado en el canapé, que le sonríe y pide tan amablemente que vaya con él a casa de Christine, porque no hay que dejar a Tatie sola, y ella que se ve obedecer sin resistirse ni intentar nada, presa de hipo como le sucede a veces cuando espera a un adulto,

Es buena señal, estás creciendo,

aunque en esta ocasión no crece y tan solo tiene un ataque de hipo, el hombre diciéndole que tiene que beber un vaso de agua apretándose la nariz, pero ella negándose, consintiendo solo en ir a casa de Christine sin pensar un segundo en huir, ni en que ese hombre ha matado quizá a su perro. Y solo al ver al más joven de los dos, en el cuarto de arriba, en casa de Christine, con ella, lo comprende: manchas de sangre en el chándal azul eléctrico, y, en sus manos, una navaja con la que juguetea

162

como si no hiciera otra cosa, como si la navaja pasase el tiempo dando vueltas de sus dedos a sus palmas, bailando arabescas como si fuera una especie de mago cuya magia fuese subyugante y prodigiosa –pero negra.

18

A veces hay que saldar las cuentas, cueste lo que cueste, qué
se le va a hacer, aunque hay días en los que valdría más no saldar
nada, se dice Marion, porque cuando todo cae en picado puedes
hacer lo que te dé la gana, intentar volver a empezar, calmar el
juego, o incluso no hacer nada, esperar en tu rincón a que las
nubes se larguen a descargar sobre otras cabezas, otros paisajes,
más lejos, pero no, eso no sirve de nada, cumpleaños o no la
realidad no se para durante un día, hay que saldar las cuentas y
mala suerte, se dice Marion, si hoy me quedo sin curro.
   La verdad, lo sabe, es que por más que quisiera, sería incapaz
de callar y de aguardar a que pasase la tormenta. No, no podrá
dejar que hablen, decididamente no es su estilo. No dejará pasar
ni una en esa reunión que al fin y al cabo ella no ha solicitado;
han decidido imponérsela a sus colegas y a ella, aunque sabe que
lo hacen sobre todo para mortificarla y herirla *personalmente*, para
que confiese todos los errores que sus colegas y ella han cometido
desde que trabaja aquí, por su culpa, cómo no, y la nefasta in-
fluencia que ejerce sobre sus colegas y sobre la moral del equipo;
sí, una reunión para que reconozca por fin cómo solivianta a sus
colegas contra la dirección y siembra el desorden en la empresa,
y mala suerte si esa reunión cae el día de sus cuarenta años, como
para preguntarse si el capullo del jefe de proyecto no lo ha hecho

164

adrede para fastidiarle el cumpleaños, como para anunciarle una década de lluvia de ranas, de calamidades, de cristales rotos, invitándola a someterse si quiere aplacar los ardores del dios maligno, contrariamente a lo que había hecho desde hacía años, cuando, desde los primeros días, con todos ellos, había hecho gala de una libertad de tono que los había sorprendido agradablemente, una independencia que había irritado al jefe de proyecto, a la par que alterado, una libertad gozosa e inventiva que los había encandilado y estimulado, de la que habían bebido para renovar y regenerar no solo sus relaciones entre ellos, sino para cada uno de ellos mismos, en su vida interior, en su vida a secas, toda esa vida íntima que no esperaba otra cosa y había quedado como revitalizada, como si su energía comunicativa, su fortaleza vital hubiese despertado la de los demás, como si todo hubiera sido electrizado por la presencia de Marion, la rutina general proyectada a un mundo nuevo y más rápido –más sexy y peligroso también–, pero asimismo más vivo, como si Marion, al recalar en los despachos de la imprenta, hubiera traído consigo el contacto eléctrico de una vida cuya incandescencia estuviera destinada a difundirse, irradiando a su alrededor a los seres y las cosas mismas.

Desde su llegada, habían trabajado mejor y más rápido, mal que le pesara al jefe de proyecto, quien –ya fuera porque envidiase el entusiasmo que había suscitado en el director y los favores que en consecuencia este le había acordado, ya porque tuviese celos de los favores que incansablemente solicitaba de ella, los cuales no tenían nada de profesional, y que ella tan incansablemente como él le negaba– había acabado haciéndole la vida difícil, hasta que se dejó llevar por unos ataques de ira que revelaron en ella un carácter más tenso de lo que habían imaginado, más frágil de lo que creían, más inestable. Que se abandonase entonces a negligencias, a cometer errores, a mostrarse imprecisa, o que incluso en ocasiones estuviese distraída, que pareciese de pronto lejana y poco implicada, o hasta desmotivada, que dudase de sí

165

misma, sorprendió a todo el mundo, causó mucho desengaño, cosa que su jefe supo aprovechar para desacreditarla ante el director, hasta aquel error que no lo era, del que había decidido que extraería el máximo provecho, exigiéndole disculpas, mea culpas, lo justo para evitarle una censura. Esa historia absurda de los copyrights que habían olvidado exigir a un cliente –con las consecuencias subsiguientes, las agencias propietarias de las imágenes que denunciaron a la imprenta– era una bicoca de la que ya se regocijaba, de la que sacaría provecho, pero dejemos que ese lechuzo disfrute un poco, se dijo Marion, y fría, deliberadamente, sin siquiera intentar sortear la trampa, incluso fue la primera en tirarse a ella de cabeza, sí, en vez de templar el juego, decidió involucrarse y jugar con las cartas en la mesa, vale tío, si eso es lo que quieres, allá tú, porque ella también puede largar sobre ese cobarde que siempre ha sido demasiado hipócrita para esbozar un gesto explícito, y que no se ha atrevido a hacer nada de manera franca, ninguna propuesta directa, no, sino avanzando de una manera retorcida, larvaria, con miradas cargadas de sobreentendidos y palabras insidiosas, rondando a su alrededor a la espera de unas reacciones que no solicitaba más que plantándose frente a ella, pero sin pedirle nada concreto, o bien inclinándose tras su hombro para ver en qué trabajaba, como si necesitase inclinarse sobre su hombro y pegarse a ella, a su espalda, para ver en una pantalla de veintisiete pulgadas –a no ser que fuera completamente miope, cosa que no era cuando se trataba de escrutar los escotes en el otro extremo del pasillo–, él que había comentado que no necesitaba hacerle la corte, fingir ligar con ella, contentándose con infligirle al rozarla los efluvios de su desodorante de supermercado por las mañanas y de su transpiración por la tarde, hasta llegar incluso a imponerle el perfume mentolado que debía echarse con espray para refrescarse el aliento que delataba el hígado enfermo –y la nariz de patata que no desmentía esa impresión general–, inclinándose sobre ella y hablándole con tono confidencial, en voz muy baja, como para justificarse por acercarse a ella, inclinarse sobre ella, rozarle la mejilla o la oreja, bueno, que quede entre nosotros.

Y ahora, Marion debe reactivar su ira, no dejarse vencer por el cansancio o por la sensación de que la partida está perdida de antemano.

Vuelve a pensar en el jefe de proyecto y en el malestar que la invadía casi desde el principio, desde hacía ya años, y del que no había hablado, sobre todo no con Patrice, porque aunque no tiene ningún móvil para ir a por él por la vía directa –ya que, no, nunca le había hecho proposiciones, gestos impropios ni había intentado arrinconarla por la noche en los despachos, aunque lo habría tenido fácil, porque ella se queda a veces hasta muy tarde–, sin embargo está segura, lo ha intentado varias veces, aprovechando el azar del final de jornada, la luz vacilante del atardecer, limitándose a mirarla con ese rictus que los hombres consideran poderosamente viril cuando refleja tan solo su concupiscencia y su vulgaridad, tornándolos tan poco atractivos como una fruta arrugada en el alféizar de una ventana. No le habría importado si hubiera intentado abiertamente ligar con ella, si se hubiera insinuado sin esos aires de conspirador y de buitre –no es mojigata y comprende que un tipo tiente la suerte, al fin y al cabo, como a todo el mundo, le gusta agradar, pero están los hombres que te desean y los que te codician, los que te quieren y los que te toman, los que te buscan y los que piensan que tienes la suerte de haberlos encontrado. No le había gustado la manera que había tenido desde el principio de dar vueltas a su alrededor describiendo círculos cada vez más cercanos, con esos sobreentendidos mezquinos, el primero de los cuales fue que si no se le acercaba por iniciativa propia, podría tomárselo a mal, considerar que se le resistía también en el trabajo, y por eso sabe muy bien que decidió hacerle pagar su manera de no responder a sus apremios, su manera resuelta de ignorarlo, de rechazarlo, amablemente al principio, y cada vez con más firmeza, contestando a sus insinuaciones, no mediante miedo o amenazas, ni siquiera mediante esa

167

ira escandalizada que habría podido mostrar ante esa actitud, sino mediante un descaro que lo enloquecía todavía más, como si no solo él no la impresionara –y de hecho no la impresionaba– sino para dejarle claro que le parecía pueril, *inofensivo*, lo cual era para él lo peor, lo más humillante, esa manera suya de invertirlo todo mediante la inocencia fingida de una sonrisa, poniéndolo en su sitio sin mover el dedo meñique, lo que le había provocado una exasperación del deseo y deseo de revancha, a lo cual respondía al parecer aquella reunión, para darle satisfacción y doblegar a Marion con el fin de que, de una u otra manera, por fin *rinda las armas.*

Puesto que quería cargársela.

Y así, había llegado a montar ese vodevil que impusieron a Marion, en el que se le exigiría que respondiera a unas acusaciones que eran simples pretextos, lo sabía, como sabía todo lo que había dado a la imprenta, cómo había cambiado la vida de todo el mundo aquí, empezando por las de Lydie y Nathalie, luego la de todo el despacho, y no solo como lo había hecho con Patrice, en su casa, sino con toda la gente con la que había tratado porque, para todos ellos, era una urbanita, una chica moderna, y no es que no hubiera chicas modernas aquí, pero no eran como ella, no tenían esa franqueza al hablar y esa libertad, con ese desparpajo y esa vitalidad que había aportado; sí, Marion fue una bocanada de singularidad y de fantasía, de sueños y de renovación en la vida de todos. Ahora, se decía que si, como querían su jefe y el jefe de proyecto, se dejaba rebajar sin contestar nada, sin chistar, perdería definitivamente el aura que había adquirido ante todos ellos al llegar aquí; se asfixiaría en la grisura, borrada y anodina. Ella, a quien tanto halagaba ese reconocimiento que la vida jamás antes le había ofrecido, una existencia en la mirada de los demás, sabía que era preferible perder el trabajo que ese brillo de envidia que suscitaba en ellos.

Así que, seguro, les diría todo lo que tenía en el corazón y no se mordería la lengua –para esas cosas confía en sí misma, sabe arreglárselas–, y llevaba esperando desde la mañana a que el día transcurriese sin agresividad ni tensión, para mejor asestar hachazos al conformismo de la reunión, pillarlos desprevenidos con su propia violencia, capaz de cortocircuitarla, mesurada, civilizada, que pensaban desplegar contra ella, pues sabía que harían todo lo posible para que dimitiera, sin ensuciarse las manos despidiéndola. Respetarían las formas, el protocolo, un simulacro de cortesía, de semblantes apurados, caras de no tener nada que ver con el asunto, contritos, caras de no querer lo que se ven obligados a resolver, por culpa de ella. Era el tipo de gilipolleces en las que había estado pensando parte de la tarde, todo transcurre sin agobios, todo va bien, por el momento no es ni malévolo ni agresivo, lo único que se sabe es que se espera una reunión en la que las tres colegas van a ser reas de un patrón y un jefe de proyecto que están esperando cargárselas –siente una bocanada de ira al pensar que ese pobre tipo va a intentar hacerle pasar un mal cuarto de hora únicamente para resarcirse de los cuartos de hora de frustración que cree deberle, y qué, se dice ella, hace ya varios días que está lista para decirle ante el jefe común, frente a frente, que el que se haya negado a lamerle los huevos no es motivo para que la tome con ella, se cargue todo lo que propone, denigre todo lo que dice, le siegue la hierba bajo los pies, lo diría así, lamerle los huevos, una expresión bastante vulgar para pillarlos en frío, palabras como hachazos –sangrantes, sucias, sin miramientos–, cargadas de la brutalidad necesaria para amilanar al representante de los adversarios más coriáceos, al pillarlos desprevenidos, y, si quieren los peores tópicos, podría servírselos e ir directamente al grano, o utilizar otro, menos casto, más directo, hacerles tragar su mierda –no lo saben, no podían hacerse la más mínima idea, pero Marion procede de un mundo donde las palabras se dedican a hacerse tan feas y triviales como la realidad en la que nadan, o más bien chapotean; agallas tiene, desde luego, puede seguir adelante porque sabe lo que ha dado aquí y lo que le han quitado. Podían reconocerle que había cambiado el ambiente de la empre-

169

sa, todo el mundo sabía que con Marion algo se había distendido y que su presencia había insuflado una profusión de energía a toda la empresa, de modo que si no se entendía cómo las cosas habían podido deteriorarse hasta tal punto –deteriorarse y no, como habría sido normal que ocurriese, por el desgaste del tiempo, por el pliegue de los hábitos, que la fiebre que había subido con la llegada de Marion acabase solamente cayendo–, si no se entendía esto, Marion podría recordarles algunas verdades, esperar de las dos chicas que la apoyasen por el frescor y la libertad que les había aportado, y aun el jefe de proyecto debía reconocer que durante años había podido fantasear sobre ella y que al menos no le había impedido pensar en ella mientras follaba con su mujer –y ahí, imaginaba los gritos escandalizados, la estupefacción, *se pasa usted*, las caras indignadas, los engallamientos, *pero cómo se atreve*, el patrón mudo, atónito por su descaro, *eh, eh, ojo con su lenguaje, Marion, ¿eh?*, por su grosería, cómo puede decir eso sin temblar, apuntando directamente a los ojos del jefe de proyecto, que a buen seguro estaría blanco como la ropa de cama de la que podría colgarse de vergüenza, y blanco como las sucias sábanas en las que quedaría encajado.

En el momento de entrar en la sala de reuniones, el patrón está ya sentado en el borde de una mesa y echa una ojeada por la ventana, en la grisura del atardecer que cae, o en su smartphone, un aire quizá un poco grave, los labios fruncidos, y el otro, el jefe de proyecto, lívido y de pie tras un escritorio, pataleando, se agita sobre pilas de expedientes que parten en todos los sentidos, como un procurador de cine que va a llevarse todo el mérito cuando un abogadillo le quita las ganas de reír –todo lo que se ventila de la película: cómo el mísero abogadillo va a doblegar al procurador que posee supuestamente un expediente abrumador. Marion se dice que dentro de una o dos horas todo habrá acabado, que volverá a casa y que, allá, la esperan su marido y su hija, que tomarán champán para celebrar su despido o su triunfo, en último término tanto da, escuchando música, diciéndose que a esas horas estarán decorando la casa, preparando el comedor y cocinando, que probablemente les da la impresión de disfrazarse al intentar ponerse guapos. Por el momento, se dice que tiene ganas de verlos, al igual que se imagina que ellos también están ansiosos de ver entrar su coche en al patio del caserío.

19

El caserío, que sigue paralizado de arriba abajo porque Christine, Ida y Patrice saben ahora los tres que no queda ya nada de la fiesta ni esa alegría de la que todos los preparativos tendrían que haber formado parte. Todo ha acabado, ya reducido a cenizas, por más que Ida se niegue a creerlo y siga pensando que va a despertarse, que todo esto no es quizá más que fruto de su imaginación, aunque por supuesto no lo teoriza –ni su edad ni la situación le proporcionan los medios–, pero experimenta esa confusión que consiste en vivir en la realidad como si fuera versión alterada o travestida de esta, un poco como si fuera la vida la que da en imitar las series y no a la inversa, esas series que ve en la tele los sábados y domingos, en las que ha visto ya varias veces a personas que son secuestradas, aunque su padre le dice que es demasiado pequeña para mirar eso y piensa que a su edad no se establece la diferencia entre lo falso y lo verdadero, nunca de acuerdo con Marion cuando inicia esa discusión, pues entonces Marion contesta que los niños tienen que aprender que en los libros los lobos no son lobos sino hombres crueles como a ningún animal se le ocurrirá serlo en la vida real. Dice: la tele es inofensiva si hablamos a los niños de lo que ven, hay que explicarles el mundo en el que viven y en el que vivirán, no tendrán otro.

A lo que Patrice responde frunciendo el ceño que tampoco hay ninguna prisa, que se puede dejar unos años de respiro a los críos, no fastidiarles la infancia, y, encogiéndose de hombros, le recuerda que es ella la que no quiere que se hable de las cartas que recibe Christine, en lo cual está de acuerdo con ella, pero luego no es coherente, para qué protegerla de eso si luego se le va a llenar la cabeza de un montón de imágenes macabras, no, no hay ninguna necesidad de atiborrar la mente de Ida con los peligros que corremos, Marion, la vida está en perpetuo peligro de muerte y bastante pronto se enterará –entonces Marion monta en cólera y se niega a seguir hablando, como queriendo decir que ella misma comprendió demasiado joven aquello que no tenía que haber comprendido, pero sobre todo que comprendió la violencia por sí sola, sin que nadie la ayudase a nombrar y enfrentarse a la realidad, y al final acabó callándose, como diciendo que nadie la entendería nunca en este tema.

Y ahora, sí, a Ida la sorprende la realidad que se deforma ante sus ojos, que se asemeja a las imágenes de las series sin ajustarse del todo a ellas, y en un recodo de su cabeza se ve al día siguiente contándoles a Charline y a Lucas, en al autobús que los llevará a la escuela, que la velada de cumpleaños de su madre no había transcurrido como estaba previsto, que no hubo fiesta porque todo el caserío fue tomado como rehén por dos tipos extraños, y, al evocar aquello, extraerá una especie de orgullo, olvidando la angustia, casi olvidándose de la muerte de Radjah, y puede que eso le retorne a la mente con la imagen de aquel tipo de pelo casi blanco, y puede que ella al final se calle, atrapada o superada por la realidad, como si se abriese un agujero bajo sus pies, amenazando sepultarla, pues ahora hay ahí en realidad dos hombres que son malos y parecen malos y, si no puede creer en su maldad es porque esta se asemeja demasiado a la imagen que se forja de ella, no puede ser *también* verdad, existe algo en lo que no quiere resignarse a creer, como si todo fuera a evaporarse de súbito, a disolverse, como si una voz –¿la de Tatie?, ¿la de Patrice?– fuera a llegar hasta ella y fuese por fin a oír las palabras que se sabe de memoria por haberlas oído decenas de veces,

¿Estás en la luna, cariño?

aunque esa voz no llega, algo no llega. Esta noche es como una pesadilla que se instala, y que al instalarse en el tiempo y extenderse, se acomoda en él, se da perfecta cuenta de que no es un sueño, una película, una historia que haya leído con su madre; se dice que, contrariamente a las historias que le cuenta su madre, esta no acabará forzosamente como le gustaría a ella, como debería ser, y la angustia asciende, escalonadamente, cada vez más fuerte, se troca en sensaciones a través de todo su cuerpo, hormigueos que invaden sus manos, el ritmo cardiaco que se acelera, la respiración como si hubiera corrido —¿es la sangre lo que cree oír en sus oídos, el flujo, las pulsaciones que golpean en su cabeza? Empieza a dolerle la cabeza y se le enturbian los ojos, algo se endurece en su vientre, se bloquea en su pecho. Le ha sorprendido que el tal Christophe le haya sonreído varias veces. Como si se enorgulleciera de ella o como si todo aquello no fuese más que una broma, qué broma, por qué una broma, y, si no hubiera visto la cara de su padre y la de Christine, sus miradas pasando de la estupefacción a la incredulidad, de la incredulidad a la ira, su inquietud también, tal vez hubiera creído en un juego al que cada uno iba a dejar de jugar muy pronto, antes de echarse a reír, Christophe repitiendo que se alegraban tanto de estar allí, su hermano y él, contando sus camelos y alzando las manos ante él, recobrando el aplomo —su sonrisa cada vez más amplia, los dientes blancos bien alineados— y la mirada pasando de unos a otros como si se empeñara en no olvidar a nadie, en dirigirse a cada uno, incluido su hermano, que se había echado hacia atrás para acercarse a Christine, colocándose entre la ventana y ella.

Llegado un momento, Patrice se incorpora y decide atacar con más preguntas de las que había hecho hasta entonces, abandonando la estupefacción que le había dejado silencioso, como apagado, y se descuelga con una salva de preguntas, más bien

174

amenazas, órdenes que estallan –ahora mismo se van a largar, qué coño hacen aquí, qué quieren, qué quieren de nosotros– dirigiéndose casi exclusivamente a Christophe, que lo deja acabar y contesta sin ponerse nervioso, sin mostrar la menor señal de irritación o de impaciencia.

Bien, vamos a hacer esto,

alzando simplemente las manos hacia delante, como Ida ha visto hacer con frecuencia a la maestra cuando quiere conseguir que haya calma en la clase, imitando algo similar a pegar el pie en el freno del coche, las palmas como apoyadas en el aire, mediante pequeños movimientos repetidos y delicados,

tranquilidad, tranquilidad,

y, como la maestra de Ida,

Bien, vamos a hacer esto,

con voz casi de consuelo, Christophe dirigiéndose primero a su hermano,

Tú, te vas a quedar con la señora,

volviéndose hacia Christine,

Lo que puede hacer es enseñarle sus cuadros, le gustará.

y, cuando su hermano asiente con la cabeza para contestar que sí, todos se dan cuenta de que mantiene la navaja dirigida a Christine, la punta de la hoja pegada a su costado derecho. Christine se ha contraído, la respiración a la par jadeante y débil, como contenida, suspendida mientras se mantiene muy erguida y con los ojos clavados en Patrice, esperando de él que obedezca, que no intente nada, expresándole toda su incredulidad, no dando crédito aún a lo que está sucediendo, como si el otro apoyara la punta de la navaja con suficiente fuerza para mostrar que puede hundirla de golpe en la carne con la misma indiferencia con la que soplaba hacía un rato en el cristal, sin ver nada del patio, mirando el paisaje pero resbalando sobre él como si no fuera lo que se imprimiese en su retina –ahora la hoja gira sobre su punta contra la tela, hundiéndose en la piel, hiriéndola ya, por el momento solo una gota de sangre, obligando a Christine a un movimiento de retroceso que opera casi sin darse cuenta, como quien se aparta instintivamente de una fuente de calor.

Bueno, nosotros vamos a preparar la fiestecita y a esperar formalmente, ¿vale?

La voz de Christophe continúa, dirigiéndose ahora a Patrice y a Ida, como si Patrice e Ida fueran a contestarle que por supuesto están de acuerdo con él, que le escucharán sin problema, cuando debe de ver perfectamente que quizá ni siquiera le oyen, apretados los dos, Patrice asiendo a Ida por los hombros, sin saber muy bien si protege a su hija y la alivia con ese gesto o es él quien halla un alivio, una seguridad que necesita porque no entiende qué les está pasando, como Ida, con la mirada fija, no puede ver más que la hoja de la navaja y el cuerpo de Christine, esa manera que tiene de mantenerse erguida, su rostro lívido, Ida nunca le había visto esa palidez que se aviene tan bien con la del joven rubio; Ida no ve cómo, con la otra mano, la izquierda, el joven tira de la espalda de Christine para mantenerla cerca de él. Impidiéndole que intente esquivar la punta de la navaja, no, es imposible, podría no hacer nada y no tirar de su blusa porque resultaría inútil, ella no intentaría nada, no puede creérselo, está desconcertada y mira a Patrice y a Ida, de pronto tan frágiles en el momento en que el otro

¡Si supieran lo mucho que nos alegra estar aquí!

gira a su alrededor, se agita y sigue sonriendo, disculpándose casi de la molestia,

No queremos incomodar a nadie pero ya verán, luego lo verán, en cuanto él esté aquí les explicará que no podíamos hacer otra cosa, ¿verdad, Bègue?

Sí, seguro.

Seguro también que Patrice se niega a marcharse. Descartado dejar a Christine sola con ese tipo. Descartado, y sin embargo, durante unos segundos en los que cree que puede negarse, resistir, Patrice no intenta negociar y parlamentar, ni siquiera luchar para que los dos tipos suelten a Christine. No. Ni siquiera intenta saber de quién habla Christophe, cuando este sigue diciendo que ellos no pintan nada, que no han hecho, digamos, más que obedecer consignas, que han obedecido porque así había de ser. Y Patrice, en vez de hacer preguntas, de intentar aprovechar esa puerta entreabierta a respuestas –¿quién, por qué, con qué objeto?–, no ha tratado de saber más cuando Christophe ha contado que esa persona, solo ella, lo explicaría todo, porque a él y a su joven hermano, por supuesto, no les correspondía dar explicaciones, Christophe buscando a su hermano con los ojos,

¿Eh, hermanito?

y el otro contestando con la misma complicidad divertida y pueril, una bajada de barbilla, un movimiento de cabeza, la misma risa falsamente apocada que se difunde por la habitación y aísla todavía más a Christine y a Ida, Patrice que no sabe qué hacer, cómo hacerlo, no pregunta nada sobre esa persona que tiene que llegar, ni siquiera si es hombre o mujer, solo quiere que todo eso acabe, Christine aterrorizada –la punta se ha hundido un poco más en la carne y los ojos de Christine se han puesto a brillar con un fulgor feroz, la ira concentrada en esa mirada junto con esa inquietud que se desborda también y se confunde con el pánico, lo que Patrice ve, cuando ella le clava la mirada y le pide sin decir una palabra que obedezca al otro, sí, que haga lo que dicen,

Haz lo que dicen,

Christophe acompañando su pensamiento con un movimiento hacia la puerta, se dispone a salir, cuando ni Patrice ni Ida se mueven, avanza hacia ellos y, lleno de cortesía fingida, de dulzura cómplice,

Vamos, vamos,

cuando ni Patrice ni Ida sienten ya sus piernas, sus brazos. Incapaces ambos de pensar, de querer, sintiéndose pillados en la trampa y asombrados de verse pillados en la trampa –Patrice, a quien invade inerme la misma sensación física, esa flojedad, esa afasia especial que había experimentado por la tarde cuando, bajo las sombras móviles y el crujir de las hojas de los árboles del bulevar Balzac, siguió a la joven, le había contestado con esa sensación de dejarse llevar, de dejarse caer en la inercia culpable de la sujeción, como si no pudiera resistirse ni simplemente rehusar y seguir su camino. Ahora vuelve algo de esa sensación –la boca seca, las manos húmedas y el corazón que le late demasiado aprisa en el pecho cuando en el cerebro nada parece ya imponerse, ni siquiera la posibilidad de escapar, de encontrar una salida a una situación en la que se deja uno enviscar con una suerte de goce tibio–, sí, algo agradable en la imposibilidad de decidir, de luchar, en el abandono a la inercia.

Ida es la primera en entender que no hay que resistirse, ayudada por Christine, que le hace una señal con la cabeza para decirle que todo va a ir bien, que hay que seguir adelante, saldrá del paso ella sola. Ida toma entonces la mano de su padre y mediante un simple movimiento –girando hacia la puerta– ayuda a Patrice a salir de su letargo; él toma la mano de su hija, un movimiento lento e indeciso, resignado, una mirada un poco larga y evasiva, como pidiendo autorización a Christine, que le contesta con voz clara y casi cortante,

Bien, todo bien, todo irá bien.

Entonces al final él asiente, le atraviesa la imagen de sus vacas, que pasarán la noche fuera, murmura algo que nadie entiende, y por fin salen.

20

Al quedarse solos en la habitación de arriba. Christine y Bègue han experimentado enseguida los dos la misma sensación de incongruencia, de incomodidad, como si se hubiera deslizado entre ambos una sombra de obscenidad, no una turbación del uno hacia el otro, sino la idea aún subrepticia de encontrarse allí, dos desconocidos, un hombre y una mujer en una habitación, junto a una cama, aunque a su alrededor no hubiera más que cuadros vueltos contra las paredes y aunque la pared principal que los separa es en primer lugar la de su diferencia de edad.

Y luego ese silencio acolchado de la estancia los encierra todavía más, ese silencio que han podido negar o rechazar, al menos alejarlo aguzando el oído hacia los pasos de los demás, mientras estos bajaban la escalera, alcanzaban la planta baja y un poco más, mientras los mismos pasos decrecían abandonando la casa –Christine reconocía el roce de la parte inferior de la puerta que Patrice había cambiado unos meses atrás, con ese ruido tan desagradable de estropajo metálico–, y luego, con un efecto parecido al de un timbre, el roce del felpudo metálico, la bocanada de aire fresco que entra en la casa y sube hasta la habitación, la puerta que se cierra y las vibraciones que ascienden por las paredes, los ruidos de los pasos de nuevo, pero como atenuados porque vienen de fuera, alejándose hacia la casa de Bergogne y no dejando al punto en su estela más que un sonido casi imperceptible, al que sin embargo los dos se aferran, pues saben que habrían oído la menor palabra de haber habido alguna, que si se hubiera pronunciado alguna palabra habría llegado hasta ellos, del patio a la ventana y de la ventana a la habitación, y que respecto a eso, entonces, se les podría haber ocurrido algo que decir o que, incluso sin decir nada, habría sido suficiente para que el espacio se hiciese un poco más habitable entre ellos. Quizá esperaron o rastrearon esa palabra que no llegó, esa frase que, incluso contando cualquier cosa, habría servido de tapadera para suavizar la violencia de ese silencio que los mantuvo mudos en la habitación, y habría sido como una indicación sobre el tono −el comportamiento, las palabras que decir o callar, los gestos− que observar ahí, en la habitación donde, tras retroceder un paso para no permanecer pegado a ella, como si el verdadero gesto improcedente no fuera su mano empuñando una navaja contra ella, el joven hubiera temido que ella interpretase esa falsa proximidad como una insinuación o un gesto improcedente. Tan pronto notó que él había aflojado la presión, sin decir nada, Christine se apartó de inmediato, se dirigió hacia la ventana y pegó las manos al cristal, casi a la altura de sus hombros, inclinando la frente hasta apoyarla contra el vidrio, inclinándose sobre el patio para ver si divisaba a los otros tres, consciente de que no era posible −conocía los ruidos del caserío como nadie.

Se pregunta entonces por qué lo hace, si no es porque ello le permite escapar un poco a la presión que se acentúa conforme desaparece la presencia de los otros tres, una presión que no se debe tan solo a la ignorancia de lo que va a suceder ahora que ya no están aquí y que ella sigue, ella, sola con ese joven cuyo perfume malo, ácido y picante, se confunde con la transpiración y otra cosa, tal vez ligada a la excitación, la adrenalina, lo ignora, pero tal vez lo que la turba también es la forma de mirarla que tiene el joven −su fijeza, como si esperase algo de ella−, pero también y sobre todo la presión de las preguntas que ella retiene y le va a espetar, porque no podrá retenerlas mucho tiempo, lo sabe, aunque quiere conservarlas un poco para sí, para controlarlas mejor y no dilapidarlas, una salva de preguntas que serán como armas para golpear llegado el momento a un adversario al que uno sabe más fuerte, unas armas, sí, que habrá que utilizar en el momento propicio porque no servirán más que una vez y han de hacer algo más que ayudar a comprender lo que quieren estos tipos, qué hacen aquí, por qué sus cartas anónimas y por qué esa virulencia con ella, cuando dicen no conocerla, ¿qué quieren si no la conocen? Y quien dicen que tiene que llegar, ¿es alguien que conoce ella? ¿Aquel para quien trabajan y que tiene cuentas que saldar con ella? ¿Y por qué han tenido que ir a casa de Bergogne –han hablado de la fiesta, están al tanto del cumpleaños y de la celebración prevista? Y, a través de estos interrogantes, la retahíla de preguntas para comprender, la retahíla todavía mayor de palabras para que se larguen pitando –si es que aún es posible sacarles algo– o inducirles a hablar, hacerles hablar, sonsacarles por qué están aquí, qué quieren, porque algo tendrán que querer.

Y ahora Christine acaba de volverse y está de espaldas a la ventana. El joven avanza hacia la puerta a paso rápido y se vuelve cerrando la navaja; parece oscilar sobre sus pies, como si bailara. Ha plegado la navaja manteniéndola bien apretada en el puño, y luego sonríe –a su puño, a su navaja, no se sabe–, dura lo suficiente como para que ella observe lo seriamente que lo hace y cómo desliza la mano cerrada sobre la navaja en el bolsillo derecho del pantalón de chándal, hundiéndola tan profundamente que deforma la parte superior de la pierna –se ven las falanges y la forma de los dedos que se adapta a la tela azul eléctrico–, y, mientras mira eso, todavía no ha reparado en que él la observa, mientras cesa la imantación que ha producido la imagen de la mano en el bolsillo del chándal, a su vez ella alza los ojos hacia él como si fuese la primera vez que se miran: el uno frente al otro, sin hablar.

El joven se mordisquea el labio inferior y desvela sus dientes estropeados, labios muy finos, muy pálidos, casi exangües, pero que casan bien con esa tez de piel muy lechosa. Christine se dice que tiene un aire nórdico, tal vez inglés o belga o alemán incluso, por qué no de los Países Bajos, su piel es blanquísima, quizá está salpicada de pecas, o quizá no, no lo sabe, no está segura, pero le parece que sin embargo, sí, esa piel está sonrosándose mientras la mira, y es como si su mirada tuviera la potencia de las lupas cuando se colocan entre el sol y una materia que está pidiendo inflamarse –hierba seca, briznas, papel de periódico–, como si el fuego se estuviera prendiendo en él, si el calentamiento de las mejillas, de la frente, fuese el indicio de un abrasamiento más grande, contra el que el joven no sabe cómo reaccionar, si es que hay que hacerlo, y, durante un momento que se les antoja largo a ambos, permanecen frente a frente sin moverse y sin decir nada, dejándole solamente que le suba la rojez por las mejillas, y sin encontrar más cosa que ese gesto infantil y resignado que consiste en bajar los ojos e inclinar ligeramente la cabeza como para reconocer que no sabe qué decir, que le da vergüenza, que se siente astroso con esas manchas de sangre en el pantalón de chándal, su navaja en el bolsillo; además saca la mano del bolsillo y se frota las dos manos una contra otra –el frotamiento rugoso de las palmas demasiado secas, un suspiro, pero ahora tiene que erguir la cabeza cuando Christine,

¿Qué son esas cartas?

...

Las cartas, ¿os divierten a ti y a tu hermano?

¿Las cartas?

Sí las cartas.

¿Unas cartas? ¿Qué cartas?

¿Por qué me enviáis esas cartas? ¿A qué vienen? ¿Qué os he hecho yo, eh?

Yo no sé nada de sus cartas.

Ah, no sabes nada.

No hacemos esas cosas de zumbados.

182

¿Ah no?

No.

¿Y no son cosas de zumbados tenerme aquí? Matas a mi perro ¿y que te ha hecho mi perro para que lo mates?

Yo no quería.

¿No querías?

No.

¿Me tomas el pelo?

No, no quería.

Pero aun así ¿no lo has hecho tú?

...

¿No contestas?

...

¿No has sido tú?

...

¿Te atreves a decir que no has sido tú?

...

Mírame cuando te hablo.

...

Mírame.

...

¿No has sido tú?

No crea que no me gustan los perros... Es que...

Es que ¿qué?

Nada, es que...

¿Por qué lo has matado?

Yo no quería.

Entonces ¿por qué lo has hecho?

Habría atacado.

¿Te agrada matar animales? ¿Te gusta?

No.

¿Te gusta?

Ya le he dicho que no.

Entonces ¿por qué lo has hecho? ¿Le tenías miedo?

No.

¿Te ha dicho que lo hagas tu hermano?

Eso no le importa.

¿Quién es tu hermano, qué quiere de mí? ¿Qué queréis de mí de una vez? No tengo dinero, no tengo nada, no tengo el menor interés para vosotros, ¿me oyes?

...

Hace meses que me jodéis con vuestras cartas.

No somos nosotros los de las cartas.

Entonces ¿quiénes son?

No sé nada.

No sabes nada... ¿Crees que voy a creérmelo?

¿Qué coño me importan sus cartas? Mis hermanos me necesitan, y ahí estoy yo, eso es todo.

Ah ya, eso es todo... ¿Te parece a ti que eso es todo?

Mis hermanos si hacen algo tendrán sus razones.

Y tú dices que sí a todo, ¿es eso?

...

¿No dices nada?

...

Yo me llamo Christine. ¿Y tú?

...

Te estoy hablando. Bien tendrás un nombre.

Bègue.

¿Qué?

Bègue.

¿Qué?

Bègue.

¿Bègue?

Sí. Bègue.

Eso no es un nombre.

...

¿Cuál es tu verdadero nombre?

Yo no quería matar al perro.

Entonces ¿por qué?

Así estaba previsto.

¿Previsto?

Previsto.

¿Qué quiere decir «previsto», eh?

Ya te he dicho que yo no quería.

¿Ha sido tu hermano el que lo ha previsto todo?

Bueno. Hemos de callarnos.

¿Qué es lo que ha previsto?

Te he dicho que hemos de callarnos.

¿Qué quiere tu hermano?

He dicho que te calles.

¿Qué busca aquí?

...

¿Quién es tu hermano, qué quiere de mí?

Que te calles la boca, he dicho.

Me callaré si me da la gana.

Joder, te he dicho que te calles la boca,

y para él ahora es como si su cuerpo entero se abrasara, como si no pudiera aguantar sin propagar ese fuego que le quema, y enseguida corre hacia ella y se detiene tan cerca de ella que Christine por un instante se tambalea a punto de caerse. Permanece sofocada por la violencia del gesto, detenido a apenas unos centímetros de ella —lo suficiente para mirar la cara del joven, y ahora no es ya una piel sonrosada por la timidez o la incomodidad sino purpurada por la ira, una cara que la mira con los ojos abiertos de par en par, brillantes y furibundos, pero cuya rabia es tan febril como indecisa y temblorosa; extraña ira de crío que tiembla de ella misma, que se impresiona de ella misma también, como si fuera a desbordarlo todo, y el propio joven estaba estupefacto, no solo sorprendido sino quizá asustado, como si fuera alguien quien lo desbordase desde dentro de sí mismo. Mientras lo comprende, Christine puede decidir que solo él debe ceder al pánico, aquí, por más que sea él quien tiene la navaja, aunque sea él quien puede utilizarla. O no *aunque* sea él, sino *porque* es él. Decide no tener miedo, el hacerlo se impone en ella, esa certeza embarga su ánimo, apenas es una idea, una evidencia que surge en ella y que todo su cuerpo aplica, antes mismo de que cobre conciencia de ello, pues, antes de que pueda formulárselo, ella que se había tambaleado ligeramente hacia atrás se ha erguido, el cuerpo se ha asentado con firmeza, bien derecho, el busto levemente inclinado hacia delante, como quien antes de salir se prepara mentalmente para enfrentarse a una borrasca un día de fuerte viento; tiende frente a ese rostro congestionado sus ojos demasiado brillantes, y en un instante no queda más que el aliento de los cuerpos y tal vez Christine murmura un ligero

oh,

o incluso nada —tal vez él ha pensado que ella murmuraba algo—, al poco su rostro pierde toda la sangre que había afluido y vuelve a ser sonrosado, luego blanco, luego pálido, casi lívido, como su voz muy pronto, ahogada también.

Bueno, de todas formas, tampoco nos vamos a quedar aquí. Tengo ganas de que me enseñes tus cuadros, Sabes, yo, en el centro, hacía la tira de pinturas. Si hubieras visto la de cosas que hacía, si hasta me daba la impresión de no pensar más que en eso.

21

¿Y si me niego?

Patrice deja rebullir esa pregunta en su cabeza y no se atreve a permitir que sus labios la repitan como ha podido soltarla antes, y ahora no insiste, no quiere oír,

¿Si te qué?

porque se ha dado perfecta cuenta de lo que el otro podría soltar si insiste, como si el tipo pudiera adoptar de nuevo ese aire afligido o consternado ante la obstinación, la tontería o la denegación de Patrice, al poner cara de incredulidad cuando Bergogne dijo con tanto tono de amenaza en la voz como desafío para responder a ese programa impuesto,

¿Y si me niego?

Sin esperarse ver a Christophe adoptar ese aire afligido,

¿Si te qué?

aire sinceramente sorprendido y casi consternado por tener que responderle,

¿Si te qué?

antes de suspirar algo para bajarle los humos, para situarlo ante una elección que no lo es, retomando por su parte el motivo pero desviándolo, si te niegas, ah sí, si te, arreglándolo a su manera irónica y empalagosa, sin tener que ir más allá, arrastrando los puntos suspensivos sin tener que ponerlos, simplemente acompañándolos con un encogimiento de hombros fatalista, resignado, el final de su fragmento de frase, como si no quisiera hacer hincapié en el hecho de que la negativa acarrearía consecuencias, y desde el momento en que Patrice lo sabe, habrá de cargar con las consecuencias. Eso, por supuesto, Christophe no ha necesitado decirlo; y por eso ha dejado de lado esos aires de amenaza, limitándose a encogerse de hombros, ahorrándose contestar o intentar explicar –¿para qué hacer el esfuerzo de decirlo, por qué decirlo?–, si las cosas van mal con tu vecina, tendrás que cargar con la culpa, sería demasiado fácil exonerarse acusando a los demás cuando cada cual ha de asumir su parte de responsabilidad, que eres un adulto, eh, hay que saber apechugar con los propios males pacientemente y todo llega a quien sabe esperar, muchacho.

Y todo lo que Christophe puede decir a Patrice, cuando entran en la casa, con un tono supuestamente comprensivo y cordial, lo dice sin jugar a un juego en el que él mismo no creería, como si oyera silbar en sus oídos esa pregunta loca que corroe la mente de Bergogne,

¿Y si me niego?

con todo lo que conlleva, la tentación que tiembla en el aire y que se siente en la presencia de los cuerpos, en el modo con que Bergogne acumula reteniéndola toda la brutalidad de sus gestos –al abrir la puerta, al volverse hacia Christophe, al acercarse mucho a él, demasiado cerca, pero sin decirlo, simplemente porque no sabe cómo reaccionar, bloqueado con la imagen de Christine en la habitación de arriba, con el otro y su chándal azul eléctrico, la navaja –la hoja– aprieta el puño –la herida en el dedo se despierta– no dice nada pero todo su cuerpo lo grita, si te agarro por el cuello y te aplasto esa jeta de gilipollas contra esa puta pared, si te reviento la nariz, te machaco la jeta y te hago explotar el cráneo...

¿Y si me niego?

¿Si me niego?

Si te niegas, parece responder calmosamente Christophe cuando no dice nada, sonriendo, cara maravillada ante la mesa puesta, la guirnalda dorada y su *feliz cumpleaños* que parece danzar sobre sus cabezas en cuanto abren la puerta, balanceada por una leve corriente de aire, sí, si te niegas, parece contestar Christophe, cuando se limita a enarcar las cejas para mostrar su admiración divertida –¿burlona?–, si no quieres hacer lo que se te va a pedir, sabes muy bien lo que ocurrirá o, si no lo sabes es porque pretendes no tener la menor imaginación, a no ser que la suerte de tu vecina te parezca más fútil o anecdótica que la de su perro, o que te traiga sin cuidado hasta el punto de que puedas dejarla sola, sin intentar hacer nada para socorrerla. No puedes creerte lo que te está pasando, seguro, a un tío como tú, una catástrofe así piensas que no puede ocurrirle, no puede ocurrirte a ti, eh, aquí nada, aquí nunca pasa nada, todo se para ante tu puerta, tal vez es lo que sigues pensando, y puedes quedarte de brazos cruzados, así, negarte a ver el espectáculo, pero no por eso dejas de formar parte de él.

Por supuesto, Christophe no solo no ha dicho nada de todo eso, sino que con gran presteza, por el contrario, se ha esforzado en crear un movimiento, en propagar un ambiente falsamente festivo, jubiloso, jugando a hacer de huésped perturbado por la llegada prematura de unos invitados a quienes uno no se atreve a pedir que vuelvan a pasar dentro de una hora, y a quienes tan solo se aventura, y aun tímidamente, con cara contrita, a proponer que se acomoden tranquilamente al fondo del canapé del salón, ante una naranjada o un vaso de agua con gas, a la espera de que todo esté listo. Christophe parece haber vivido siempre aquí, conocer la casa mejor que Patrice e Ida, pegados el uno al otro, fundidos entre ellos pero también al suelo embaldosado ante la mesa cubierta con el mantel de ribete naranja, como si Ida y Patrice acabaran de entrar en casa de otro y, por una extraña y ridícula inversión, fuesen ellos quienes se presentasen en la casa de unas personas que no conocían en absoluto; o, más probablemente, los dos como pasmados por la rapidez de Christophe, con esa manera desenvuelta y turbulenta que tiene de correr del comedor a la cocina, de buscar, de hurgar en ella –abriendo y cerrando nevera, armarios, cajones, cubiertos– y volviendo al comedor para hacerles preguntas,

¿Has pensado en comprar pan? Sí, perdona, que te tutee... ¿no te importa? No, no te importa –haciendo las preguntas y las respuestas, hablando solo, recalcando todos los comentarios a un destinatario imaginario tan solo conocido por él, o a ratos, alzando la voz, a Patrice para felicitarlo por la organización, oye, tiene buen aspecto lo que has comprado, ¿estás abonado a casa Picard?, ¿es eso?... la verdad es que no tiene uno nunca tiempo para cocinar... tiempo para nada. A mí me gusta mucho cocinar, pero no le dedico tiempo. Y eso que el papeo es lo mío, la carne roja, los platos con salsa, todo eso, nada que ver con la moda dietética pero nos la suda, no vamos a la playa, ¿sabes? Mi madre nos hacía unos estofados... estofado de buey, ternera en salsa blanca, tío, no te digo más... Pero es para contarlo. Y el bebercio también; el tinto y la cerveza, sobre todo la cerveza, bueno, de eso se encargaba más bien el viejo, siempre le ha gustado el bebercio. Por cierto, veo que has traído champán, que guay, y tinto. ¿Qué es?, ¿burdeos, borgoña? De vino no entiendo mucho. De todas formas les daremos buena cuenta a las botellas. Oye, no nos privamos de nada, ¿eh? La mimas de lo lindo a tu pequeña *wife*.

¿Qué?

¿No has estudiado inglés? Tu mujercita.

¿Qué?

se ha oído repetir Patrice saliendo por fin de ese embotamiento que sigue paralizándole la boca –el hormigueo en los labios y en la punta de los dedos también, la punzada en la herida que retorna–, como si fuera al final a instalarse en su cuerpo, a habitarlo de nuevo, porque al final la ira asciende en él, al igual que las preguntas se reanudan, lo invaden, y esa certeza también de que no va a dejarse manejar por el –por qué en ese preciso momento le vuelven a la mente su madre y aquella expresión que le espetaba tan a menudo cuando él era joven, soltando delante de sus tías que se choteaban oyéndola hablar, que era un buen chico y que esa bondad lo haría desgraciado, miradlo, en cuanto encuentre la horma de su zapato se dejará manejar como un títere; cosa que su madre repetía mientras fregaba los platos o tendiendo la ropa o sirviendo en tazas de mazagrán el café recalentado en una vieja cacerola escacharrada, ajena a su presencia dócil y transparente que enrojecía tras su piel quemada por el acné, como dando por supuesto que una mujer, empezando por ella, podría siempre con él, valiéndose de su bondad para impedir cualquier conato de bufido, del que le constaba que él era incapaz. Y tal vez su madre –si es que su espíritu o su aura diáfana de vieja difunta sigue rondando por esa casa para infundir efluvios un poco rancios de cariño maternal, de zalamerías edulcoradas–, le susurre al oído no dejarse manejar como un títere en su casa y en cualquier caso no delante de esa cría, espantada de tener que murmurarle que un hombre debe defender a su familia, su casa, y que está muy decepcionada –aunque no sorprendida– de verlo soportar las payasadas de ese tipo al que él podría descalabrar de un puñetazo si le diera la gana de molestarse, pero Bergogne, en vez de la de su madre, que ha dejado alejarse a un rincón de su cerebro, oye ahora la voz real y vibrante de su hija,

¿Papá?

y su mano minúscula y cálida,

¿Papá? ¿Papá?

No le van a hacer nada a Tatie, ¿verdad, papá?

que se aferra a la piel rugosa de su mano, la voz de su hija, empalidecida y temblorosa como nunca la había visto.

Como si Ida tuviera que hacer un gran esfuerzo para conseguir hablar con su padre, para decirle que de repente se siente desamparada ante la idea de haber dejado a Tatie Christine con el chico de la navaja. Se ase a su padre y le corren las lágrimas sin reparar en que llora. Las lágrimas le inundan las mejillas e hipa; sujeta con firmeza a su padre, que se hinca de rodillas y enjuga las lágrimas con sus dedazos oscuros, color de tierra o quemados por el sol, casi marrones. A la niña le gustaría hablar, pero le cuesta. Su pecho palpita con fuerza, es como el jadeo de un animalillo atrapado en una trampa, agotado por la carrera. Es bueno, sí, ese alivio, cuando su padre la coge en brazos y la estrecha muy fuerte contra él, como si le comunicara su fuerza y sobre todo su amor, su capacidad para afrontarlo todo y para saber que todo iba a acabar, forzosamente bien, seguro, porque él está ahí y mamá no tardará en llegar. Los tipos acabarán marchándose, seguro también, pero a ratos la imagen de Radjah la traspasa y le encoge el corazón, una oleada de lágrimas le hincha el pecho, tiene que exhalar un suspiro muy largo, cargado de llanto, lo sabe, su perro, su cabeza todavía blanda y pesada en sus manos y la boca abierta, la baba en los belfos sonrosados y los ojos ya vidriosos, como achicados, la sangre y el olor repulsivo que retorna y todo retorna en un espasmo de terror y de odio, como el rostro sonriente y el mechón demasiado rubio del joven, su barbilla un poco prominente.

Pero ya su padre le enjuga las lágrimas y se yergue tomándole la mano,

Ven cariño.

y los dos entran al salón, Bergogne coge a su hija en brazos, le acaricia el pelo y la sienta en el canapé. Ella lo mira y ambos echan una ojeada hacia la cocina, donde oyen al otro afanándose; corta pan, silbotea como si fuera un amigo de la casa, como si le hiciese realmente feliz estar allí. ¿Es posible que sea *realmente* feliz?, parecen preguntarse padre e hija, sin atreverse a hablar de él, reflejando tan solo con los ojos las preguntas que se formulan; luego Patrice murmura que todo se va a arreglar, no va a pasar nada, ya ves, no parece peligroso ese tipo.

Mamá, quiero ver a mamá.

Enseguida va a venir. Mientras tanto puedes mirar dibujos animados, ¿de acuerdo?

La niña menea la cabeza, cuando el padre se levanta, coge el mando, busca un programa de dibujos animados –que al menos Ida recobre un universo que conoce y en el que puede sentirse segura mientras espera a su madre.

Ahora Patrice ve al otro hurgando en las alacenas, y entonces Bergogne se abalanza hacia la cocina, vuelve el impulso que lo empuja, lo lleva,

¿Qué queréis de nosotros? ¿Qué buscáis?

De momento yo busco una fuente que vaya al horno.

¿Cuánto va a durar este circo? ¿Qué queréis? ¿Dinero? ¿Queréis dinero? ¿Es eso? ¿Sois vosotros los que acosáis a Christine? Te advierto que os hemos denunciado a los gendarmes y han dicho que se presentarán en cualquier momento, está vigilada, esa gilipollez de vuestras cartas, ¿de qué van vuestras cartas?

¿Cartas? ¿Qué cartas? ¿De qué hablas?

Los dos hombres parecen creer que están solos, el uno frente al otro, pero no olvidan que Ida los observa. Porque el salón apenas está separado del comedor por una abertura donde tiempo atrás habían debido de instalar una puerta acristalada, como las de los chalés en las parcelas. Patrice había quitado las puertas que separaban el salón del comedor; desde el salón se veía la mesa del comedor, y, al otro lado, la entrada hacia la cocina. Y por allí, desde el salón, es desde donde Ida, no dejándose distraer más que de cuando en cuando por un dibujo animado de animación entrecortada y violenta, chapucera, simplista, una cosa para chicos que no le interesaría gran cosa en tiempo normal y que ahora le resulta incomprensible, echa a la cocina una mirada inquieta, furtiva, pero también muy escrutadora, e intenta captar lo que podría comprender. Espera el momento en que su padre se abalance sobre el hombre que se ha quitado la chaqueta y está de pie en camisa blanca. Al poco, baja los ojos, ve que Christophe la ha visto y le lanza una mirada que pretende ser cómplice –piensa que lo dice de cara a ella, pronunciándolo con voz tan alta que está segura de que va destinado a ella, ah, vaya, escuchen, podemos pasar a otra cosa, ¿lo oyen?

dice,

Un coche,

sonríe,

Es un coche lo que se oye, ¿no?

22

En su coche, Marion puede poner a todo volumen el viejo éxito de Nirvana con el que bailó noches enteras, hace años; puede respirar y aun reír a gusto, no tiene a nadie que la observe, que si se ríe tan alto esta noche, quizá sea únicamente porque esa risa le sirve para conjurar su angustia, para ahuyentarla, como podría ahuyentarla igualmente rompiendo a llorar, a gritar para liberarse y deshacerse de esa tensión que ha acumulado y que le parece imposible quitarse de encima.

Si bien es capaz de prorrumpir en carcajadas en su coche, no quiere confesarse que ello no se debe a la alegría ni al sentimiento de haber triunfado de la adversidad, de haber conseguido conjurar la trampa que le habían tendido y, mediante el humor y la franqueza, haber dado la vuelta a una situación que se presentaba difícil. No, no es esa la alegría que siente −y el orgullo que conlleva−, lo que la hace reír de verdad no atañe a una victoria sobre los demás o sobre una situación, sino sobre sí misma. Aunque no se lo formule, lo cierto es que se ríe de haber sorteado su miedo y de haber podido refrenarlo y doblegarlo. Ha logrado dominar ese canguelo que había temido más que un peligro real, sí, porque en el momento de entrar en la sala de reuniones, tuvo que refrenar el miedo que tenía de sucumbir a su miedo pues lo que más temía era dejarse subyugar por él, dejarse paralizar por él, verse impedida por él hasta el extremo de no saber contestar cuando empezaran a hostigarla –entrar a degüello– a interrogarla sobre aquel lamentable incidente que nos pone a todos en una situación delicada, no le parece, Marion, abocados a un juicio que de todas formas perderemos, al menos en principio, porque sabemos muy bien que nuestros servicios han cometido un error y que, como ha dicho el director, lo pagaremos todos porque estamos todos en el mismo barco.

En el momento en que, a eso de las cinco, acompañadas por el silencio edificante de las chicas de la recepción que no pararon de enviarse miradas de complicidad se cerró la puerta tras ellas, Marion, Lydie y Nathalie entraron en la sala de reuniones. Dos de ellas se dijeron que saldrían del paso llevándose una buena bronca y que eso sería todo, mientras que Marion, por su parte, había decidido que se negaría a llevarse una bronca o una reprimenda o que simplemente la riñesen –llamadlo como queráis, se me ha pasado la edad–, ni hablar de que le lean la cartilla, de que la infantilicen, de que la desprecien, no, ni hablar repitió a sus colegas, hoy cumplo cuarenta años y mierda ni hablar de que me reprendan o de que me hablen con ese tono de viejo profe decepcionado por mi nulidad, como si fuéramos pequeñas estúpidas e incapaces de componérselas por sí solas, de asumir sus errores o sus responsabilidades, y además, si hemos cometido una gilipollez, será también porque otros no han sabido o querido hacer su trabajo, ¿conformes?

Sus dos colegas se dieron perfecta cuenta de que no iba a ceder, y de que, contrariamente a ellas, Marion no tenía intención de tragar sin que el jefe de proyecto aceptase su parte de responsabilidad, reconociese su parte de error, ni hablar de servir de subalternos, de chivos expiatorios o de saco de boxeo; y cuando Marion advirtió que sus dos colegas estaban dispuestas a rajarse, les repitió, Lydie, Nathalie, no puede ser, pero bueno, ¿es que no

estáis de acuerdo conmigo? Estamos de acuerdo, ¿no? Quien tenía
que haber comprobado el problema era él, no nosotras, coño, ¿o
acaso me lo estoy inventando? Y si bien Lydie y Nathalie recono-
cieron que estaban de acuerdo con ella, que sabían que tenía razón,
no pudieron ocultar que pensaban también que, aunque fuera
injusto y todo aquello no fuese más que un pretexto ridículo para
joderlas, bueno, todo eso, terminaron diciendo, es una trampa
que nos tienden –ocultando de repente tras un velo púdico una
verdad que conocían las tres, a saber que si el jefe de proyecto
quería efectivamente hacer pagar a alguien, no era a ellas tres, sino
solo a Marion, por supuesto, sin que ninguna de las tres se atreviese a decirlo, temiendo agrietar ese muro tras el cual pudieron
siempre defender posiciones comunes; pero Lydie y Nathalie
habrían preferido tirar la toalla, incluso con la razón de tu parte
puedes acabar cargando con todas las culpas, y de nada sirve tener
razón si te encuentras con reprobaciones, penalidades o pierdes
la paga de fin de año con la que tenías previsto marcharte – no,
imagínate la cara de los niños si a fin de año debemos renunciar
a llevarlos a donde les habíamos prometido que iríamos, so pretexto de que no hemos cobrado la paga extraordinaria, todo ello
por motivos que quizá no merecen la pena y con los que los críos
no tienen nada que ver. El orden de las cosas es el orden a secas: no
se puede hacer nada. Doblar el espinazo; esperar a que todo pase.
Así que ni una ni otra quería pagar por Marion, aunque ambas
sabían que Marion tan solo había cometido el error de asumir lo
que ellas preferían no mirar de frente, Marion que se obstinaba
en no entender que eran empleadas, simples empleadas, que por
encima estaban los jefes, y que, en ocasiones, aunque sea injusto,
las cosas funcionan así, porque han de pagar justos por pecadores
y qué le vamos a hacer si es indignante, hoy en día hay que hacerse a la idea de que podría ser peor, mucho peor, todas las fábricas han cerrado y solo queda esta imprenta, es lo principal,
conservamos el curro y eso es lo importante. Es lo que les habría
gustado hacer entender a Marion, porque temían que las arras-

trase a una confrontación en la que llevaban las de perder. Cierto que Marion las había escuchado con una especie de asco que le había costado disimular, consternada de oírlas dar marcha atrás. Las había escuchado con los ojos como platos, muy atenta y dubitativa, porque no podía creerse estar oyendo que para no crear trastornos sus dos colegas estaban dispuestas a cargar con la responsabilidad de una falta que no era de ellas, o no totalmente, o solo marginalmente; y si bien Marion consentía en aceptar que tal vez había sido descuidada, reconociendo que hubiera debido comprobar que el jefe de proyecto había hecho bien su trabajo, o sea, validar las fotos, informarse sobre los derechos, sí, estaba segura, en cambio, de no tener que pagar por errores que no eran los suyos.

Por consiguiente, había acudido a la reunión tan decidida y tranquila como era posible serlo, resuelta porque sabía que no había otra cosa que hacer, llevamos demasiado tiempo con esto, se repetía, trazando un paralelo entre el incidente que servía de pretexto a aquella reunión y todo cuanto, desde hacía meses, tergiversando, infiltrándose en las relaciones de trabajo, había fomentado suficientes resentimientos, recelo, ansias de revancha como para justificar que por fin, según la expresión, se jugase con las cartas sobre la mesa.

En el fondo –si bien quizá no era siquiera consciente de ello, o lo era tan confusamente que no se traslucía más que por un vago temblor de voz, una leve alteración de la respiración, un encogimiento de las pupilas, la nuca una pizca rígida, pero casi nada–, solo había temido una cosa, la única que temía que pudiera entorpecer su resolución, y la única que podía erguirse ante ella como un obstáculo infranqueable, la única que podría clavarla allí y hacerla aceptar todo sin poder replicar, sin esperanza de rehacerse, era que el miedo –un canguelo viejo como la infancia y como la noche de los tiempos– se inmiscuyera en ella con tal fuerza que acabara petrificándola hasta imposibilitarle toda palabra y todo gesto. Así que, en el momento de entrar en la sala de reuniones, durante unos segundos se había aterrado ante la idea de carecer de agallas, de no tener valor para enfrentarse a la debilidad de sus dos colegas, y eso que las comprendía y no las juzgaba, reclamándoles si no un apoyo abierto, al menos el rechazo de volverse contra ella en cuanto plantara cara, pues Marion no estaba muy segura de que no se volvieran contra ella, aliándose a un adversario común, cediendo a la amenaza de represalias, a las intimidaciones. Esperaba de ellas cuando menos un silencio benevolente, que no las comprometería más de lo que la acusaría a ella. Así pues, al llegar, durante unos segundos temió no soportar el juicio ya zanjado de los dos hombres: el patrón, sentado en el borde de una mesa y reconcentrándose tras haberse abstraído durante demasiado rato ante la ventana, aire un poco grave o lejano, labios fruncidos, y el otro, el jefe de proyecto, lívido y de pie tras un escritorio, pateando, haciendo aparecer ante él expedientes, hojas sueltas, todo ello apilado a cada lado de la mesa, con él en medio y perneando en una silla de plástico con su traje demasiado grande de fiscal.

Cuando repasa la película en el coche que la lleva a casa, intentando ya, al arrancar, cambiar de tema, abandonar la atmósfera opresiva y demasiado llena de moralidad y cosas serias de la imprenta, subiendo la música a todo volumen y tarareando, a voz en grito, el *grunge* de los años noventa, y conduciendo un poco deprisa porque tiene ganas de llegar pero también porque, enardecida por su victoria por KO, se deja llevar por la alegría del alivio y aun por la satisfacción de sí misma, sí, no se dice que necesita liberarse de esa angustia que la abruma desde hace dos días, que rechaza desde que espera esa reunión, no, sino solo que la hace feliz esa victoria sobre el jefe de proyecto. Tiene por qué, lo sabe. Está contenta y orgullosa también de que Lydie y Nathalie, cuando se encontraron las tres en el parking de delante de la imprenta, después de la reunión y su conclusión clamorosa, im-

199

prevista, primero sorprendidas de que la noche hubiera caído del todo, las farolas proyectando ya su siniestra luz anaranjada sobre el asfalto y las gravillas ante la entrada de los despachos, aliviadas las tres de poder pasar por fin a otra cosa, le dieron las dos un largo beso, dándole las gracias como si lo que había dicho fuera también lo que cada una de las chicas que trabajaban allí llevaran dentro siendo incapaces de expresarlo. Marion sintió su gratitud, sincera, sencilla, y contestó con un aire provocador y divertido, ligeramente jactancioso.

¡Bien, chicas, para rato me amargaba a mí el cumpleaños ese gilipollas!

Luego pasaron un rato fumando un cigarrillo –bueno, Marion, porque las otras hacía tiempo que no fumaban– y una u otra repetían,

Lo que me ha dejado boquiabierta ha sido ese cambio –sí, ese cambio tras aguantar al menos media hora la presentación del patrón del objeto de la reunión, una presentación monótona y pesada de una situación que todos conocían, obligados a rumiar su irritación por esos inestimables minutos perdidos, irremediablemente desperdiciados oyendo lo que todo el mundo ya sabía, pero con un tono como servil, indeciso, con una incapacidad para crear en la manera de exponer los hechos la menor repercusión, la simple aspereza que habría podido crear algo de interés. Fue plana y soporífera, y tal vez era esa la intención: la voz, el tono, la indolencia, o el cansancio, la consternación que el patrón quería poner de manifiesto para mostrar que el asunto era grave, deplorable para él como no dejaría de serlo en las decisiones que su resolución conllevaba. Luego vinieron el cuarto de hora o los veinte minutos a cargo del jefe de proyecto, minutos ahora desbordantes de informaciones, plagadas de ataques cada vez más directos y personales contra las tres colegas, y al final contra Marion, casi exclusivamente contra Marion, todo ello con un tono exageradamente melodramático, un auténtico proceso, o más bien una simulación, una reconstitución de proceso antes de que, sin darles un momento de respiro, el patrón y el jefe de proyecto se lanzan a una serie de preguntas a cada cual más maligna, hasta que Marion no aguanta más, no puede más,

¡Oigan, esto es una auténtica investigación!

y, mientras ambos hombres guardan un segundo de silencio ante la insolencia de su reflexión, esperando disculpas o unas palabras por parte de Marion, desconcertados por lo que acaba de permitirse, ella no responde y se echa a reír; una risa para sí sola, casi apagada, contenida, sin pedir el apoyo de nadie, como cómplice de lo que le ronda por la cabeza sin haberlo dicho todavía, aguardando a que alguien la incite a hacerlo –lo que no tardó en producirse. El jefe de proyecto, loco de rabia y sofocado por el desdén o la ira intimándola a que dijera lo que tenía que decir, cuando, para sorpresa de todos, el patrón empezó a sonreír a su vez, y acto seguido a reír, pero no fue una risa atronadora, no, más bien como una vela que se desgarra, leve bruma que, disipándose, muda de súbito el ambiente y proyecta sobre él una luz nueva, viva y cálida, como acompañada por un aire acogedor. Ese gesto sorprendió a todo el mundo, y animó a Marion a lanzarse, pero sin la violencia de las palabras a las que esperaba tener que recurrir. Fue capaz de alcanzar la verdad de lo que pensaba con casi dulzura, sin necesidad de recurrir a la ira o a la agresividad, explicando sin echárselo en cara a nadie que, decididamente, todo lo de aquella reunión era ridículo y grotesco, medieval, poniendo a unos y otros por testigos o encarándose con ellos, francamente, qué es lo que estamos haciendo, ¿esto es la Kommandantur o qué es? ¿Es el Sóviet? ¿En qué siglo vivimos? Francamente, ¿es así como se habla entre personas que trabajan en el mismo sitio, para las mismas cosas? Nos gusta nuestro curro aquí, ¿no?

Y el jefe de proyecto seguía insistiendo inútilmente en sus acusaciones, a las que ella daba la vuelta con una soltura que a él mismo lo dejaba estupefacto – no, no cambio de trabajo, pero me desanima que no se me tome en serio, que se finja no oírme

201

cuando propongo una idea o que se deseche para presentármela mejor dos horas después tras habérsela agenciado, y no, no, no prefiero ocuparme de mi pequeña familia, como dice usted con ese desprecio que le inspiran las mujeres, es eso, ¿no? – y el otro, rebullendo, pero ¿qué es esto, un juicio de intenciones? Yo no tengo nada contra las mujeres – eso no, las quiere tanto, ¿quiere que lo hablemos, su amor a las mujeres? Lydie y Nathalie se echaron a reír, con una risa incómoda al principio, luego para aprobar discretamente, y luego con convicción, fuerza, para al final decir sí, es la verdad, y ahora fue el propio patrón quien tomó la palabra para volverse hacia su jefe de proyecto, le dije que si volvía a oír eso – dejando al otro lívido, balbuceante, la tienen tomada conmigo, eso es todo, quieren acabar conmigo, y Marion atacando de nuevo, ah no, gracias, muchas gracias, no queremos nada de ti. Solo queremos trabajar normalmente y nada más.

Y ahora, en la carretera, ya las casas menudean. Marion ha dejado a Lydie y a Nathalie en el parking delante de la imprenta. Esta noche, se apresura, pasa tiempo con su «pequeña familia», ha repetido recalcando la expresión con el gesto de unas comillas alzadas al cielo. Se despidió de sus colegas con una muestra de afecto quizá más marcada que de costumbre, orgullosa de un combate ganado y todavía bajo los efectos de la emoción, sin acabar de creérselo, como si ninguna de las tres estuviera muy segura de lo que acababa de pasar. Como todas las noches, tendrá que circular todo recto antes de bifurcar en la encrucijada marcada por ese horrendo calvario, con su Cristo plateado que se asemeja a un Silver Surfer fallido. Todas las noches, cambia unas palabras con él, sin haber creído nunca en él pero contándole su estado de ánimo, pensamientos que no lo son en realidad, como esta noche, precipitándose sin poner el intermitente para girar a la izquierda y hundirse en la campiña. Ha soltado un gracias tío pletórico de ironía y euforia, como si la bendición de un Cristo en la cruz pudiera habérsele concedido realmente, a ella que no había puesto jamás los pies en una iglesia.

Y ahora, Nathalie y Lydie se han quedado solas, preguntándose cómo van a organizar su velada antes de ir a casa de Marion,

¿Has cogido el regalo?

Sí, sí, aquí lo tengo.

¿Aperitivo en el Marcel y pizzería a continuación?

No necesito otra cosa.

De hecho, ¿te lo ha confirmado él?

Esta tarde. ¿No te lo había dicho? Me ha dejado un mensaje.

¿A qué hora?

Hacia las nueve, nueve y cuarto. Para cuando el pastel, vamos

23

Sí que llega un coche. Como todas las noches a la misma hora, a esta hora o a veces bastante más tarde, pero que Ida oye siempre a cualquier hora, aunque sea desde el fondo de la cama y no pueda levantarse porque tiene prohibido hacerlo, aunque la prohibición la excite quizá y la reconcoman las ganas de saltar del lecho y correr descalza por el pasillo, bajar de cuatro en cuatro la escalera y atravesar el comedor para arrojarse en los brazos de su madre, y qué se le va a hacer si su padre grita ordenándole que vuelva a acostarse, porque aun queriendo a su padre con todas sus fuerzas, el amor que siente por su madre excede la idea y la posibilidad misma de sus fuerzas; es una certeza inscrita en ella desde siempre, un apego a su madre más fuerte que el que siente por su padre y por nadie, un apego que se despliega hasta desbordarla cuando, desde su habitación, oye el coche de Marion, las noches en que llega tarde, por más que no ocurra ya tan a menudo le da la impresión, salvo claro está, los viernes cuando se reúne con sus colegas y amigas para ir a cenar y bailar.

En ese caso, es Ida la que va a reunirse con ella temprano a la mañana siguiente, para arrebujarse a su lado, y pese a su necesidad de dormir –permanece rendida de sueño, el aliento cargado de alcohol y tabaco–, Marion deja que su hija se acurruque en sus brazos, los abre casi sin darse cuenta, e Ida es feliz de poder

204

hacerlo, sin que ni una ni otra se dé cuenta o se extrañe de que Patrice se ha marchado hace rato, pues él nunca se queda en la cama por las mañanas y se va muy temprano al campo, a ver a los animales, tal vez ya al mercado o por qué no a cazar, según el día de la semana y la estación, con tipos que conoce de siempre y que sigue viendo de vez en cuando.

Todas las noches, es la misma sensación, la misma emoción, la que invade a Ida cuando oye ese motor que reconocería entre mil, debido a ese tiempo tan largo, interminable para ella, que se toma a veces su madre para llegar a casa, como si su madre intentase hallar el modo de no volver enseguida, de preservarse una burbuja para sí sola unos segundos más, lo necesario para prolongar su soledad mientras estaciona el coche, apagando el motor, buscando dos o tres objetos en el asiento de al lado –su bolso, su mechero, sus Winston *slim*, que fuma con una bulimia que le da el aspecto de meditar sobre cosas que no importan a nadie–, Ida que ve en ello una razón suplementaria para maldecir esos cigarrillos, a quien tanto gustaría que su madre dejara de fumar y que le pide cada Navidad o para su cumpleaños, lo que me haría feliz es que dejes de fumar, aunque en el fondo no sabe si lo desea por su madre o más egoístamente para reprimir las imágenes que se forja de la muerte de su madre o de su agonía, imágenes despiadadas como las que ve en los paquetes negros de los cigarrillos, con sus anuncios aterradores. Pero Ida sabe muy bien que su madre no cambiará nada por ella, porque todas las noches, al volver a casa, Marion ha aplastado su última colilla muy poco tiempo antes, ya sea en el coche, al llegar al patio, nada más entrar en casa, en la terraza o en esa vieja maceta que no sirve para nada desde que nadie utiliza ya «basuras de mesa». Ida comprende que no puede creer a su madre, y todas las noches se resigna a que Marion no puede sencillamente dejar de fumar, ni siquiera por darle gusto, pues lo que su madre más necesita es estar sola un rato antes de reunirse con su padre y con ella, y solo el cigarrillo puede brindarle ese pretexto.

205

En el televisor, unos adolescentes de ojos muy grandes y muy redondos, de músculos exageradamente abultados, de pelos azules cortados en bloques de sílex se lanzan gritos, patadas, puñetazos, brincan soltando fulgores, el cielo se ilumina a su alrededor –ellos, petrificados en posturas distorsionadas y a decir verdad ridículas–, el paisaje es lo que parece tomar velocidad, desaparece, se esfuma, pero Ida ya no lo ve, se olvida del manga y se abalanza cuando su padre le dice que no se mueva, pero, tal vez porque no lo oye o porque no puede oírlo, atraviesa el salón y el comedor, quiere arrojarse a los brazos de su madre y gritarle que tiene miedo, sí, quiere gritarle que esto supera en ella la idea misma de lo que creía que era el miedo, y soltar ese grito que mantiene ahogado y,

Mamá,

con voz apenas audible

Mamá mamá mamá,

contar, sí, todo lo que ha visto, lo que ha ocurrido, los dos hombres, el del pelo de un amarillo casi blanco, su navaja, ha matado a Radjah –chillarle a su madre que ha visto al perro en el establo y que está muerto, que ha visto a su perro muerto y que es horrible la sensación de la muerte en sus dedos pegajosos, con el olor a sangre, y el otro, ahora, que está con Tatie, y todas las palabras y las imágenes que amenazan con explotar en cuanto vea a su madre, Ida quiere retenerlas dentro de sí, las siente tan a punto de escapársele que teme no poder retenerlas y no decirlas como conviene. Pero será muy corto. ¿Por qué no ha oído? ¿Por qué no ha prestado atención? ¿Por qué no? ¿Por qué no ha prestado atención como lo habría hecho normalmente? ¿Por qué no normalmente?, pero ¿qué quiere decir normalmente?, nada es normalmente, se acabó normalmente, ¿qué es *normalmente*?

No ha oído que el motor del coche que llega no es el de su madre.

206

No es la misma manera de entrar en el patio y de parar el coche.

Ida tiene que ponerse frente a la puerta del comedor para comprender que, en el patio, sí, hay un coche, pero es azul y no tiene nada que ver con el de su madre —sería totalmente incapaz de decir lo que los diferencia, nombrar una marca u otra, pero ese coche no es el de su madre, y eso la detiene en seco. Permanece frente a la puerta, hasta notar la mano de su padre que se apoya en su hombro, sin saber si lo hace para contener su arrebato o ya para consolarla de la decepción de que el coche que llega no es el que espera, a no ser que se sorprenda con ella, y de hecho, le aprieta el hombro sin siquiera darse cuenta de que podría hacerle daño. Oye a su padre que mascula entre dientes palabras que no entiende de inmediato, porque su primera impresión es que se las dirige a ella, pero no, comprende que no, le lanza una mirada a la que él ni siquiera presta atención,

Pero joder, quiénes son esos tíos,

mira el coche y continúa, entre dientes,

¿Qué es esto, qué es esto?

todo dura poco, ni un solo instante les pertenece: Patrice e Ida vuelven a encontrarse solos con los gritos metálicos y forzados del manga que les llegan del salón.

Christophe acaba de salir por la puerta de la cocina, y al poco lo ven, sí, entregado a su función de anfitrión, en la terraza al pie de la cocina, ostentando su satisfacción —una satisfacción que acompaña con gestos efusivos y complacidos—, ante el coche que estaciona mientras, tras la puertaventana, Ida y su padre presencian la escena con un embotamiento que los paraliza el tiempo suficiente para, sin reaccionar, ver aparecer al otro, la portezuela que se ha abierto —Ida asiendo entonces la mano de su padre entre las suyas, enroscando los dedos entre los fuertes dedazos de Bergogne, aunque este sin embargo acaba de soltarle el hombro. Él también ha visto a ese hombre que sale del coche y se encamina ya hacia la terraza, recibido por Christophe, a quien se oye decirle cuánto se alegra de verlo, cuánto, asintiendo cuando el otro le hace preguntas que no se entienden, que no se perciben como se percibe,

Sí

un movimiento de cabeza,

Sí,

otro más y, luego, a una pregunta inaudible,

Sí, sí,

muy claramente la voz de Christophe,

De rechupete,

dice: de rechupete, esa expresión antigua que Patrice no ha oído desde la infancia y que le perturba lo bastante –como si se las viera con dos niños surgidos de otro tiempo– para que ni siquiera se le ocurra aprovechar ese momento para telefonear a la policía o avisar a Marion, decirle que no venga, sí, tan solo para decirle que no venga o intentar –¿el qué? ¿Intentar el qué? ¿Un arrebato violento? ¿Coger una navaja, un arma? Pero es incapaz de saber qué hacer –la cara de Christine, la hoja de la navaja del joven–. No. No es por eso, ni siquiera, es solo que está como hipnotizado y, al otro lado de la puerta, los dos hombres intercambian cumplidos, palmadas en la espalda, el desconocido a quien Christophe felicita por su aspecto y el otro,

Sí, así ha de ser.

Patrice tomando nota de ese retazo de frase que le dará vueltas durante un buen rato en la cabeza, dejándole un regusto extraño, como si acabaran de aguzar su ansia de entender. Y tal vez es por saber, sencillamente por *saber*, por lo que es incapaz de actuar o de atajar el curso de las cosas, ese movimiento que no consigue decidirse a creer, se asemeja demasiado a algo que conoce, un acontecimiento señalado pero alterado por esa lejanía en el tiempo que lo desdibuja y le sustrae la nitidez y la precisión de los detalles. Y por ello todo se le antoja falso y le cuesta decirse que solamente unos metros separan su casa de la de Christine, y que solamente unos minutos, también, lo mantienen alejado de lo que ha visto en su casa –¿seguirán el joven y Christine petrificados en esa espera en que los han dejado? ¿O, como es más probable, han acabado saliendo de la habitación? Patrice siente crecer el pánico, la inquietud, como si la imagen de la mano bailando con una navaja junto al cuerpo de Christine se tornara al final real, posible, saliese al final de ese vaho que provoca la incredulidad y que aureola toda la escena, hasta que al final se le aparece en su violencia y su realidad: la hoja de la navaja, la mirada paralizada de Christine, su propia incredulidad y nada más, ni siquiera el terror de Ida que notaba sin embargo por su manera de sujetarle la mano, de suplicarle que hiciera algo para que todo se detuviese. Como si él hubiera podido pronunciar esas palabras con las que la infancia cree que ellos pueden actuar, claras e imparables, mágicas y poderosas, eficaces como armas.

Y ahora, en este preciso instante, Christophe y el desconocido van a entrar en la casa, pasando no por la puerta de entrada de la cocina, sino directamente por la puertaventana del comedor, exactamente frente a Patrice e Ida, que no saben ya muy bien qué actitud adoptar, ni qué papel desempeñan en un juego que no parece hecho para ellos –están ahí, impotentes como actores que esperan las consignas plantados en los bastidores, largo tiempo porque el director no se ha decidido a asignarles un gesto, un texto, una postura que mantener, aun silenciosa e inmóvil. Y ahora que los dos hombres se acercan hacia la puertaventana del comedor, a Patrice le asalta una conciencia tan lancinante del peligro que corre Christine que comprende solo como si despertase, como si por fin *viese*, y, durante un instante, el pánico es tan intenso que está a punto de abrir la puerta corriendo y agarrar por la garganta a uno de aquellos tipos, amenazarlo hasta que el otro, desde una ventana o desde una puerta de la casa de Christine, acabe oyéndolo y abandone a Christine. Pero algo lo retiene, una sola cosa: sabe, sí, tal vez debido a la muerte del perro –como si esta no fuera más que una amenaza, una manera de dar tiempo a Bergogne para evaluar lo que podría costar tal iniciativa–, que no puede arriesgarse a pagar un precio tan alto, no correrá ese riesgo, íntimamente lo sabe desde el principio, porque lo que harían –sí, de lo que son capaces– no lo duda, siquiera un segundo, los tipos parecen creíbles, por más que se pregunte qué significa *creíbles*, lo bastante locos o bastante motivados o bastante peligrosos, para arriesgarse a matar a una mujer de la que no saben nada y que probablemente ni siquiera conocen. Están ahí. Han sido capaces de venir hasta aquí. De matar al perro –y por un segundo, apenas un segundo, duda de su hija: ¿lo ha visto bien Ida? ¿Ha apuñalado realmente ese tipo al perro? Pero ¿por qué dudar de su hija cuando los únicos enemigos los tiene ahí delante, tres hombres de quienes no sabe nada y que amenazan a su familia, ¿podría Patrice poner en duda la palabra de su hija?, o bien, ¿cómo se le ha aparecido a Ida la realidad, tal vez deformada por su edad, por su miedo? ¿No interpreta una niña lo que ve? ¿Puede uno estar seguro de lo que ella ve, de lo que dice haber visto?, se pregunta Patrice cuando él mismo no duda de las manchas de sangre en el chándal del joven, ni de la navaja entre sus manos. Sí, los dos hombres han sido capaces de venir y amenazar, han previsto lo que están haciendo, eso es un hecho; entonces, Patrice se pregunta si puede correr el riesgo de actuar, como si ellos en su plan preconcebido, no tuvieran esa ventaja sobre él de haber anticipado su reacción. Y, en ese instante, en el que aún sería posible. ¿podría coger un arma?, cuando sabe muy bien que, suponiendo que tuviera a mano un cuchillo o su escopeta –¿y qué le impediría ir al salón y coger, en el lugar donde está apoyada en la pared, con los cartuchos al lado sobre el estante, la escopeta de caza que había heredado de su padre y con la que le gusta cazar faisanes o perdices en los bosques con Radjah los domingos, o, en la cocina, uno de esos cuchillos con los que prepara las carnes?–, sería igualmente incapaz de golpear a nadie, y menos aún de apretar el gatillo de la escopeta apuntando deliberadamente a un hombre.

Solo con pensarlo y ya es demasiado tarde; descartado hacer

nada, ni actuar ni aun planear algo, solo echarse hacia atrás a buen paso en el momento en que los dos hombres abren la puerta y entran, el desconocido delante, seguido de Christophe

Ven, pasa,

y su voz jocosa

parece que te esperan.

24

¿Quiénes son ustedes? ¿Qué quieren? La pregunta de Patrice hace asomar una sonrisa más suave aún en el rostro del desconocido –una sonrisa extraña, piensa Patrice. El hombre rondará los cincuenta años, y, desperdigados en lo alto del cráneo, le quedan unos cabellos castaños que los mechones grisáceos todavía no han sustituido. Su rostro es tan pálido que los ojos emergen como dos bolas febriles y enfermizas, si bien el hombre es guapo –cosa que Patrice observa enseguida–, de una belleza caprichosa, no de una amalgama armoniosa y homogénea de rasgos simétricos y profundos, expresivos, sino de una belleza angulosa y dura, desequilibrada, un rostro demasiado estrecho para ser hermoso, *terminante* –se lee en él algo decidido, categórico, casi perentorio, pero también positivo y atrayente–, que a Patrice podría parecerle carismático y seductor, casi apacible, benevolente. Tal vez porque el hombre está cansado y porque los ojos, las ojeras forman pliegues abotargados que lo suavizan, como si la fatiga hubiera borrado los rasgos y, a través de ellos toda tendencia a la agresividad, no dejando aparecer más que un semblante dulce y afable.

El hombre no es alto, es delgado, concentrado en sí mismo, enjuto, musculoso y flaco, o más bien reseco, como si se hubiera agotado haciendo músculo y controlando su alimentación gramo por gramo, prohibiéndose todo tipo de grasa o de azúcar. Se observa en los músculos abultados del cuello que el cuerpo es vigoroso, pero Bergogne no se para a mirar, lo que le choca ahora es su voz, esa voz que le sobresalta porque tiembla con una suavidad que se dispersa en el espacio como una suerte de perfume fluctuante y frágil, la voz de alguien en cuya juventud se hubieran plasmado de lleno los rasgos marcados del rostro, la realidad brutal del paso del tiempo.

¿Quiénes son ustedes?

Bergogne no obtiene respuesta y su pregunta va a abrirse un lugar en él de donde no la desalojarán, o solo cuando el hombre la haya contestado. Pero de momento el hombre apenas le ha hecho caso,

Oh, pero tú debes de ser...

se ha inclinado sobre Ida,

¿Ida?

le ha sonreído,

¿Eres Ida? Yo me llamo Denis. Soy el hermano mayor de los dos farsantes... Espero que no te hayan asustado.

Solo tras ese momento, por fin, encuentra la mirada de Patrice y le sonríe sin segundas aparentemente, osando incluso hacer el gesto imposible o descabellado en la mente de Bergogne, de tenderle la mano, como si quisiera estrechársela lo más amistosamente posible, esperando que el otro, por reflejo, lo imite y tienda su palma abierta hacia la suya, imaginando –o no dudando– que Bergogne iba a estrecharle la mano como lo harían dos desconocidos antes de sentarse a la misma mesa, para negociar un contrato ante una copa. ¿Puede creer algo tan estúpido o tal estupidez es fingida, demuestra el desprecio que le inspira Bergogne, o piensa que frente a él el hombre que lo repasa con hostilidad y recelo va a amansarse simplemente porque le ha tendido la mano, que Bergogne será tan ingenuo como para dejarse aplacar porque un tipo trajeado, vagamente cortés, se presente como si lo que le imponían, a él y a su familia, a su vecina, desde hacía un rato, no fuese más que un pequeño agravio de chicha y nabo?

Espero que no les hayan asustado demasiado. Me llamo Denis soy su hermano.

Se incorpora por completo y se coloca frente a Patrice. Intenta sonreírle, es decir, sonríe, pero no acierta a dar la inflexión necesaria para prolongar su intención acompañándola de una mirada más insistente y alegre, para que su sonrisa se torne en un elemento de convicción, de participación, pero se queda bloqueada en su fachada, en su intento. El hombre –Denis, así pues– recobra el aplomo alzando la mano y golpeándose la frente con el dedo índice, soltando un ruido con la boca inesperado, burlesco casi, un chasquido de la lengua contra el paladar,

¡Ah! olvidaba lo principal, ahora vuelvo.

Y sale sin añadir nada más, volviéndose a toda prisa, sin dar tiempo a Ida y a su padre de reaccionar, de entender, pues ya está fuera de la casa y corre hacia su coche, unos segundos durante los cuales Bergogne y su hija, pero también Christophe, lo miran revolver en el maletero de su coche –los tres mudos pero no del todo paralizados, ya que Christophe ha abierto la puerta y corrido hacia su hermano para preguntarle si necesita ayuda, y desde la casa Bergogne y su hija los oyen, oyen sus voces como ampliadas por el espacio del patio, de la noche que se aproxima, sus voces lejanas y atronadoras, para decir cosas que resuenan con extraña trivialidad, sí, pon a enfriar el champán, contesta Denis, como lo oyen Ida y Patrice antes de ver resurgir a Christophe con una botella de champán, frente a ellos, contento como un niño esperando el reparto de los juguetes de Navidad, saltando interiormente de una felicidad que solo él sabe lo mucho que desea ver realizada, mientras Denis vuelve de su coche y, moviéndose con suma viveza se planta frente a Patrice, con dos paquetes de regalo en las manos –una caja con una cinta rosa y un paquete que Bergogne conoce muy bien, de los que Marion y él regalan

214

a Ida cuando van a la ciudad a hacerle un regalo por su cumpleaños o en Navidad, y el sencillo logotipo amarillo, el papel azul, sí, de repente, eso basta para poner a Patrice Bergogne loco de ira, de una rabia tan fuerte que a punto está de alzar la mano sobre el tipo y se contiene justo a tiempo, debe hacerlo, sabe que debe hacerlo, durante apenas un segundo pero descartado no decir nada, no hacer nada, no, observa al hombre que deposita el paquete con la cinta rosa en la mesa, entre los platos y los cubiertos, a Denis, que se inclina sobre Ida,

Ten, es para ti.

tendiéndole el otro paquete,

Espero que no lo tengas,

con suavidad,

Creo que para una chica alta de tu edad,

murmurando,

Estará muy bien.

Y, mientras Ida tiene ante ella a ese hombre a quien no ha visto nunca, de quien percibe como una forma de agresión ese gesto que hace de tenderle un regalo, como quien tiende una trampa, hacia ella que no puede creérselo, un gesto que ella asocia con el amor que se le tiene —dos brazos se tienden hacia los suyos para hacerle un regalo—, no se mueve, incapaz de comprender cómo debe reaccionar, cómo debe interpretar lo que está pasando ni cómo leerlo, descifrarlo, pues sabe lo que le han dicho siempre sobre el recelo que debe inspirar a los niños la gente a la que no conocen, nunca deben aceptar nada de los desconocidos, sus regalos no son nunca gratuitos; no obstante, sin darse casi cuenta, da un paso hacia delante, cede demasiado deprisa a la curiosidad, el hombre se hace insistente y se adelanta con el paquete, ahora está casi a su altura, su cara frente a la suya, le llega su olor, y advierte que espera algo, en los ojos del hombre brilla la esperanza, intensa, febril, quizá el regalo le quema las manos de tanto tenerlo entre los dedos; también a ella le quema entre los dedos, deseosa de cogerlo y abrirlo, pues hasta hoy nunca ha

215

tenido que rechazar un regalo de nadie. Se pregunta, ¿puede rechazarse un regalo, sería posible rechazarlo con un pretexto?

¿Quién es usted? ¿Qué quiere de nosotros?

Esta vez Patrice se ha incorporado con toda su fuerza, con toda su ira, y su voz ha sonado tan fuerte que a Ida le ha parecido que su padre se dirigía a ella, prohibiéndole que tocara el paquete, ordenándole que retrocediese; y ya hace ese movimiento de un ligerísimo repliegue, con la sensación de haber cometido una tontería y, sobre todo, de haber sido sorprendida perpetrando una falta por la que su padre la castigará, seguro, lo sabe, como sabe que no sería tan grave de no ser por el castigo que se inflige ella misma de haber disgustado a su padre, encolerizándolo y dándole la impresión de que se deja engatusar tan fácilmente. Pero al hombre, el que dice llamarse Denis, no parece impresionarle la voz de Patrice, antes bien lo contrario, e, imperturbable y tranquilo,

Es un videojuego, ¿no te gustan los videojuegos?

con la misma voz suave y sosegada, ajena a Patrice, intenta ganarse a Ida, como se intenta someter a un animal con comida temiendo recibir un picotazo o un mordisco en la punta de los dedos; pero en realidad no es eso lo que Denis puede temer, sino que Ida se eche atrás y se niegue a aceptar el regalo, con ese juego quiere demostrar, aparte de su fuerza, su dominio no solamente sobre ella, por supuesto, sino sobre la propia casa de Bergogne, sobre cuanto atañe a Bergogne.

Eso dura unos segundos que se estiran, se prolongan, unos segundos durante los cuales Ida se acerca y comienza, vacilante al principio, y cada vez más atraída, tentada, resistiendo cada vez menos y al poco ya nada, comienza a alargar el brazo hacia el regalo –no ve ya casi los dedos que sostienen el paquete ni siquiera el rostro lívido sonriéndole con una sonrisa que intenta infundirle esperanza y valor, le pide que lo coja, ten, es para ti, pero sin querer forzarla, sin ordenarle nada, sin obligarla a apresurarse, pero insistiendo de tal manera que se siente oprimida e incapaz de decidirse, lanzando breves miradas a su padre, esperando de él que asienta, que le dé la autorización que en el fondo espera, mediante un simple movimiento de cabeza, sí, sería tan fácil, pero eso no sucede, por supuesto que no sucede y, por el contrario, ve como se impacienta, ocurre de repente, muy deprisa, demasiado deprisa, Patrice se acerca a ella y de inmediato las manos de su padre agarran el regalo y lo arrancan de las manos del hombre, que parece por un instante rebasado por la fuerza de Patrice, como si durante un segundo Denis e Ida se hubiesen quedado inmovilizados, petrificados, como si el tiempo se hubiese detenido para ellos y por el contrario acelerado para Patrice, permitiéndole arrancar el paquete de entre las manos del hombre sin que este tuviera tiempo de reaccionar, permaneciendo unos cuantos segundos con los dedos cerrados sobre un regalo que acaban de extirparles, las manos sosteniendo el vacío frente a Ida, que no ha tenido tiempo de reaccionar y permanece como arrancada de una alucinación, cuando la voz de su padre la hace temblar toda ella en el momento en que oye su nombre –Ida–, la voz de su padre que la llama –Ida–, ordenándole que no se mueva –Ida–, ordenándole que solo le obedezca a él –Ida–, que lo mire –Mírame cuando te hablo– y ella, lastimada, herida, no se atreve a hacer nada y deja que las lágrimas le inunden las mejillas muy pronto arreboladas de vergüenza y de turbación, el miedo a su padre, sí, a esa voz que teme oír, a veces, desde su habitación, porque esa voz recia y áspera, vibra a través de las paredes de la casa cuando se enfada; Patrice –su gesto es tan violento, tan sorprendente que durante dos segundos parece ser el único en poderse mover. Christophe pasa de la cocina al comedor, lleva en las manos unos cuencos donde se dispone a servir cacahuetes y pistachos, no entiende nada, pone cara de tonto, y ante él Patrice, con el regalo entre las manos, no necesita dar más que tres pasos, tres zancadas para salir por la puertaventana y arrojar el regalo que se estrellará a lo lejos, con un movimiento cuya violencia deja estupefactos a Ida y a los dos hermanos. Patrice vuelve sobre sus pasos y ahora se acerca a Denis y lo domina con toda su fuerza,

¿Qué queréis, quiénes sois? Si os habéis creído que nos vamos a quedar tan tranquilos y que nos vais a engatusar como gilipollas... Lo entiendo... Lo entiendo. Calma.

Me calmo si me da la gana, estoy en mi casa y a mí nadie me dice lo que tengo que hacer, así que callas la boca y dejas de tomarme por un gilipollas.

Y ahora toma la palabra Christophe desde el umbral de la cocina,

Le parecerá muy listo hacer llorar a la niña. Pues de listo poco, eh, hacer llorar a la niña.

Pero si bien Patrice no lo ve, no lo oye, en ese momento cobra conciencia de haber asustado a su hija, y algo se revuelve en él, un pesar, la vergüenza de su brutalidad, los ojos aterrorizados de Ida, los reproches que le formulan tal vez. Ida ha retrocedido, ahora está en el fondo de la estancia, sola, deja correr las lágrimas y reprime su pánico o su ira. Denis compasivo entonces,

Oye, Ida,

empalagoso,

No ha sido muy amable lo que ha hecho, ¿verdad?

luego se vuelve hacia Patrice,

¿No te parece?

y, lentamente. Con aire consternado y contrito, apenado,

Vera usted, yo no quiero que le ocurra nada a su vecina, no le deseo nada malo a nadie, no estamos aquí para eso, pero ¿de qué sirve hacer llorar a la niña, eh? Francamente, ¿qué puede importarle que le haga un regalo?

Patrice no contesta, o más bien la única respuesta de que es capaz es callar, reunirse con su hija en el fondo de la estancia, fingiendo no advertir el movimiento de aprensión que la niña esboza cuando se acerca a ella. Luego no, se deja coger en los brazos de su padre, se deja estrechar por él –su calor y su fuerza como un refugio–, tiene razón, él tiene razón, no tenía que haber aceptado ese regalo y tiene razón él, sí, mil veces razón, le gustaría pedirle perdón, perdón papá, pero no puede porque le reprocha no saber decir las cosas de otro modo que con esos ataques de ira, y ahora que la toma en brazos, que la estrecha tan fuerte contra él, sabe que, aun estando a unos metros ese tipo trajeado que los observa, curioso a su vez y divertido, sí, lo ve al abrir los ojos, tras el velo de lágrimas, una silueta que se funde en el claroscuro del comedor mientras el otro, Christophe, no dice ya nada, deposita los cuencos en la mesa, sí, sabe que todo se va a arreglar.

No se oye más que la péndola en la cocina; el televisor deja escapar con un volumen sonoro muy débil las risas enlatadas de una serie americana.

Muy pronto oscurecerá, cae la noche sobre el caserío. Ida se arrebuja fuerte contra su padre –piensa en su madre, necesita tanto a su madre– pero ¿por qué, por qué tendrá que tardar siempre tanto Marion en llegar a casa?

25

Y mientras llega Marion –circula por la departamental y, a esas horas, seguramente no se cruzará con nadie–, la alegría de esa victoria que acaba de conocer y con ella todo lo que, hace aún tan poco tiempo, se le antojaba una fuente inagotable de satisfacción, da paso a la alegría más fuerte todavía, más impaciente también, de volver a casa.

Marion se siente liberada y canta como una loca, *take your time, hurry up*, la música a tope, le encantan los karaokes, y ahí, en el coche, se hace un karaoke para sí sola, con las canciones que le gustan de siempre, diciéndose sin embargo que no podrá contar del todo su alegría a Patrice, porque cómo explicarle algo de lo que nunca ha querido hablarle, sacar a colación la historia del jefe de proyecto cuando nunca había aludido al temor y el nerviosismo que su jefe suscitaba en ella, que llegaba hasta la ira, hasta las ganas de vomitar, que achacaba a todas las causas que no lo eran –la regla, una indigestión, una gastritis, una entrevista con la maestra de Ida–, contándose que no merecía la pena hablar o quejarse de ello, sí, era una simple aprensión, y, al igual que sus colegas con sus maridos, allegados, amigos, familia, no lo había comentado con nadie, y menos con Patrice, sin saber muy bien por qué, por vergüenza, tal vez por el recelo de cargar las tintas.

Marion no hablará sobre el particular: como si el jefe de

proyecto se hubiera ganado al menos la intimidad de un secreto con ella.

En cualquier caso, lo importante ahora es la alegría inminente; es sentir la mente libre, y para eso le gustaría ahuyentar la imagen de la oficina y de la imprenta, mantener el rumbo puesto hacia aquello por lo que ha acelerado, y acaba ya de abandonar la departamental; llegará enseguida a esa carretera estrecha y reventada por los baches, las grietas, una carretera de arcenes escurridos, disgregados, ya está, gira a la izquierda en el camino pedregoso, con esos crujidos bajo las ruedas que se sabe de memoria y que no oye por la fuerza de la costumbre, pero también porque las más de las veces deja la música a tope cuando entra en el patio. Pasa ante el cartel de las Tres Chicas Solas, y apaga la música, ha abierto su ventanilla para que se vaya el olor a tabaco —esta vez no encenderá un cigarrillo al salir del coche en el momento de aparcar y coger el bolso. No, esta vez se dará prisa, además tiene el bolso listo, a su lado, ni objetos ni paquetes de pitillos que recoger, bastará subir el cristal y precipitarse a su casa para que comience la fiesta.

Cuando entra en el patio, avanzando despacio, le extraña el Clio blanco estacionado frente a la casa de Christine, y más aún el coche azul detenido junto a su casa —un Seat—, casi frente a la puertaventana que da al comedor. Avanza muy lentamente, tiene tiempo para hacerse preguntas por los dos coches, tal vez Patrice ha invitado a unos amigos —pero ¿qué amigos? ¿Conoce a gente que tenga Seats azules y Clios blancos? No le dicen nada, pero quizá se equivoca. ¿Habrá invitado a François y a Sylvie? —No, están en Bretaña—. ¿A Jacques y a Fabrice? ¿A los Gain, a los Thourot, a los Tertipis? ¿A Dom, Flo, Charlotte y su gran familia de viajeros? No, están demasiado lejos. Se pregunta, busca, enumera a los amigos que podría haber invitado, le pica la curiosidad, y sigue preguntándose, y no cae, con el tiempo que lleva aquí, y no conoce a nadie que conduzca ese tipo de coches, no acaba de ver a quién ha podido invitar, a quiénes pueden apreciar los dos como para pensar que sería una buena idea reunirlos con ellos. Como todas las noches, Marion va a tener ese reflejo de volver la cabeza hacia la luz de la casa, va a echar una mirada en el rectángulo iluminado de la puertaventana del comedor; verá también, pero con menos nitidez, a la izquierda, cuadrados luminosos más pequeños que permitirán ver el interior de la cocina, y el salón, a la derecha. Pero esta noche, lo hará también para intentar averiguar quiénes pueden ser esos invitados que no se esperaba, y con una sola ojeada a través de la puertaventana del comedor y de la ventanilla del copiloto, divisa claramente dos siluetas de hombres, pero todo es demasiado rápido para que pueda identificarlos, y esa luz caliente y amarilla que se asemeja al calor de una lumbre de chimenea lo irradia todo –surgen tan solo el fulgor de la mesa y la decoración– incluso de lejos, incluso tan deprisa–, ya estaciona el coche en el cobertizo y no le queda más luz que la luminosidad de la terraza y la de la puertaventana, que se diluyen en la oscuridad frente a ella, pero la imagen se ha inscrito en sus ojos, dos siluetas, el amarillo anaranjado de las luces tamizadas y la guirnalda con el *feliz cumpleaños* dorado que Patrice se obstina en colgar encima de la mesa para agradarle, a ella o a Ida –esos rituales festivos entre ellos que los reúnen a los tres–, y la conmueve esa chiquillada, un gesto de niño oculto en el fondo de un hombre tan lejano de la infancia que Marion no puede evitar esbozar una sonrisa.

Sale, esta vez sin perder tiempo con ninguno de los retrasos que acumula habitualmente. Ha salido muy deprisa del coche, lo rodea, avanza por el patio, se deja cegar por la luz que viene de la casa. Tiene que llegar a la terraza para empezar a ver, al fondo del todo, a Patrice consolando a Ida –Ida está llorando, lo ve enseguida. Incluso no ve otra cosa. Patrice está intentando consolarla, enjugarle las lágrimas, le habla, seguro, Ida y Patrice no parecen verla, ellos que dos minutos antes se habrían precipitado a recibirla no se mueven, no acaban de enterarse de que va a entrar en el comedor y, cuando la ven ha sido porque han oído primero abrirse la puerta y sentido entrar el aire de la noche, porque han oído la voz de Marion estrellarse contra un muro invisible en el momento en que ha querido preguntar

Pero ¿qué está pasando?

y no ha podido decirlo, no ha podido formular esa pregunta, partiéndola por la mitad, enmudeciendo de repente,

Pero qué...

Patrice e Ida que ven a Marion de pie a unos metros, al otro lado de la estancia, de espaldas a la puerta, paralizada, y los dos hombres que la miran, Christophe, junto al marco de la puerta de la cocina, y Denis, cerca de la mesa del comedor. Y entonces lo que pasa ocurre muy deprisa –o cabría decir que ocurre en dos tiempos diferentes que transcurren en el mismo espacio, a la misma hora, pero que no se funden en una sola temporalidad y se deslizan el uno sobre el otro, sin juntarse, o solamente en Patrice, que ve de súbito la celeridad de la reacción de su hija y la inercia de su mujer, la rapidez con que Ida escapa de sus brazos para correr hacia los de su madre, cómo atraviesa

Mamá, mamá

el comedor gritando,

Mamá, mamá,

durante esa fracción de segundo en que Patrice no sabe lo que va a gritar su hija temiendo casi que le acuse a él de haber arrojado el regalo que le ofrecían y no a los tres hombres que han tomado de rehén a Christine, que la han amenazado, han matado al perro, los tres hombres que imponen su presencia y quieren hacernos creer que se alegran de estar aquí, con nosotros, como si oyese ya,

Mamá, mamá,

el cuerpo petrificado de Marion, el desmoronamiento de Marion, la muerte de Marion en la expresión, los gestos, como si todo se detuviera –y todo se detiene para ella una fracción de

223

segundo, su rostro fijo en el de Denis, el de Christophe, mientras la correa del bolso se desliza de su hombro, que queda retenido porque ella mantiene el brazo pegado a la cadera, todo muy deprisa, la prisa de Ida hacia su madre, Marion que permanece petrificada al ver a los dos hombres y su manera de acercarse a ella, de plantarse ante ella, a solo unos metros; Patrice ve todo eso y es como si lo comprendiese todo, todo se le resiste pero comprende, a través de la cara de Marion y el rápido abatimiento que ha leído en ella –la sonrisa y el júbilo borrados como un maquillaje barrido con un trapo, dejando aparecer un rostro gris y sin rasgos, sin relieve ni vida, como si se le hubiera esfumado la sangre y con ella todos los años marcados en los pliegues de la piel, dejando una página no virgen pero sí diáfana en la que no se podrá escribir nada, demasiado frágil, demasiado delgada, como el mar retirándose a lo lejos antes de refluir durante un sunami, la palidez se instala, y no obstante, por suerte para Marion –porque es una suerte para ella– Ida la ase, se aferra a ella,

Mamá,

Marion que deja caer el bolso a sus pies, sin siquiera darse cuenta, sin que nadie se dé cuenta y le preste atención, lo importante es la voz apagada y quebrada,

Mamá, mamá,

las lágrimas que la ahogan, Ida no sabe cómo enjugarse las lágrimas, tan feliz y aliviada por recobrar a su madre, como si estuviera segura de que ahora todo se arreglará y de que basta que Marion hable para que todo retorne a ese punto en que ninguno de los desconocidos haya cruzado nunca el umbral de la casa, haya venido nunca, en que Radjah siga ladrando en el patio, o raspando la puerta de la casa de Christine, quien, por su parte, estará maldiciéndose por no haberse puesto antes a hacer las tartas; Ida puede volver a esperar algo –¿el qué?–, pero Marion la aprieta muy fuerte, Patrice no sabe si es por Ida o para ella misma, para ocultarse de los hombres que están ahí, atentos y pacientes, no dicen nada, no hacen nada, solo de pie, Christophe lanzando

224

a ratos miradas a Denis su hermano mayor, que mira a madre e hija esbozando una suerte de sonrisa alelada que no significa nada, o tal vez sí, que quiere decir, que intenta mostrar que quiere decir algo, que quiere que se comprenda que le deleita ese momento, y cuánto le deleita, aun cuando no se sabe lo que es, pintado en su rostro, entre sus labios, ni alegría ni placer, tampoco curiosidad ni enternecimiento, es tan indescifrable como malsano, si, ese pliegue del labio que trasluce amargura y violencia –cómo estar seguro, no se puede, pero ahí está–, y Patrice comprende que Marion estrecha tan fuerte a su hija porque está tan perturbada como Ida, que no ha dicho aún más que

Mamá, mamá,

que repite como si exhalara su propia respiración no para decirlo sino para no venirse abajo, pues la niña siente que lo que creía que era la felicidad de recobrar a su madre se troca en una emoción que puede hundirla por completo.

Ahora, parece que lo que ha de hacer Marion es consolar a Ida y abrazarla, consciente de que por el momento no puede mostrar más que su perplejidad y de que eso no lo quiere por nada del mundo; permanece muda como si toda posibilidad de palabra se hubiera esfumado de ella, hubiese sido catapultada muy lejos al silencio –ese viejo silencio íntimo de su infancia, como cuando, de muy niña, prefería cerrar los ojos y no oír a las familias de acogida que se sustituían en la ausencia de su madre, en cuanto esta desaparecía del brazo de un marido nuevecito por quien se reconstruía una vida en la que su hija no tenía espacio, reexpedida entonces a la categoría de inexistente fantasma gris, insignificante, como una perforación en la vida de su madre o como un residuo empaquetado de rosa, molesto y bonito residuo del que su madre no quería volver a oír hablar, aquella pequeña sombra filiforme que reaparecía tiempo después en casa de personas que la acogían, que hacían lo que podían, endosándole a veces hermanos y hermanas durante unos meses y en ocasiones durante uno o dos años, nunca más, niños a los que la chiquilla no llegaba a querer ni siquiera a odiar, pero que ahuyentaba de su memoria, en cuanto querían hacerse un hueco en ella, sin conservar de ellos más que el recuerdo celoso de una muñeca, de un olor, de un juguete y nada más, no, pues desde muy pequeña había decidido callar y no conservar memoria alguna de la gente, conservar tan solo momentos compartidos con su madre, así, a retazos, unos meses de sus cuatro años, un año de los siete u ocho, y luego de los once, doce, trece, intermitentemente, su madre cada vez más castigada, decrépita, o por el contrario como tersa, rejuvenecida, rubia o pelirroja, forrada –y entonces todo era fiesta durante unos meses, palabras de amor, promesas de no volver a separarse, caricias, zalamerías, escapadas a hoteles a orillas del mar con vistas a la playa durante unos días o unas horas, el dinero pulido escurriéndose de los dedos –se supone– de princesa o de mafioso, duraba lo que duraba, hasta que volvía a ver a su madre sombría como afeada, estragada por una extraña lasitud, un atontamiento que se intensificaba, se extendía y, como resignada, aguardaba postrada a que el monstruo resurgiese en ella, a que la sombra la invadiese por entero, siempre con ese aire de reproche por el que se manifestaba al principio y que Marion había aprendido a reconocer, la exasperación fulgurante de su madre, un insulto que flagela, una risa que abofetea y te cae junto con palabras

Tú, cacho puerca,

hirientes y humillantes y la misma cantinela,

Siempre intentando empujarme a la tumba,

que escupe una hiel que no puede contener, el alcohol, las sábanas manchadas empapadas de whisky, los candados aplastados a martillazos para encontrar una vieja botella escondida detrás de la lejía y la fregona; aquello duraba hasta que aparecía un hombre y todo acababa peor que la última vez, un hombre queriendo salvar a mamá, queriendo querer a mamá, queriendo de pronto acariciar a Marion que sabía no hablar a mamá, callarse en presencia de mamá, que no contaría nada a mamá para protegerla, pensando perdón, perdón, aunque todo eso es demasiado, por supuesto que es demasiado. Aun viviéndolo, ella pensaba que era imposible vivirlo −sabe desde siempre cómo se hace para olvidar esas cosas, cómo enterrarlas en una misma para no padecerlas, cómo encerrarse por dentro y cómo la infancia inventa escondites mejor cerrados, a cal y canto, que los armarios, y ahora, aquí, una vida de adulta, cuando todo ha cambiado y ella misma no recuerda ya muy bien aquella infancia de la que ha renegado como se reniega de un pariente indigno, elige ese mutismo obcecado que la amordaza a la par que la protege.

Por el momento, aunque sabe muy bien dónde está él y lo que hace, lo pendiente que está de su menor gesto, busca a Patrice, le gustaría saber qué sabe de los hombres que están aquí, ¿llevan aquí tiempo, han hablado con él? Se decide, se levanta, o más bien se arranca del suelo, como si en lo sucesivo todo fuese arranque y no decisión: levantarse, acariciar el pelo de su hija y acariciarle el cuello −¿sentirá Ida la humedad y ese olor pegajoso, ferroso también, del miedo?−, llevarla hacia Patrice sin dirigir una mirada a esos dos hombres, consciente de que no se perdían el menor de sus gestos, y de esa ironía triunfante de Denis −¿es una sonrisa triunfante o bien, tras ella, se trasluce un rictus más malévolo y curioso, divertido y que goza sin reserva del efecto de estupor que lee en el rostro de Marion, en los gestos de Marion, en la reacción de Marion?

Denis se vuelve hacia su hermano, ambos hombres intercambian una mirada, Denis menea la cabeza como diciendo que está impresionado, y, a su vez, Christophe se limita a encogerse de hombros como para contestar que tampoco él entiende esos melindres de vida de familia, y se echan a reír, mientras ahora a Patrice y a Marion los une la presencia de su hija, ahí, entre ellos, Ida que se aferra a sus padres que no se dicen nada, interrogándose, tan solo pendientes de esa mirada en la que Marion lee ya la incomprensión de su marido y en la que él debe de leer la suya, aun cuando no sea de la misma naturaleza, pues ambos saben que si bien para él lo importante es saber quiénes son esos dos hombres, lo que preocupa a Marion es saber qué hacen ahí, como han llegado. Y la voz de Denis,

¿No nos das un beso?

relevada por la de Christophe, más ligera, menos amarga y más provocadora, a su manera excitada y jovial,

¿No te alegras de vernos?

suscita en cada uno un movimiento que se anima, pronto todo va a animarse, la televisión seguirá escupiendo sus eructos publicitarios y de dibujos animados que a nadie se le ocurre quitar, hasta el momento en que Denis emprenda la marcha con una soltura y una fluidez sorprendentes, una suerte de movimiento reptiliano contoneante o bailado, no afeminado o afectado ni siquiera excéntrico, pero extrañamente solapado, por las sinuosidades que adopta el cuerpo, avanzando con la fluidez del gran predador que dibuja un ángulo de círculo en torno a su presa, zigzagueando, para despistar mejor las esperas, haciéndose a un lado y luego marchando en el otro sentido, como quien no quiere la cosa, sin movimientos bruscos, avanza hacia la puertaventana del comedor para volver hacia la puerta de la cocina y rodear a su hermano, que se limita a girar para seguir el movimiento de Denis, que ahora se dirige hacia el fondo de la estancia, dándose tiempo para mostrar lo mucho que le interesa la casa, la decoración, el aparador y esos platos de porcelana con sus figuras de aves liras pintadas de cardenillo, los bordes anacarados, el papel pintado con sus motivos amarillo pajizo estampados en forma de cereza, y se detiene para observar el suelo de baldosas de color leonado imitando las antiguas de terracota –Denis exhala un suspiro, se detiene para que todo el mundo lo oiga bien, lo entienda bien, y sigue caminando, balanceando la cabeza, arrastrándose, deslizando la mirada sobre los objetos sin detenerse, insistiendo en los bibelots y la mesa a la que no deja de volver, cogiendo un plato y observándolo como un orfebre comprobando la calidad de un oro, un joyero la de un diamante, una piedra, dando la vuelta, volviendo y depositando el plato mordiéndose el labio como si se preguntase sobre su valor real, y luego, muy bruscamente, volviéndose hacia Marion

¿No te alegras de vernos?

pero sin esperar respuesta, pues sabe que no le contestará, apretada contra su hija y su marido, que no oye ninguna de las palabras que atraviesan la estancia, Patrice en quien todo parece repetirse, con la misma exasperación, su rabia, su incredulidad, su incomprensión también, como si fuera contra Marion contra quien quisiera relajar esa tensión que le tritura los trapecios y le ahoga, ¿quiénes son, Marion, quiénes son estos tipos? pero sin decir nada, sin una palabra, y sin embargo Marion no puede evitar esas preguntas dirigidas a ella, atrapada como está entre su mirada y la de Denis —y la de Christophe tal vez—, pero como el eco lejano y menos intenso de lo que se ventila, atrapada en el haz cruzado de los dos hombres. Por el momento, lo único posible es, frunciendo los labios, apretando las mandíbulas, lanzar toda su zozobra a su marido mediante un suspiro, un alzamiento de cejas casi imperceptible pero que él reconocerá, un gesto que transmita a su semblante una señal de impotencia, y expresar sin pronunciar una palabra, mediante la fijeza de los ojos, la pupila dilatada, lo trastornada que está, el pánico que siente; él oirá muy bien que le suplica que no pregunte nada y que le insta, de esa manera muda y apremiante, a que omita todas esas preguntas que sabe que la desbordan, porque a ver que podría balbucir ella: murmurar o proyectar cual huesecillos escupidos, sílabas desarticuladas,

No sé qué hacen aquí, te juro que no lo sé,

pero no dice nada, y es como si Patrice hubiera oído lo que no puede siquiera hacer audible para sí misma.

Denis reanuda su deambular lancinante y obsequioso en sentido contrario, comenzando ahora a dar vueltas alrededor de la mesa, y ha dejado de prestar atención a Marion y a Ida. Habla repasando los platos y los cubiertos, se detiene para coger un cuchillo, fingiendo observar sus detalles, su contorno, como si inspeccionase su limpieza y, con suavidad casi apagada, fatigada,

Feliz cumpleaños, Marion. Te he traído un regalo... Una chuchería. Sé que te gustan.

Coge la caja con la cinta rosa y se vuelve hacia Marion tendiéndosela, pero vuelve a dejarla sin esperar. Como nadie habla, bien tiene que hacerlo alguien y, desde el fondo de la estancia, reaparece Christophe,

¿No quieres que te deseemos un feliz cumpleaños?

...

Eh, Denis, ¿puedes creer que ni siquiera quiere que le deseemos un feliz cumple?

Denis, que para contestar se limita a hacer un gesto lacónico y vagamente decepcionado, o que simula decepción y desilusión. Que clava los ojos en la caja de bombones y la coge de nuevo, toqueteando suavemente el nudo rosa del paquete,

Igual ya no le gustan los bombones.

Y, como venida de lejos, apagada, la voz de Marion,

¿Y el otro?... el otro, ¿dónde está? ¿Dónde está el otro?

Con Christine, dice Patrice.

A poco que nos descuidemos, nos pedirás que nos marchemos, y nos mandarás a la mierda ¿Me equivoco?, dice Denis.

No quiero que la dejes sola con él. Diles que vengan aquí. Ve a buscarlos.

¿Oyes, hermanito? Marion no quiere. No quiere. No, escucha, Marion, te diré lo que vamos a hacer –y habla despacio, su voz cada vez más lenta, murmurada, como aspirada por los ruidos de la televisión. Se inclina hacia Marion,

He traído una botella de champán. ¿Sigue gustándote el champán? Cenaremos aquí, juntos. Y luego, nos darás el gusto de ofrecernos uno de esos bomboncitos con un café, ¿de acuerdo? Ves Marion, para empezar, eso es lo que vamos a hacer –eso mismo.

230

26

Los colores, la noche, cuando están expuestos a las luces artificia-les, se hunden en un mundo en el que pierden todo el relieve y la potencia que reciben de modo natural a la luz del día.

Vaya frase. Aparte de que no quiere decir nada. ¿Sí? ¿Ah?... Haces bien en seguir con la pintura y que no te dé por escribir –le habría gustado decirle.

Ha cerrado el cuaderno y lo ha arrojado sobre la mesa de trabajo sin prestarle atención. O solo mostrando el desdén que le inspiran las notas, sin siquiera decir lo que le parecen, repitiendo solamente en su cabeza que esa mujer debía de ser conde-nadamente pretenciosa para escribir cosas sobre lo que hacía, co-mo si se pudiera hacer y mirarse hacer, decir y mirarse decir, como un viajero que tomara notas sobre su manera de hundirse en las nieves trepando a la cima del Himalaya sin molestarse en echar una mirada a la montaña que se yergue ante él. Pero para esa especie de viaje inmóvil que es la pintura, en un viejo barracón perdido, donde cada asiento, cada prenda de ropa apesta a perro y a polvo y está impregnada de olores de pintura y de productos químicos, de trementina, ¿qué interés puede tener tomar notas sobre lo que uno hace? ¿Es como un diario íntimo, un cuaderno de bitácora? ¿Pueden saberse al leerlo cosas que no deben saberse sobre su vida, sobre la de sus vecinos?

Apenas le ha venido a las mientes esa idea, sus dedos han recorrido el cuaderno y solo han encontrado en las hojas la misma escritura negra, rápida, pero también precisa y ordenada, rigurosa, aplicada y fina, casi obsesiva a fuerza de seguir renglones imaginarios, de respetar márgenes no señalados, y obsesiva también en su obcecación de no hablar más que de pintura, la de los maestros que habría querido volver a ver, de los nuevos pintores que habría querido descubrir pero no a través de internet o de los libros, citas, como esta que podía leerse en la primera página: *La cultura es lo que nos hace, el arte es lo que hacemos nosotros.*

A él le sorprenden esa clase de frases. No las entiende. Esa clase de citas. *Yves Klein.* No saber de quién es ese nombre. No entender le hiere, es como un insulto dirigido a él, un muro que le ponen delante para mostrarle su impotencia para franquearlo, para encararlo con su nulidad. Durante un instante yergue la cabeza para observarla bien, ¿es esa buena señora la que anota cosas así? ¿Dónde encuentra frases así? Se encoge de hombros y arroja de nuevo el cuaderno a la tabla que sirve de mesa –una amplia tabla de contrachapado colocada sobre caballetes, cubierta con un montón de hojas sueltas, cajas de hojalata atestadas de bolígrafos, rotuladores, otras de lápices de colores, carboncillos. Se pregunta si él habría podido escribir cosas sobre las pinturas que había hecho, hace tiempo, pero lo cierto es que nunca lo había intentado, ni se le había ocurrido la idea; no, la verdad es que nunca había sabido anotar nada y, de haberle gustado, nunca habría sido capaz de hacerlo, como cuando le pedían, en el centro, que hablase de lo que pintaba y de los dibujos que hacía, y lo único que podía hacer era agachar la cabeza para no mostrar a los médicos, que esperaban palabras, más que su frente lisa, y su cráneo rasurado que albergaba como en un capullo todos los secretos que enmohecían o por el contrario, bullían en su cerebro, aunque en una ocasión pudo decir que para él la pintura no era un juego sino algo muy serio. Y ahora, en el taller de Christine, ve muy bien que tampoco ella se lo toma como un juego, al menos puede concederle que aunque hace cosas extrañas, paisajes y a veces formas abstractas que parecen rocas, escurriduras, desgarrones y pinceladas entrelazados, y hojas de árboles, tallos y flores –todo eso con mucho trabajo, seguro–, para ella tampoco es un juego, por más que, en vez de ver en ello un punto en común que podía acercarlos, él ve todo lo contrario: la demostración de esa arrogancia en su manera de mantenerse erguida, en esa manera que tiene de callar y de ningunearlo –como cuando bajaron de la primera planta para ir al taller, ella, pasando delante con qué desdén, qué flema, rozándolo casi, dejando tras de sí sus efluvios; ya que, por fútil que eso le parezca, se perfuma, sí, aquí, en un caserío perdido donde en todo el día tan solo se codea con una chiquilla, unas vacas y un campesino, ¡se perfuma!–, y todo cuanto podría acercarlos no haría sino alejarlos, encerrarla, a ella, en una burbuja de desprecio y de suficiencia, y a él en una burbuja de recelo o de desconfianza, de resentimiento y de vejación, todavía no de ira pero, como a flor de piel, las ganas de buscar gresca.

En el taller, ella había encendido las luces –baterías de lámparas cuya luz blanca y natural borraba las sombras–, a él lo había puesto en un aprieto como lo habría estado ante una pareja haciendo el amor, como si hubiera presenciado una escena que no debería haber visto, o como si fuera la propia Christine quien se hubiera mostrado desnuda ante él, exhibiéndose y provocándolo, hasta tal punto esa oleada de luz era cruda, mostrándole *todo*, como si la mujer lo desafiara a acercarse a sus lienzos y examinarlos, como si supiera que él agacharía los ojos ante sus cuadros, pues su pintura se afirmaba con tanta fuerza que experimentaría esa afirmación y esa vitalidad no como una señal de la potencia de su expresión, sino como su propio apabullamiento, como si la pintura de Christine supusiera la ejecución de todo aquel que osara posar un ojo en ella.

233

Y así, junto al interruptor desde donde ella le observaba, lo vio dirigirse hacia los cuadros y volverse hacia ella, mirándola durante unos segundos, escapándosele un encogimiento de hombros que ella no entendió –¿le parecía ridícula su pintura?– y, haciéndose a un lado, dirigirse hacia la mesa de trabajo y coger el primer cuaderno del montón que ella aún no había ordenado. Permaneció observando al joven toquetear y pasar sus hojas, manipulándolas sin demasiado cuidado, con su cabeza tan singular, su palidez y su belleza malograda por los golpes del destino, su pelo quemado por el tinte, y Christine se preguntó en qué estaría pensando, sin siquiera decirse que le dejaba hacer lo que no habría permitido a nadie, como tampoco se sorprendía del escaso espacio que los separaba, dejándola tan cerca de la cocina que podría haber intentado huir, coger la llave de la casa en venta para ir a refugiarse en ella, o también escapar campo a través y salir a los bosques o a la carretera. Se ha limitado a mirarlo, y, cuando él ha arrojado el cuaderno a la mesa, no ha dicho nada. Ni siquiera que no tenía por qué tocar sus cosas. Él ha recorrido con los ojos el escritorio, se ha parado en dos hojas, que ha cogido –rápidamente, como una fuente de sorpresa, alegría y curiosidad juntas–, y solo en ese momento se ha encaminado hacia él a paso raudo y casi agresivo para decirle

No, eso no lo toques.

Pero antes de que hablara, el joven se ha vuelto ya hacia ella y Christine se ha quedado inmóvil, de repente, paralizada por la dulzura de su semblante, por su tristeza –o más que tristeza, ha visto una melancolía desbordante y una infinita dulzura, una suerte de ternura estragada, y ese movimiento de labios que la acompaña; está ahí, sostiene en las manos los dibujos que había hecho Ida para el cumpleaños de su madre, y parece conmoverle verlos, como si en ese preciso momento ella pudiera decirle, ya ves que es ridícula esta historia. Pero Christine no capta ese momento. El joven deja los dos dibujos y esta vez está decidido a enfrentarse a la pintura de Christine, a ir a verla de cerca y plantarle cara. Pero no puede hacerlo en silencio, y por ello empieza a hablar en voz alta, para soltar las cosas según le vienen, pero sobre todo dejándolas ocupar todo el espacio, palabras disparándose, entrechocando para que la otra no pueda decir ni hacer nada bajo el torbellino que va a asestarle, para aturdirse él mismo con su propia voz, con objeto de no sufrir la pintura de Christine, pues los cuadros de los demás son amenazadores, saben siempre más de uno que uno de ellos.

Y así es como comienza, los puños bien hundidos en los bolsillos del chándal, y empieza por decir que hace mucho que no toca un pincel, porque en cuanto salió del centro, donde aun así pasó un par o incluso tres o cuatro años, dejó de pintar de la noche a la mañana, no le alcanzaba el dinero para comprar pinturas y pinceles, y aun de haberlos tenido, no se le habría ocurrido probablemente la idea de comprar material, no compramos ese tipo de cosas aquí. Ha comenzado a decir eso carcajeándose, abriendo mucho la boca para mejor reprocharse el haberla abierto, tapándose la cara con las largas y finas manos para ocultar los dientes y el rosa de la lengua, la mucosa de la boca, como si se recriminara no haberse reído, sino haber podido pensar que habría podido seguir pintando después de lo que él llama el centro –¿un hospital?–, y ella comprende que para él el centro, en su vida, es el lugar donde ha hecho mucha pintura, siempre aguada y acrílico en hojas con formato marquilla, y, si lo quería más grande, tenía que grapar las hojas unas con otras, era un auténtico calvario encontrar una puta grapadora porque las enfermeras me ponían mala cara hartas de que yo les jodiera siempre un programa de tele a la hora de su emisión o cuando se largaban a la terraza a fumar y sentarse, con la mejilla pegada al puto teléfono.

Cuenta todo eso levantando demasiado la voz, cargándola y caminando hacia los lienzos de Christine, acercándose, como si fuera a olfatearlos, a tocarlos: pero no, no se atreve. Como no se atreve a decir que le impresiona lo que ve. Le gustaría preguntarle por qué no ha sabido nunca pintar, por qué el color siempre se negó a aclararse, por qué cuando lo manejaba acababa siempre oscureciéndose, ensuciándose, descomponiéndose bajo sus dedos, por qué se convertía en mezcolanza y tierra, por qué solo el dibujo, a veces, le otorgaba la merced de abrirle un horizonte. E incluso cuando levanta tanto la voz y se interrumpe para soltar risitas y se vuelve a veces para exigirle más bien disculpas que explicaciones, sigue acercándose a los lienzos, a veces se inclina o se yergue para abismarse mejor en un detalle, se pone de puntillas, se acerca hasta pegar la nariz a un centímetro de la pintura como si quisiera penetrar su materia, comprender la textura. Observa y calla durante unos segundos, como si olvidara que tiene a Christine a su espalda, a unos metros, que ella le observaba sin pensar en intentar escapar, más ocupada en descifrar su comportamiento que en escuchar lo que desgrana, sin duda para sí mismo, se dice Christine, pues no solo no entiende todo lo que dice —no porque tartamudee realmente aunque a ratos, por bloques, retazos de frases derrapan, trepidan y vuelven a su punto de partida—, pero ha de constatar que hace con las palabras lo que ella con la pintura, como retractaciones, repeticiones, superposiciones que embarullan la comprensión que ella puede extraer, y tanto da que no comprenda sus descarríos, comprende que tan solo se dirige a sí mismo, y ahora le trae sin cuidado, es como si ella fuera solamente una espectadora que quisiera abandonar la sala pero no se atreviera, se pregunta cuándo va a acabar eso, cuándo se callará, pero sobre todo en qué momento sus hermanos y él decidirán marcharse; pero entretanto Bègue habla, ausculta casi los cuadros, con mirada exigente y curiosa, y sigue hablando para sí mismo, su voz a ratos tan baja que de todas formas Christine no puede oír nada —es menos fuerte que su corazón que late en su pecho, menos fuerte que sus ganas de mirar la hora sin que él se dé cuenta—, pero le trae sin cuidado que no se le oiga o incluso no entablar una conversación, no le interesa ella y menos mal, prefiere que dirija toda su atención a su pintura y no a ella, y aunque tampoco lo escucha, asiste a algo que la retiene, en lo que se está dejando llevar y que puede meterla en un enredo, porque encuentra en ello *algo* que no sabe qué es pero que la trastorna, ese joven demasiado rubio hablando solo y repitiendo, añadiendo modulaciones desatinadas, con digresiones desmesuradas, variaciones que son como reiteraciones contrarias, negaciones, desviaciones –su historia casi voceada cuando se pone sarcástico, oh, yo recuerdo bien cuando estaba loco y la noche en que me detuvieron, cuando se presentaron los gendarmes –casi susurrada, sí, los gendarmes y la furgo en la noche, la jeta del novato de la sirena que enviaba señales en morse al espacio– y por último casi balbuceada, yo estaba seguro de que era morse enviado al espacio, me acuerdo, sabía que los ardillas iban a desembarcar en la Tierra y sabía que los llamaban «ardillas» porque era la mejor definición que daban de ellos los que los habían visto, yo sabía dónde iban a aterrizar y era el único que lo sabía... Imagínate lo duro que es ser el único que lo sabe... Pero era clara, muy clara, y entonces fui a acogerlos porque bien tenía que hacerlo alguien, en una finca que yo conocía y me puse a vaciar la granja en plena noche, trasegando los leños hasta el patio donde iba a posarse su nave gigantesca que hizo temblar la noche con su espeso resplandor amarillo y anaranjado y su olor a aceite quemado de fondo de fiambrera –dancé como pude, un auténtico pirado, es verdad, estaba totalmente chiflado y me puse en pelotas porque todo aquel trabajo me hizo sudar y jadear como un viejo borrico pelado, con las moscas jodiéndole, y también para sentir el calor del fuego porque aunque fuera verano, yo me pelaba de frío hasta el fondo de los huesos esperando a que llegaran. Pero en vez de eso, los que aparecieron fueron los gendarmes que había llamado el campesino y me pusieron las jodidas esposas en la furgo, con el olor a plástico de las sillas, el frío de las esposas y el hierro que te rompe los huesos, hasta que vinieron unos tíos a llevárseme –el olor a hospital, y el blanco siempre planchado de las batas en su aliento– me acuerdo de que el hijo del campesino se asomó a la ventana de su habitación y me ob-

237

servó con cara de loco mientras yo acribillaba a patadas a los polis, las que recibieron en los cojones, les costó lo suyo meterme en cintura —mis gritos, las encías que me sangran y los dientes que se descarnan y bañados en un líquido asqueroso, lo recuerdo también, me parece soñar al pensar en aquello, pero no, los gendarmes y la noche que caía como una manta demasiado recia en el fuego era cierto, todo cierto, horrorosamente cierto —como la muerte de tu perro— cierto como un puñetazo en la jeta.

De repente se calla; es como si los cuadros lo examinaran y lo hubieran oído también ellos y, ahora, se permitieran juzgarlo. Entonces se vuelve; teme que se haya escapado. Pero no, Christine está ahí, no lejos de la pared. ¿Estás loca? ¿Es eso? ¿Qué dicen estos rostros tuyos? ¿Eh? Los rostros, pienso que es el único lugar donde hay gente. Tras los rostros. Nunca en los brazos ni en los vientres... nada... los cuerpos no son más que la carne de los muertos; pero un rostro, un rostro es otra cosa, ¿no? ¿No te parece? Es como un cuerpo que intenta escapar... ¿No? Ahora estoy bien ves. Estoy fuera. Mi hermano, quiero decir Christophe,

¿El que yo conozco?

El otro, sí, es Denis.

Aún hay tiempo de parar.

¿De parar el qué?

Vuestras gilipolleces, lo que hacéis aquí.

No son gilipolleces.

¿Ah?

No.

¿Por qué les haces caso a tus hermanos?

...

¿No crees que te utilizan?

...

¿Por qué son ellos los que están allí, de fiesta?

Y a ti, ¿de qué te sirve toda esa mierda de pintura?

¿Eso?... de nada, no sé... Es verdad... No sabría decirlo...
Iremos fuera si quieres, los dos. Les diremos que paren. Tenéis
que marcharos y...

Luego, silencio. No contesta nada. Christine sabe lo que
tiene delante, y sabe que reconoce en sus rasgos, tras sus rasgos,
como oculto tras la banalidad rubia, a un joven herido, la historia que se deja adivinar dejando aflorar, a pinceladas, como roba-
da, esa mezcla de ira y desasosiego, de violencia, de errancia, de
sumisión a sus hermanos.

Durante un momento ve todo eso en el rostro del joven –pero
en unos segundos se pregunta si se atrevería de verdad a atrapar-
la si intentara algo. Sí, probablemente no dudaría en pegar un
brinco. Y Christine tan solo necesita un segundo para intentar
comprender esa fascinación que experimenta al mirarlo, es decir
al comenzar a analizar cada uno de sus rasgos para registrarlos,
pues, en el rostro de ese joven, lo que la atrae cada vez más, lo
que la turba hasta el punto de no poder despegar los ojos de él,
es –no acaba de saber que palabra sería la adecuada, si pudiera
existir una sola que las abarcase todas, las diría todas, para expresar la fascinación y el interés que le inspira ese rostro– que tiene
la conciencia muy clara de que, si quiere ver ese rostro, si ya casi
quiere pintarlo, acaso sea porque es el del hombre que va a matarla.

Durante una fracción de segundo, no ve más que esa salida.
Si los tipos tienen un ápice de caletre, ¿qué otra cosa pueden
hacer finalmente? Si están aquí por algo –¿el dinero, qué dinero?
Aquí no hay dinero. No. Dentro de un rato, habrán acabado–
¿Respetarán a Ida? ¿Se atreverán a tocar a Ida? Se lo dice cada vez
con más firmeza en la mente: van a matarnos, Van a matarme.
Y para ahuyentar esa idea,

Estoy harta de oír tus gilipolleces,

Al tiempo que se dirige con un movimiento muy brusco a la cocina, suelta lo primero que se le pasa por la cabeza,

Estoy harta de oír tus gilipolleces. Voy a comer algo.

Pero lo tiene ya detrás –el puño erguido que brota, amenazante, muy cerca de su rostro, que se detiene, listo para golpear.

Ella. El puño. La rapidez con la que todo sucede. Cierra los ojos, no se lo cree –él tampoco.

Y cuando por fin se atreve a abrirlos –¿pasado cuánto tiempo?– ve en su rostro, tras su rostro, que ella le da tanto miedo como terror le da él; el miedo, ahora, es su territorio común.

27

Sí, siempre ha tenido canguelo; aun de pequeño, por la menor cosa. Tenía una escopeta de perdigones y lo llamaban el pequeño cazador cuando disparaba a las gallinas y a las ratas, a los gatos y a los perros también, pero solo era para jorobar a los vecinos. Nos lo pasábamos bomba oyéndolos llamar a sus animalitos a través de las parcelas y en el cruce, por el terreno amarillo. Lo cierto es que siempre andaba acobardado, el pequeño cazador, le daba miedo todo. Pero ahora ya no teme nada, prosiguió Christophe, no es peligroso, no mataría una mosca... un perro, ya no digo. Pero se acabaron los tiempos en que veía extraterrestres por todas partes y todas esas gilipolleces – ¿Te acuerdas, Denis, aquella vez en que se rasuró? No solo el cráneo, también las cejas y las pencas, los brazos, las axilas, se cortó todos los pelos del cuerpo, los metió en un sobre y se los envió al director del colegio – ¡joder, no veas tú la jeta que debió de poner el tío al toparse con aquello!

Pero al oír a Christophe, que se ha puesto a hablar del benjamín, nadie quiere reaccionar, tanto los Bergogne como Denis, que no tiene ganas de oír a Christophe meterse en ese terreno; Denis calla, se cierra, no le da risa ni le divierte como a Christophe, es un tema recurrente entre ellos, la historia del hermanito, aquel día en que la vida de familia se tambaleó y en que comprendieron que esas *cosas extrañas* no eran solo *cosas extrañas*, y que le correspondía a Denis ocuparse de ello porque era el mayor y hacía tiempo que le habían endosado una suerte de obligación; sabido es que entre hermanos los papeles se reparten desde un principio sin que se sepa ni cómo ni por qué, pero con tal evidencia que todo el mundo carga con el peso que habrá de llevar pegado toda la vida, como había sido el caso de Denis, quien hubo de suplir la desidia de los padres y ocuparse de todo porque nadie lo habría hecho, y desde luego no Christophe, al menos durante los dos primeros años, en que Denis había soportado a los padres huraños, que habían huido de la realidad ante su televisor, con el miedo que les había dado siempre el hospital –como si pisarlo un día fuera a condenarlos a no volver a salir de él–, mientras Christophe se encogía de hombros porque Denis le repetía, que no, que la tartamudez no es nada, ser tartamudo no es nada, haz caso de lo que dicen de él en el hospital, joder, Christophe, ¿por qué te niegas a escuchar, coño?

Y desde que les cayó encima el diagnóstico, Christophe no había sabido vivir la enfermedad de su hermano sino con una incomprensión frenética, como si les hubieran dicho que eran ellos mismos quienes estaban afectados en su carne, en su cuerpo, que una parte de ellos mismos estaba enferma y loca de atar, lo que le había enfurecido tanto que durante mucho tiempo fue incapaz de oír la palabra que Denis le había repetido mirándolo a los ojos, implacable, articulando cada sílaba, como si el lerdo de Christophe se aviniera por fin a escucharla –Bègue está aquejado de una forma aguda de–, y la palabra que se negaba a escuchar se transformaba entre ellos para convertirse en su enfermedad común, gangrenándolos a uno y otro, Christophe, que había dejado que la ira le hiciese de pantalla para no verla, permitiendo que esta arrollara todo a su paso, vertiéndola en todo lo que se movía, hasta que cansado de su propia furia, se encerró en un mutismo que le habría impedido ir a ver a Bègue durante los cuatro años de su internamiento si no se hubiera visto obligado a acudir al hospital y tomar el relevo de Denis. – Bueno, vale, no vamos a pasar toda la noche hablando de Bègue, acabó diciendo Christophe, dejando en la estela de lo que no se ha dicho un peso extraño, como era extraño, para quien lo hubiera conocido entre el momento en que Bègue ingresó en el hospital y hoy, ese vuelco que se había operado al pasar Christophe del silencioso colérico, obstinado en negar la enfermedad de su hermano, a ese charlatán sarcástico que se divierte con todo y lo achaca todo a la misma enfermedad.

Pero venga, va. Ya vale de esto.

Luego, tras un breve silencio, es como si las sillas, cuando todos se disponen en torno a la mesa, hubieran crujido como huesos o vertebras bajo los dientes, y todo el mundo acaba sentándose: Patrice y Marion, Ida junto a su madre, lado salón. A la derecha de Patrice, con la entrada de la cocina a su espalda, Christophe se ha improvisado casi naturalmente en cocinero y en camarero, mientras que Denis se ha acomodado con la puertaventana a la espalda, sin temor a lo que pudiera venir del exterior pero decidido a tener en su campo de visión a esos tres, que quiere dominar por entero, como si fuese el único espectador para quien se había reunido y colocado la familia Bergogne; el padre a la izquierda, su mujer en el centro y su hija junto a ella, a la derecha.

Marion frente a él, por tanto.

Marion, que no dice una palabra y se mantiene tan tiesa que parece pegada a la silla –pero no, tan solo se niega a bajar la guardia, como si dispusiera de los medios para plantar cara a Denis, ahí, enfrente mismo de ella, al otro lado de la mesa; entre ambos, presidiendo como con una suerte de ironía perversa y maléfica, las letras doradas deseándole un feliz cumpleaños. Ahora está sentada, y Patrice también ha acabado sentándose. Al poco los tres Bergogne se acomodan, unos contra otros, tocándose casi los codos, formando una cadena frágil y sin cambiar una palabra entre ellos, aunque Patrice parece a punto de hablar, la nuez bailándole en la garganta como si un animal grueso como el puño se agitase, y ese gesto de pasarse los dedos por la boca, que se repite cada veinte segundos, como para que se le despierten los labios –sí, se diría que va a hablar, pero es incapaz de ello, no puede sino mirar a su mujer, porque quiere oírla, oír su voz. Como si fuera a oír la de una desconocida, porque, desde que Marion ha entrado, ha tenido que aceptar esa idea que por desgracia no le ha sorprendido del todo –no porque se lo esperase realmente o porque hubiera pensado alguna vez que podría producirse algún día tal momento–, ha comprendido que esa idea tampoco le sorprendía demasiado, sí, su mujer conocía a los dos hombres, y sin duda también al tercero –lo que no había tardado en comprobar–, y, aun siendo incapaz de preguntarse por qué no le sorprendía la idea, se le ha impuesto apenas Marion entró en la casa; treinta segundos antes de que llegase, cuando salía del coche e iba a acceder a la terraza, ni se le habría ocurrido pensarlo, imaginando en todo momento que se las tenían con chiflados, tres majaras, recordando que, desde hacía ya bastantes años, se contaba que el campo era el nuevo terreno de caza de ladrones y camellos, que se encontraban más seguros que en las ciudades –historias de tipos maniatados, de ajustes de cuentas, de individuos abatidos en plena campiña que aparecían medio devorados por los zorros semanas después en sotobosques–, y en cuanto entró, cuando el rostro de Marion se descompuso ante sus ojos y la vio pasar de uno a otro estado anímico con una rapidez que no había dejado espacio a ninguna duda, como si algún fantasma se hubiera apoderado de su rostro o de pronto hubiera recordado que también él era uno, Patrice abandonó la idea de unas pandillas ajustando cuentas entre la segadora trilladora y el tractor, y de pronto pensó; sí, Marion conoce a estos tipos.

Y al pensarlo, ahora, siente ascender una sensación amarga y desagradable, la vaga impresión de una traición, una sensación mala contra su mujer; durante unos segundos, siente contra ella ira, indignación, la cólera por echárselo en cara, aunque esta se hubiera atemperado por la incertidumbre de no saber en realidad

244

qué le echa en cara –tal vez simplemente el haber tenido una vida antes de él, que habrá sido por fuerza mala al no haber estado él. O tal vez le echa en cara el haber pensado mal de ella, le reprocha tener que pensar mal de ella como si fuera culpa suya el tener esos malos pensamientos a su respecto, sí, es ella la que le obliga a eso, y estaría dispuesto a gritarle que es la última de las zorras, no por hacerle sufrir casi todas las noches dándole la espalda, no, sino por arruinar toda la historia que había inventado sobre ella, todo lo que le gustaba ver en ella, todo lo que había forjado, amado, su amor, y ve a Ida que lo observa todo, que hace cábalas sobre cómo ve él a su madre, y él se pregunta en qué una niña como Ida puede pensar –siempre lo ha observado todo, como lo observa ahora y como observa también a los dos hermanos, con su júbilo tan manifiesto, –Ida sobre todo sorprendida por esa cara desbordante de alegría de Denis, como si todo irradiara en él, por más que esa irradiación no irradie a nadie, no ilumine ninguna alegría ni rostro alguno aparte del suyo, por más que no sea alegría lo que emana de él, sino antes bien una suerte de excitación y triunfo mezclados, una expresión que Ida jamás ha conocido; ve ese aire de triunfo de Denis, ese rictus de autosatisfacción, y que, si bien no sabe nombrar, le parece reconocer.

Pero no es eso, hay otra cosa en las manos que agita cuando escancia a unos y otros el champán, en su modo de hablar con una suerte de aplomo en el que ella no acaba de creer, una fragilidad que hace que nada se asemeje por completo a lo que debería ser, tras el aplomo y los ademanes, un modo un poco exagerado de mantenerse erguido, de alzar su copa de champán y de dirigirse a Marion con un no sé qué forzado, que huele a esfuerzo y a aplicación, como si él mismo no creyera en lo que hace, como si no lo hiciera más que para lograr lo que se había prometido realizar algún día, pero como agotado ya ante la idea de amoldarse a imágenes que debió de concebir hace tanto tiempo que parecían formar parte del imaginario de otro. Ida se da cuenta, pero en su mente no son más que sucesiones de pensamientos lógicos y formulados –Ida es inteligente y muy observadora, pero no tanto como para malgastar su infancia en una obsesión de ordenación de signos, en su interpretación, como todavía no es capaz de perderse en un laberinto de conexiones y, del enjambre de detalles que bullen ante ella, ni siquiera puede extraer conclusiones ni establecer relaciones de causa a efecto. No, las cosas están ahí, impregnando su ignorancia, pero la impregnación es profunda y le transmite las sensaciones que experimenta mirando a ese hombre de rostro cansado, como si ese brillo en los ojos fuera el lustre característico de la fiebre y ella la reconociese como reconoce, tras la voz festiva y los ademanes ostensiblemente jubilosos, grandilocuentes incluso, la violencia que se oculta o el malestar que finge ser una simple expresión de pudor y de timidez. Pero eso Ida no lo sabe todavía. No comprende lo que percibe en el hombre que, tras su sonrisa, su copa alzada ante los ojos como para ocultarlos, pronuncia muy nítidamente, sin que apenas oscile la voz,

Marion, te deseo un feliz cumpleaños.

grave, solemne, ¿esperando qué en definitiva?, ¿que todo el mundo le conteste gracias? ¿bravo? Como si no hubiera, en la casa de al lado, una mujer amenazada por el chiflado de su hermano. Porque está chiflado, su hermano. Es un chiflado, y eso es Marion quien lo piensa; no como Christophe intentó hacer creer, que Bègue estaba curado de una enfermedad de la que le había costado tanto deshacerse como a él aceptar su nombre, sino que está chiflado con una locura que no se puede entender y de la que únicamente hay que intentar huir. Por eso Marion piensa que va a ocurrir algo, y se pregunta si Christophe creía realmente lo que decía al pretender que Bègue no era un peligro para nadie. ¿Puede ser tan inofensivo, él, un ser capaz de matar a un perro a navajazos, de mantener la hoja pegada a una mujer que podría ser su madre? ¿Cómo puede imaginar Christophe que se pueda prestar el menor valor a lo que dice? No, Bègue esta chiflado y Marion todavía se pregunta si Christophe pensaba realmente que

246

su hermano no haría ninguna gilipollez, o, por el contrario, se reía de ella, de su credulidad. ¿Lo hacía para trastornarla e inquietarla más aún, sí, un juego para que ella comprendiese los riesgos y se los metiese en el fondo del magín, si le daba por no obedecer?

¿Mamá? ¿Mamá?

Y la voz de Ida saca a Marion de sus pensamientos,

¿Me puedo tomar un zumo de manzana?

Sí cariño,

Marion va a levantarse,

¡Eh! No te muevas, Marion, es tu cumpleaños, dice Denis. No te toca a ti moverte. Tú esta noche no haces nada.

Necesita tiempo para dejar la copa y olvidar la presión a que la somete Denis, con su provocación, pues, contrariamente a su hija, Marion no ve nada que fluctúe en la mirada de Denis, ninguna fragilidad o duda en sus intenciones, pero,

¿Christophe? ¡Trae un zumo de manzana para la niña!

por el contrario, un aplomo total saturado por la dureza de las pupilas sobre su objetivo, espiando sus reacciones, sus intentos de acabar de una vez por todas.

Denis lanza una mirada a Patrice, Marion aún no se ha sentado que Christophe ya aparece de la cocina, con el zumo de manzana en las manos, se acerca a la mesa y se toma la molestia de dar la vuelta para estar lo más cerca posible de la niña –Ida que retrocede en su silla sin despegar la mirada de Christophe, lamenta haberse hecho notar, por lo que, una vez se haya servido, tomando el vaso con las dos manos con una suerte de miedo que podrá leerse en la sonrisa que no dirigirá a nadie en particular, o más bien solo a su madre, al tiempo que dice un *gracias* casi ahogado a Christophe, sin atreverse a lanzar otra mirada que habría sido no hipócrita y puramente formal, sino digamos atemorizada, o prudente, Ida, decimos, suplicará a su madre con ojos insistentes para saber si debe dar las gracias, si puede, si es preciso o tan solo debe bajar la cabeza hacia el zumo de manzana y tomárselo, sin decir una palabra a nadie.

28

Durante un rato, repasa la película, intenta verlo todo, visualizar un principio, una mitad, un final; sí, así han transcurrido las cosas: después de decirle que se negaba a oír sus gilipolleces, lo había provocado abandonando el taller y anunciando que se iba a cenar, como si tuviera plena libertad de hacer y comportarse como quisiera –cosa que él no pudo soportar–, y aunque lamentó luego su falta de entereza, reprochándose haber alzado ese puño sobre ella, la culpa había sido de ella, no tenía que haber hecho lo que había hecho, con esa manera arrogante de pasar delante de él, sí, esa manera de dirigirse a él, esos modales, ese tono desdeñoso, eso se había repetido él, y si bien se había equivocado alzando la mano sobre ella, hizo bien en ponerla en su sitio, porque solo a él le correspondía decidir si ella podía moverse de aquí y pasar de una a otra estancia, solo decidía él –esta noche decide él, nadie más–, no porque desee experimentar la fuerza que ese poder le otorga sobre esa mujer, a quien no desea ningún mal, sino porque quiere sentir la realidad de esa omnipotencia, por mera curiosidad, como si moviéndose con una libertad demasiado grande pudiera calibrar su propia capacidad de imponerse, cruza por su mente la idea de que la vecina de Bergogne no podrá oponerse a nada de lo que él decida o desee, aunque luego se sorprende de no desear nada en realidad, no tiene ninguna pulsión enconada o perversa que satisfacer, y de pronto se siente vacío y desconcertado al encontrarse con que tiene entre las manos una fuerza que tal vez no le será de ninguna utilidad.

Pero no podía soportar que ella intentase burlar su autoridad, puesto que esta no le costaba nada y no presentaba peligro alguno para ella. No imaginaba que fuera capaz de un gesto tan insensato como salir hablándole con semejante desdén, no, no sospechaba que se atrevería a plantarle cara con tal descaro, pues no cabía duda de que la muerte del perro había dejado claro que sus hermanos y él podían permitirse todo, lo que fuera, que nada podía detenerlos y que irían hasta el final si era necesario, cualquiera que fuese el precio y los desacuerdos que les había costado, las tergiversaciones y las horas discutiendo, peleándose por detalles o, a veces por decisiones más importantes –eso lo recuerda muy bien, porque las conversaciones sobre la suerte que se reservaba al perro habían sido encendidas, él resistiéndose tanto más porque iba a tocarle a él, tras mantenerlo apartado con un trozo de carne, hincarle la navaja que había de matarlo, objetando a sus hermanos que no es tan fácil matar a un animal, sobre todo a un perro, con esa mirada que tienen y en la que puede distinguirse el reflejo de la tristeza que siente uno matándolos, o la expresión del pesar de ellos al ser sacrificados inútilmente. No quería hacerlo y, aun si hubiera podido evitarlo, de haber decidido hacerlo Christophe o Denis, le parecía inútil –¿desde cuándo se mata por las buenas a un perro?

No, por las buenas no.

Denis había zanjado el asunto: matarían al perro como había sugerido Christophe, primero para evitar un peligro –los perros son imprevisibles y siempre entrañan un peligro– pero sobre todo para impresionar a Bergogne y a su vecina, para obligarlos a atenerse a gestos razonables.

Tras el largo conciliábulo que siguió, Christine, muda, ya no se atrevía a moverse, él empezó a alborotarse y a pegar gritos, rompiendo a reír tontamente, meneando la cabeza, dando vueltas en torno a ella, rojo de vergüenza y balbuceando que su intención no había sido golpearla y que, claro, claro que sí, mierda, desde luego que no quería lo que había ocurrido pero que él era así, impulsivo, nervioso, de los que se dejan llevar enseguida. Y aparte de avergonzarse todavía más al pensarlo, porque su actitud no había sido la correcta, le avergonzaba también su comportamiento cuando ella había tenido la atención de volver con las cervezas –sí, porque Bègue, al principio, se sorprendió al ver volver a Christine de la cocina con los dos botellines. Se había quedado mudo durante un largo rato, sin saber qué decir ni qué hacer ante ella y su gesto inusitado, incapaz de saber si debía aceptar o no el botellín que ella le tendía. Al cabo de un rato, se había echado a reír socarronamente y había esgrimido una enorme sonrisa de crío, franca y sin segundas, al verla sucumbir tan rápidamente al síndrome de Estocolmo, que no creía que pudiera existir sino bajo la forma de delirio de guionista o de psiquiatra o de periodista, y, si bien ella había comprendido lo que él pensaba mientras le tendía el botellín, había sonreído igualmente,

Bueno, no vamos a quedarnos aquí como gilipollas sin hacer nada, ¿no?

y a continuación, mientras se bebían la cerveza, Bègue habló –¿no es más que un antiguo recuerdo que le ronda por la cabeza o quizá incluso una invención, la historia de otro?–, evocando la época lejana en que sus hermanos y él vivían en una zona residencial perdida entre el campo y la ciudad, donde tenían tórtolas, lanzándose al relato de cómo las sacaban de la jaula –el calor de las tórtolas en las manos, con su corazón no mayor que una canica y que les palpitaba tan fuerte a través de aquel cuerpo tan cálido que parecía que les iba a explotar–, y de cómo las mantenían en las manos, y como les acariciaban la cabeza muy suavemente, muy lentamente, con paciencia, con una efusividad que rozaba la oración, la voz acompañando al gesto que acababa liberándose, la mano distendiéndose, los dedos aflojándose, y la tórtola permanecía trastocada y enternecida en la mano, y, de lo más dócil, sumisa, no intentaba escapar, y, si se le ocurría echar a volar, lo hacía para mejor retornar al hombro, el brazo, la cabeza de aquel de los tres hermanos que la hubiese domesticado.

Pero yo no soy una tórtola y mucho menos una paloma, sonrió Christine.

Ya, sin embargo, vuelves con una cerveza y no has intentado huir.

¿Para que me sacudas? Soy demasiado mayor para eso.

El joven esbozó un movimiento de cejas, con cara de decir, qué va, qué va, y resultó tan manifiesto que ella contestó como si hubiese hablado: sé mi edad, mis articulaciones me lo recuerdan todos los días. No puedo correr, lo cual no me impide beberme una cerveza.

Él se quedó sorprendido, diciéndose que intentaba confundirlo, sin embargo, condescendió, quería que todo fuera bien –¿lo hacía por encontrarse pillado allí con una vieja extravagante en una aldea perdida en medio de un sitio que le gustaba? ¿O simplemente porque no había conocido nunca a nadie como ella? ¿Le gusta porque le da la impresión de que es divertida, interesante, entrañable o es por esa palabra, esa idea, esa sensación que circula entre los roces de aire, de movimientos de los cuerpos: turbadora? Se dijo que podría ser su madre; pensaba que eso lo acercaba a ella y esperaba también que la acercaría a él; seguramente por eso la había dejado aturdirlo con un relato que no pensaba que pudiera interesarle, pero casi lo hizo, no pudo evitarlo, la vida diaria de una mujer sola que pinta y escucha música mientras se toma una infusión al atardecer, a veces una cerveza, de tarde en tarde, cuando hace mucho calor.

Christine se dirigió hacia la vieja cadena de alta fidelidad, en la que puso un cedé, el de *Le mirroir de Jesus*, de André Caplet; el joven casi le habría agradecido que le ahorrase la hipocresía de fingir que él podía conocerlo. Ella se acercó a sentarse en un taburete de su mesa de trabajo, y él volvió a encaminarse hacia las pinturas, que escrutó como si aún no las hubiera visto, ahora escuchando la música y sosteniendo su cerveza. La música parecía dar a la pintura un sentido nuevo, una profundidad singular, un desgajamiento de la banalidad y la crudeza que él había creído ver, no resultaba ya tan loco, como si en la locura habitara algo distinto a ella misma, o resultara turbadora y vibrante, nueva, regenerada, y a Bègue le daba la impresión de ver los cuadros pero de que a la par lo miraban ellos a él, como si tuviesen algo que enseñarle, un algo que, lejos de excluirlo, exigía de él su inteligencia y su capacidad de emoción. Por lo demás, aun después de eso, no habría podido decir que lamentase haber alzado la mano sobre ella, y si algo lamentaba era el haber dejado a la violencia la posibilidad de imponerse, cuando llevaban años blindándola con medicamentos para canalizar o concatenarlo todo en él. Si Bègue estuvo a punto de golpearla, de ceder a su violencia, fue tan solo porque sus hermanos le habían encomendado una misión tan importante que todo el éxito de aquella velada dependía de él, de su capacidad de mantener a raya a una mujer un poco loca y muy solitaria, que trataría de resistir provocándolo, atacándolo a la manera astuta de una anciana huraña, cosa que era, como había imaginado unas semanas atrás, antes de instalarse en aquella minúscula aldea, a unos kilómetros de La Bassée.

Y es que no se instalaron directamente aquí para limitar el riesgo de que los reconocieran, pero sí decidieron hacerlo no muy lejos para observar los hábitos de unos y otros, para conocer su modo de vida. Los tres hermanos llevaban ya allí hacía cerca de dos semanas. Habían alquilado una casa muy modesta, en plena campiña, pequeño cubo grisáceo de una planta encajado entre la nacional y la autopista, a dos pasos de la población en la que aquella tarde Bergogne se había detenido en una farmacia. Desde allí, habían seguido a Marion, habían urdido planes, trazado estrategias: sobre todo habían esperado a Denis, que volvía unos días después de haber desaparecido sin decir palabra, reapareciendo más sombrío, sombrío en exceso, melodramático y taciturno, de un humor que jamás había mostrado antes de la experiencia en la cárcel. Y decidido, también en exceso, sin argumentos, sin más convicción que aducir ante sus hermanos la necesidad que tenía de ellos para saldar las cuentas que tenía que saldar.

Y punto. Así son las cosas. Siguiente.

Era lo que repetía cuando uno de los otros dos intentaba arrojar dudas, formular preguntas, así son las cosas, y punto, y ninguno de los dos se planteó realmente poder decir no; oía un *y punto* que ponía término a cualquier veleidad, incluso si consistía en hundirse con el primogénito en su ansia de venganza, de represalias, *siguiente*, de nuevo, que el otro repetía para zanjar el asunto como si los tres estuvieran en un mismo barco, ineludible y abocado a zozobrar, y que solo les quedara cerrar los ojos y esperar. Así pues, esperaron a que el primogénito decidiese, sobre todo, cómo sucederían las cosas, y cuándo sucederían. Alquiló la casa y ellos acudieron, dejando atrás sus hogares y todo lo que estuvieran haciendo –más o menos nada o tan poco que venía a ser lo mismo–, y siguieron escrupulosamente las ideas de Denis, unos planes a la par ingeniosos y alambicados, astutos y retorcidos, o, por el contrario, tras descartarlos sin pena alguna, otros que garrapateaba en hojas sueltas de papel de estraza, planes simples y directos, brutales y rápidos, que poseían al menos el mérito de no eternizarse.

Hasta que por fin Denis solventó su plan sobre la manera de proceder, y las cosas ya no se movieron.

Se requería tiempo, paciencia, observación y mesura antes de actuar. Y así lo hicieron. Cada cual desempeñó su papel con precisión. Tras deambular lo suficiente por allí, comprendieron que una de las tres casas del caserío estaba en venta, y Christophe recorrió las agencias para comprobar que en ninguna apareciera esa oferta; dio con la casa únicamente en un portal de venta entre particulares. Christophe alquiló un coche y compró en la ciudad, en una tienda de saldos, un traje digno por ochenta euros. Fue él quien se encargó de conocer la actividad diaria del caserío, la vida de unos y otros, los horarios de recogida escolar de Ida, la presencia del perro, la extraña vecina de cabello naranja que Bergogne llevaba a veces a la ciudad en su viejo Kangoo siempre cubierto de barro y de excrementos de pájaros. Por la noche, hablaban sobre cómo lo harían, cogían el coche y circulaban, se acercaban a veces al caserío de las Tres Chicas Solas para comprender mejor lo que harían el día D. Estacionaban el coche a la altura de la parada del autobús escolar, andaban hacia el caserío, en silencio, la boca ardiendo por el alcohol, la mostaza y la guindilla de las salchichas de cordero, la mirada ya ensombrecida o ardiente de haber bebido demasiado, roja de haber fumado demasiado, el aliento cargado cada vez, pero nunca antes de las dos o las tres de la mañana, pues no era cuestión de correr el menor riesgo. Una vez, en plena noche, incluso entraron en el patio para identificarlo todo, lo que había resultado fácil pues los Bergogne no cerraban nunca el portal, precaución en cualquier caso inútil, ya que era fácil escalar los muros del recinto. Encontraron la puerta trasera por la que Bègue tenía que entrar en la casa de Christine, también inspeccionaron el cobertizo en el que Patrice y Marion estacionaban sus coches, y también el establo, cómo entrar sin pasar por el patio, para que Bègue pudiera atraer al perro –que, aquella noche, ladró bastante y rascó la puerta, pero, si Christine lo oyó, lo cual no era seguro, nadie se levantó ni se encendió en las casas ninguna luz.

El resto del tiempo, los días se estiraban, bebían vino tinto, café Grand-Mère que no gustaba a ninguno de los tres pero que seguían comprando; hacían barbacoas en el patinillo, incluso si hacía frío, porque no hay nada como la barbacoa de patatas hecha con leña de bosque; mantenían apagada la tele durante horas y jugaban al Uno, al remigio, al wrangle en la mesa de cocina con aquel viejo hule encerado grisáceo que debió de lucir algo –¿figuras repetitivas de barcos, de barcas, de góndolas?– tiempo atrás;

leían el periódico local, del que se interesaban por los sucesos, la actualidad de los cumpleaños en las residencias de ancianos y los equipos de fútbol locales o del departamento; soportaban el olor a cerrado de la casa, o, a la inversa, aunque igual de repugnante, el olor a limpio, que se agarraba a la garganta, en los váteres, mezcla de lejía y desodorante de lavanda, tras el paso de aquella extraña asistenta que acudía a limpiarlo todo enviada por el propietario sin que nadie lo pidiera, y con quien gustaban de charlar, como si tal cosa, sobre la gente, los gendarmes; se gritaban o se reconciliaban por la menor menudencia; un turno de fregote o de colada no respetado por uno u otro; Christophe y Bègue evocaban a mujeres que no existían –pero nunca con Denis–, y fingían no oír a su hermano mayor pitorrearse de ellos, mascullándoles que dejaran de masturbarse con sus fantasías, y así se volverían menos gilipollas, decía como para sí, pues entonces bajaba el tono de voz, y su voz que venía de otra habitación parecía no intentar atravesar las paredes. Los otros no le contestaban nada, ni siquiera se preguntaban cómo había llevado él la ausencia de mujeres en la cárcel, ni mucho menos; veían series, callaban de nuevo, se encerraban en su cabeza soñando sueños del mañana con mujeres rubias y misivas licenciosas, al objeto de barrer el tiempo que los separaba del día D por el que lo soportaban todo: el cumpleaños de Marion.

A Bègue se le encargó que siguiera a Christine durante las tres semanas, porque al fin y al cabo era él quien pasaría más tiempo con ella –lo cual se había decidido por la vía rápida y sin discusión, como no podía ser de otro modo, pues ni el propio Bègue había comentado –ni tan solo pensado por un segundo– que las misiones que se asignaban sin hablarlo podrían discutirse antes, que Christophe, por ejemplo, podría haber ocupado su puesto y por qué no él el suyo. Pero tales eran las normas, cada cual pegado a su puesto en la hermandad como un uniforme a su soldado, sin poner en tela de juicio lo que provenía de Denis, pues lo que él decía no necesitaba ni creerse ni compartirse, ya

255

que, antes de que lo dijera, sin imaginar ni por qué ni cómo, Christophe y Bègue sabían que iba a decirlo.

A Bègue se le compró, por casi nada, a través de Leboncoin, un viejo Peugeot 103, un monstruo azul que databa del Jurásico o de la época de las primeras radios libres, que petardeaba, más que avanzar, pero que circulaba, pese a las picaduras de herrumbre, los frenos defectuosos, los neumáticos lisos, y que bastaba para los siete u ocho kilómetros que tenía que hacer dos o tres veces por semana. Bègue acudía a los dos mercados de La Bassée donde, so pretexto de dos o tres compras que hacer, debía seguir a Christine para poder observarla. Así, la había espiado en varias ocasiones, procurando no adelantarla, disimular lo suficiente para que no lo identificase nadie, en la acera, multiplicando las miradas de soslayo o fingiendo escuchar el móvil, fingiendo leer mensajes con cara atenta, al tiempo que observaba los pasos de Christine, que no advertía nada –de eso estaba seguro, y, a decir verdad, orgulloso–, no solo su modo de vestirse, de peinarse, de desplazarse, sino también su manera de inspeccionar a los demás y la vida que transcurría a su alrededor, como un espectáculo del que no parecía querer entender nada y que a veces incluso parecía irritarla. Bègue enseguida reparó en ello, solo con mirarla entre la multitud en el mercado del domingo por la mañana: no era capaz de verse sino bajo el prisma de lo que la diferenciaba de aquellos campesinos a los que a todas luces no se asemejaba en nada, ni por su extravagancia, que contrastaba con la banalidad de los demás, con su desdibujamiento programado por ropas comunes y actitudes más conformistas todavía, ni por lo que compraba en el mercado y cómo lo compraba, hurgando, sopesando las verduras con una atención exagerada, o exhibiendo su perplejidad, buscando lo mejor y demorándose más de lo necesario ante un puesto, como si sospechase un chanchullo, regateando con los precios y poniendo en duda la calidad de los productos, sino la honradez del vendedor –una tocapelotas, vamos, pensaba, la auténtica caricatura de una parisina.

Y así, siguió durante tres semanas seguidas, en el mercado de los domingos de la rue du Commerce, y los jueves en la plaza de la iglesia de Saint-Pierre, junto a la avenida François Mitterrand. Observaba en qué tiendas se detenía y, a fuerza de preparar aquella velada y de trazarse su retrato de ella, creía casi conocerla, pues desde que fijaron la estrategia que iban a desplegar durante el día, con todo el montaje que habían organizado por exceso de prudencia, por una necesidad real o supuesta –porque, a ver, ¿era imprescindible que Christophe se presentase en un coche de alquiler durante la tarde para distraer la atención de Christine mientras Bègue atraía al perro al establo? ¿Hacía falta presentarse como un potencial comprador de la casa en venta?–, y desde que decidieron atenerse a ello, aunque al cabo de unos días sin acabar de saber por qué, acatándolo tan solo porque Denis lo había decidido así y así todo quedaba fijado, Bègue no había hecho más que pensar en ella, más que recordar las veces en que la había seguido por la calle los días de mercado, en seguirla hasta cuando iba en su bicicleta, que ataba en la plaza del ayuntamiento, pero, sobre todo, se había vuelto a abismar en las escasas imágenes que había encontrado de ella en internet, pues desde que supo cuál sería su papel se aficionó a conocer a Christine, si no a ella, al personaje que había querido ver en ella, que se había inventado, buscando elementos para alimentar una imaginación ávida, no porque fantaseara con ella, ni porque la desease de tal o cual manera, sino simplemente para satisfacer esa necesidad de calmar la ansiedad que alimentaban la trayectoria y la imagen de aquella mujer y la idea de pasar tanto tiempo a solas con ella, una manera para él de infundir seguridad a ese temor que había crecido cada día que los acercaba a la fecha del cumpleaños de Marion.

Había ido una y otra vez a teclear su nombre en internet: Christine De Haas. Dio con algunas fotos antiguas en las que no se la reconocía bien, una mujer de cabello castaño y piel muy clara, una persona muy delgada que no daba la impresión de ser frágil sino con nervio, ágil, chispeante y sin duda temiblemente inteligente y libre —con todo cuanto esa palabra contenía para Bègue de irreverente, de escandalosamente sexual y arrogante, pese al cuello Peter Pan que llevaba en algunas imágenes donde no tendría más de diecisiete años—, y rica, lo que significaba inconsciente de todo o más bien inconsecuente y frívola, fútil y derrochadora, eso sí, porque en las fotos en las que se la ve joven adulta, en vestido de fiesta, una copa de champán en la mano, en cenas con un banquero suizo en cuyos pies de foto se informaba de que había sido su esposo y le había traspasado ese apellido de consonancia flamenca que conservó tras su divorcio, como si fuese inseparable de la paga compensatoria que le pasaba aquel marido del que no había vuelto a saber nada, saltaba a la vista que era rica y sobre todo que poseía una facilidad para moverse por la vida ligada a cómo el dinero maquilla los cuerpos y las posturas, liberándolos de lo que los entorpece, una extraña frialdad afectada, rigidez o distancia fingida que pudo observar en las fotos, como había sido sensible también, quizá, a una forma de distinción que pudo detectar más aún en la calle, tan pronto comenzó a seguirla. Y ya nada más en internet. O casi nada. El embrión de una página de Wikipedia que recelaba de las fuentes de informaciones que resultaban poco dignas de confianza; no se descubría en ellas casi nada sobre su vida personal o profesional, ni una palabra sobre dónde había estudiado pintura ni de dónde le venía su afición.

A Bègue le daba la impresión de conocerla, de saber cómo iba a reaccionar antes mismo de darse cuenta, aun cuando a él le hubiera sorprendido que ella reaccionara —mucho antes que él— adelantándole antes de meterse en la cocina, para volver casi de inmediato con dos botellines de cerveza fresca en las manos.

29

En síntesis, ocurren pocas cosas: una mesa, una mujer, tres hombres y una niña tomándose un zumo de manzana. La mujer que vuelve a sentarse, el hombre que le ha dado el zumo de manzana a la niña y permanece plantado ante ella sonriéndole o sonriendo al vacío, sin esperar que le dé las gracias pero que se demora contemplando su deliciosa cabeza, inclinada sobre el vaso –y los demás que hacen lo mismo durante un instante, aunque de súbito algo se reactiva, ruidosamente, porque Patrice se levanta, los cuatro pies de su silla rascan el embaldosado, él se desplaza sin prestar atención a nadie sino atrayendo toda la atención, porque se lo pide el cuerpo, esa masa que parece inmensa en el espacio confinado del comedor, el silencio de repente quebrado por ese gesto de levantarse de la mesa, como si acabara de romperse un acuerdo nunca formulado pero en el que todo el mundo había transigido, como si ese movimiento fuera lo bastante brutal para que todos comprendan lo airado que está Patrice –por eso ha durado tan largo rato, y también por eso lo que han visto, cuando se ha levantado Patrice, ha sido esa violencia en la contención que ha intentado imprimir a su movimiento, sí, en el gesto que, ha querido anodino, de un hombre que se levanta de la mesa para ir a buscar al salón, en un mueble de madera blanca, una copa y una botella de whisky.

Se ha echado una copa hasta la mitad, la ha apurado de un trago, sin esperar nada de los demás, solo el bienestar del alcohol que quema el paladar y nubla el cerebro –¿piensa Patrice que al moverse de sitio ha cambiado reglas, que al abalanzarse sobre la botella de whisky ha desestabilizado unas normas que no tenía conciencia de que se hubieran instaurado entre todos ellos? No, tan solo deja actuar el ardor del alcohol que le permite no pensar más que en el placer casi doloroso que experimenta, e intenta hallar un sosiego que no se produce, no es grave, espera poder volver a sentirse capaz de ver más claro, sencillamente comprender lo que está ocurriendo, si es que puede, porque desde el principio todo se le escapa, como si la realidad hubiera empezado a dirigirle sus señales en una lengua extranjera y enigmática, un lenguaje desconocido para él pero que no tuviese secreto para los demás. Bergogne necesita tiempo, silencio, pero es demasiado tarde, el relativo silencio de antes acaba de dar paso a un fuego de preguntas por parte de Christophe y de Denis, que beben, se activan, se hablan, intercambian palabras que nadie más oye o entiende, y se vuelven hacia Marion para formular preguntas casi anodinas de entrada,

¿Qué tal?

de las que se hacen por costumbre o por cortesía,

¿Te encuentras bien?

sin esperar forzosamente respuesta,

Se está bien aquí, ¿eh?

preguntas acompañadas de los comentarios que los dos hermanos no se hacen entre ellos sino para sí mismos, sin esperar que las escuche nadie, no, tan solo porque dejan deslizarse lo que piensan,

Sí, tienes pinta de estar bien aquí,

frases murmuradas, apenas meditadas, menos aún dirigidas a Marion, quien de todas formas hace como que no se entera, como que no van con ella, y tal vez por eso las preguntas se dirigen más directamente a ella, no formuladas por voces que intentaran buscarla alzando el tono, interpelándola, obligándola a atenderlas, no, no es eso, vienen y se repiten en el mismo tono pero acompañadas de miradas cada vez más precisas, ardientes casi, inevitables, pronto Marion se verá obligada a volver la cara, a agachar la cabeza, a cerrar los ojos para evitarlas, y ellos,

No es humano no contestar a la gente,

como suspendidos en el vacío, uno y otro retomando la frase en que se ha detenido el hermano, uno haciendo siempre eco, como si fuera la primera vez que entablan esa conversación,

Bien es cierto que estás tan bien aquí, no se puede pensar en todo el mundo, claro, ojos que no ven...

Denis deja actuar a Christophe, a ratos incluso sonríe a Marion, como si solo estuvieran los dos en el comedor y, juntos, fueran a divertirse y a apreciar las ocurrencias de su hermano, provenientes de la cocina, donde se le oye remover las fuentes y empezar a calentar la cena en la cocina de gas; Denis deja pasar el tiempo y habla con voz tranquila y pausada, casi divertida también, secundada por la de Christophe, que hace eco a la suya,

¿Sabes que no ha sido nada fácil dar contigo?

No, desde luego que no.

Siempre has sido así, ¿eh? ¿De verdad pensabas que íbamos a olvidarte?

¿De verdad, Marion?

Marion, ¿no?

¿En serio?

¿En serio, Marion, pensabas eso?

Los dos hermanos sueltan sus risotadas y se vuelven hacia Patrice, que no siente ya el menor ápice de ira contra su mujer sino, por el contrario, un arrebato de amor hacia ella –su mujer de semblante blanco y duro, impenetrable, que no trasluce más que irritación e impaciencia, ira también, quizá, pero que parece apagado, sí, como si Marion se desmoronase por dentro y toda su lucha fuera ahora la esperanza de permanecer impasible, formar un bloque, convertirse en un bloque de silencio.

Lo que ve Bergogne es esa lucha, ese dolor, y la fuerza de su mujer, su capacidad de resistencia. Aun cuando no sabe lo que oculta ni quiénes son esos tíos que ella sí conoce, sabe que le necesita, que necesita su amor, desea ir hacia ella, y ese impulso que asciende en él quiere dejarlo expandirse, incluso si ese impulso es en primer lugar su necesidad de contestar a unas intimaciones antiguas como la vida de su padre, de su abuelo, de antepasados de nombres perdidos tiempo ha en las brumas del pasado, como si respondiera en el presente al elemento tácito que mantiene a las generaciones unidas; y ese impulso que solo le concierne a él le guía, ahora, con el acaloramiento de la copa de whisky, con la herida de su dedo que apunta, a través de los apósitos, hacia la mesa —en realidad el impulso de amor está diluido en un impulso mayor que él, un empuje que Bergogne habría tenido para defender a cualquiera que necesitara ser ayudado, un impulso que le han metido en lo más hondo del cráneo hasta convertirse en su propio pensamiento, y resulta tan impensable en él que se yerga ante los dos hermanos sin siquiera reparar en que la postura que adopta es tan grotesca —un buen tío, palurdo e ingenuo, que no habría subido nunca a un ring, imitando de pronto el juego de piernas osado de un boxeador sacando pecho. Pero ella no lo necesita para defenderse. Marion sabe apañárselas y no es imposible que vea con mala cara su deseo de interponerse, de hacer eso que hace de plantarse ante ellos obligándolos, por la presencia de su cuerpo, a levantarse, a pegarse, a enzarzarse. Por el momento ellos ni se lo plantean, o no creen interponerse de verdad. Están totalmente entregados a lo que hacen y dicen, uno agitándose entre la cocina y el comedor, y el otro, sentado, con el busto inclinado hacia delante, dejando suavemente su copa de champán ahora que esta última está vacía, repitiendo de nuevo, no con una retahíla amarga de reproches sino con una suerte de tristeza, de fatalismo consternado,

262

¿Cómo puede ser posible, eso? ¿Lo que hiciste?

todo ello con una inflexión que se extingue antes mismo de formar realmente una serie de preguntas, más bien algo que se desmenuza, se disgrega, poroso.

Cómo es posible... eso... ese...

Y así como Bergogne, que está más cerca, les parece invisible, lo que les atrae es la voz de Ida —al menos atrae a Denis, ya que Christophe tiene la mano en la puerta de la nevera y se entretiene con los imanes.

¿Qué le pasa a Ida? ¿Ha visto a qué se está preparando su padre? ¿Ha adivinado lo que quiere hacer y, solo para interrumpirle y romper la dinámica desastrosa a la que quiere lanzarse, pregunta a su madre si puede levantarse de la mesa e ir a ver una película? Ida repite la pregunta, se aferra del brazo de su madre y empieza a apretar entre los dedos la tela, estira, pellizca,

Mamá,

insiste,

Mamá, ¿puedo mirar una película?

Y como Marion sigue sin contestar, a Patrice le sorprende la presencia de su hija, que su madre no la oiga, y da la impresión de que toda su agresividad acaba de desaparecer, de abandonarlo; solo quiere que Marion oiga a su hija y le conteste, con un tono de reproche lo bastante alto para que entienda que su hija le está hablando, que debe contestarle, sí, hasta que Marion reacciona de repente, y cobra conciencia de que Patrice está tan cerca de ellas que casi le sorprende no haber caído en la cuenta de que había vuelto ya del salón y de que le señala a su hija, para que la voz de Ida alcance por fin a su cerebro. Pero Denis toma la palabra y se dirige a Ida:

Te hemos asustado, ¿es eso?

Y antes de responder, antes de dirigirse al hombre cuyo nombre no recuerda, Ida se pone colorada, Ida traga saliva, Ida repite la pregunta a su madre, que tarda un poco en reaccionar, como si la voz de su hija no acabara de llegarle, o lo hiciera como ahogada, lejana. Pero eso no dura. Marion ve que Denis observa, descifra —esa imagen insoportable para Marion, que se vuelve hacia su hija, le ase los brazos con las dos manos, tan menudos que los dedos los abarcan por completo, y su voz se hace firme, como si también le asiera los brazos con ella, pero para darle una orden, cuando se limita a contestar, sí, claro que sí tesoro, ya comerás luego. Pero la firmeza de su voz se dirige a Denis. La niña abandona la mesa, haciendo todo lo posible por ignorar al hombre cuyos ojos sigue notando, que la siguen durante todo el tiempo que necesita para abandonar el comedor, cruzar la entrada del salón y dar los pocos pasos que la separan del televisor y del lector de deuvedé, presintiendo a su espalda la energía negativa de los adultos, como un solo y mismo monstruo de varias cabezas, retornado del reino subterráneo de la noche.

Cuando se haya puesto los auriculares, por supuesto mantendrá el sonido lo más bajo posible, un hilillo que fija el límite que aísla, en el comedor, la realidad de al lado. Y aunque un simple movimiento lateral le permite ver muy bien, en el marco de la antigua doble puertaventana —que nunca ha conocido, pero de la que todavía ve la chambrana y unas huellas en el suelo—, a su madre y a su padre y frente a ellos, al hombre del regalo y al otro, que finalmente ha vuelto de la cocina, sí, con otra botella en la mano, que ha irrumpido allí y acaba de acomodarse a la derecha de su hermano, o sea frente al lugar que ocupaba ella minutos antes. Su padre ha acabado sentándose, lo cual la tranquiliza, conociéndolo temía que desfogase su violencia. Le habían puesto champán, se entretiene con la copa y el líquido de color paja, las burbujas que suben en línea recta a lo largo de la flauta y estallan al contacto del aire, como si ese espectáculo lo fascinase hasta el punto de abstraerse de todo el resto.

Durante unos minutos más, Ida finge indiferencia e interés por la pantalla, por más que lo que la retiene y la obliga a escuchar, a espiar todo movimiento demasiado vivo, sea el miedo. Ida percibe los sonidos, las voces –puede saber si algo se bifurca, aunque por el momento no solo nada se desvía, sino que se instala el silencio de sus padres, mientras los dos hombres hablan, sus voces casi suaves y pausadas, Christophe y Denis se expresan sin alzar la voz, dejando escapar solo de cuando en cuando una risita más fuerte que otra, una manera de exagerar la extrañeza, la incredulidad, pero sin más. Eso le basta a Ida para pensar que todo va a ir bien; sus músculos se distienden, su cuerpo se deja caer levemente en el canapé, su respiración se mitiga y se ahonda, sus ojos se concentran y se fijan en el televisor. Se deja hipnotizar y llevar por la imagen. Sigue oyendo lo que se dice en la estancia de al lado, pero todo acaba disolviéndose en una lengua extraña y como homogénea, sin tropezones, lejana también, emitiendo sonoridades particulares, tonalidades que acaban confundiéndose y alejándose de ella, sin expresar más que su musicalidad –música de fondo que muy pronto dejará de escuchar, percibiendo tan solo de lejos su línea melódica, y primero las dos voces, que arroja lejos de su espacio propio, al espacio cerrado de un universo de adultos con el cual, esta vez, no quiere tener nada que ver.

Sin embargo, mientras ella se niega a prestarles atención su padre, por su parte, sigue el camino inverso.

Si estaba dispuesto a pelearse para acabar de una vez, y porque no soportaba las voces de los dos desconocidos, ni, a través de ellas, el tono familiar que los dos hermanos adoptaban orgullosamente con Marion, la arrogancia de que hacían gala –enseguida se dio cuenta– de cara a él para humillarlo y demostrarle que no era nada en la vida de Marion, ahora el que calla es él: ahora escucha. E incluso en su manera de alzar los ojos hacia ellos, con una lentitud precisa al pasar de uno a otro como para fotografiarlos interiormente y memorizar de ellos cada arruga, cada movimiento de sus facciones –como si quisiera trazar un retrato

265

distinto del que pretendían imponer ellos–, ahora, mirada obce-
cada, ceño fruncido, parece observarlos ya no con cólera sino
con estupefacción, no exactamente con interés exactamente, ni con
una curiosidad vulgar, malsana, mezclada con el extraño sentimiento de asco frente a su propio voyeurismo, como si, al oírlos,
le diera la impresión de estar hurgando en los asuntos de su
mujer, comprobando en su agenda la realidad de supuestas citas,
o leyendo sus mails y sus SMS a sus espaldas. No, no es eso. Sin
embargo, no puede evitar aguzar el oído cuando Denis se dirige
a Marion,

Bueno, parece ser que trabajas. ¿Tienes un trabajo de verdad,
tú? Por lo visto has estudiado. ¿De qué? Ya, ah sí, espera, mierda,
ya no me sale, enfermería no es

Imprenta.

Gracias, hermanito. Imprenta. Eso es, imprenta. ¿Y ahí qué
haces?

Se debe de ganar bastante con eso, observa Christophe, como
para echar una mano a Denis y no porque espere una respuesta
de Marion, pues sabe que Marion no tiene intención de contestarle, Marion siempre le ha considerado un gilipollas, no hay
motivo para que eso cambie, le considera un gilipollas y arde en
deseos de decírselo, allí, enseguida,

Puedes contestarme cuando te hablo. Yo sé lo que haces en
tu puta imprenta, me he informado. Seré un gilipollas, pero me
he informado.

Pero en vez de eso Christophe se limita a lanzarle una amplia
sonrisa que trasluce todo el odio que le profesa, todo ese resentimiento y esa acritud recogidos en él como un montoncillo de
ceniza, su viejo fondo de odio que conserva preciadamente re-
cluido en un rincón de su cabeza hasta el momento en que, por
fin, pueda soltarle en la cara todo lo que no le ha dicho ni hecho
antes, a sabiendas de que nunca habría osado ni podido, pero
tanto da. Lo que importa es que ella sabe leer en sus ojos, en el
frunce de sus labios, que comprende sin oírlas las palabras enve-

266

nenadas que contiene para sí y que brillan en su mirada transparente y vacía, demasiado clara, casi gris.

Sus ojos no son en realidad lo que ve Patrice. Pero en su intensidad capta perfectamente el resentimiento que alberga Christophe hacia Marion. Lee en ellos el número de años inscritos allí, la duración, el tiempo que separa este momento de otro, grabado en una historia que ignora, que teme casi que retorne esta noche hasta ellos, cuando en el mismo reflejo sabe ahora que todo en él le incita a dejar abrirse las puertas del pasado para deslizar una mirada en él y descubrir una Marion que no acaba de saber si es la que ama. Y lo que debería retenerlo acaba imponiéndose en su ánimo; los dos hombres ya no son solamente intrusos o enemigos, ni siquiera rivales que hayan venido a jactarse de haber mantenido una vida más íntima que la suya en compañía de su mujer, no, sino unos testigos que quiere escuchar, como si fuera él quien los interrogase y no ellos quienes han venido a descargar su oleada de resentimientos y de rencores. Invierte los papeles y, durante un momento, podría casi verse flotar en su rostro una pizca de excitación, una sonrisa apenas esbozada en los labios, y sin embargo muy presente, tan nítida como la avidez de su curiosidad, aun cuando sabe que no puede esperar nada bueno. Pero el interés le atenaza la garganta, y se refleja en su manera de sostener la copa de champán y de apurarla casi demasiado deprisa, su manera nerviosa y entrecortada de acercarse a la mesa, de clavar los codos en ella y adelantarse hacia los otros dos sin defender a su mujer, que claramente lo llama como una mujer ahogada, perdida de repente, aterrada por lo que los otros dos comienzan a contar,

Sí, Marion, chatita, ¿una profesión de verdad?

y como empieza a mirarla con cara de querer saber, de preguntar, de quien casi exige saber, ella se pone colorada y agacha los ojos, lo justo para volver a oír la voz de Denis,

por lo que yo sé,

con un murmullo casi zalamero y cómplice,

¿Se acabaron los pequeños extras en las áreas de servicio de la autopista?

Denis comienza a sonreír, casi a reírse –pero no con una risa abierta, más bien una risa dirigida al recuerdo de un momento que todavía le sorprende, y que oculta casi tímidamente tras su puño cerrado ante la boca. Luego deja planear el eco de las palabras, como un algo vacío que sus frases hacen resonar en el espacio. Siente como sus frases giran en torno a ellos, encima de sus cabezas, de la mesa, y luego, descendiendo lentamente hacia Marion, un humo corrosivo y opaco que cae en espesa capa, como el polvo después de que una deflagración lo hubiera proyectado en el aire; siente que el silencio que se produce justo después no es un efecto de su imaginación sino de muchas de sus propias palabras, de esa dulzura melosa que dejan flotar en el aire, contrariamente a ese tono cordial o conciliador del que hacen demasiada gala y en el que nadie cree, y cuyo efecto no es la cordialidad mutua, sino que electriza los gestos –aun así tan reducidos, tan anodinos–, Patrice que coge un pistacho y arroja la cáscara sin reparar en que cae junto al cuenco y que Marion se precipita a recogerlo con la punta de los dedos, como si todo dependiera de ese gesto que, sin duda, todos observan sin advertir que le sirve para disimular que no consigue volver los ojos hacia los de su marido, que no se despegan de ella y esperan algo. Pero no con sigue soportar esa persistencia, como si los ojos de Patrice fueran demasiado inquisidores para que asuma el cara a cara –como si no pudiera esperar encontrarse nada más que confrontación o incluso condena, una suerte de acusación que teme no poder soportar en ese momento, e imagina no ser capaz de ello, justo cuando querría encontrar sus ojos, sí, de todo corazón, querría encontrar en él una respuesta a su angustia, comprensión, amor, está segura de que él lo comprendería, de que notaría que quiere disculparse porque parece ya que todo el mundo coincide en decir que lo que ocurre esta noche es en parte culpa suya y, del mismo modo que querría disculparse por esa velada, querría

ahora que Patrice la disculpase por todo lo que le está haciendo
pasar desde hace años y que sabe que soporta casi sin decir nada,
irritándose a veces porque ha bebido demasiado o porque pierde
la paciencia; sabe, tan claramente como sabe que no ha querido
nunca saberlo del todo, que es por lo que ella no le da, y no solamente sexo, sino todo el cariño y el tiempo que le niega. Le
asombraría –si ella se viera con ánimo para hablarle honestamen-
te– lo que vería, como vería, entonces, que ella le pidiese perdón
por todos aquellos años aparentando ser una pareja en vez de
serlo, y le sorprendería también que estuviese dispuesta a contarle lo que durante todos aquellos años se empecinó en callar para
quitarle las ganas de preguntar nada; todo lo que quisiera preguntarle sobre ella, sobre ellos, sobre todo lo que Marion se había
jurado no contar a nadie, ni tampoco –guardado en el secreto de
su memoria– a sí misma, ahora estaría dispuesta a decírselo, al
igual que estaría dispuesta a precipitarse a casa de su vecina para
pedirle perdón –Christine, nada de lo que está pasando tiene que
ver contigo, todo esto es culpa mía, mía y nada más que mía, tú
que desconfías de mí desde el primer día que llegué aquí, esta
noche sabrás que tenías razón cuando decías que Patrice era un
palomo a quien yo iba a desplumar y de quien me aprovechaba
como una puta, no soy una puta pero sí una cabrona que se ha
aprovechado de él, es cierto, tú te dabas cuenta, querías proteger-
lo, sí, durante un segundo le entran ganas de correr a casa de
Christine y volver sobre todo lo que nunca se habían dicho, pero
de lo que ambas han sabido siempre qué pensar.

Marion siente la presión de Patrice sobre ella, su espera que
la aplasta, esa acusación en los ojos de su marido –eso, lo siente
perfectamente, está ahí como una ola de frío en la piel, los ojos
clavados en ella y que siente que no pestañean, que nada perturba, mantenidos en esa exigencia que él apunta como un dedo
acusador; comprende lo que siente, su ira y esa incomodidad que
los separa, pero le gustaría que viera la suya también, el efecto de
sorpresa que la sigue trabando, del que apenas se recobra y que

la tiene con los ojos fijos en la mesa, las mejillas demasiado rosas, como si estuviera intimidada cuando no lo está, solo está a la defensiva, le gustaría que él pudiera comprenderlo, que volviera la cara para indicarle que renuncia a saber, que no quiere saber nada –como si fuera capaz de perdonarla y de ignorarlo todo–, sí, eso es lo que le gustaría, lo que espera, lo que siente como un deseo ya frustrado porque él sigue mirándola sin moverse. Y sigue plantado en su silla inspeccionándola y escuchando la voz de Denis. Ella sabe –como lo sabe él– que lo que va a oír es todo lo que nunca ha querido decirle, pero también que no es lo que le habría dicho, o cómo se lo habría dicho; lo va a escuchar tan complacientemente tal vez para castigarla por todos esos años en los que no supo o no quiso hablarle. Si pudiera contárselo todo ahora, si tan solo pudiera, sí, cuando no quiso decirle durante tanto tiempo lo que había sido su vida, ahora, seguro que se precipitaría a contárselo y también para quitárselo de encima, para liberarse de ello quizá, ofreciéndole una historia que ha rechazado, sí, le gustaría decírselo todo, siempre que fuera con sus palabras.

Se dice que si no lo mira de frente ahora, él pensará exactamente lo que los otros quieren que piense. Lo pensará con las palabras de ellos, con la crudeza y la ironía amarga, burlona, sin indulgencia, que utilizarán, no únicamente para herirla a ella, para cerrar el asunto ante ella, sino también para destruir todo lo que haya podido construir con su marido –sabe que debe mirarle para mantenerlos a raya, o al menos a distancia, como sabe que lo espera Patrice, ese ruego que podría dirigirle sin pronunciar una palabra, de que no crea lo que dicen y crea, en cambio, lo que ve en los ojos de ella, en la promesa silenciosa que le haría de contárselo todo, si hay que decirlo todo, pero no se atreve, no puede, siente cómo la mira su marido, todas las preguntas que sopesa, ya no como hace un rato, cuando solo quería que le explicase quiénes eran esos dos cabrones, cuando todavía podían preocuparles los dos hermanos juntos y no como ahora, él atravesándola con la mirada como si estuviera condenada antes incluso de que los otros contaran lo que ella había hecho todo lo posible por olvidar. Pero ahora están aquí. Ahora Patrice pregunta otra cosa. Ahora quiere saber. Y entretanto,

No sé si te acuerdas del pequeño Barzac

Denis se dispara,

Ya sabes, ese con la jeta un poco extraña y boca de culo de pollo. Me lo crucé en el mercado, hace cuánto... no lo sé, tanto da. Ya ves lo rara que es la vida, ¿no? ¿No sabes de dónde venía? ¿No? ¿No lo sabes? ¿Ni una pequeña idea? No... Él, que nunca había puesto los pies a más de diez kilómetros de Les Grivaux, la única vez que sale de su pueblucho, pues... se le ocurre venir por aquí. ¿Te das cuenta? Vino aquí de vacaciones, ese gilipollas. A más de quinientos kilómetros de su casa. Como lo oyes. Tiene gracia, ¿no? Se larga una vez en la vida, y lo hace para venir a este agujero... De pirados, ¿a que sí? ¿No te hace gracia? Y Denis desgrana su historia con voz igualmente suave, sin expresar más que su suma extrañeza por un azar que solo la realidad es capaz de inventar –Un primo que le debía pasta o algo así, yo qué sé; vamos, una gilipollez. Y se encoge levemente de hombros, se pasa la mano por el pelo, engulle dos o tres Chipsters y mantiene la mano delante de la boca mientras las mastica, sonríe de nuevo ante la evocación del tipo que encontró a Marion –¿Qué crees que ha sido eso? ¿Azar, suerte, eh? Y espera, que no acaba ahí la historia. Porque no basta con que se dejara caer por aquí. Podría haber pasado a tu lado diez veces y no verte, o ni eso, simplemente ni cruzarse contigo... No hizo falta que apareciese por este agujero, no fue suficiente que llegase hasta aquí, no, se necesitaron determinadas circunstancias, ocasiones, y en este caso que se presentase un viernes por la noche –no un sábado, no, como habría sido lo más probable, sino un viernes, eso sí que me dejó de piedra– a unos quince kilómetros de aquí, en una sala que ni siquiera estaba en el pueblo sino más lejos, un pueblo todavía más cutre. Una discoteca de pécoras, con su primo, que quiere ligarse a una piba que... en fin, una sala que se llamará algo así como Maximum o una gilipollez por el estilo, con su bola de espejos y sus luces estroboscópicas a lo cutre, como cuando íbamos nosotros... ¿Y a quién se encuentra? ¿Lo adivinas? Pavoneándose aún con unas amigas... pues a ti, Marion, a ti. Tardó horas en decirse que era posible. Te estuvo observando toda la velada, como me dijo, una auténtica alucinación, una aparecida, es una aparecida dijo, no se movió, te parecías tanto que hasta pensó que no podías ser tú. Pero sí, es ella, es ella, dijo. El tatuaje en el cuello, en la nuca, eso no te da miedo enseñarlo, eh... Sigue produciendo su efectillo estoy seguro, aunque ahora todo el mundo lleve uno, no había muchos cuando tú te pusiste el tuyo, chicas que se hiciesen eso... ¿Eh, Marion? ¿Sigues con el gin pampeano en la barra y las rayas de coca en el meadero? Te mantiene en forma, ¿a que sí? ¿Te ayuda a apechugar con la vida diaria? ¿No? No, que es broma, digo chorradas. No te ofendas, ya sé que tú ya no estás en eso... ¿Verdad que no? ¿Eh, Christophe?

El otro asiente, pero Denis ni lo mira. Da la espalda a Marion y deja vagar los ojos por el techo, unos segundos, como un fumador entreteniéndose con las volutas de su cigarrillo que ascienden en capas y van ensanchándose; luego desliza los ojos por las paredes, sin detenerse en ningún sitio, demorándose lentamente, sin prestar atención a nadie y sin importarle si su hermano tiene o no tiene intención de contestarle, o decir lo que piensa de ello, si es que piensa algo –A ese piojosillo de Barzac nunca le habría creído capaz de ser tan listo... porque en vez de mandarte a la mierda, se puso a ligar con una de tus amigas, lo necesario para saber tu nombre, para asegurarse. A mí me contó eso, pero ahí quedó la cosa, no hizo nada más. Y ahora Denis adopta una expresión consternada para seguir con su historia, de pronto dirigiéndose también a Patrice –ese mierdecilla de Barzac, me ponía enfermo verlo contonearse como un gallito, allí... No sabía si tenía que abrazarle o arrearle un buen mamporro para borrarle esa sonrisita de mariposón, seguro que estaba encantado de sí

272

mismo... Sabía muy bien que aquello me gustaría, habría podido sacarme dinero pero no, demasiado gilipollas, estoy seguro de que ni lo pensó, de lo contento que estaba de ir a hacerse el fanfarrón... la verdad es que nos reímos a gusto... Y bebimos. No champán como esta noche, no, cerveza vieja de a dos pavos, pero que a mí me gusta... ¿La primera buena noticia desde hacía cuánto? ¿Lo sabes? Di, Marion, ¿sabes cuánto tiempo hacía que era mi primera buena noticia?

Podría callarse, no contar lo siguiente, que en el fondo solo le interesa a él: cómo se las apañaron para venir, sus hermanos y él, cómo a costa de esfuerzos, gracias al primo de Barzac, esperaron pacientemente a que Marion volviera una de esas noches a la discoteca, el viernes porque hay karaoke y fue con sus amigas. Ah sí, van al karaoke, señaló el primo, son conocidas esas tías, no son jovencitas, se las localiza enseguida. Con ellas la gente allí se pitorrea un poco de sus maridos, que hacen de canguros de sus críos, ellas ligotean, pero en realidad son unas calientabraguetas, no hacen nada, se ríen, beben, se contonean cantando con las gilipolleces de los años ochenta y nada más. Y ahora le toca a Christophe contar cómo hicieron para dar con su rastro. Dice: Un día, fui a la discoteca, un viernes. Volví con un palmo de narices. La segunda vez también. Pero no la tercera. Estabas allí, con tus amigas. Me quedé en mi rincón, tú no me viste, pero tus amigas se fijaron en mí, vamos, sobre todo una, la pelirroja... Me largué porque no quería que me vieras... Pero me quedé esperando en el parking, hasta las dos de la mañana, y te seguí... Joder, Marion, cuando vas cocida, es la leche cómo conduces.

30

Habitualmente, a esta hora vengo a tomarme una infusión en mi vieja butaca. Esa de ahí. Está medio hundida, pero cargo con ella desde que vendí mi primer cuadro –uno de los primeros regalos que me hice–. Me fumo dos o tres cigarrillos, nunca más, que aplasto siempre en este cuenquecillo ahí en el suelo. Como la butaca está vuelta hacia el lienzo que ves en medio de la habitación, lo examino, lo detallo. ¿Te gusta? ¿No pareces saberlo? No es grave. Tú crees que no he pintado más que una mujer en pelotas, pero si este retrato es rojo es porque al principio llevaba un vestido que yo tenía en la cabeza, algo en lo que pensé, pero que no era de la mujer, no, ella no existía. Al principio no había mujer, solo un vestido. Hace varios meses, me desperté una mañana con la imagen de un vestido rojo con una percha, que colgaba en el vacío. Empecé a dibujar el vestido, y muy pronto di con la forma que creía haber dibujado en sueños. Después pinté distintos rojos para encontrar el bueno, pero no lo conseguía, en absoluto, hasta que me dije, tengo que ponerle el vestido a una mujer, y busqué en internet. Recorté unas fotos, mezclé retratos. Pensé que el vestido aparecería mostrándolo con alguien que lo llevara. Pinté a una mujer en el interior del vestido, pero al principio estaba de pie, como un maniquí de La Redoute, ¿sabes? Resultaba ridículo. La senté,

274

no sabía por qué, tenía que estar sentada... ¿te interesa lo que te estoy contando?

Esta vez Christine había comprendido que sí, le interesaba. Incluso había parecido fascinarle quizá un poco, porque se había quedado mudo, la boca entreabierta, asintiendo con la cabeza como para decir que acababa de comprender que lo que uno ve no aparece porque sí, pensando que por ese motivo no sería nunca un artista —por impaciencia, por necesidad de no tantear y de confiar en certezas—, y le había dicho, sí, es raro esto, es como si, como si, no sé, si la mujer tuviera pliegues en la piel, como arrugas no, lo justo que...

Sí, cuanto más pintaba el vestido, más entraba en su carne. Más desaparecía en los pliegues de su piel, más pasaba a ser ella. Pero de todas formas, cada vez, se pinta un cuadro para conocer el cuadro que se quiere pintar, no puede saberse antes, yo no puedo... No quería una mujer desnuda, y al final, ella es la que permanece en mis brazos, mientras que su vestido no lo veré jamás.

Había seguido observando los cuadros mientras ella hablaba, le había sorprendido ver cómo toda la pintura se había transformado por su contacto con la música, como si la música penetrase en la carne de la pintura para revelarla, como si el propio taller se hubiese transformado, rechazando todo lo demás, el pasado y las horas precedentes. Y por eso de repente se lanza, siente que tiene que lanzarse, quiere decir que él no escucha música, que no conoce la música, que nunca ha sabido realmente que existiese ese tipo de música. A él le gusta la música, la música o lo que dicen que es la música, pero no comprende nada y su voz corre demasiado para su pensamiento, tropieza, cae en el vacío de un pensamiento que no viene o entonces sucede a la inversa, el pensamiento la precede, se descontrola y nada, en su boca, en la lengua, no puede retenerlo ni hacerlo oír, oye su voz que se quiebra, repite, retorna, pierde el aliento —querría hablar de la música y de cuánto habría podido amarla, siente que habría podido si su vida hubiese sido diferente, pero, observa, le importa un rábano, no se queja de su vida, podría haber sido peor, ha conocido a chicos, en el centro —ellos deben de seguir allí, no saldrán nunca, como no sea con los pies por delante. Así son las cosas, siguiente, y punto.

No entiende que solo cuando pronuncia las palabras que no son las suyas sino las de su hermano mayor consigue salir de su rutina, únicamente,

Siguiente, y punto,

cuando utiliza las palabras de Denis, y quizá también su entonación, consigue hablar.

Pero aunque utilice las palabras de Denis, de quien está ahora más cerca es de Christophe, porque nadie lo conoce tan bien como Christophe. Ni siquiera Denis, que cree conocerlos a ambos mejor que todo el mundo, pero que se equivoca al respecto porque, durante los diez últimos años, que se alzaron entre ellos como un muro o un inmenso bosque de espinos, Denis no estaba allí para guiarlos en su vida, comprenderlos y ampararlos, ayudarlos o abroncarlos. Durante diez años su papel de hermano mayor protector y autoritario quedó aparcado, y, si bien ni Bègue ni Christophe intentaron emanciparse de una tutela de la que eran los primeros en congratularse, adquirieron un conocimiento y una proximidad entre ellos que nadie podía sospechar, ni siquiera Denis —sobre todo Denis—, pues en su ausencia Christophe pasó a ser el hermano mayor de Bègue, que a la vez había sido siempre en su vida al ser el segundo de los hermanos, pero sin haber tenido nunca ocasión de serlo de verdad en actos —el hombre de en medio que no había tenido la certeza de ser más que una pieza de transmisión que permitía a los otros dos existir al margen de él. Pero eso era antes. Se había convertido en el mayor por sustitución, pero un hermano mayor, aun así, más abordable y más próximo, un hermano, sí, allí donde Denis poseía toda la autoridad y la inflexibilidad de un padre chapado a la antigua, a quien uno no se atreve a contradecir y menos aún a confiarse y pedir afecto, comprensión, ni desde luego amor. Y fue el hecho de encontrarse casi solos, con la sensación de estar solos, a la par abandonados por Denis y liberados de él, lo que les permitió caer en la cuenta de que no se conocían, que no habían tenido nunca de verdad la ocasión de encontrarse.

Pero sucedió, Bègue había descubierto a un hermano más cariñoso que Denis, y Christophe, a reserva de carisma, poseía la autoridad que necesitaba Bègue para sentir confianza. Denis lo sabía, no había dado muestras de tener celos, tal vez no los tuviera, no los tenía desde su salida de la cárcel, como tampoco tenía la impresión de haber sido mantenido al margen, como si le trajera sin cuidado que se hubieran tejido otros vínculos entre sus hermanos, una nueva fraternidad a espaldas de su ausencia, una complicidad que no quiso ver o que no le interesaba, o incluso le aliviaba quizá de un peso cuya carga nunca quiso.

En cualquier caso, Denis no tuvo tiempo de interesarse por los estados anímicos de sus hermanos, y aun cuando sintiese deberes para con ellos, el Denis actual siente primero deberes para consigo mismo, y está seguro de que sus hermanos no tienen nada que decir al respecto.

Durante los diez años en los que Denis estuvo entre rejas, Christophe había pasado la mayor parte del tiempo con su hermano pequeño en casa de sus padres, hasta entrada la noche, desatendiendo la urbanización, su chalé, a su mujer y a sus dos crías, prefiriendo quedarse en la cocina del piso de los padres hablando con su hermano de Denis, y del mal que había sufrido, de la infancia, de los padres que les jodieron a más y mejor de críos, todo ello soplando copitas de aguardiente de ciruela y de pera pero también vino —mucho— y cerveza, por tonelillos de cinco litros que se pulían en apenas dos días, dejando ante el televisor o en su habitación a los padres, que aguardaban a que acabase la velada fingiendo no oír las carcajadas provenientes de la cocina, las réplicas interminables de los dos hermanos, que no sabían ya siquiera de qué hablaban pero seguían bebiendo, guardándose tan solo de decir que esperaban el retorno del primogénito, que eran prisioneros de su ausencia, pegados a ella cual insectos nocturnos estrellándose y quemándose en una bombilla. Abrían las ventanas por el humo de los pitillos, y, si bien saboreaban la libertad que les daba ser dos, descubrían el goce de una frase libre de la vigilancia de los padres, pero también de aquella, no menos asfixiante, del hermano mayor, no caían en la cuenta de que en el fondo no hablaban más que de él, el mayor, que lo contaminaba todo.

Las largas tardes, en casa de los padres, mientras Denis estaba en la cárcel y Bègue no parecía volver a asentarse en la vida, como si el hospital lo hubiera vuelto definitivamente incapaz de desenvolverse solo, flotando como un barco encallado en medio de una gran nada que parecía aterrarle, Christophe le encandilaba con las noches de amor que vivirían muy pronto, pues, sin la menor duda, en cuanto los tres hermanos pudieran reunirse de nuevo, se verían con chicas, que entre ellas habría una que se ocuparía de Bègue, una simpática, buena moza, no tonta porque él necesitaba una chica espabilada pero también no tonta. Y con esas fantasías como con las otras, la primera de ellas el retorno de Denis, se habían inventado y dibujado entre las brumas del aguardiente veladas enteras. Christophe prometía mucho, y hay que decir que se había hecho cargo de todo desde el encarcelamiento de Denis, pues era necesario que Christophe se ocupase del *último* —como Denis, el primero, lo había hecho— antes que nada, acudiendo al hospital donde, anteriormente, no había querido poner los pies, y luego aviniéndose a pasar el tiempo con él. De todo lo que había hecho durante diez años en sustitución de Denis, pero con su aprobación, la decisión de reinstalar al *último* en casa de sus padres, a su salida del hospital, había sido la más espectacular.

Christophe les exigió que aceptasen su regreso, por más que no quisieran, por nada del mundo, repitiendo entre temblores que para ellos, míseros jubilados, embutidos en sillones de cuero falso de improbable color crema, incapaces de moverse lejos del entorno de su televisor –en el caso de ella– o de la ventana de la cocina fisgoneando tras el visillo de seudo encaje quién pasaba por la calle –en el caso de él–, que para ellos quedaba descartado ver volver al otro chiflado a su casa, que había dejado de serlo hacía tiempo, pues desde la condena de Denis, se habían visto obligados a dejar de pagar el alquiler de aquella casa que de todas formas se había hecho ya demasiado grande para ellos dos, los padres, que tenían que rehuir a sus vecinos, los antiguos amigos, que los evitaban en la calle, huir de la vergüenza y el oprobio de los marginados. Acabaron en el suburbio sin saber muy bien cómo, un suburbio de verdad ahora, en un barrio de viviendas baratas llamado B2.

Descartado, habían vociferado, y luego lo murmuraban, hasta que cedieron, con la garganta agarrotada por lo que el *último* le había hecho a su madre, repetía su padre, cada vez bajando más la voz, con menos convicción conforme veía a Christophe, intransigente, imponerle la presencia de Bègue, el que había roto el corazón de su madre la noche en que lo encontraron en una granja a quince kilómetros de la urbanización, en cueros, pegando fuego con un haz de leña, no, aquel hijo había hecho polvo a su madre; con solo pensar que una vez había tirado su documentación, su carné de identidad, su tarjeta de la Seguridad Social, UGC, bancaria y todo lo demás en el buzón de Correos, y eso sin ningún motivo aparte de estar completamente loco, y su maldad, sí, porque desde la infancia había sido malo, un niño nunca tierno ni entrañable, que los amenazaba como un perro que les va a morder, lo tremendo que es un crío así, cuántas veces, cuando los dos mayores se habían marchado –que eran casi de la misma edad, y él mucho más joven–, al encontrarse a solas con él, se habían quedado aterrorizados por aquel joven que había crecido y se había vuelto brutal, el *último*, el que habían llamado siempre el *último*, sus padres no comprendían que con tal sobrenombre se habían preparado muy pronto a una extraña reacción violenta, que se había producido, al haber crecido los críos demasiado deprisa, y el padre y la madre envejecido todavía más; el padre quedó fulminado por la rapidez de su deterioro, en cuanto se jubiló, amojamándose a una velocidad extraordinaria –los músculos consumidos, para dejar muy pronto bajo la piel una osatura formada por ángulos y protuberancias, articulaciones, un hombre de cuerpo fatigado y evanescente que así y todo arrastraría durante años, y que, como muy pronto supo, no había de servirle de ayuda alguna frente a sus hijos, sobre todo cuando, después del hospital, hubo que volver a acoger al chiflado de Bègue –ese *último* de los tres a quien quería desde luego el que menos– porque lo exigió Christophe, que se las daba de jefe ahora que Denis, el único hijo inteligente que habían tenido, y de quien habían esperado que saliese adelante mejor que los demás y que ellos mismos en la vida, acabó pagando por una historia de la que no había sido más que una víctima, encarcelado durante casi diez años porque una mujer siempre acaba causando el infortunio de los hombres que tendrían que haber salido adelante.

Pero tampoco se trata de cargar las tintas, los tres hermanos no tuvieron una infancia desdichada. Incluso fue todo lo contrario, una vida sencilla en la que los padres no te prohíben salir al aire libre ni te obligan a hacer demasiados deberes. Los dejaban tranquilos; de todas formas los padres siempre tenían otras cosas en que pensar que ocuparse de ellos, lo cual tuvieron que contar en varias ocasiones a directores de escuela desconcertados ante la indiferencia de su reacción cuando se habían visto obligados a cambiarlos de escuela por comportamientos, como decía la administración, inapropiados. Su vida de niños se había compuesto de juegos al aire libre, de horas de bici con los primos, más adelante, durante la adolescencia, de escúter, luego de moto aún sin permiso de conducir, y muy pronto las fiestas, con apenas catorce años, las primeras cervezas, trapicheos, chanchullos, encubrimiento. Tiempo antes en la infancia, podían también emerger de la nebulosa de la memoria imágenes apacibles de Papá Noel a quien esperaban hasta tarde, temblando de impaciencia bajo las

280

sábanas, brincando en la cama, disfrazados de indios y de Zorro, las bromas de los padres con las personas que venían a tomar el aperitivo y en cuya compañía se olvidaban de los críos que, entretanto, armaban la de Dios es Cristo en su cuarto en medio de la indiferencia general y feliz de una familia que sabía descuidar sus problemas y devolverlos a su lugar.

31

Un pitillo –necesita un pitillo, y no es una reflexión, ni siquiera un sobresalto, lo que la empuja fuera de la mesa, en busca del bolso que ha dejado caer a sus pies en el vestíbulo y que nadie ha tocado, como si fuera invisible o se confundiera con el decorado, sino también una manera para ella de huir, de ganar unos segundos sin mostrar que huye; simplemente se evade, lo justo para levantarse e ir a donde está su bolso, inclinarse hacia él y abrirlo para coger su paquete de cigarrillos y buscar su mechero, forzosamente inencontrable –el mechero, que se ha deslizado entre dos cosas pero Dios santo ¿qué narices meto en mi bolso para no encontrar nunca nada?

Lo cierto es que su bolso es demasiado pequeño y hondo, que no tiene bolsillo interior y que siempre corren por el fondo las llaves de su casa y las de su escritorio, tres lápices USB que uno se pregunta qué pintan ahí, como dos paquetes de pañuelos que no ha abierto nunca y que la acompañan desde hace meses, una agenda que no abre prácticamente nunca, un cargador de teléfono que utiliza dos o tres veces al día –como si no pudiera dejar alguno en el escritorio–, una polvera que le sonríe desde las profundidades del bolso con los ojos traviesos de Audrey Hepburn, bolígrafos Bic en los que el color del capuchón no se corresponde con el de la tinta, una receta para renovar de la píldora que se toma y un ansiolítico. Trozos de papel con teléfonos garrapateados cuyas señas no sabe ya de quién son, un paquete de caramelos de miel, y, por fin, su mano da con el mechero, lo saca del bolso que al entrar deja sobre el canapé del salón junto a su hija, sobresaltada por la aparición de su madre que la arranca por un segundo del espacio cerrado de su película; luego enseguida Marion se da media vuelta, extrae un cigarrillo del paquete y se lo pega a los labios, lo enciende y aprieta el paquete en la mano como si fuera a aplastarlo, lo justo para volver al comedor, sin que siquiera se le ocurra ir a fumar fuera como lo habría hecho habitualmente; y ni a Ida ni a Patrice se les pasa por la cabeza reprochárselo, ni siquiera extrañarse, enciende el cigarrillo y aspira el humo cerrando los ojos, se le hincha el pecho, se oye su respiración profunda, todo dura muy poco tiempo pues Marion no ha permanecido allí sin moverse, no, por el contrario, ha vuelto enseguida hacia la mesa, y, tras dejar el paquete y el mechero a su lado, como si necesitara recambios apenas se consuma el que tiene entre los labios, sí, se sienta, acercando al máximo la silla a la mesa, bien pegada al respaldo, el brazo replegado, manteniendo el codo en la palma de la mano derecha mientras los dedos de la mano izquierda parecen asirse al cigarrillo que va a fumarse, como para decir a los otros dos –y quizá también a Patrice– que se quedará plantada ahí, que no huirá, que no eludirá nada, que será capaz de enfrentarse a ellos hasta el final y que por supuesto no les dará el gustazo de mostrar que podría temblar ante ellos. O ante lo que tienen que decir, ni siquiera ante la manera con que van a decirlo, pues lo que sabe muy bien, también, es cómo van a contarlo, destilándolo con delectación y lentitud, no fríamente, pero a buen seguro, con cinismo, para sopesar mejor el efecto que cada palabra pueda producir en ella, restallando como una revelación o un navajazo, o, sencillamente, un insulto. Y ahora que se ha sentado y fuma sin prestar atención al cigarrillo, desdeñando la ceniza que acaba de caer delante de ella, Christophe le coge uno sin pedirle permiso,

Anda, sí, mándame a la mierda, Marion,

luego coge su mechero, enciende el cigarrillo y

Dime que no me has dado permiso para que te coja un pitillo, se limita a mirar a Marion, soltando de pronto que no se lo creerá pero que sin embargo es cierto, sí, es cierto, nos hemos alegrado de saber que seguías adelante... Siempre has sido más lista que la media. Eso sí, no sorprendió a nadie. Tú siempre has ido a lo tuyo, ¿no? ¿No va a lo suyo? Se lo pregunta a Patrice, un Bergogne picado en lo más hondo porque conoce demasiado bien la respuesta, una pregunta que no es tal y que no se esperaba, una afirmación jocosa e insidiosa que no espera respuesta; Christophe no espera nada, indudablemente, además ya le ha dado la espalda a Patrice –Tú eras así con las chicas. Sabrás que no les gustó cómo las dejaste plantadas a todas, eh, a tus viejas amiguitas... Sabían muy bien que siempre arrimabas el ascua a tu sardina, pero aun así... darles la espalda después de todo lo que habéis vivido... hasta la muerte, ¿no? ¿No eras tú la que repetías eso cada dos por tres?

Marion no suelta prenda. Aplasta el cigarrillo y se niega a responder; siente la presencia de Bergogne y tal vez sea lo único a lo que se aferra, lo único que la hiere de verdad: cómo debe de interpretar lo que el otro va soltando. Rumia un montón de palabras que intensifica, que va a lanzar, gilipollas asqueroso, adelante, puedes seguir miserable mamón de mierda no me impresionas y no me avergüenzo, no, he vivido lo que he vivido –le quema en los labios decirlo, le da vueltas un momento en la boca, en la lengua, le silba entre los dientes y de repente brota tan límpida y poderosamente como se lo había formulado. Lo dice mirando a Christophe, los ojos brillantes –¿de qué? ¿De lágrimas, de ira?–, recalcando las palabras, las sílabas, con una precisión y una lentitud que la sorprenden a sí misma, venga, adelante, sigue diciendo lo que te dé la gana, he vivido lo que he vivido y no me avergüenza. Pero no lo llama ni gilipollas ni de ninguna manera, no necesita insultarlo, su voz trasluce el desprecio que le inspira, no necesita ensuciarse pasándose, no, ataca con una voz no tan fría como impersonal, directa, átona –vamos muchacho, no te recates, adelante, parece que lo sabes todo, cuenta lo que es hacer de puta, si es de lo que hablas, sí, y quedarse embarazada a los catorce años, también, si lo sabes, adelante, cuéntalo, puedes contar también... y él, con su sonrisa en los labios, encantado –triunfando vagamente de incomodar ¿a quién aquí? ¿A Bergogne?– la escucha y le divierte verla adelantar todo lo que él iba a contar, cuando ella le suelta que puede también desembuchar cómo sus amigas y ella habían vaciado la casa de una señora en la que trabajaba una de ellas, cómo le habían prendido fuego para disimular que le habían birlado la ropa, las joyas, los objetos valiosos que habían revendido,

Venga muchacho, no te cortes,

Y contar cómo chantajearon a unos padres de familia haciéndoles creer que esperaba un bebé que ellos tendrían que reconocer, pues le gustaba el poder que eso le daba sobre ellos, saboreaba la venganza sobre el poder de los hombres, la rebelión violenta y feroz que disfrutaba ante su jeta descompuesta de burgueses volcados en sus certezas y su bienestar, y desde luego sin ningún arrepentimiento por aquello, puede decirlo sin ruborizarse y se siente capaz de repetirlo ante su hija y ante Bergogne, sin vergüenza pero sin especial orgullo tampoco, eran su juventud, su ira, su rabia, no se avergüenza de la ira y de la rabia que le salvaron la vida; y además,

Venga, llámame puta delante de mi marido,

pensando,

pobre gilipollas, crees que soy una puta porque tú no me has follado nunca, esa es la verdad; todos los tipos a los que robé y engañé por lo menos lo hicieron, me follaron tantas veces como tú soñaste, y algunos tan bien que habría podido quedarme con ellos y creer que eran hombres para mí, sí, entre ellos los hubo que habrían merecido que se les amase y no se les traicionase como hice yo –la violencia de aquella época, que rechaza tan profundamente que, ahora mismo no le hace sentir ni asco ni miedo, al contrario de lo que le sucede desde hace años cada vez que ese mundo muerto la asalta por la noche, ocurre, sí, que vuelve y entonces la deja tan sola y aterrorizada como a un chiquillo que confunde la imaginación y la realidad, estrujándolas y triturándolas hasta engendrar una categoría nueva y opresiva de ambos mundos.

Y luego suena la voz de Bergogne, que se le acerca, Marion, me trae sin cuidado todo eso. Me trae sin cuidado.

Se vuelve hacia él, están el uno al lado del otro, pero vueltos el uno hacia el otro, el uno frente al otro. Comprende que nunca ha visto de tan cerca la cara de su marido, ni sus ojos con tal nitidez, tal verdad. Le sorprende encontrarlos tan claros y tan dulces, con esa confianza que le demuestran o tan escasa agresividad o tan plenos de —¿qué es, amor de nuevo? No lo sabe. Pero sí está segura de que Patrice no siente hacia ella lástima ni ningún sentimiento despreciable, es incapaz de desprecio o de condescendencia y, en este momento, piensa que hay en él algo valioso y único como, sí, una idea tan tonta como la que asigna pureza a los niños, como si su supuesta inocencia no fuera la invención de unos adultos cansados de sus propias abyecciones. Pero no ve abyección o duplicidad en la mirada de Bergogne; apenas percibe tal vez la brutalidad de la ira y de la incomprensión, y durante menos de treinta segundos, imagina lo que le sucede, en ocasiones, cuando se pierde en la miseria de sus deseos y se ve incapaz de controlar sus pulsiones, se deja llevar por el resentimiento y casi el odio que le profesa, a fuerza de soledad. De eso ella no se da cuenta, o no hasta ese punto, como él no se da cuenta de todo por lo que había pasado su mujer antes de conocerla, de qué necesita ella deshacerse y descansar. Qué se le va a hacer si no comprende hoy a su mujer más de lo que habría comprendido a la muchacha que fue sin ninguna duda, sí, lo nota en su interior, todo se lo evidencia desde que la conoce, desde su silencio hasta esa manera de eludir las explicaciones o los relatos de su juventud, de su infancia, de sus padres o de sus amigos, de los lugares de la infancia, de los estudios que pudo cursar.

En los primeros tiempos, que eran aún aquellos tiempos en que no se veían en La Bassée sino en la ciudad, a unos cincuenta kilómetros de aquí, en restaurantes donde nadie los conocía, donde ambos se arriesgaban a un encuentro en el que ninguno de los dos creía de verdad, él sin atreverse a soñar con ella amor, o incluso atracción, ella sin atreverse a esperar rehacer su vida con un hombre que le ofrecería deshacerse de su nombre, garantizándole un lugar donde descansar de su vida –sin siquiera darse cuenta de que, al igual que su madre, reivindicaba su independencia y de que, a la par, caía bajo la protección de un hombre a quien despreciaría por esa protección que pretendía ofrecerle–, en los primeros tiempos, así pues, eludía toda pregunta, toda intrusión en el relato de su vida, y tan solo una vez, en que ella lo llevó a bailar, y bebieron demasiado vino y armañac, se había reído al evocar a su madre y su manía de esconder las botellas de aguardiente en los armarios de debajo del fregadero, de su desesperación y de su final trágico y sobre todo trágicamente previsible –las venas abiertas en la bañera llena de agua espumosa de una habitación de hotel que no podía pagar.

Y oye ahora cómo contesta a Christophe, con esa determinación escandalizada, ese tono que solo posee ella cuando se muestra arrogante con la persona a la que se dirige, sí, Bergogne, desde luego, conoce ese tono.

Adelante, tú sigue, que no me da miedo, ni me avergüenzo, he vivido lo que he vivido.

con esa manera suya de darse la vuelta hacia Bergogne como si no soportase ya que la mire y porque le da la impresión de que le está ordenando que esclarezca su vida,

He vivido lo que he vivido,

las mismas palabras que se fisuran y tiemblan con un dolor o más bien una fragilidad vibrante, una vacilación que no pide ni perdón ni nada sino simplemente ser escuchada,

287

He vivido lo que he vivido,

sugiriendo que nada de todo eso merece que se le preste atención –¿de quién puede decirse que es lo que ha hecho, que es para siempre lo que ha hecho?–, no quiere ningún perdón, quiere dejar morir la parte de su vida de la que no siente vivir nada, de la que sabe que nada sobrevive en ella, ninguna imagen, ningún eco, nada más que la obstinación que recuerda y que ha quedado marcada en ella, sí, huir, zafarse de la nada que era su vida, le tiembla la voz de tal manera que por primera vez desde hace siglos, sin que ninguno de los dos sepa cómo ha podido ser, Marion y Patrice Bergogne ven buscarse sus manos sobre la mesa, entrelazarse sus dedos, él tan sorprendido que le asalta una conmoción indescriptible que hace tambalearse incluso la ira y el odio que le inspiran esos tres tipos, mudando la inquietud por Christine hacia un olvido posible, como si todo eso se desvaneciese, se desparramase en las profundidades de posibilidades abstractas, como si en algún lugar Christine no hubiera sido nunca más que un sueño, una ilusión, como si solo quedara esa fulminación en el corazón de la noche –Marion tiene el tiempo justo para reparar en el apósito en el dedo de Patrice, frunce el ceño, quizá murmura algo, interroga con la mirada a Patrice, pero este se limita a apartar la mano, luego la voz de Denis, dulce, empalagosa,

Bueno, se supone que vamos a comer algo, ¿no?

volviéndose hacia Christophe,

Acuérdate de los otros dos, llévales algo, no sé si habrán pensado en cenar, nuestros artistas.

Y la voz de Christophe, al tiempo que se levanta y sale a la cocina para ir a buscar la cena, toma el relevo –te llamas Patrice, ¿no es así? Oye, menuda gracia, ahora, ser agricultor, con los suicidios y todo eso, parece ser que se han suicidado un montón de tíos, que caen como moscas, por lo visto, ¿Conoces a alguno de esos suicidados? ¿No tendrás intención de? Denis se encoge de hombros,

No hombre, que es un tío con temple. ¿Te imaginas a Marion casada con un tío de poco temple? ¿Te piensas que nuestra Marion va a casarse con el primer capullo que aparezca? No, Marion ha elegido bien, eso seguro... ¿Eh? Se puede... Quiero decir, bueno, habéis tenido que conoceros, y eso que... sois tan distintos. Patrice, no te lo tomes a mal, pero no eres exactamente... Me permites que te tutee, nos tuteemos... en fin, verás... vaya, que no es que pegues mucho con Marion.

Y la voz sigue expandiendo su onda viciada y la mano de Bergogne tiembla, se agita, Bergogne que deja correr los dedos por la mesa hasta su cuchillo –un cuchillo de hoja afilada y larga, perfecta para la carne, seguro, cuyo mango coge y sobre el que se cierra su mano. Denis agacha los ojos y ve lo que hace, Marion ve lo que hace; posa entonces su mano sobre la suya –un gesto protector y dulce, como si quisiera, con su mano muchísimo más pequeña que la de su marido, cogerla, protegerla–, él afloja el apretón y deja que se le escurra el cuchillo de las manos, y, bajo el apósito, vuelve a arreciar el dolor, es él quien no se atreve a mirar a Marion: su mano sobre la suya es un estímulo tan grande que querría que el universo entero se condensase en esa imagen y en esa sensación.

32

Pero ni la imagen ni el consuelo ni el universo durarán más de lo que tarda una burbuja de champán en ascender a la superficie de una copa de cristal y reventar al contacto con el aire; y Denis no permite que se instale el silencio, al poco tendrá que ser él quien alce la voz para asegurarse de que van a oírlo, porque desde la cocina donde anda metido, Christophe grita a Marion –que no le contestará– para saber si tiene una fuente o un táper para llevar comida a la casa de al lado, y los goznes, el chirrido de las puertas de los armarios, las puertas que restallan al cerrarse, los utensilios que Christophe mueve con un estrépito que cubre la voz de Denis obligan a este a levantar tanto la voz que al cabo de unos segundos renuncia y opta por callar, cuando había iniciado una frase que ha de contener; al final, cuando el otro acaba, puede dirigirse a Bergogne, pues ahora quiere hablarle a él, no para explicarle el porqué de su presencia sino,

No, si yo te entiendo, ves a unos tíos presentarse en tu casa, con cara de comprenderle,

Me hago cargo, no estás contento, es normal,

para decirle lo contrariado y casi consternado que está por todo lo que está pasando,

Pero claro, no venimos precisamente de la puerta de al lado, no podíamos permitirnos entrar así por las buenas sin estar seguros de que se nos iba a recibir bien...

Entonces se vuelve hacia Marion, lanzándole una mirada supuestamente cómplice y consternada por todo lo que se ha visto obligado a pasar, sí, totalmente obligado, como si todo eso hubieran tenido que hacerlo por culpa de ella, obligados por Marion, y, dando ahora por completo la espalda a Patrice, sigue atacando a Marion con más firmeza que antes, abandonando toda expresión mesurada para que estalle en su voz una parte de reproche,

Así es, ya ves.

pero sin la untuosidad o la dulzura que le había gustado aparentar hasta ahora,

Diez años, Marion, eso no basta para olvidar los cumpleaños y las fechas que importan.

mostrándose inflexible,

Hay fechas que importan en la vida,

casi áspero.

¿Lo sabes, eso?

Y mientras deja de lado sus preguntas, se escancia una copa de champán como si el haber hablado lo hubiera dejado agotado o asqueado de sí mismo, obligándolo al silencio, reaparece Christophe para que no haya respiro, como si uno de los miembros de un tándem artístico apareciese en un número que el dúo se hubiera afanado en montar durante largos meses, para que su velocidad y sus efectos fueran sincrónicos y coreografiados, tomando uno el relevo en el momento en que el otro calla. Trae una cacerola en la que ha metido unas mollejas de ternera y unas setas, bueno, no he encontrado nada mejor, se lamenta, como si quisiera disculparse, aun cuando nadie le presta atención, apenas perturbados por el olor que habría podido despertar el hambre de unos y otros. Si tan solo tuvieran conciencia de tener hambre. Pero no, y Christophe, picando un cacahuete de pie, como si fuese a salir en un segundo, a Patrice,

Sabes, no hemos venido de la puerta de al lado.

su voz ahogada y rebasada por la de Marion que no lo deja acabar, Marion alzando la voz para arrojarle a la jeta palabras que ella tampoco ha visto venir, sorprendida por la potencia con que se las suelta, dónde creéis que estáis, qué hacéis aquí, los tres, remoloneando todo el rato, como críos, ahí, se os ha pasado la edad de remolonear todo el rato juntos, qué queréis de una vez, no os llevaréis nada, nada –Marion que no ha oído que subía el nivel de su voz, su ira que estalla en tonos agudos, desgarrados, como si esta vez la perplejidad quedase atrás y ya no fuera posible dejarse manejar, no, ni hablar, basta ya, Patrice la mira y a él también le vuelve la ira, en las manos, en la cara, se siente con fuerza y derecho a hablar en nombre de los dos, de decir, cuando piense *yo*, un *nosotros* que los une y los yergue en la misma ira, vais a dejarnos en paz, largaos de una puta vez, desalojad ahora mismo que aquí no pintáis nada...

Pero Christophe deja lentamente la cacerola en la mesa y se encoge de hombros, como si no entendiera las palabras que le dicen, o herido, decepcionado por el tono con que mujer y marido les han hablado, pero no por ello parece plantearse preguntas. Sigue allí y, imperturbable y teatral, coge la chaqueta tras el respaldo de la silla, y se limita a sonreír a Marion y a Patrice –cojo la chaqueta, no vaya a constiparme. Sabes, Marion, prosigue mientras recoge la cacerola, sabemos muy bien que no nos has pedido que vengamos, lo sabemos. Pero a nosotros... es así, no nos gustan esos modales, esas maneras de... cómo te fuiste, sabes. Cuando tuviste problemas, nosotros, bueno, quiero decir, Denis, vino, te ayudó, ¿cuántas veces te ayudó? No puedes decir lo contrario. ¿Dices lo contrario? Y, volviéndose hacia Patrice,

Cuando te acuerdes de esta noche, piensa que no somos por fuerza nosotros los cabrones, las apariencias, para lo que valen...

Permanece así unos segundos, esperando quizá una palabra, pero ni Marion ni Patrice dicen nada, y dejan que piense que ha tenido la última palabra, pero no ha previsto que el silencio que imaginaba largo y sepulcral no duraría lo bastante para producir el efecto deseado, pues, desde el salón, llega la voz de Ida que llama a su madre, como los niños llaman cuando tienen cualquier exigencia que satisfacer o problema que resolver, con voz alta y autoritaria que no se anda con cortesía ni comedimiento, casi un grito,

¡Mamá!

dejando a todo el mundo paralizado durante unos cuantos segundos, lo bastante largos como para que Ida tenga la sensación de que no se la ha oído,

¡Mamá! ¡Mi película no funciona!

pero en vez de contestar a su hija, Marion sigue pendiente de Christophe y de Denis, coge otro cigarrillo, deja caer nerviosamente el mechero y los tres hombres se la quedan mirando como si no pudieran creer que no ha oído a su hija, sin embargo, parece no haberla oído, permanece centrada en los dos hombres, a quienes agrede ahora frontalmente –¿por qué esperáis? ¿A qué esperáis? ¿Desde cuándo me espiáis?

Marion, te está llamando tu hija.

Lo dice Christophe.

Y Patrice se levanta –deja, dice, ya voy yo.

Se levanta, sin que Marion acabe de reparar en él. Ahora, solo la cólera la mantiene erguida, y, mientras Bergogne se encamina hacia el salón y se acerca a su hija, oye tras él las preguntas de Marion, siempre las mismas que se repiten, que atacan y exigen saber en qué momento han sabido que ella estaba aquí, cuánto hace que la siguen, en qué momento han elegido ese día y esa forma de presentarse. Desde cuándo la idea, la programación de ese comando; a Bergogne ni siquiera le sorprende que ella no pregunte ni por qué la acosan ni lo que le echan en cara –como si, por supuesto, lo supiera–, sino solamente los medios, cómo lo han hecho más bien que por qué lo han hecho, como no le sorprende que nada de eso le interese ya en absoluto, seguro de repente de no querer saber más, cuando todavía minutos ante había sentido despertar un deseo de saberlo todo, como si, al tenerlo al alcance de la mano, quisiera llenar el vacío que tantas veces había imaginado, inventado, en la locura amorosa que durante años le había torturado a fuerza de no saber, no lo que había vivido Marion, sino quién era ella, y quién ocupaba forzosamente los entresijos de aquello que le ocultaba.

Y ahora, le trae sin cuidado. El presente es más importante que un pasado que ya no existe, que, como una arenilla en el ojo, no altera la realidad: solo cambia la visión, el ojo que arde, que se llena de lágrimas, pero nada más, el mundo no ha cambiado. Marion es como es, el pasado no cambia nada –sí, aunque los tipos desapareciesen ahora mismo, podría mantener la decisión de no preguntar nada a su mujer, reemprender la vida y su ignorancia con la misma fe ciega y amorosa, ahora, enseguida, pues él también tenía su lastre de cosas que callar. Y de repente, esas preguntas le molestan mucho menos que la herida del dedo, son más lejanas y solo se agitan al fondo, como la resaca de las olas en las rocas de los acantilados, incansables, pero con la indiferencia de lo diario, que trabaje en su desgaste; Bergogne hace como si ese zumbido persistente no existiera en sus pensamientos, se concentra en Ida, a la que encuentra en el salón, ya no sentada en el canapé sino acuclillada ante el televisor y el lector de deuvedé, que ha abierto, vuelto a cerrar y reiniciado –puede ver que ha dejado los auriculares sobre el canapé y que todavía se distingue la forma de su cuerpo en los pliegues del cuero. Se acuclilla a su lado y coge el mando. No dicen nada al principio, y, bueno, no funciona, ¿qué le pasa a este deuvedé, está sucio? Y sin pensárselo sopla en el deuvedé, lo limpia con su pañuelo, Bergogne conserva aún en el fondo del bolsillo del pantalón uno de esos amplios pañuelos de tela como los llevaba su padre antes que él, y no se le ocurre que los cuadrados de tela en el fondo de los bolsillos son nidos de microbios, le da igual, su sentido práctico le dicta que tiene razón y tiene la prueba, así que restriega el deuvedé, lo vuelve a meter en el lector y lo pone en marcha, pero sigue sin funcionar, el lector no lee ya la película,

Papá, ¿quiénes son?

Bergogne finge no haber oído. Vuelve una y otra vez el deuvedé como para intentar encontrar una raya o cualquier cosa que
le permita saber por qué se ha detenido la lectura en plena mitad
de la película, pero en realidad, sin que no se dé del todo cuenta,
se obstina en examinar el deuvedé por los dos lados para no oír
la voz de su hija, que insiste, aunque sin levantar la voz porque
no quiere que la oigan los de al lado,

Papá, ¿quiénes son?

y, como no contesta y se pone a hurgar en los cajetines de
deuvedés para encontrar el de la película, se calla unos segundos,
no le ayuda, solamente sorprendida de ver que su padre hace
como si no oyera y no quisiera responder, lo cual la inquieta
mucho, quizá también la encoleriza,

¿Papá?

mientras que él, como única respuesta, saca otro deuvedé de
la videoteca de Ida, debajo del lector, volviendo una y otra vez el
cajetín como si la única solución fuera poner otra película, ya
está, *La bella y la Bestia*, esta está bien.

No, es en blanco y negro.

¿No te gusta? Pensaba que te gustaba. Te la regaló Tatie Christine.

Me asusta.

Y sin embargo Bergogne no escucha a su hija, mete el deuvedé en el lector y se dispone a ponerlo en marcha,

Papá, ¿quiénes son?

Nadie.

¿Por qué los conoce mamá?

No son nadie.

No quiero que le hagan daño a Tatie.

No se lo harán.

Entonces ¿por qué se enfadan con mamá?

No se enfadan con mamá. Mira la película.

No quiero esta.

Esta o nada, Ida.

¿Por qué me riñes?

Yo no te riño.

¿Quieren hacerle daño a mamá?

No. No le harán daño a nadie.

Y una vez ha puesto la película y mientras el auricular crepita ligeramente durante los créditos, quizá para sí mismo, para buscar un alivio que también necesita, tanto como ella, abraza muy fuerte a su hija, tan fuerte que siente que sus hombros se repliegan contra su torso. No sabe por qué se lo dice, pero es superior a sus fuerzas, unas palabras murmuradas en el hueco de su oído de niña que no se lo esperaba –él que nunca dice nada ahora intenta tranquilizarla; él que nunca dice nada ahora intenta explicarle que va a protegerla; él que nunca dice nada intenta explicarle que su madre no corre ningún peligro, que no corren ningún peligro, que los hombres se van a marchar, que Christine se va a reunir con ellos. La abraza con fuerza para decirle que papá estará siempre aquí, que estarán siempre juntos, que la quiere –sí, esa palabra que tiembla en su boca– pero no sabe siquiera si le dice esas palabras de amor tan dulces y tan infrecuentes en él, tan tranquilizadoras, para que su hija las oiga como palabras de amor y de confianza o si, al decirlas, espera solamente que no oiga cómo ha subido el tono en la estancia de al lado, pues Bergogne le habla a su hija para ocultarse que le gustaría oír y se niega a oír lo que ocurre en el comedor, que le gustaría comprender y que todo en él se niega a comprender, y, por encima de su propia voz, deja prorrumpir las palabras, las frases de Denis y de Marion, que contesta una cosa tras otra y no deja pasar ninguno de los estallidos de frases que restallan y queman el aire en la casa, pasando de una a otra estancia, qué narices buscas ahora, qué quieres, y llueven las palabras de las que Bergogne quiere proteger a su hija, como si quisiera ponerlos, a ella y a él, al abrigo de las bombas que están lanzando por encima de su cabeza, con intención de golpearlos, a ellos, con palabras que sin embargo no los atañen, irrumpen en el incógnito de sus vidas que solo piden transcurrir lejos de ese desencadenamiento, cuyo sentido y violencia no comprenden, Denis escupiendo su odio y su rencor sin importarle dar de él un espectáculo impúdico o enojoso, haciendo crepitar, cada vez con más fuerza, en ráfagas, su voz que asciende para revelar inflexiones despectivas y como saturadas de su seguridad –Marion, diez años entre rejas, diez años sin nadie que me dijera dónde estabas, no te interesa saber lo que viví allí, no, claro que no, te la suda lo que es, como los demás, te la suda, a todo el mundo se la suda, si eso te tranquiliza, no eres la única, no has oído hablar del estado de las cárceles, y si pensabas en mí de vez en cuando, estoy seguro de que te mondabas de risa al enterarte de que hay ratas en los trullos, pulgas, ladillas, putos bichos que se te comen el cuerpo durante todo el día, Marion, crees que no he pensado en tu cumpleaños y en ti, de verdad creías que iba a dejar lo nuestro –y Bergogne afloja por fin el abrazo, acaricia el pelo de su hija, le dice que vaya a sentarse ante su película y que esos tipos se marcharán enseguida, seguro, todo irá bien, vienen a decir unas cosas pero luego se marcharán y, al decirlo, nota que el corazón le late muy fuerte en el pecho, hasta que le da la sensación de que van a flaquearle las piernas, de que va a acabar cayéndose y de que se le va a parar en seco la respiración.

Está a punto de la sofocación y sin embargo repite a su hija que todo va bien –sofocado, quizá, al ver que ella parece creerle, y que se instala en el canapé– y sofocado también porque, al darse la vuelta, echa una ojeada a la pared de enfrente, en la esquina de la otra puerta, la que da a la terraza por el salón, sofocado un momento muy corto –sí, se detiene y se queda lívido, la idea está ahí mismo–, contra la pared, en sus ganchos, los cartuchos y su morral, que deben de estar en el mueble de debajo, y ve la escopeta de caza en la pared con su bandolera de cuero que describe un arco de circunferencia del cañón a la culata –se pasa tiempo engrasándola, cuidándola los domingos por la tarde al regresar de la cacería–, y ha de oír la voz de Marion, que se pone a chillar al lado para sacarlo de ese embotamiento, aterrado por lo que cree que va a hacer, por lo que se dice a sí mismo que va a hacer, sin ver más solución, pero no, no ha de hacerlo, por el momento Marion se contiene, y sin embargo es como un grito lo que parece infiltrarse tras su voz, y por eso vuelve al comedor; Marion insulta a Denis, le dice que es muy propio de él esperar al día de su cumpleaños para presentarse y venir a arruinarla de nuevo, arruinarla siempre –¿cuánto durará, cuánto tiempo vas a seguir viniendo de esa manera?

Y cuando vuelve al comedor, Patrice ve que esta vez Marion está loca de ira. Ni lo ve, mira a Denis, lo repasa de arriba abajo. Pero Denis sí se para a verlo; Denis se vuelve hacia él, confiado, tranquilo, deja a Marion sola con su ira. Y está Christophe, de pie junto a la mesa, con su cacerola en las manos, esperando no se sabe qué y pensando sin duda que ya no es momento de demorarse ante el espectáculo de una salva entre Marion y Denis, como si todo el interés que le veía acabara de cesar y estuviera seguro de no volver a recuperarlo. Se decide pues a ir a la casa de al lado, a llevarles a los otros dos la maldita bazofia que se enfría en la cacerola, abriendo de repente la puertaventana y dejando pasar una gran bocanada de aire frío, que los sobrecoge quizá, pero les sienta bien a todos.

33

En la casa de al lado, Christophe se queda sorprendido al ser recibido por la música. Un ambiente que nada tiene que ver con el de la casa de Marion, a todas luces. La música suena como algo más o menos clásico, digamos que al principio resuena en su oído como clásico, pero se percata de que ahí hay algo distinto, no abrupto ni desagradable, sino como si la melodía tomase un derrotero totalmente imprevisible.

Antes de entrar, llama a la puerta, no como lo había hecho por la tarde, sino con una leve vacilación, como si estuviera intimidado o poco seguro de su gesto, como si temiese molestar o le causase una suerte de repugnancia imponer su presencia, lo que su siguiente gesto desmiente al momento, pues sin esperar respuesta abre y entra en la casa. Deja la cacerola en la mesa de la cocina, entre todos los utensilios e ingredientes de las tortas, y, cuando oye la música, no sabe si es ella lo que escucha y lo mantiene tieso como una escoba en medio de la cocina, o si espera para espiar las voces de su hermano y la vecina, más probablemente la de su hermano, pues se pregunta cómo consigue este mantener a la otra bajo su dependencia, a no ser que los espíe solo con la esperanza de sorprender palabras que no van dirigidas a él, como si sospechase que esa mujer y su hermano mantienen conversaciones de las que no tiene la menor idea, o bien tal vez porque no sabe si en realidad espera algo y se queda ahí por embotamiento, cansancio, por necesidad de estar solo, de permitirse unos segundos sin hacer nada.

Pero la música va a guiar sus pasos: proviene del taller, como esa luz blanca que ilumina hasta la cocina.

Christophe se acerca y le sorprende encontrar a su hermano y a la vecina de los Bergogne tan tranquilos, conversando como dos viejos amigos, ella, sentada en un taburete junto a un escritorio lleno de cuadernos y de lápices, y su hermano, de pie ante los cuadros, con una botella de cerveza casi vacía en la mano. Ella también bebe cerveza, pero no se ha tomado la mitad –reconoce el botellín de vidrio marrón de una marca ambarina que le gusta bastante. Se queda sorprendido como ellos lo están de verlo aparecer, advierte que acaba de interrumpirlos, no sabe muy bien qué decir, así que dice solo que trae unas pocas mollejas de ternera, no muchas, las cantidades no están previstas para tanta gente, pero bueno, es por decir algo,

He dejado una cacerola en la mesa de la cocina, pero quizá hay que calentarla un poco.

y luego se queda ahí sin añadir nada ni moverse, plantado ahí, y toma el relevo Bègue,

Sí, estupendo,

para luego callar a su vez, pues es incapaz de prolongar la conversación.

Pasado un rato demasiado largo, como si Christophe estuviese de pronto casi intimidado o sorprendido sin saber muy bien de qué, se adelanta hacia las pinturas, echa una ojeada a las mesas con los cuadernos y las hojas de dibujos, observa en el suelo los botes de pintura acrílica, productos que desconoce, esencias, barnices, frascos, bolsas de pigmentos puros. Lo hace deprisa, y deprisa esboza una sonrisa,

Estábamos preocupados por vosotros, nos decíamos, los dos solos, allí, sin nada que papear... Pero vosotros, tranquilos por lo

300

que veo, cervecita en mano, musiquita clásica de fondo, qué guay, la vida, ¿no?

Se acerca a la cadena de alta fidelidad, encuentra el cedé, lee la carátula y vuelve el cajetín como para descifrar en él una explicación que no hubiera encontrado la primera vez; masculla, Caplet, no lo conozco, y luego,

¿Es eso lo que se oye?

Sí.

Bègue... quieres... me gustaría hablar contigo, en la cocina, dos palabras. ¿Me permite?

Sonríe a Christine, se acerca a su hermano y lo agarra del brazo empujándolo con un movimiento rápido y fuerte, que sorprende al más joven de los dos. No se resiste, pero hace un pequeño movimiento de retroceso, lanza una mirada casi interrogante hacia Christine, que no sale de su asombro ¿van a dejarla sola, están tan locos que van a arriesgarse a dejarla, por qué no, telefonear? Podría, ¿no? Aun cuando no sabe aprovecharse de un tiempo tan corto, pues sabe muy bien, como lo saben ellos, que ese riesgo no lo es del todo, como sabe lo que puede o no puede intentar, si bien ignorando aún que, dentro de unos segundos, va a hurgar en el follón de su escritorio, entre los cuadernos, entre los lápices y las cajas de hojalata; y ya avanza hacia la mesa, no duda, o incluso quizá finge dudar, echando una ojeada hacia la cocina, y no, rápidamente coge el cúter, conservándolo en la mano unos segundos demasiado largos, infinitos, lo aprieta muy fuerte en la palma y lo desliza en el bolsillo de su pantalón –su cúter azul cuya hoja oxidada rebaña aún lo suficiente para herir a quien la atacara.

Permanece un momento sin moverse, casi petrificada por lo que ha osado hacer; luego se decide a reunirse con ellos en la cocina, porque no le gusta saberlos ahí, preguntándose de qué estarán hablando, sin comprender de qué habla Christophe, él que cuenta lo justo, murmurando para que ella no le oiga, que Marion y su marido ponen jetas de diez metros de largo –él está como agilipollado, no entiende nada, y ella, si la vieras, se arrancaría los cojones si los tuviera, porque nunca nos habría creído capaces de hacer esto, eso seguro, pensábamos que iba a ponerse a berrear y a pedir perdón pero no, ya la conoces, nos ha tomado siempre por gilipollas, a mí seguro, me ha tomado siempre por un gilipollas, pero a Denis también le ha tomado por un gilipollas, no nos creía lo bastante listos para echarle el guante. Bègue podría pedir detalles sobre la reacción de Marion, seguro que le habría gustado asistir al momento en que ha abierto la puerta y se ha encontrado de narices con Christophe y Denis, sí, sobre todo Denis por supuesto, cómo ha reaccionado al ver a Denis. Eso le habría gustado saberlo, y se han reído los dos, Christophe y él, que ha adoptado la voz de su madre para decir ah me hubiera gustado ser un ratoncito para ver la cara que debió de poner. ¿Ha hablado enseguida? ¿Ha esperado a que Denis tome la palabra? ¿Ha sido él el primero en saludar? ¿Ha podido saludarla? O bien,

Qué bien encontrarnos,

o a lo mejor,

¿Cómo estás, Marion?

o incluso,

¿Te esperabas verme?

Lo que ha contestado ella. ¿Se ha mordido la lengua, como suele decirse, crucificada en su puerta, con el abrigo aún puesto, alucinada ante la imagen de la mesa preparada, del bonito mantel, de los regalos y de los dos hombres que ni por un instante se habría esperado ver esa noche? Le habría gustado ver, oír él si Marion ha sido capaz de contestar de inmediato, de no dejarse desbordar por la sorpresa. ¿Se ha puesto furiosa cuando ha comprendido que tenían retenida a la vecina? ¿O qué, qué ha hecho? ¿Se ha permitido el lujo de ponerse chula?

Formula todas las preguntas que se atropellan en su cabeza, habla deprisa y no escucha las respuestas. Piensa en unas preguntas, las formula, a sabiendas de que su hermano no le contestará forzosamente, pero vuelve a lo mismo, quiere saber cómo ha reaccionado Marion y sobre todo cómo él, Denis, ha superado ese momento que lleva tanto tiempo esperando –ah sí, esperar eso desde hace tanto tiempo, y no venirse abajo cuando se produce por fin, ¿se ha venido abajo, se ha puesto furioso o por el contrario ha conseguido conservar la calma y esa sonrisa sañuda y paciente que se le conoce cuando está enfadado de verdad, ¿eh, di?

Porque durante todos esos años en los que se habrían forjado un montón de posibilidades de reencuentro, a cuál más demencial, casi delirantes, fútiles, irritantes, y que sin embargo le aportaban una suerte de alivio o aun de compensación al hecho de que, en realidad, sabía que no tenía casi ninguna posibilidad de volver a ponerle la mano encima, durante años Denis había dejado vagar la mente para colmar esa espera irrealizable, realizándola en delirios, imaginando un cúmulo de ocasiones más o menos creíbles o igualmente improbables; pero es igual, desde la cárcel, el día en que le dijeron que ella lo había mandado todo al cuerno, Denis bien debió de imaginar que Marion haría todo lo posible para que no la encontrase nunca, que tendría las narices de casarse para ocultarse tras un apellido nuevo, para hacer olvidar aquel con el que él la conocía y que no dejaría de rastrear todos los listines de teléfonos que cayeran en sus manos, sabiendo que era ilusorio buscar porque, si ella no abandonaba Francia, se las arreglaría siempre para encontrar un lugar seguro, quedarse en lugar seguro, un rincón tan apartado que a nadie se le ocurriera buscar allí. A no ser por el azar, un poco de suerte, nunca se sabe. Y el viejo y bondadoso azar le había sonreído, había respondido, favorable. Ese viejo y bondadoso sino, que le había ofrecido, a él, Denis, en bandeja, encontrar a Marion –y bandeja era la palabra, o más que bandeja había sido una pista de baile, esas pistas de karaoke que a ella siempre le habían gustado y que él le había prohibido a los pocos meses de conocerse, pues estaba harto de verla contonearse como una pindonga ante todos los chicos que acudían a frotarse a ella como si él no existiese.

Y así, habrá tenido que ser en uno de esos lugares donde al final la haya encontrado, ironía del destino, golpe de suerte... santo dios del azar, que hace tan bien las cosas tras haberlas desbaratado.

Pero Christophe tiene que callarse: acaba de entrar Christine en la cocina.

Los observa, muda, inquisitiva. Una vaga mirada a la cacerola, como si descargara en ella todo el desprecio que le inspiran, como si este, que acentuaba el pliegue de sus labios mezclado con el olor de las mollejas y de las setas, de la salsa, la dejara a punto de vomitar. Como si todo lo que Bègue había creído sentir como un apaciguamiento entre ellos, todo el sosiego que pensaba que iba a instalarse entre ellos, acabara de desaparecer de golpe, pues Christine se presenta ahora con la dureza que había mostrado toda la tarde, el mismo recelo altivo con el que se había dirigido a ellos; ha recobrado su voz áspera, o más bien es esa voz sin fisura la que la recobra y no deja filtrar nada salvo, quizá, en una línea de bajo subterránea, la exasperación teñida de cólera fría:

¿Va a durar mucho esto?

Lo que haga falta, contesta Christophe.

¿Qué queréis de Marion?

...

¿Qué queréis de ella?

Hay... para cenar. Luego irá usted a acostarse. Mañana, se despertará y todo habrá sido como un simple sueño. Se olvidará de nuestras jetas, incluso la de Bègue. Se olvidará de todo, y todo irá muy bien.

Contéstame. ¿Qué tenéis contra Marion? ¿Qué os ha hecho?

¿Tanto te interesa tu vecina?

No hay respuesta. Con todo, Christine, en ese instante, deja que su ira gire en torno a Marion, como si le sobreviniera de nuevo la idea de que en realidad los tres hermanos no eran los más culpables de encontrarse allí, sino por encima de todo Marion; como si Christine desease encontrar a los tres hombres circunstancias atenuantes, porque le venía a las mientes en un rincón de su cerebro que no se lanza uno a semejante aventura –el secuestro de un caserío, por no hablar de la muerte de un perro– sin tener motivos por fuerza un poco *válidos* para hacerlo, no jurídica o moralmente por supuesto, pues nada podría justificar la amenaza, el terror, nada, a ojos de nadie, pero tal vez podrían oírse esos motivos, pensando quizá que no hay humo sin fuego e intentando quizá comprenderlos, esos motivos, o creer comprender por qué esos tres tipos habían decidido presentarse allí una noche, con su extraña pinta, oscilando entre febrilidad y convicción, torpeza y determinación, mostrándose a un tiempo violentos y frágiles, comportándose a un tiempo de manera errática e improbable, no sin seguir al pie de la letra un plan trazado por el hermano mayor con un método, una estrategia, una meta; sí, no obstante, uno puede intentar ponerse en su lugar –¿sería posible ponerse en su lugar? ¿Podría Christine intentar durante unos minutos comprenderlos, seguir el discurrir de su pensamiento, no para disculparlos sino para hacer soportable el misterio de su presencia, o de la violencia de esa presencia, como si se tratase de neutralizar la angustia en que la mantiene la incomprensión de verse obligada a afrontar una historia de la que siente cada vez más que ella es un mero elemento accesorio, sorprendiéndose en mayor medida de lo absurdo de su situación, dejando a ratos que la desborde el pánico, preguntándose si esos hombres llegarán a matarla, por una historia que ni siquiera es la suya?

Y al tener la impresión de que puede leerse a través de sus pensamientos, Christine cierra los ojos. Pero no es más que un parpadeo, no cierra de verdad los ojos, o mejor dicho no mantiene suficiente tiempo cerrados los párpados. Los reabre enseguida, una reacción al aflujo de luz que entra de repente en la cocina –los hermanos han dejado de prestarle interés, han vuelto los ojos hacia la puertaventana, los tres han quedado deslumbrados cuando una luz muy blanca, llegada del exterior, los ha iluminado y como desnudado, barriendo la casa con sus haces; les ha parecido un flash... pero no tan cegador: solo unos faros de coche.

Entran dos coches en el patio.

Los dos hermanos han comprendido mejor lo que sucede que Christine, sin la menor duda, porque ella ha necesitado una fracción de segundo suplementaria. Pero los hermanos también necesitan un poco de tiempo para encontrar el modo de reaccionar y se olvidan de Christine y su desdén, arrojándola al segundo plano de sus preocupaciones, la borran, la olvidan, lo único que los moviliza y ocupa por entero su atención es que la cocina ha sido irradiada por unas luces que invaden el espacio, Christophe y Bègue, Bègue,

La puta mierda, ¿qué es eso, qué es eso?

acompañando ese grito que ha quedado casi ahogado en su garganta, con un doble movimiento, primero correr hacia la puerta para ir a ver de qué se trata, y, al mismo tiempo, echar la mano en el bolsillo del chándal para sacar la navaja —lo cual hace, la navaja ha salido pero Bègue la mantiene cerrada en el puño, como si se contuviera, se vuelve hacia su hermano y sobre todo hacia Christine,

¿Quién es?

acusándola,

¿Quién es? Cojones

apuntándola con la nariz pero sin blandir aún ni el puño ni la navaja,

Joder ¿quién es?

Irritado, pero sin fuerza ya para volverse hacia los otros dos, y menos hacia Christine contra quien empieza a vociferar, esa sabe algo, seguro, y a su juicio es como si los hubiera traicionado porque no los ha avisado de que iba a aparecer alguien, sin pararse a pensar que no ha podido traicionarlos, porque nunca ha estado de su lado ni sido su cómplice.

Christophe ha agarrado del brazo a su hermano, le aprieta
muy fuerte,

Cálmate, cálmate,

continuando,

Te calmas y arreglas esto, ¿vale?

¿Quién es?

Bègue frente a su hermano,

¿Quién es?

insistiendo, como si se sintiese también traicionado por su
hermano –como si este supiese forzosamente mejor que él quién
podía presentarse ahí cuando no esperaban a nadie– pero ¿no
esperaban a nadie? ¿Estaban seguros de que no vendría nadie?
¿Por qué se habían contado que no vendría nadie y que pasarían
la noche en familia? ¿Por qué han dado por seguro que no habría
invitados? ¿Qué sabían ellos? ¿Por qué al hablarlo como lo habían
hecho horas y horas en torno a una mesa, Denis y Christophe,
casi todo el rato solos para comentar esos temas, descartaron tan
aprisa la posibilidad de que unos invitados se uniesen a la fiesta
–¿por qué?– ¿Quieres saber por qué? Pues porque hoy es una
noche entre semana y al día siguiente la gente va a currar, porque
la cría tiene cole, y porque esto no puede durar toda la noche,
por eso. Es lo que le gustaría gritar a Christophe, para que Bègue
se entere de que no han traicionado a nadie y de que había razones para pensar que nadie vendría a molestarlos, sí, razones serias,
y de que no podían estar seguros de nada, ¿cómo querías que
estuviéramos seguros de que nadie viniera a plantarse a estas
horas, a ver, cómo?

Muy rápidamente Christophe recobra el control. Se le endurece la voz cuando comienza a dar órdenes a su hermano.

Voy a ver quiénes son, voy a recibirlos, tú ándate con cuidado.

Y, volviéndose hacia Christine,

¿Quiénes son?

Christine no contesta.

Si lo sabe, dígalo.

Christine que mira de arriba abajo a Christophe antes de volver la cabeza, acercarse a la mesa y coger el mango de la cacerola,

¿Quiénes son?

Coge la cacerola y se la pone delante de la cara, se inclina un poco hacia delante, la husmea y la deja en la cocina de gas; Christine hace como si no estuviera aquí y al poco los dos hermanos oyen los portazos de los coches. Christophe tiene las manos muy húmedas y se las frota, palmas abiertas, dedos estirados sobre los faldones de la chaqueta, se siente incómodo ante Christine, bueno, voy allá, tú.

Sí, contesta Bègue.

Entonces Christophe sale de la casa, lanzando una última mirada a Christine, que no se molesta en fingir reparar en él. No, no le presta atención, se niega a hacerlo, mira la cacerola al fuego –la llama azulada que ilumina los brazos de Christine y les transmite una extraña tonalidad fría e indefinible–, pero ha de volverse de inmediato hacia la puerta, entra el frío, una bocanada de aire húmedo que le llega e invade toda la cocina, la llamita azul que danza con más viveza bajo la cazuela, como excitada por la entrada del aire que sale hacia el taller y sube al fondo del pasillo en las estancias de arriba. Christine lo sabe, instintivamente se acerca a cerrar la puerta, que está abierta de par en par. En ese mismo momento se percata de que está sola: Bègue ha salido tras su hermano. Se dice que ha llegado su momento, el único que tenga, tal vez, de correr al teléfono, de cogerlo y de llamar a los gendarmes. Esta vez la invade la certeza de que algo va a ocurrir si no hace nada, cómo podría no hacerlo, esa idea la conmociona, la puerta abierta, desde fuera la voz de Christophe, que le grita a Bègue,

¡Vete! ¡Vuelve joder!

Bègue va a volver, pero es superior a sus fuerzas, tiene que saber, que ver quién es esa gente que llega. Le da tiempo para ver que son dos mujeres, cada una en su coche. Por el momento las dos no son más que siluetas en la noche, pero, ante la voz de su hermano y su precipitación, le cruza por la mente la idea de que las dos mujeres son atractivas, oye esas inflexiones de seductor que conoce de memoria en su hermano, que corre hacia las dos mujeres, arrullando ya, casi, dejando caer un buenas noches,

Buenas noches,

perverso y engatusador,

Soy Christophe,

y Bègue no puede quedarse en el umbral de la puerta y ya no puede ver más,

Un viejo amigo de Marion,

sabe que tiene que volver y se da media vuelta,

Las estábamos esperando.

pero tiene que echar una última ojeada a su hermano, verlo caminar hacia las dos mujeres tendiéndoles la mano. Bègue oye a las dos chicas presentarse y ve la mirada asesina que le lanza su hermano, sin una palabra,

(¡Vuelve!, ¡vuelve maldita sea!)

y Bègue vuelve por fin a casa de Christine, que no está en la cocina, y es como si en ese momento aquello le saltara a la garganta –¿dónde está? Dónde está me cago en la leche–, y no oye la música, no oye nada, le zumban los oídos y no oye un ruido, apenas el silbido de la llama bajo la cacerola y las mollejas, que empiezan a gorgotear en el fuego, apenas oye y se dice que ha hecho el gilipollas, eso es lo que más teme, más que la huida de la mujer, sí, el haberse descuidado, el haberles dado a sus hermanos la oportunidad de recordarle que no se puede confiar en él y que decididamente no se merece el menor respeto, nada, y teme tanto eso que se echa a correr y

¡Eh!, ¡eh!

evitando aún preguntar ¿dónde está?, ¿dónde está?, y corre a través de la cocina vociferando

¡Eh!

para llegar al taller, que se abre ante él, vacío, completamente vacío y bañado en su luz demasiado blanca, atroz, arrojándole a la jeta los colores y las formas de los cuadros, el rostro de la mujer roja, que parece mirarlo de arriba abajo y rechazarlo con desdén –pero no, oye algo al lado, a unos metros, no es tan gilipollas, muy claramente, una respiración en una de las estancias contiguas, lo sabe, ahí hay un cuarto de baño y ve que la puerta está cerrada, ¿estará cerrada con llave?, sí, no, se acerca, gira el pomo, la mujer está dentro, lo nota, no es complicado,

¡Eh!

no le ha dado tiempo de ir muy lejos y dice,

Tienes que abrir la puerta ahora mismo, tienes que abrir la puerta y volver ahora mismo... No quiero hacerte daño, no quiero, ¡Tienes que abrir, tienes que abrir!

Escucha en la puerta, la oreja pegada al entrepaño de madera, oye la voz temblorosa e impregnada de lágrimas de la mujer –¿es posible que esté llorando? ¿Ella? Y sobre todo,

Oiga,

Su voz repitiendo lo mismo

Oiga...

como si al otro lado nadie hubiera descolgado aún el teléfono. Ahora se deja llevar por la ira cuando piensa pero joder ¿qué me está haciendo esa cabrona? Me cago en la leche puta no estará llamando a la poli, no estará llamando a la poli, di, no estará llamando a esos bastardos joder y empieza a vociferar a través de la puerta y a golpear la puerta con la palma de la mano, pero maldita sea, maldita sea ¿qué quieres?, ¿qué quieres? ¿Que se carguen a todo el mundo como mierdas, eso es lo que quieres? ¿Qué crees que harán los polis si los llamas, eh joder qué crees que harán?

34

Brazos vivos, sosteniendo unos candelabros que salen de las paredes; la carrera a cámara lenta de la joven en el pasillo, los brazos alejándose de su cuerpo como si escapara corriendo de una película más antigua aún que aquella en la que está encerrada para siempre; sí, como una caperucita roja perdida atraviesa el pasillo a la luz de los candelabros de donde surge la llama vacilante que la guiará; unos potentes brazos siguen el trayecto de su carrera lenta y como retenida, atrapada en el algodón mullido y viscoso del ralentí, paralizada por su propia extrañeza de atravesar despierta un sueño que no lo es; todos esos brazos que sostienen los candelabros son como dedos que la señalan al tiempo que le muestran el camino; y más allá, en un pasillo cuyo techo demasiado alto la devuelve a su estatura de niña frente a unos muros y a unos secretos inmensos, los grandes visillos de blancura casi fosforescente y fantasmal danzando al viento de la noche, de las ventanas abiertas, y ella, vestida anodinamente –gris, apagada– cuya modestia hará surgir la belleza y la humildad como una joya que supera todas las maravillas que encontrará aquí, ella, ahora, avanza flotando por encima del suelo como en una levitación discreta y suave, llevada por un soplo sereno y procedente de no se sabe dónde, avanzando a unos centímetros del suelo y que ello la sorprenda, como si fuera irresistiblemente transportada por encima de sí misma y de la materialidad de su cuerpo por una fuerza misteriosa o un ensueño –y será por ser un sueño por lo que, ante la puerta de madera negra, la voz profunda de hombre le murmure con un susurro suave: *Bella, soy la puerta de tu habitación*–, todo ello en el espesor de una negrura de tinta que ha devorado la pantalla y en la que los grises voluptuosos, los blancos amplios y puros surgen a veces por encanto, como surgen también los cantos que acompañan la película –y es auténtico ese misterio, su ritmo, la profundidad de su blanco y negro, Ida no quería verlos.

Pero esta noche, esa película no le da miedo. Por el contrario, es como un refugio, Ida piensa que su padre ha hecho bien imponiéndosela, pues se la había regalado Christine y, de hecho, Ida piensa ahora en su Tatie, como si esta le pidiese que hiciera como la Bella de la película, experimentar su miedo hasta el final, pues ambas van a tener que atravesar la noche y un mundo que ignoran. Ida siente que lo que la asusta esta noche ejerce una atracción que no sabe cómo nombrar, ni siquiera si tiene un nombre, si la curiosidad que experimenta es normal o si no debería encontrarle un aire sospechoso, equívoco, quizá incluso indecente, y no esa atracción furtiva que la obliga a volver los ojos hacia el comedor, cosa que hace sin meditar, por pura inquietud o cautela, por simple nerviosismo también: se limita a echar una ojeada de cuando en cuando, no ha subido mucho el volumen, pues quiere estar lista, alerta, como imagina a los animales en los bosques cuando su padre sale a cazar con el perro de Christine, los domingos por la mañana –esta noche le viene a la mente la tristeza teñida de asco que ha sentido siempre cuando su padre depositaba los faisanes y las liebres en el trinchero de la cocina–, como si oyera latir en su pecho el corazón de una liebre acosada por la escopeta de caza, como si percibiera el ruido de las botas de goma aplastando las hojas secas, en un crepitar helado, el olfato húmedo y caliente, excitado por la sangre, de Radjah.

Pero la verdad, sobre todo, la única verdad ahora es que no le gustan los hombres que están ahí, que los teme, que sabe que debe temerlos. Está tan segura de eso que tiene que comprobar de cuando en cuando si siguen ahí, quiere ver, tiene que ver lo que hacen sus padres y ver también cómo esos dos se les resisten, pues le extraña que todo eso dure tanto tiempo. Había pensado que, cuando se reuniesen sus padres, entre los dos encontrarían una solución en que las palabras –inapelables, definitivas como armas– obligarían a los dos hombres a marcharse, y al otro, el de casa de Christine, a largarse con ellos, como si no hubieran venido nunca. Pero Ida ya no está en edad de creer que sus padres puedan arreglarlo todo simplemente por el hecho de quererlo, tiene edad para saber que, como todos los adultos y como los propios niños, los padres no poseen más que un poder limitado sobre la realidad. Sí, sabe que los acontecimientos, tanto los padres como los demás, han de sufrirlos y que su omnipotencia es una ficción en la que ella tan solo finge creer, por hábito, tal vez también por pereza. Sabe que sus padres son tan impotentes como ella en este momento, pero quiere creer en algo, como si su padre solo o su madre sola no pudieran hacer nada pero juntos, aunando sus fuerzas, podrían, podrán, por qué no, imponerse a la realidad, hacer desaparecer a los tres hombres por la simple magia de su reunión, aunque en el fondo sabe que no es así, pues después de que saliera Christophe se había preguntado cómo podía ser que el que quería hacerle regalos pudiera permanecer solo tanto tiempo sin que se supiese si era peligroso –tal vez armado pero tal vez no–, por qué juego de fuerzas podía permanecer solo frente a Marion y a Patrice, que habrían dispuesto sobradamente de lo necesario para inmovilizarlo e invertir los papeles. Pero no, la partida es desigual. Incluso solo frente a ellos tres, Denis es más fuerte que ellos, que no se atreverán nunca a hacerle daño; por eso son más fuerte los otros, se sabe que ellos no dudarán, todo el mundo lo sabe, los Bergogne, Christine, y sobre todo los tres hombres, que pueden regodearse con esa realidad y estirarla en todos los sentidos, como una masa blanda con la que pueden divertirse dándole la forma que les venga en gana.

Ida podría pensar largo rato en eso pero

¡Hola familia!

se sobresalta, como si la extrajeran súbitamente de una forma de ensueño, de somnolencia, una voz que estalla –una voz nueva, de mujer–, esa voz sin temblor y tan segura de sí misma, esa voz alta, divertida, que transforma todo a su paso con su resonante buen humor,

¡Hola familia!

como si no hubiera ocurrido nada hasta ahora, una voz que reduce a la nada las de Patrice y Marion quienes, por supuesto, no se han atrevido a abrir la boca cuando les ha restallado en los oídos –Ida solo los ha visto levantarse e intercambiar una mirada aterrada y consternada, anonadada, apenas Ida ha visto a su madre frotarse la boca con la mano y menear la cabeza como si aquello no fuera posible, esperando de Patrice la respuesta a una pregunta que hubiera olvidado formularle,

¿Qué hacen aquí? ¿Por qué están aquí? Las has...

esa voz aplastando todo a su paso,

¡Hola familia, somos las colegas!

Ida, quitándose entonces los auriculares, desinteresándose por completo de la película para inclinarse y ver mejor, desde el canapé; las dos mujeres entrando en tromba, que dejan a Marion y a Patrice espantados por un segundo, sin tiempo para reaccionar ni saber qué deben hacer, y que presencian con los brazos colgando la manera rápida y casi desenfadada, tan desconcertante, con que los dos hermanos se han transformado para sacar adelante una situación que no se esperaban, pero a la que parecen de inmediato capaces de enfrentarse, con una facilidad tan natural como un juego de manos, un pasatiempo, hop, cambio de máscara, de pareja, cosa que hacen tan deprisa y con tal fluidez que Marion y Patrice los observan atónitos y fascinados –sí, durante un momento es una suerte de admiración muda por esa audacia sin pudor, toda esa trapacería juguetona y gozosa, esa simulación tan rápidamente trocada en broma, en alegría disfrazada, Christophe retomando la palabra,

¡Rápido! ¡Entren rápido! ¡Desde luego, menudo frío hace en su país!

frotándose las manos para recalcar sus frases ridículas y estúpidas que nadie escucha en realidad, pero cuya intención no es hacer que se escuchen, sabe muy bien que esas frases son tontas, pero que con ellas puede sacudir esa capa de estupor que no logran disimular Marion y su marido y enseguida

Buenas noches, me llamo Denis, se lo digo porque no será Marion quien haga las presentaciones –¿eh, Marion? No se ve, pero es una gran tímida nuestra Marion.

el otro prosigue, a quien Ida no quiere oír, como no quiere oír lo que Lydie y Nathalie van a contestar, pues las conoce un poco, las colegas de mamá, Marion habla de ellas a menudo. Todas las noches o casi. Como Ida habla de sus amigas mamá tiene que hablar del trabajo y de las dos chicas –dice *las dos chicas*, pero son mujeres y no *chicas*, porque para Ida las chicas no son niñas ni adolescentes, pero ellas son dos mujeres. Y hasta mujeres mayores que mamá –tienen unos cincuenta o cincuenta y cinco años, y para Ida es como si hubieran alcanzado ya el límite de la edad provecta o que les faltara poco, tanto da, Ida se da perfecta cuenta de que Nathalie y Lydie parecen mucho más viejas que su madre y de que tienen algo más trivial en su manera de ser, como todas las madres de sus amigas, que suelen parecerle triviales o más bien ordinarias, más bajitas, no muy guapas pero tampoco feas, todas vestidas un poco igual, no mal, pero tampoco bien, y eso seguro, aquí, entre una excéntrica de pelo naranja y su madre, se hace otra idea de las mujeres, una condenada idea de las mujeres, pues sabe que se nota cuándo llega a algún sitio su madre, o mejor dicho, se nota enseguida cómo el aire se transforma y se electriza en cuanto aparece ella –Ida recuerda con una suerte de

315

orgullo que le costó controlar y contener ante todo el mundo, durante una fiesta de cole, una vez que vio no a su madre que entraba en la sala donde se ensayaba el espectáculo de fin de año, sino a los padres de sus compañeros y compañeras, unos hombres que conocían a su padre en su mayoría, que estaban en la sala y que se levantaron sin darse cuenta, mirando fijamente, embobados, concupiscentes, admirativos y respetuosos, en al marco de la puerta, a su madre que acababa de entrar.

Es algo que sabe, es singular, casi violento cómo la mira la gente –¿tan guapa es su madre?

Sí, está segura, pero de una belleza extraña, que no reconoce solo por el sentimiento de arrobo que experimenta frente a ella, no solo por su anhelo de parecérsele o porque se dice a sí misma que nunca será tan guapa, sino por lo que siente cuando los demás fijan los ojos en su madre –esa pausa que transcurre la primera vez que la descubren, y que se repite en cada ocasión, como si todas las veces su belleza os explotara en la cara, como si resultase imposible habituarse a ella. Y tal vez por eso sus dos colegas necesitan armar mucho barullo y forzar la jugada al irrumpir en casa de Marion, para mantener el tipo frente a ella, para dar el pego, porque es un hecho también que no se las ve forzosamente cuando entran en algún sitio, no solo porque son más viejas o más triviales, sino porque visten peor, piensa Ida; y probablemente por eso se pasan de la raya cuando están juntas, *las dos chicas*, y si Ida juzga a veces severamente a su madre es porque van de locuelas las tres, Ida les reprocha sobre todo a ellas, las dos chicas, que le impongan la transformación de la imagen que se hace de su madre, que la conviertan en una especie de adolescente retrasada soltando risitas como hacen las tres, con unos aires de connivencia que los dejan, a Patrice y a ella, cuando vienen a ver a Marion a la casa, completamente fuera de onda, como si no conociesen a esa Marion que se ríe con sus amigas –voces que hablan un poco alto, maneras de acercarse a Ida con un exceso de énfasis, declaraciones de amor, de entusiasmo sobre todo y sobre cualquier cosa, como ya se disponen a hacer, como hacen ya, ahora, cualquiera de las dos,

¡Toma, qué mesa tan magnífica, oye!

proseguida por la otra,

¡Y esto que te ha preparado parece una boda más que un cumpleaños!

Antes de soltar una gran carcajada sonora que mueve a Ida a apagar el televisor y entrar a toda prisa en el comedor, pues se le ha ocurrido una idea, o tal vez sea apenas una idea –más bien un impulso–, un acceso que surge de no sabe dónde, al que se deja llevar por completo respirando hondo, sí, allá va, sabe lo que va a hacer, correr y atravesar el comedor lanzándose con la cabeza gacha, no evitando solamente a personas y palabras, sino aprovechando ese desorden reinante para correr hacia las dos mujeres que llegan, diciéndose que, si se apresura, podrá obligar a una de las dos a oír lo que va a gritar, porque va a gritar, es obligado, arrojarse sobre ella, que será la que está más cerca de la puerta, y que a lo mejor no ha entrado aún en la casa, o que quizá tenga aún el pomo en la mano, la puerta sin cerrar tras ella, para decirle que no la cierre, que se marche, que suba al coche, para decirle que no debe venir aquí, porque esos hombres no son amigos, han encerrado a Tatie, han matado a Radjah, seguimos sin hacer nada porque nos tienen aterrorizados, y ellos se ríen de nosotros, del tiempo que llevan haciéndonos rabiar porque les tenemos miedo, miedo de lo que quieren, no sabemos qué quieren, ni por qué han decidido seguir así durante toda la noche y además luego, luego qué harán con nosotros, no sabemos qué harán con nosotros –no, no tiene tiempo para decirse que de todas maneras ninguna de las dos mujeres la creería si intentase llevar a cabo su idea, comprende que no tendrá tiempo, y no solo porque todo es un obstáculo, sus propios padres, aterrados de verla aparecer como lo hace y queriendo casi contenerla,

Ida

su madre que se acerca,

Ida,

su madre vuelta hacia ella, la voz de su madre que dice,

Ida,

que repite con esa mezcla de empalago y de angustia, que le suplica que no se mueva, que no intente nada,

Ida vida mía,

(Ida vida mía no oye nada, Ida vida mía no quiere oír nada)

Ida vida mía ven a verme,

y a Ida le gustaría cerrar los ojos y echar a correr y gritar,

Ida vida mía,

sin escuchar a su madre que balbucea y quiere contenerla,

Ida vida mía

Ida desechando la hipótesis de ver a su madre impedirle hacer lo que hay que hacer, de ver a su madre hacer trampa, mentir, hacer como si, y a su padre también, a los dos, es para proteger a Tatie, ¿o protegen a esos dos tipos que parecen encontrar eso muy divertido y que se agitan, se excitan? A Ida le parece una idea ridícula, en la que nadie podría creer, que esos dos tipos puedan ser amigos de su madre —nadie puede creerse tal cosa, ni siquiera Lydie y Nathalie, que no se molestan en escucharlos, demasiado ocupadas ambas en hacer de chicas *super-simpáticas-y-siempre-dispuestas,* vivarachas, locuelas, crece la ira, Ida que aprieta los puños, todo ese ruido, esa agitación, demasiado tarde, la puerta está cerrada y las dos mujeres están ahí, muy pronto todos juntos, unos alrededor de otros e Ida, sola, como si nadie la hubiera visto, como si no estuviera, como si...

Ida, ¿estás bien?

durante un segundo, mira la puerta y se dice que caminando en línea recta podría atravesar el comedor sin que nadie la viese, y asiste a su derrota, ve cómo Denis y Christophe dan vueltas en torno a las dos mujeres y se afanan en recibirlas.

Sí, su abrigo, gracias, buscaremos dónde ponerlo,

y las otras dos que ahora sonríen, arrojándose sobre su amiga que ya no ve a su hija, Marion, que se aparta de Ida, Patrice que se aparta de Ida, y ambos parecen tan asustados, tan agitados que Ida no los reconoce, por un instante piensa que está viendo algo que no había visto nunca, cómo se llama, lo que ve, su crispación los labios que se esfuerzan en dibujar una sonrisa distorsionada, las nucas rígidas, los cuerpos tan paralizados que avanzan uno y otro a tirones, sin soltura, ella es la única que lo ve, que advierte esa extraña postura de los cuerpos y de las almas –la mirada que miente, la rígida falsedad de una voz que estalla cual cerámica rota al barrerla en el suelo, y al poco, como trombas de descomedida jovialidad, las dos mujeres se abalanzan ante la sorpresa de Ida –Ida que ha dejado de moverse, deja casi de respirar, sabedora de que todo ya se fosiliza y de que no podrá decir nada viendo que hasta a su padre parece jugar a no decir nada, dejándose besar ahora por Nathalie y Lydie,

Gracias, muy simpático todo,

Y se limita a contestar con una sonrisa de pez muerto que Ida detesta ver en su rostro, pero su padre se aferra a ella cuando le repiten con el mismo tono,

¡Muy simpática, la sorpresa!

limitándose a esgrimir una sonrisa que no parece una sonrisa, o en cualquier caso no la suya, no, no exactamente, más bien una sonrisa muerta, ni siquiera oye la voz de Denis, que le pregunta varias veces dónde están las copas para el champán,

Un servicio son por lo menos seis copas, no me digas que Marion se ha cargado ya dos. ¿Sí?

Y Lydie,

Se nota que la conoce.

Nathalie que mete baza sonriendo a Denis,

Despistada, nuestra Marion.

Ida espera, ¿van a callarse, sus padres, o es que están esperando el momento adecuado para decirles a las chicas que no se queden, que finalmente no pueden verlas? No, no lo hacen, no lo harán, incluso Christophe ha salido a traer sillas de la cocina, nadie le dice nada, Marion y Patrice no reaccionan. El otro instala las dos sillas en torno a la mesa y ellos, como los demás, de momento, permanecen de pie en pleno centro del comedor; están ahí, sin más, sin decir nada, pero lanzando miradas como si esperasen del otro una respuesta, una palabra –e Ida no puede más porque Nathalie se inclina ya sobre ella,

Pichoncito ¿cómo está mi niña guapa?

y por supuesto no advierte la rigidez de la chiquilla ni que esta inicia un gesto hacia atrás,

¡Oye, pero si has vuelto a crecer desde la última vez!

ni que intenta volverse hacia su madre para pedirle que haga algo,

¿Qué te pasa pajarito mío estás muy pálida?

Ida, la mirada fija, obstinada, hacia el pomo de la puerta, allá en el otro extremo del mundo, sin siquiera oír la voz de Lydie –¿es Lydie la que le habla o ahora es Nathalie?

¿Seguro que estás bien guapita?

Ida, con la mirada fija, oye la voz como si estuviera lejos en lo alto de un árbol.

Estás como rara cariño,

Marion, ¿has visto a tu hija? Está muy pálida

Ida, con la mirada fija que encuentra fuerzas

Sí, sí, estoy bien,

para sonreír y decir,

Voy a acostarme estoy cansada,

comprendiendo lo sola que está, el pomo de la puerta demasiado lejos, todo está ahora demasiado lejos, los adultos, las dos mujeres la han besado, una huele a vainilla y los labios de la otra están grasientos como la piel de un confit de pato y lívidos como requesón; Ida, con la mirada fija que deja subir a su cabeza las sensaciones demasiado fuertes y las voces que suben,

Mamá voy...

mientras todos se inquietan por ella, la estudian, Ida irguiéndose lo suficiente para echarse atrás y apartarse de las zalamerías de las dos mujeres,

Estás muy pálida cariño.

¿Tienes fiebre cariño?

Estás mala qué te pasa estás toda...

Y Bergogne, tan pálido como ella, a quien gustaría llevarse lejos a su hija, porque sí ha visto al diablo y dejadla en paz, pero la realidad se quiebra como un espejo roto en no se sabe cuántos pedazos que permanecen pegados en la misma superficie plana, miles de veces, los mismos reflejos fragmentados, mezclados –y voces que se acercan,

¿Marion?

Marion que besa a su hija y la deja marchar hacia la escalera, y todo el mundo se preocupa por ella, se sorprende por ella, al verla correr con la cabeza gacha, los ojos fijos en un punto oscuro en algún lugar entre sus pies o justo ante ella pero a quien nadie tiene tiempo de ver, de asir, a Bergogne le gustaría cogerla al vuelo y decirle que todo va bien, todo va a arreglarse, pero no se atreve a hacer un movimiento hacia ella pues ve que lo que quiere es largarse de aquí y es lo que hace, sin volverse, sin escuchar la voz de su madre que explica ya a los demás,

Está cansada,

y una de las mujeres,

Tiene que estar descansada para ir al cole,

Sí el cole,

y apretando los dientes Ida corre hacia la escalera, durante un instante se extrañan sin decir nada –un titubeo de unos segundos y unos

Buenas noches guapísima,

mientras Ida sube la escalera y deja tras de sí las voces de las mujeres. Bergogne sigue con los ojos a Ida la mirada fija subiendo la escalera de madera que debe de crujir bajo los pasos de su hija pero que no oye esta vez porque Ida sube más aprisa de lo habitual, casi corriendo. Desaparece y, cuando deja de verla, Bergogne se reencuentra con el comedor y con unos y otros que han vuelto a lo suyo –salvo Denis que le echa una sonrisa discreta y casi confiada, casi amistosa, como si quisiera decirle que en otra vida podrían haber sido amigos y aún podrían serlo, sí, por qué no, o que al fin y al cabo no eran tan distintos o que uno y otro podrían entenderse, sí, muy bien, sobre ciertos temas, pese a las apariencias y los silencios, porque mediaba entre ellos esa especie de hermandad que les imponía esa mujer que los separaba y los unía a la par. Pero no es que Denis pareciera agradecer a Bergogne esa complicidad pasiva, obligada más que involuntaria, no, además eso tampoco dura tanto; lo subraya al mismo tiempo la voz de Christophe, quien insiste a Nathalie y a Lydie para saber qué proeza es esa que ha realizado Marion y que una de las dos ha comentado, puede saberse, nos gustaría, y mientras insiste,

¿Qué, otra vez con secretos Marion?

sirve copas de champán, cacahuetes,

No gracias ya hemos cenado,

Gracias, no, muy amable,

Estamos aquí para verla soplar las velas,

Y para el regalito también,

¿Ah sí, han traído un regalito?

¿Se lo damos ahora?

Después de que cuente su proeza, eh,

replica Christophe riéndose y levantando la copa

(Dios santo voy a coger un pedo)

y no puede evitar sonreír a Nathalie y a Lydie, las mujeres relatando que las habían convocado el gran jefe *himself* y el jefe de proyecto, y cuentan, una añadiendo detalles, la otra matizando, que esa reunión había sido una auténtica trampa tendida por el jefe de proyecto porque claro en esa empresa pasa lo que en todas solo curran las mujeres y para variar la dirección no la llevan más que tíos de vete a saber. Cada una suelta su comentario –entretanto nadie se percata de nada, pero Christophe y Denis han acercado las sillas para invitarlas a sentarse alrededor de la mesa, lo que hacen dócilmente, sin darse cuenta, siguen hablando, contando, interrumpiéndose solo para alzar la copa de champán y humedecerse los labios, muy levemente primero, y luego bebiendo un sorbo de finas burbujas que chispean en su boca, estallando bajo el paladar, sobre la lengua,

¡Feliz cumpleaños reina!

¡Feliz cumpleaños!

Sí, feliz cumpleaños,

Nathalie y Lydie alzan la copa, Denis y Christophe alzan las suyas, cada cual desplegando todo el empuje que saben que les faltará a Marion y a Patrice, ambos reacios a alzar la suya, la suya que pesa una tonelada de odio y de ira, como esa dificultad para sonreír, para decir,

Gracias,

con voz enronquecida y casi ahogada en la garganta de Marion, que ellas tomarán por una señal de timidez −una timidez brusca que no le conocen a Marion y de la que ambas se sorprenderán en su fuero interno, sin comprender aún que tras la palidez de su voz mora la indecisión de saber cómo debe reaccionar. Solo cuando todo haya acabado comprenderán las colegas de Marion lo que significaba esa timidez, hasta qué punto, Marion y Patrice en el momento en que los dos hermanos alzaron sus copas eran incapaces de imitarlos, desentonando, y ellas empezarían entonces a pensar que a la pareja en el fondo no les apetecía verlas, a decirse que por lo visto estaban de más, que el otro las había invitado pero ahora se arrepentía, que se daba cuenta de que esa idea no era del agrado de su mujer, Marion a quien no hacía feliz verlas, a lo mejor porque ya las había visto hoy. Ese pensamiento las habría enfriado, incluso las habría ofendido, se habían planteado irse nada más tomarse la copa, olvidado casi que tenían un regalo para su amiga, que Nathalie guardaba en el bolso, heridas las dos e interrogándose con miradas, semejante recibimiento,

pero sin atreverse a sincerarse con Marion, porque al principio era una sensación de extrañeza o más bien de incredulidad ante el modo con que Marion y su marido habían apartado los ojos en cuanto los miraban de frente, de eclipsarse, de dejar que los dos hombres se hicieran con toda la conversación, ah sí, feliz cumpleaños Marion, cuarenta años. Hay que ver cómo resbala el tiempo sobre ti, ¿no? ¿No les parece que para Marion no pasan los años?

Y ahora las dos mujeres, antes que dejarse llevar por la tirantez, se lanzan en cuerpo y alma a la descripción de esta tarde en que tanto había brillado Marion, por dónde íbamos, ah sí, una trampa que nos había tendido el jefe de proyecto porque quería cargarnos una gilipollez que le habían hecho, pero que teníamos que haber comprobado antes de precipitarnos y de hacer como si él hubiera dado su conformidad,

Omitimos los detalles,

y omitiendo los detalles continúan una y otra, sus voces superponiéndose a ratos, una dejando ocupar a la otra todo el espacio y luego interrumpiéndola de golpe, una octava por encima,

Hay que decir que,

Olvidamos decir que,

Alargándose sin siquiera reparar en que Marion las escucha y se calla, se eclipsa cada vez más conforme las otras dos la contemplan con los ojos brillantes de admiración y de alcohol; han bebido un poco en la pizzería donde han cenado, y emanan una mezcla de olores, efluvios de lumbre, de ceniza, de pasta de pizza pero también de cerveza, de leves emanaciones que se mezclan con el ambiente demasiado cargado y pegadizo debido al calor de la calefacción, pero también de los cuerpos, como ardiendo de fiebre –¿es fiebre lo que arde en los ojos de Marion?–, Patrice observándola, ya no de reojo, como acababa de hacerlo mientras las dos mujeres se habían puesto a hablar de esa famosa proeza de la que todavía se hacían cruces, dejando estallar su estupefacción y su admiración ante todos, ignorando la incomodidad que producían a la que era objeto de todo cuanto contaban, como si hablasen de alguien que no se hallaba allí, como si Marion, su colega, estuviese aún en la oficina, siguiese estando allí, no tuviera más vida que aquella en la que las dos la mantenían encerrada bajo el vacío de lo cotidiano, perteneciéndoles como el objeto que habían decidido amar, admirar al margen de su voluntad, como una muñeca que hubieran decidido vestir y desvestir a su conveniencia, sin preocuparles lo que ella pudiera desear, indiferentes a su timidez, y exhibiendo sin complejo y por su propio placer, ante los allegados o delante de quienes piensan ser los allegados de Marion, toda la admiración y el afecto sin fisura que sienten por ella.

35

Ha abierto la puerta; sí, había llorado. Está lívida, durante un instante casi no se la reconoce. Sostiene el teléfono en la mano. Él se lo quita sin decir palabra, ella no se resiste. Siente el calor tembloroso de sus dedos –su mano en la suya, caliente y sumisa, temblorosa como una tórtola. Él coge el auricular y lo arroja al lavabo –el auricular sin cable se desliza como en un tobogán por la pila, luego se inmoviliza. Bègue lo mira, pero ella no. Ella, con voz muy queda, temblorosa, consciente de su fracaso,
No han contestado,
como si él pudiera comprender su decepción y su desasosiego. Pero no está seguro de que le hable a él, tal vez como todos los que viven solos se dirija primero a sí misma. Hasta que al final lo ve, sí, loco de rabia quizá, pero sobre todo asustado y desorientado por que le echen en cara el haber sido incapaz de realizar la tarea que le habían encomendado. O quizá está simplemente defraudado por el ingenuo y tan deplorable intento por parte de ella de pegársela, pero tanto da, ahora hay que hacer como si no hubiera pasado nada, como si todo lo que se había producido no hubiera ocurrido, se hubiera podido borrar como un detalle, o como si hubiera bastado cerrar la puerta del cuarto de baño, con el auricular del teléfono metido en el lavabo, y dejarla marcharse a ella, contrita, lívida, retornando y casi dando tumbos,

agarrándose a la pared como en pleno mar, en alta mar, a punto de echar las entrañas, frágil y demasiado vieja, pero recobrándose poco a poco, restableciéndose repitiendo, no es nada, no es nada en absoluto, no había nadie, no ha contestado nadie o sea que no es nada, están ya acostados porque aquí nunca pasa nada, los polis se acuestan como las gallinas o se quedan mirando la tele y no oyen el teléfono.

Como si eso hubiera bastado, pues, para que todo se desvaneciera, para que nada hubiera acaecido, aparte de ella volviendo hacia la cocina tambaleándose como si hubiera bebido demasiado o la casa se bambolease, y él, detrás, sin abrir la boca, siguiéndola hasta que cada uno ocupa un sitio haciendo como si fuera su lugar habitual –Christine delante de la cacerola al fuego, intentando concentrarse, centrarse... despejar la mesa, poner los cubiertos–, cuando el otro se ha sentado ya como si no tuviera más que colocar el culo en una silla y esperar a que le sirvan, cuando en la vida ha conocido otra cosa que la manduca de su madre, las pizzas descongeladas, las quiches lorenas y, durante cuatro años, la bandeja del hospital con las tartaletas de caracolas de pasta, el queso pasteurizado lívido bajo el celofán y la verdura hervida, como descolorida o pasada por lejía.

Y ahora: la harina, los restos de los huevos, el rodillo para la pasta, los utensilios, el olor a chocolate, la insistencia del leve olor a quemado que viene del horno, un olor azucarado a tarta aún caliente. Para Christine, todo eso son como los efluvios de un mundo desaparecido hace siglos que ha desenterrado de pronto; una visión difícil de soportar –como si se enterase uno de la muerte de alguien que acaba de salir de casa y de quien encuentra en la mesa el vaso que ha dejado antes de irse.

Entonces sin reflexionar más arroja todo eso al fregadero, sin pararse a pensarlo, las nueces, las cáscaras de huevo a la basura bajo el fregadero, y su gesto de ira, esos ademanes brutales semejan un puñetazo en plena tripa, el olor a plástico del cubo de basura y los restos de comida más o menos pasada; hace una mueca de asco, lo tira todo y cierra la puerta del armario, pasa una esponja húmeda por el hule, sin abrir la boca, con gestos amplios, nerviosos, tal vez crispados. Luego lanza la esponja pringosa y mal aclarada al fregadero y va a coger dos platos, cubiertos que coge a puñados sin comprobar si hay un cuchillo y un tenedor por persona, parece que hay tres veces más, tanto da, dos copas globo que caen sobre su base por no se sabe qué milagro, pues Christine las coloca de cualquier manera delante de los platos apilados delante de él –Bègue pone los cubiertos que ella ha arrojado en medio de la mesa, el cuchillo a un lado, el tenedor al otro, maquinal, rápido–, y ella, temblorosa y lívida también, coge la cacerola de la cocina de gas y vacía la mitad en el plato de él, pero para sí misma duda, se detiene en su plato unos segundos demasiado largos, vacilantes, hasta que se decide, dos cucharadas, una nadería que se enfriará sin que la haya tocado, mientras que Bègue, con esa avidez infantil que observa a veces en Ida, esa manera glotona de devorar como los adultos no se atreven a hacerlo, se arrojará sobre la comida,

Pero ¿esto qué es, no llevan arroz las mollejas?

La molleja es una víscera que se encuentra en las terneras o en los corderos pero que desaparece tan pronto se hacen adultos –la voz de Christine, como un pelo pegado en el fondo de la garganta, enredado entre la lengua y el paladar–, repulsivo, ante un Bègue receloso como un niño pequeño y que observa en su plato la forma de las mollejas y de las colmenillas, el aspecto untuoso y reluciente de la salsa, e hinca el tenedor sin pensárselo, arranca porciones demasiado grandes, bultos que engulle y cuyos trozos le hinchan los carrillos, esperando la lenta y laboriosa masticación de los alimentos, sin siquiera darse cuenta del impudor que le echa, sin dejar de hablar la nariz inmersa en el viejo plato sopero,

¿Quiénes eran las dos chicas?

y tal vez es el único momento –cuando formula esa pregunta– en que se dirige a Christine, erguida, la vista fija en él y asqueada por ese joven inclinado sobre el plato, un viejecillo demasiado encorvado en la silla, que engulle como un perro poseído por su deglución; le repugna, ella que no ha tocado su plato y se aferra tan solo a una cerveza, ignorando el vaso que se ha puesto delante, sí,

¿Y ahora?

bebe como para ahogar las palabras que le vuelven, los codos apoyados en la mesa, las manos ante la cara; deja jugar los dedos entre ellos, los dedos se deslizan entre los de la mano de enfrente, ella no se ve, pero él la ve a ratos, siempre en el momento en que pregunta,

¿Quiénes eran las dos chicas?

y ella, que ha contestado la primera vez, no contesta ya a esa pregunta, se limita a verlo atiborrarse y olvidarlo desde que se ha puesto a masticar la comida que le parece tan fea en ese preciso momento –marrón, fláccida, mórbida– la comida cuyo olor tiene algo repulsivo para Christine que se limita a escrutar ante ella al otro esgrimiendo el tenedor –pero ¿cuánto hará que no come?– y enzarzado también en otras batallas,

¿Cómo son esas dos chicas?

las manos llenas de manchas, los dedos rojos, las uñas largas, como si no supiera qué hacer con ellos. Pugna con el tenedor en una mano y un pedazo de pan en la otra, y mastica respirando demasiado fuerte, no se traga la comida y se obstina en reducirla a migas –jadea como un gordo cansado que haya corrido demasiado tiempo, ahíto, a punto de la explosión o del infarto, coloradote, sudoroso, que subiera a su casa en un edificio de diez plantas una noche en que el ascensor está estropeado–, y Christine apenas consiente en oírlo cuando le dice que todo es culpa de Marion, porque Denis lo había hecho todo por ella, no hay que olvidar quién es, Marion, una chiquilla como ella, sí una *chiquilla*, por Dios, sí, es culpa suya si Denis... al fin y al cabo fue ella quien citó al tipo de noche en una fábrica cerrada, detrás del parking, y la ginebra, el whisky, quien sostenía la botella y quien escanciaba, ¿quién te parece a ti? ¿Quién? Nadie quiso aceptar esa idea, pero lo cierto es que parecía haber sido ella, a golpes de barrena,

¿Qué?

vuelve a preguntar,

¿Qué, qué historia es esa?

pero el otro olvida incluso que la está contando,

¿Quiénes son las dos chicas?

y mastica, termina de masticar, se sirve de nuevo en la cacerola, sin siquiera pedir hunde su trozo de pan en la cacerola y se mete la punta hinchada de salsa y de colmenillas en la boca,

Joder qué hambre tenía, tú no has comido nada, ¿por qué no has comido nada?

de pronto consciente de la presencia de Christine, de su aire distante y de esa manera de apoyar los codos encima de la mesa y poner las manos como en actitud de oración, los dedos apretados unos entre otros, los de la mano izquierda como deslizándose en los intersticios que separan los dedos de la otra mano. Lenta, suavemente, como si él no existiese; le parece ese gesto de una dulzura casi culpable, sensual, y el pensarlo le incomoda, le turba, le atrae también, alza los ojos hacia los dedos de Christine y los mira bien, luego baja los ojos, contiene la respiración, suspira sin saber por qué, la voz de su madre que le susurra al oído,

Corazón que suspira no tiene lo que ansía,

antes de que prosiga,

Tú no conoces a Marion, nadie la conoce y si la hubierais conocido, puede que no os hubierais alegrado de vernos aparecer, porque no lo sabéis, ha hecho la mar de cosas, sabes, pero, oye, ¿no tienes otra cerveza?

Sí, tiene otra cerveza, pero no se levanta a dársela, se limita a señalarle la nevera; él se levanta y, mientras hace eso, no dice nada más. Eso que gana Christine, que comprende que no quiere saber más —ella que durante años había hecho todo lo posible para adivinar quién era la mujer de Bergogne, ahora no quiere saber nada, ahora quiere que la sombra continúe en la sombra, que la noche pertenezca a la noche, le parece monstruoso enterarse de lo que Marion había puesto tanto empeño en disimular, o, mejor dicho, hacer desaparecer. Christine cae en la cuenta y se pregunta cómo pudo no pensarlo antes, cómo pudo dejarse cegar hasta tal punto por su recelo –una forma de celos, sí, a todas luces se había comportado con Marion como si tuviera derechos sobre la vida sentimental de Patrice, como una madre excesivamente protectora de un hombre que ni siquiera era su hijo, ni aun un sobrino. Y solo ahora, tras haber imaginado tantas vidas posibles de Marion, se da cuenta de que no quiere saber ninguna, la realidad de ninguna, pues nadie tiene derecho a ello si así lo ha decidido Marion.

Es tan sencillo que comprende que oír lo que dice el joven sería no solo traicionar a Marion sino destruir aquello sobre lo que su vecina había intentado construir una vida en la que pudiera sustraerse a una forma de muerte, no por simulación, sino por recubrimiento, saturación, lo que Christine hace a diario en su trabajo, sí, puede recubrir su vida para hacerla aparecer, superponer capas de realidades, de vidas distintas, para que al final solo una sea visible, alimentada por las precedentes y excediéndolas a todas; nunca había imaginado que eso fuera posible en otro ámbito que en la pintura, ella que lo había hecho en cada lienzo que había pintado, recubrir y poner en juego la transparencia, recubrir hasta que aparezca una forma que no tiene nada que ver con las que, desde debajo, han hecho posible la que aparece por superposiciones, pátinas, anotando estratos y teniendo presentes capas que no se dejan disolver del todo y afloran, vibran al borrarse, alimentando la imagen nueva con el espesor de su materia, y, al final, se inclinan ante ella, dejándole todo el espacio, en el esplendor de su aparición.

¿Y ahora?

esta vez las palabras sobrepasan la frontera de sus labios,

¿Y ahora?

¿Y ahora? ¿Ahora qué ahora? ¿Qué quieres ahora, qué quiere decir *ahora*?

Y él permanece ante el plato vacío, con las marcas del pan que deja en la salsa como amplios brochazos. Se restriega los dedos con un trapo que coge no levantándose sino arrastrando la silla con un ruido que trasluce el esfuerzo y el frotamiento de los pies contra las baldosas, dando un cuarto de vuelta y desplazando todo su peso para hacer bascular la silla e inclinarla suficientemente –aguantada sobre dos pies–, alarga la mano bajo el fregadero, no dice nada, se restriega las dos manos en ese cuadrado de tela demasiado húmedo que apesta a rancio, como no sea el olor del perro, no lo sabe y sin embargo,

¿Y ahora qué ahora? ¿Quieres que te diga qué ahora?

Cuánto tiempo va a durar esto.

Qué quieres que sepa, yo, ¿crees que depende de mí, es eso?

La silla cae sobre sus cuatro patas, Bègue se queda sorprendido durante una fracción de segundo, calla y,

Depende de Marion.

No te estoy hablando de Marion.

Y ahora Christine se halla de pie pegada al marco de la puerta. Bègue tiene que contorsionarse para verla; se da la vuelta, quiere levantarse, pero está demasiado cerca para hacerlo y ha de hacer un esfuerzo, luego se yergue diciendo yo estaba en el hospital, no estaba allí cuando ocurrió pero da igual, lo sabía, hace tanto que conocemos a Marion, todo el mundo la conocía, mis hermanos fueron a la escuela con ella y puedo decirte que incluso antes de conocerla sabía que ella y sus amigas hacían gilipolladas, apuestas, desafíos, acabaron donde los gendarmes antes de los quince años, quizá trece, sí, debió de ser a los doce trece años las primeras veces, si te piensas que me lo invento, no tienes más que preguntar si todo aquello se dijo en el juicio, todo el mundo lo dijo, hasta salió en los periódicos, el abogado lo repitió, con sus palabras grandilocuentes que flotaban en la toga negra –cuenta que todo eso se lo imaginaba, lo de la toga negra y el abogado, porque él no estaba allí, pero aclara que en todo caso la jueza o la fiscal eran mujeres, así que forzosamente le cargaron el mochuelo a Denis, aunque él tuvo que explicar durante horas que lo que había hecho lo había hecho por Marion, pero quizá no con la suficiente claridad, que era ella la que se lo había pedido, y además, ¿acaso lo dijo, por lo menos para defenderse o para fingir defenderse un poco?, vete a saber, estaba aún tan loco y cegado por ella y tan dependiente para defenderla contra toda evidencia y contra sí mismo, cuando tenía la total seguridad de enmohecer durante años entre rejas.

Bègue no sabe más que lo que le han dicho, recuerda el asco en la voz de Christophe, que había ido al hospital a contárselo –lo que no le dice a Christine es que era la primera vez que Christophe acudía allí, la primera de una larga serie en que el uno y el otro iban a aprender a conocerse no como dos individuos que comparten casi la misma historia sino como dos hermanos que no se han visto nunca se conocen en un cara a cara sorprendiéndose de su parecido. Había sido el instrumento de una mujer pero lo habían condenado a base de bien, como si hubiera sido él su instigador, el organizador –¿cabía creer que un tipo se pusiera a machacar a otro a golpes de barrena tras una fábrica abandonada, en un parking, a campo raso, por una historia de hash o de encubrimiento o de qué?, como le habían acusado la juez o la fiscal, solo para no ver que había sido Marion quien había montado esa cita con el tipo en aquel puto cuadrado de asfalto frío y húmedo, entre los parkings y el hormigón de las fábricas abandonadas, y quien le había dicho a Denis, aprisa y corriendo, tendiéndole el vodka, el whisky o la ginebra, sí, porque Denis se había infundido valor bebiendo –pero ¿cabe creer que no fuera ella la que le metió la barrena en las manos, haciéndole beber, guiándolo por la carretera? Y Bègue suelta todo eso con una especie de rencor teatral, demasiado precipitado, como una fábula aprendida de memoria desde hace tanto tiempo que ya nadie, a fuerza de haberla oído y repetido, de haberla dicho y redicho en circunstancias tan lejanas y tan diferentes cada vez, se plantee siquiera saber de dónde le vienen todos esos detalles de un parking en cuyos baches se reflejan ramas de árboles secos que se balancean al viento de noviembre, la lluvia triste, la llovizna, el calabobos mortífero que se infiltra en la ropa, sí, todo el mundo la ha repetido y oído tantas veces esa historia que ella también como la llovizna, como el calabobos pegajoso y mortífero, se ha infiltrado en la memoria de todos a tal extremo que no hay más relatos posibles que aquel que Bègue y sus hermanos han mantenido hasta hoy –lo oyes, ahora es el momento de ajustar cuentas con Marion...

Deja ya a Marion.

¿No te interesa tu vecina?

No es asunto mío.

¿Qué es asunto tuyo?

Mis cuadros. Lo único que es asunto mío son mis cuadros. Y además voy a ir a verlos y me pondré a trabajar. Estoy harta de perder el tiempo contigo, basta ya.

Y él sin duda se ofende, sin duda le aterra verla encolerizada con él y dominándolo casi físicamente, porque él se ha quedado sentado y ella, de pie contra la puerta, ocupa y satura todo el espacio, y él se ve obligado a verla por debajo, y verla así, aunque no sea casi nada, aunque sea muy poca cosa, le basta para que ese momento le resulte incómodo, por lo que coge el botellín de cerveza y lo apura en varios tragos, así, le gustaría decir, a todo el mundo le encanta saber chismes sobre los demás, los pequeños secretos, y en este caso, no son nada pequeños los secretos de tu vecina, no. Le gustaría decirlo, pero no lo dice; se levanta porque de repente el marco de la puerta se ha quedado vacío, Christine no lo ha esperado, ha vuelto a su pintura.

Oye tras la puerta que Bègue acaba de entrar en el taller –se detiene a bastante distancia de ella y sin duda la observa. Acaba de coger su bata de trabajo, una vieja blusa blanca que tiene arrumbada ahí desde hace siglos, demasiado estrecha para la mujer en que se ha convertido y que conserva la memoria de aquella, tan delgada, que casi le bailaba el cuerpo al ponérsela –aquella mujer que pintaba con más brío y en ocasiones tontería, también, convencida de que bastaba con ser sincera para hacerlo bien, ser honesta en su iniciativa y obstinada en sus resoluciones para que el arte acudiera a ella. No necesita volverse para saber que, tras ella, el joven observa cómo se pone la bata, y no sabe o no sopesa el efecto que producen determinados gestos de mujer en un hombre, tras haberse recogido el cabello en una suerte de espiral que sostiene con la mano izquierda antes de sujetarla con el lápiz que ha cogido de la mesa de trabajo. No se ve hacerlo, hace ese gesto todas las noches y no advierte que Bègue, tras ella, está impresionado –la fuerza de la aparición de la nuca, unos mechones de pelo corto, del mismo naranja ardiente que los otros, un naranja imposible, algunos pelos blancos y grises también. No oye el silencio y el aliento del joven, pero sí percibe muy nítidamente que para de dar vueltas, en un rápido ir y venir,

De todas maneras, no quieres oír hablar de Marion, pero tienes que saberlo, querías comprenderlo, no has parado de preguntar qué hacemos aquí, qué queremos, si quieres saberlo bien has de comprender y...

y se interrumpe, turbado tal vez porque ella ha dejado de prestarle atención, como si no solamente se hubiera ausentado, sino que hubiera encontrado un modo de quitárselo de encima; Christine se ha acercado al cuadro de la mujer roja y trabaja en él. Él no se acercará muy deprisa, no frontalmente. Dará unos pasos más a derecha e izquierda, examinando por encima la mesa de trabajo, observando tal vez que ella ha vuelto del revés los dibujos de Ida, o sin observarlo, no observando más que el efluvio de su perfume que vendrá a turbarlo todavía más, en el preciso momento en que ella torne a hacer lo que había comenzado, volviendo a la carga,

¿Y tú, mi pobre muchachito, no preferirías estar ahí al lado en vez de apechugar con la vieja chiflada?

¿Qué?

Ya me has oído,

todo eso sin darse la vuelta, sin siquiera alzar la voz, casi con dulzura y compasión, ¿no es una forma de compasión ese tono tembloroso con un ligero velo de... ¿de qué? ¿Tristeza, emoción, resignación, amargura? Coge directamente del tubo unas gotas de un azul muy mate, nomeolvides, un azul que él no conoce, con ese gesto cuya lentitud excesiva es tan solo para poder hablar sin volverse,

Porque crees que las dos chicas, el champán, y tú, ahí, aquí...

y esta vez no oye cómo avanza hacia ella; lo que oye es solo el zumbido de su propia voz que resuena en su garganta, le da la impresión de hablar con tapones de oído, de vivir en sordina, de oír su voz como la oiría si viniera de otra estancia. Le extraña que no le conteste, que no vocifere como ha hecho antes, ¿es lo que busca, enfurecerlo para ver hasta dónde llegará, como si no lo supiera, como si, jugando con fuego, sabiendo que es el fuego, pensara que podría dominar la llama y el peligro de abrasarse, ¿iba él a prender y a girar como una antorcha arrasando la casa, en una hoguera de la que en unas horas no quedarían más que cenizas, o no era más que una llamita insignificante que un simple soplido iba a apagar?

Christine prosigue, imperturbable y lenta,

¿No crees que les importas un pepino, a tus hermanos?

y él que no contesta, que se inmoviliza tras ella y contempla fijamente la nuca, incapaz de saber si tiene ganas de morderla o de golpearla, de besarla o de lamerla, de arrojarle al cráneo cualquier objeto que pueda abrirle la cabeza o hacerla papilla, o lanzar un grito, huir o chillarle que no es más que una cabrona que no conoce a sus hermanos y que no tiene derecho a hablar de ellos, a juzgarlos, a decir lo que dice, porque sus hermanos le

336

quieren y si no está con ellos es porque tiene que haber alguien de confianza para

(Corazón que suspira no tiene lo que ansía, muchachito)

hacer lo que les da la gana, y claro que están las dos chicas y claro que le gustaría estar en la fiesta con ellos, y claro que por qué no está en la fiesta con ellos, por qué ha notado siempre en ellos esa manera de apartarlo, de dejarlo de lado, de tenerlo como hazmerreír también, vagos recuerdos en los que los otros dos disfrutaban riéndose de él como tanta gente se ha reído de él —el eco de las risas sobre su vida, sobre su manera de comportarse a diario, y ahora ella le habla sin tomarse la molestia de mirarlo, toqueteando sus pinceles y despreciándolo con ese tono displicente y cortante como el vidrio,

¿O sea que no ves que tus hermanos te utilizan?

...

¿O sea que no ves, mi pobre muchacho?

...

No ves que están con las dos chicas y que tú,

¿Por qué me provocas?

y ella no contesta, como si estuviera absorta en otra cosa y no lo oyera,

La verdad es que no están mal, esas dos chicas.

Tú tampoco estás mal.

¿Qué?

Lo que tarda en entender —la voz en la nuca—, el aliento con ese olor a molleja y a cerveza y quizá también el sudor, el miedo, la ira y algo más, Christine se da la vuelta y no tiene tiempo para retroceder, ya lo tiene encima —no lo reconoce, es como una sombra demasiado grande que oculta la luz, un contraluz que está justo delante de ella y que no ha tenido tiempo de ver venir, de oír, pero estaba demasiado lejos, no oía nada— se sobresalta, contiene un grito y luego la ira,

¿Por quién te tomas, pequeño gilipollas?

y ese gesto que hace Christine sin siquiera darse cuenta, sus dedos que cruzan la barrera de la bata porque esta no está cerrada, los dedos que no dudan, se hunden y vuelven con el cúter y la hoja oxidada que brota –un segundo, tal vez dos, el tiempo de que Bègue sonría como un niño incrédulo y de que todo se tambalee –en su noche mental,

Corazón que suspira
la voz de su madre que surge,
no tiene lo que ansía.

36

¿Todavía estáis con el aperitivo?

¿No habíamos dicho a las nueve?

¿No habíamos dicho a partir de las nueve?

Patrice está sentado muy apartado de la mesa, de manera que ellas lo ven casi por entero, las piernas separadas, el vientre abultado, un brazo tendido, la mano cerrada sobre el mantel, la otra abierta sobre el muslo, con la palma frotando contra el pantalón como si le picara no se sabe qué –prurito o impaciencia–, pero es sobre todo la nuca tensa, el rostro petrificado que oculta apenas la ira que reprime, sí, eso es lo primero que ven, y, cuando comprenden que no les contestará y se limitará a mirarlas fijamente, como si estuviera a punto de espetarles que se largasen o que cerraran el pico, se quedan sorprendidas, un poco ofendidas e incrédulas. Entonces insisten, repitiendo la pregunta pues necesitan oír decir que no han llegado demasiado pronto, necesitan

¿No es lo que habíamos dicho?

una confirmación que no le costaría nada a Patrice, dado que ahora son más de las nueve y media. Pero parece oír lo que dicen con desprecio o indiferencia, lo cual no entienden, no, por lo que vuelven a la carga,

¿No habíamos dicho a las nueve?

a lo que por fin contesta,

Bien, vale, vale.

Como si su insistencia resultase más irritante que su deseo de no haber cometido un error llegando demasiado pronto.

Se quedan sorprendidas de su reacción, pero les extraña también que se haya molestado en preparar una mesa, y toda esa decoración, todo el tiempo empleado, no la tarde pero aun así —un buen rato sí que se habrá pasado—, ha querido hacer las cosas bien, eso lo ven, ¿entonces por qué estropearlo todo descuidando su vestimenta y mostrándose tan abiertamente hostil, como si fuera superior a sus fuerzas y disfrutase saboteando el trabajo hecho, como si no fuera consciente de que también las mujeres pueden esperar un pequeño esfuerzo por parte de sus hombres, de que Marion como cualquier otra persona podía ser sensible a la mesa puesta, a los preparativos, pero que podría haberlo sido sobre todo a la atención que él hubiera puesto en presentarse acicalado? ¿Para qué hacer las cosas bien si va a ser para abandonarse, sin vestirse como podría haber hecho para cualquier ceremonia? No se le pide que se decore como un árbol de Navidad, pero al fin y al cabo eso es una pequeña ceremonia, sí. En definitiva lo es, él ha hecho todo para que lo sea, preparando la decoración y la cena, tomando la iniciativa de llamarlas; y luego resulta que ni siquiera ha hecho el esfuerzo de vestirse de otro modo que como a diario, unos vaqueros un poco deformados, con las rodillas verdosas por el heno del ganado, y ese jersey de camionero agujereado en los codos cuyas puntas de lana forman minúsculas franjas como bolas de borra —sí, aunque al menos se ha afeitado, ¿no podría haber hecho un esfuerzo, después de haberse molestado en prepararlo todo?

Pero muy pronto todo eso va a disiparse, ni Nathalie ni Lydie pensarán en ello dentro de unos minutos, demasiado ocupadas en analizar la reacción de Marion cuando le dan su regalo.

¿Te gusta?

Sí... Sí, sí, es guay. Es...

Marion coge el reloj y lo vuelve una y otra vez, es un reloj muy clásico –caja de acero inoxidable, tres manecillas, de forma redonda, esfera blanca, de marca Pulsar. Un reloj que podría parecerle bonito si se tomara la molestia de verlo, en vez de quedarse observándolo sin dejarlo imprimirse en su retina– un reloj que a buen seguro le habría gustado que le regalasen, en otras circunstancias, y que habría podido admirar en el escaparate de la joyería con tiempo para decirse que le apetecía un reloj así, retractándose de inmediato, ¿para qué quiere un reloj si tiene la hora en el móvil, que lleva siempre en el bolso cual excrecencia de su cerebro? Pero no ha habido tiempo para decirse que el reloj le gusta, tiempo para aunar ideas que no tienen ya sentido, tiempo para que las dos chicas le entreguen la caja, para que desgarre el papel de regalo poniendo buen cuidado en que no se note cómo se está asfixiando, cuánto le gustaría escapar a la atención de los dos hermanos, que se han acercado, curiosos, divertidos de su desasosiego y de sus intentos baldíos de no mostrar nada –con lo que ellos se deleitan viéndola seguir el juego, *su juego*, el que han preparado con tanta convicción y paciencia que saborean sus efectos en ella, la menor vacilación, el menor paso en falso. Porque todo es doloroso en la reacción de Marion; todo es un gozo para ellos, encantados de ver como intenta mantenerse sobre un vacío que ellos han abierto bajo sus pies, espiando el momento en que caiga, cometa un error –¿va a caer, o, por el contrario, será capaz de no cometer una sola torpeza, de no venirse abajo? ¿Va a aguantar y decidirá ocuparse de sus dos colegas hasta que se marchen, de tomar champán con ellas sin despertar sospechas? ¿Se dominará Marion, se controlará, fingirá con sus colegas tan bien que obedecerá y se resignará a hacer lo que le piden que haga, se verá con fuerzas para someterse a lo que le impongan hasta el final de la fiesta?

¿Sí, estás segura?

¿Estás segura porque?...

Sí, sí, es...

¿Te gusta?

Sí, guay... es guay. Es realmente... realmente sí...

Pareces...

No, no, de verdad, de verdad os lo digo, es bonito, es...

De momento, están alrededor de la mesa, toman champán, pendientes de las manos de Marion, de ver cómo sopesa el reloj, se lo pasa de una a otra mano,

Pues venga, póntelo,

Como si hubiera decidido ya no colocárselo en la muñeca,

Venga va,

como si quisiera a toda costa tomarse tiempo antes de hacer el paripé de los besos y las muestras de gratitud, porque no se ve con ánimos para mirar a los ojos a sus amigas,

Gracias es realmente...

imaginando la escena y la hipocresía en que caerá cuando haya que

Es guay...

Venga va, ¿a qué esperas?

Fingir emoción por un reloj cuando ni siquiera se lo imagina entre los dedos, cuando no logra imprimirlo en su cerebro, cuando se refugia observando cada detalle, todos los reflejos en el vidrio, en las mismas manecillas, esa sensación de frío en la piel, y, no obstante, va a tener que dar las gracias y simular que toda la emoción que siente ahora no viene más que de eso, de un regalo que le hacen, como si todo ese temblor en ella y las mejillas que se le inflaman, las ganas de llorar que aumentan y esa incapacidad de erguir la cara hacia sus amigas, como si todo eso no fuera más que la emoción por un regalo que ni siquiera se le ocurre encontrar bonito.

Dentro de unos segundos, no tendrá elección, pero quiere retrasar ese momento, y, si alza los ojos, es únicamente para buscar a Patrice, para decirse sin palabras la resignación y comprensión de lo que deben hacer, ella sabe lo que debe hacer, lo que

342

Denis y Christophe saben también muy bien, lo que se resignará a hacer —esa manera de transigir y de ganar tiempo cuando no sabe lo que eso quiere decir, tiempo *ganado* sobre qué para hacer qué con él, a la espera de qué, pese a esa tentación que tiene de decirles a sus amigas que más valdría que se marchasen a casa, con el pretexto, por qué no, de que quiere irse a dormir porque no se encuentra bien, que no puede más, sí, todas las emociones debido al jefe de proyecto, comprendéis, le gustaría estar tranquila, aplazarlo todo hasta mañana, o cualquier otra solución para que todo se detenga, que el otro par —no sus colegas, sino los dos hombres— desaparezcan y retornen lejos de allí a un pasado que está muerto desde hace diez años, del que no dirá nada, no dice nada aún, nadie se lo creería, y la misma idea no resiste la mirada que lanza a Patrice, el tiempo para ella de postergar, un segundo más, el momento de enfrentarse con sus dos amigas repitiéndoles esa frase estúpida y simple que el tono desmentirá, una gratitud trivial, esa frase u otra que se le ahoga en la garganta, se termina, extenuada, sin poder más,

Gracias, chicas, es guay...

¡Pues venga, póntelo!

¡Pues venga, pruébatelo!

y así sigue todo, tanto tiempo después de abrir el paquete que Nathalie le había tendido de un modo un poco solemne, mientras Lydie añadía una nota de excesiva ligereza, sin duda con ánimo de ocultar su apuro, de disimular la aprensión que Nathalie y ella experimentaban frente a la reacción de Marion ante ese regalo del que no estaban seguras,

Si no te gusta puedes cambiarlo,

ambas empeñadas en querer tranquilizarla cuanto antes,

No estábamos seguras del color pero nos dijimos,

No, no, está bien,

quieren saber lo que opinan Christophe, Denis,

Es muy bonito, está muy bien,

Y poco más, y se lo preguntan a Patrice,

Pues venga, pruébatelo,
Pruébatelo,
¿A qué esperas?
Habíamos pensado de color dorado rosa,
A la pulsera, la llaman malla milanesa,
Pruébatelo, ¿a qué esperas?
Marion oye y no mira a nadie, murmura,
Que no, que no, que está muy bien, está muy bien os digo...
Y no consigue despegar los ojos de ese reloj que sigue danzando entre sus dedos como un animal, un ser autónomo, vivo y frío, lejano, indiferente o quizá incluso hostil.

Marion comienza a ponerse la pulsera en la muñeca. Busca la hebilla, la encuentra, el cierre, echa una mirada a la hora, no acaba de fijar las manecillas, la hora monótona que no gira, aparte de la manecilla más fina, que parece girar en el vacío y girar tan aprisa que parece no avanzar. Marion no para de hacer danzar la muñeca ante ella, y luego suspira –un suspiro excesivo, aparta el reloj con un gesto demasiado vivo– dónde están mis, sí, busca sus cigarrillos –aquí están–, coge el paquete y extrae un pitillo.

Las chicas saben que dentro de unos minutos preguntarán de dónde vienen ellos, quiénes son, si los ha invitado Patrice sin avisar a Marion o si los ha invitado Marion, preguntándose –si es el caso y son tan importantes que los invita para su cumpleaños– por qué no se le ha ocurrido nunca hablarles de ellos, siquiera una simple alusión. Lástima. Además, Denis y Christophe al menos visten bien.

Nathalie y Lydie se dicen que esos dos se han tomado la molestia de ponerse una camisa blanca –y planchada–, una chaqueta, de acudir como para una gran celebración. Además, cuarenta años no son poca cosa, la mitad de la vida no es moco de pavo. Aunque las dos chicas no se atreven aún a hacer preguntas, se dicen que Christophe y Denis vienen de lejos para esta fiesta y por ese motivo no les han hablado nunca de ellos. A lo mejor llevan tiempo esperando esta fiesta. Tal vez han pedido permiso en el trabajo para pasar unos días aquí. Pero en qué deben de trabajar. ¿Son más bien trabajadores manuales o intelectuales, funcionarios o artesanos, de ciudad o de campo? No se sabe, de modo que buscan detalles que puedan desvelar informaciones sobre ellos, su manera de hablar, de comportarse; se preguntan de dónde vienen esos dos, aunque se dicen que no se los imaginan llegados de muy cerca, porque entonces ya los conocerían, los habrían visto ya, con toda seguridad, habría habido otra ocasión para conocerlos, se habría hablado ya de ellos, eso todavía más seguro. Así pues, tienen que venir de lejos y hará tiempo que no se ven con Marion, tal vez hermanos, buscan –creen encontrar– puntos comunes, aires de familia, supuestos aires, no realmente parecidos sino una entonación común, un acento –¿del Norte quizá? No, ¿del Este?–, ¿una manera de comportarse?, de sonreír, aunque Marion nunca ha hablado de su familia. Pero parece tan emocionada, Marion, tan alterada –una turbación extraña, eso sí, porque no está *emocionada* como se está por un exceso de emociones cuando estas son gozosas, sino *emocionada* como si lo estuviera por un golpe inesperado, un flujo de emociones que surgen de no se sabe dónde, un temblor que la atraviesa y cuya virulencia le cuesta contener –o quizá la alegría de volver a verlos, digamos, quizá sean hermanos, la ha empañado Bergogne, diciendo que no le gustaba verlos, o quizá no ha podido evitar soltarle un comentario con mala uva ante la alegría que ella ha podido llevarse al volver a ver a unos testigos de una vida anterior a él, como si tuviera celos de unos hermanos o de unos primos o –no, no sabemos nada, no sabemos nada–, ni siquiera si esos dos son hermanos porque, en realidad, no ha hablado nunca de su familia ni de hermanos o parientes, aparte de su padre, que se sabe que no conoció, o que quizá había entrevisto una o dos veces, o que apenas sabía quién era, pero que se había negado a reconocerla al nacer ella.

Preguntarán si son una forma de regalo, de sorpresa, quizá para saber más de ellos, o para dar pie a la conversación, mostrar

345

que se interesan por los demás, que intentan conocerlos y no replegarse en una actitud de reserva. Les formularán un montón de preguntas que en realidad se formulan ya, cada una para sí, pero conscientes de que la otra se formula las mismas, y ambas saben también que esperarán a que vaya transcurriendo la velada para formularlas, a fin de no mostrarse demasiado intrusivas ni curiosas; aguardarán a que hayan cenado todos y a que aparezca la vecina con las tortas. Entretanto, contarán chistes, Christophe y Denis no tienen pinta de ser tímidos, incluso son graciosos, con ellos no se hablará de política, aparte quizá de soltar alguna burrada sobre toda esa gente de las altas esferas que no ha dado en la vida un palo al agua, pero sin decir lo que pensamos, en realidad, de ese mundo, no, esta noche no, esta noche será solo por el placer de torpedear a nuestros concejales y luego hablaremos con toda seguridad de trabajo, una vez más,

¿En qué trabajan ustedes?

o del último suceso oído en la tele, o de la última información un poco picante, muy pronto tendremos ante los ojos ese brillo de la ebriedad que lo ilumina todo y lo vuelve todo palpitante durante una fiesta, un coloque que hará que toda conversación pase a ser algo fútil o fútilmente plúmbeo. Lydie y Nathalie procurarán no pasarse con la bebida, a fin de no decir demasiadas gilipolleces, aunque les gusta contarlas y no se privarán de largar, eso no, estamos aquí para divertirnos, pero iremos con cuidado porque habrá que volver y, aunque *titine* conoce el camino –siempre han llamado a su coche *titine*–, con frecuencia hay quepis al acecho, y flota ya la inquietud ante la idea de volver al curro al día siguiente con resaca. Se andarán con cuidado y lo saben, pero también saben que las resoluciones que se toman antes de embarcarse en una fiesta, las más de las veces se pulverizan conforme uno bebe y se ríe –lo saben muy bien, así se reconoce también una buena fiesta, por su manera de invitarlas a infringir los límites que ella mismas se habían trazado.

Christophe y Denis perciben todos esos movimientos que

ascienden y se instalan en las dos colegas de Marion; sienten esas montañas rusas y esas dudas que van, vienen, refluyen, desaparecen y resurgen, y a los dos hermanos les gusta esa amalgama de futilidad –desde el desenfado debido a las burbujas de champán hasta el efecto de sorpresa que tan bien han sabido hacer fructificar en el caserío–, como les gusta decirse que decididamente las Tres Chicas Solas nunca han merecido tan bien ese nombre: la vecina, la mujer y la niña, a quienes habría que añadir el marido, por supuesto, y las dos colegas. Y que resulta regocijante, en la mente de Christophe y sobre todo en la de Denis, esa amalgama de fiesta y de terror suspendidos, oh sí que los recompensa, ya, de todo el tiempo transcurrido esperando esa fiesta; que resulta regocijante también ver ese momento, con todos los preparativos que implica, las horas meditando, metiéndoselo en la cabeza– y que les recompensa, sí, cuando les muestra el largo trabajo de la inscripción del terror en el rostro de Marion, en los gestos de Marion, en la voz de Marion, pues no dudan un segundo que recuerde de qué son capaces, puesto que ha llegado a casarse con un tipo como él, ese tipo que permanece bloqueado frente a esa copa que ya ni es capaz de tocar.

Además, en el momento en que las chicas regalan el reloj a Marion, nadie se sorprende de que Bergogne todavía no le haya regalado nada –ese regalo olvidado al lado mismo, en la cocina, que se había pasado un rato envolviendo. Pero, tanto para él como para ella, eso ya no existe. Todo se ha venido abajo, salvo que él, contrariamente a Marion recibiendo el reloj de sus amigas, no está obligado a fingir que continúa la parodia. Para Marion es otra cosa lo que está en juego, un reloj y la temible esfera y las agujas que corren veloces, cosen y descosen, regulares y sin inmutarse, lo que sucede, es decir para ella, esta noche, como si toda su vida cupiera en ese instante preciso –un cumpleaños–cuarenta años– y de repente el reloj le quema en los dedos y ella, en vez de probárselo como le siguen pidiendo porque la primera vez no se ha visto bien –¿o a causa de esa insistencia en exigirle que se lo ponga en la muñeca?–, no puede volver a hacerlo, mantener puesto el reloj en la muñeca, no, se lo ha quitado al instante, y ha hecho un gesto de rechazo casi imperceptible, un movimiento impulsivo que rechaza, suelta el reloj –una ola de melancolía que la inunda, un arranque hacia Patrice–, ese impulso la invade, siente llenársele los ojos de unas lágrimas que no sabe contener –o que contiene a pesar de todo, encontrando fuerzas para no dejarlas que rebasen el borde del párpado, sin dejarlas rodar sobre la mejilla; no puede hacer nada frente a él, de pronto ve su belleza –es su belleza, porque él la ignora, porque no la sabe, eso es lo que le reprocha casi siempre, ser guapo sin saberlo, ella que no es tan guapa como creen los hombres, que confunden sexy con guapa, ella que está tan cansada de eso; se reprocha que él está aquí y que ella nunca ha sido capaz de hacerlo feliz, incapaz de eso, aunque al principio pensaba que ese matrimonio funcionaría, pero sin convicción, porque él lo creía hasta tal punto por los dos que ella se dijo que sería suficiente creerlo a medias.

Ahora sabe que no, y esa realidad, al menos, está dispuesta a mirarla de frente.

Tiene garantía, creo que para dos años.

Has de enviar el papel o hacerlo en su página web.

Te dan por el saco con tanto internet.

Todo pasa por internet, hasta para comprar un reloj hace falta...

Sí, así es.

¿Os llegan las redes aquí?

¿Por qué no nos van a llegar las redes?, que esto no es la selva.

Y todo sigue así. Las chicas que contestan a Denis y a Christophe, Christophe que las persigue con su sonrisa, que se inclina, sin siquiera reparar en lo que hace, hacia Nathalie –la más guapa de las dos, es verdad: la pelirroja–, sí, todo sigue así, por qué dura tan poco el silencio, por qué, sino porque tras el silencio subyace la evidencia de un vacío tan vertiginoso que repugna precipitarse en él, como se teme hablar en voz no baja, sino normal, y entonces sube el tono, se habla cada vez más alto, pero lo cierto es que no es solo por ese miedo al silencio que crece, como si fuera cada vez más insoportable y peligroso, qué se oiría si todos callasen, qué pasaría si cerrasen los ojos y esperasen, pero es imposible, Marion se ha levantado para besar a sus amigas y las abraza y les da las gracias, las chicas están casi preocupadas, temblando de risa para ocultar que se sienten incómodas y tal vez tiemblan también por una suerte de estupor que aflora al no reconocer a Marion en esa manera demasiado apremiante con que las estrecha, con un brío que se le desconoce... ¿Qué gravedad es esa? Denis se limita a sonreír antes de soltar,

Estamos encantados de que hayáis venido, eh, ¿no es así pareja Bergogne?

y eso lo ha dicho en voz alta, al borde de una risa cuyo sarcasmo y maldad apenas intenta contener, pero que contiene lo bastante para no dejarla estallar. Apenas son unos segundos apenas unos minutos durante los que Christophe ha vuelto a la cocina. Desde allá no se pierde un ápice de lo que pasa en el comedor, alza la voz para llamar la atención,

¡Todo listo!

Como si los demás estuvieran pendientes de eso, suspendidos de sus labios y no le hubieran oído, como si quisiera que aun marginado en la casa se piense que ocupa todo el espacio, volviendo de la cocina hacia el comedor habiéndolo previsto todo, como si lo que va a ocurrir también lo hubiera premeditado, calculado, preparado, aderezado como las mollejas.

Salvo que, ahora, permanece paralizado en el marco de la puerta de la cocina, anonadado, incapaz de dar un paso, con su fuente de porcelana en las manos y un trapo para no quemarse —permanece mudo, como enturbiado por los efluvios de las mollejas y las colmenillas, cuando algo se paraliza en sus labios, los ojos clavados en la terraza ante la entrada del comedor—, ¿comprende y deja escapar, frente a lo que *ve* tras la puerta, en la noche, surgiendo como una mancha lívida y delgada que se precipita, una palabra, un soplo? Christophe no tiene tiempo para aterrorizarse, reflexionar, interrumpir a las chicas

Bueno, nosotras no vamos a volver a cenar,

Y el vino tinto que corre ya en sus copas, Denis ocupado en servirlas y sin darse cuenta, como tampoco Marion ni Patrice, ausentes de sí mismos, demasiado lejos ambos, no ocultos ni idos sino solo ausentes de todo y sin querer nada; tal vez necesitan una fracción de segundo más que los demás para comprender lo que Christophe ha visto desde la puerta de la cocina y que viene de fuera: se abre la puerta e irrumpe en el comedor, la jeta ensangrentada, las manos ensangrentadas, dando voces o dejando escapar como un grito —ese grito que se repite jadeante y esas palabras ahogadas en su boca... sonidos, sílabas, suspensiones, repeticiones, articulaciones como arrojadas, dejando toda la casa de Bergogne como petrificada... como un deslumbramiento demasiado grande—, una explosión; no nada explota ni se despedaza, es solo la puerta que se abre, el frío que entra... una ráfaga de viento quizá más gélida que lo habitual; Bègue, la presencia de Bègue como una fulguración... las caras que se vuelven hacia él... se inmovilizan —pero no solo las caras— los cuerpos... el tiempo —el espacio mismo que se cierra y se contrae como un minúsculo enclave llamado a desaparecer, muy pronto engullido por ese cuerpo estúpido que tiende el brazo para mostrar la mano ensangrentada.

Me ha,

Me ha,

Y las lágrimas en la voz de Bègue, la ira y sobre todo las lágrimas de un terror mayor que él que —los demás todavía no lo saben— no los ve, o muy poco, porque sus pensamientos vagan fuera, porque no solo tropiezan sus palabras y su voz, porque le gustaría gritar y hablar con sus hermanos para explicar por qué se ve obligado a irrumpir de esa manera, sin tener más elección, sin poder hacer otra cosa que mandarlo todo a paseo, sí, lo ha hecho todo bien aun así, eso lo tiene claro, pero cómo iba a darse cuenta de que ella iba a clavarle un cúter de mierda y acaso tuvo otra elección, al sentir la quemazón de la hoja, de repente sin controlarse tanto como habría sido necesario, y cerrando el puño, sí, es verdad que ha golpeado fuerte, pero ellos habrían hecho lo mismo, seguro, ha pegado como nunca había golpeado en la vida, gritando,

Cabrona, cabrona, por qué haces esto, por qué...

Ha sentido que el cráneo se quebraba, crujía, ha sentido que la mujer se desplomaba y su cabeza golpeaba el suelo, lo ha sentido en todos sus miembros, la sangre en la mano derecha que lo ha dejado todo asqueroso, la sangre chorrea rápido, el puño que pega y resuena en todo el cuerpo —el cuerpo de él, porque el de la mujer que yace en el suelo hace tiempo que ha perdido la conciencia,

Me ha,

Me ha,

y avanza ante él su mano cubierta de sangre, para poner a todo el mundo por testigo y a justificarse —un crío que grita porque acaban de pillarlo in fraganti, como si lo que ha hecho no fuera nada, nada de nada, como si gritando más fuerte acabaran compadeciéndolo, a él, de que la vieja loca de la vecina le ha obligado a aporrearla hasta la muerte.

37

Muerta antes de estarlo –porque durante unos minutos, ha sido una muerta la que ha oído que le hablaba en el taller de Christine–, esa masa, el pelo revuelto, tumbada en el suelo, y la sangre que corre, sí, la sangre mezclándose con el pelo y de repente todo se ha detenido en él –su voz o todas sus voces que se superponían para reclamar que dejara de provocarlo de aquella manera, como si todas las frases que ella había pronunciado, las acusaciones que había vertido, las conservase en su fuero interno, todas, convencido de que las frases hirientes son de las que uno no se cura, de que una nimiedad reaviva y hace estallar, porque las palabras de Christine eran la verdad desnuda, la que él habría hecho cualquier cosa por no oír nunca, y por eso ha tenido que apechugar hasta que ella ha dejado

¿No comprendes?

de humillarlo

¿Que se ríen de ti?

atacando a sus hermanos,

¿Ellos se divierten y tú te quedas aquí?

y cuando ha visto la sangre en el pelo, toda esa sangre que se expande, florece en el suelo, y a ella que ha dejado de moverse, su cuerpo que ya ha cedido, los brazos y las piernas que ya no se aguantan, fláccidos y enteramente inofensivos, sin chillar ya, sin lanzar esos grititos lastimosos de animal degollado –el grito de los conejos que había visto una vez en la tele–, entonces la ira y la ceguera han cesado, Bègue ha visto a la mujer bañada en su sangre en el suelo, con las luces demasiado crudas que desnudaban la muerte y le mostraban lo que había hecho, como lo mostrarían en los cuadros, luego, cuando él se haya marchado, ahora totalmente consciente de tener las manos pringadas de sangre –la suya y la de ella– consciente de todo, como si hubiera retornado tras haberse ausentado demasiado tiempo en el corazón de esa locura en la que había podido bandearse durante cuánto tiempo –segundos, minutos aporreando a una mujer porque había creído

¿Por quién te tomas, pequeño gilipollas?

¿poder abrazarla o acariciarle el cuello?, ¿la boca?, y cediendo a la rabia porque ella,

¿Por quién te tomas, pequeño gilipollas?

lanzando la quemazón de la hoja del cúter con un gesto tan distendido –no tan débil, no, ha sido un gesto determinado y muy pensado, muy directo, y si no se puede hincar la hoja como debería ser es porque está oxidada, embotada, no corta más que hojas de papel pero no puede hincarse en la carne, apenas rasguñarla, cortarla, lo cual hace sin embargo, tajo largo y superficial, esa quemazón, el tiempo que dura sorprenderse, pegar un grito o contenerlo, apretar la mandíbula, agarrar la mano de la mujer y retorcérsela, oprimir, aplastar su palma, sus huesos, sus dedos en su mano dejando escapar desde el fondo de su vientre, silbando por la boca, lentamente, como un murmullo sucio y profundo –cabrona… cabrona… cabrona por qué haces esto… por qué haces esto y a lo mejor si no hubiera visto el terror en sus ojos no la habría golpeado.

No ha durado tanto tiempo; ha caído enseguida, no se ha resistido mucho tiempo. Y luego le ha cambiado la voz: ese tono gutural y profundo se ha transformado en una serie de gritos casi agudos que él mismo no oía, no ha parado de vociferar mientras golpeaba como si golpease con la voz – y luego, mientras ella estaba en el suelo y ha comprendido por fin que había dejado de moverse y que la sangre se desbordaba de su pelo sobre el suelo, en su primer pensamiento se han mezclado el sorprendente goce de liberarse del deber de actuar bien, la certeza de la decepción de sus hermanos –la ira de Denis, el desprecio de Denis. Durante un minuto, permanece ante la mujer derrumbada en el suelo, y, sofocado, le entran ganas de inclinarse sobre ella, de darle la vuelta para tener su cara de frente y comprobar si la masacre ha sido total –con esa voz que no cesa de repetirle que no está muerta, que no puede, no debe ser, solo está desvanecida, herida, sí, tiene que ayudarla. Pero se inclina hacia ella y no puede tenderle los brazos. Dobla las piernas, se acerca, adelanta el brazo, quiere pero duda tanto, no puede darle la vuelta, tocarla, cogerla para darle la vuelta y ayudarla, y se limita a hacer un gesto estúpido –con el dedo índice, dulce, lentamente, sí, se limita, como con miedo de quemarse, de que le muerda, de acariciarla casi, o sea acariciándola por encima del pelo, a unos milímetros, y dudando de nuevo, la ha tocado, le ha acariciado el pelo y se ha levantado de un brinco, como sorprendido de su propio gesto, pidiéndole a ella que se incorpore, que diga que todo iba bien, que iría bien–, pero la verdad es que se daba cuenta de que ya no iba a moverse, y el olor a sangre lo ha invadido todo, sus ojos, su cabeza; por un momento le ronda por la mente la idea de prender fuego al taller, de salir corriendo para dejar que arda la casa, pero por encima del hombro, le ha alcanzado la mirada burlona del crío con el que estaba en la escuela, detrás de su ventana, la leña que arde en el patio de la granja y el calor del fuego lo obliga a ponerse en cueros y a dejar que le brille en la piel el color del fuego, una noche de verano –la furia de la hoguera y las llamas que ascienden hacia las estrellas de un cielo de verano para guiar a los extraterrestres hasta él, ahogando la sirena de los polis –el azul de la sirena– los paramédicos también... el blanco.

Ha llorado tanto que el final ha recobrado algo de fuerza. Y sin duda ha murmurado que todo eso debía pararse, que ella tenía razón y tenía que advertir a sus hermanos de que había que dejarlo todo y marcharse, de que se habían quedado demasiado tiempo y ahora esto debía acabar, ahora estaba cansado con un cansancio tan grande, tan desolado –las lágrimas le bañan las mejillas rojas de vergüenza, sus manos ensangrentadas; qué coño hace ahí, se pregunta qué hace ahí, por qué está ahí, eso le gustaría entender, ahora, y recuerda que ella le ha herido y que él ha mandado el cúter a hacer puñetas, pero que sigue sangrando –tiene que ocuparse de eso–, y en el cuarto de baño mete la mano en agua fría, en la pila donde había tirado el teléfono; tiene ese reflejo extraño de resguardarlo apartándolo del lavabo antes de abrir el grifo, depositándolo en el saliente como si fuera importante no romper nada, como si no fuera capaz de ver lo absurdo de su precaución; pero era hacía tanto tiempo que cree que era otro día, en otra vida, con otra persona y tal vez en otra historia –¿es su propia historia?–. Deja correr el agua fría sobre su herida –un corte largo, pero no profundo– entre el pulgar y el índice. Busca algo para cuidárselo y se enrolla la mano en una toalla; le alivia, necesitaría algo para desinfectarse, pero no encuentra ni eso ni un apósito, así que lo deja correr; vuelve a sangrar y ni siquiera se da cuenta de que acaba de pasarse la mano por la cara, que se ha manchado de sangre por todas partes. Y se imagina ya la reacción consternada de sus hermanos y su ira, y quizá por eso ha corrido tanto, contándose que va a llegar cuando estén tomando copas y puede que besando a las dos chicas, y qué habrán hecho con Marion y su marido. Con la niña –sí, la niña, piensa en la niña–, pero es por la pintora, le caía bien, la pintora, ¿por qué le habrá dado por atacarle? Él no quería lo que ha pasado, no ha sido cosa suya, no ha sido culpa suya porque habría bastado encerrarla en su habitación a la espera de que todo acabase, y a lo mejor al final le habría perdonado lo del perro, pero ella ha preferido hacerse la lista y ha preferido traicionarle y él

Me ha,

Me ha,

y se le ve atravesar el taller y la cocina y abre la puerta corriendo y dejando escapar jadeos y llantos y gritos; se le ve recorriendo la casa, abordando la terraza de los vecinos y apenas le da tiempo de correr cuando llega a la terraza, la puertaventana.

Ve el comedor iluminado y la mesa, la decoración, las luces, aquello centellea, brilla, las chicas de espaldas que no lo ven aún y él vislumbra a Denis escanciándoles vino, a Bergogne sentado un poco más allá sin prestar atención a nada, a Marion paralizada como una estatua de yeso; corre y coge el pomo de la puerta –la sangre que se pega; el frío del pomo; Christophe en el umbral que sale de la cocina; Christophe parado con su fuente entre las manos– su hermano Christophe que lo mira fijamente sin moverse, y con la boca abierta como si nunca hubiera visto nada, y he aquí Bègue que entra en casa de Bergogne, pero no es culpa suya joder qué culpa tengo yo si ella me ha,

A partir de ahora todo sucede muy deprisa, y es como si solamente pudiera hacerlo visible un larguísimo ralentí.

Primero el frío que penetra y la voz de Bègue, cascada, chirriante.

Pero tal vez antes de verlo, antes de la mano que avanza y quiere mostrar su herida temblando, antes mismo de su voz –tal vez antes mismo de oírlo o de comprender que lo oyen, antes de verlo adelantarse hacia ellos con el rostro ensangrentado y la mano tendida para acusar a Christine y ya para defenderse, antes de eso, pues, hacia quien todos se vuelven es hacia Christophe, incluidos Denis, Marion y Patrice, que podrían ver a Bègue y no aciertan a localizarlo –su imagen que no aciertan a registrar como se niegan todavía a oír su voz y sus palabras balbuceadas, sus llantos tartajeando en su voz porque todo eso resulta a pesar de todo demasiado timorato, demasiado proyectado a sí mismo y no hacia ellos, contrariamente a lo que hace Christophe, pues hacia Christophe es hacia quien se vuelven, hacia él que es más rápido en su reacción, más presente en su respuesta que Bègue con su manera de irrumpir, Christophe que no permanece plantado como lo estaba hace segundos –hasta que comprende lo que había visto tras la puertaventana y la imagen de su hermano al aparecer se imprime en él y le ordena reaccionar–, con esa manera que ha tenido de correr hacia la mesa y de dejar caer demasiado pronto –soltándola sobre la mesa, mucho antes de tocar el mantel– la fuente de porcelana, que no se rompe al contacto con la mesa pero va como explotando con un ruido tan nítido, tan rotundo, que todos los ojos se han fijado en esa vieja fuente de un blanco lechoso, esa fuente tan poco profunda que todos han podido presenciar el espectáculo de las colmenillas, de las mollejas de ternera y de la salsa esparciéndose alrededor de la fuente, derramándose antes porque la fuente se ha inclinado, ha estado a punto de volcarlo todo por un lado, una parte de la salsa chorreando primero en medio de la mesa, formando un bulto ardiente y compacto sobre el mantel, salpicando a continuación cuando la fuente ha golpeado la mesa, salpicaduras como puntos desplegándose en una constelación loca e imprecisa, en un círculo más amplio que se extiende, ha manchado sin duda prendas, quizá la pared, el suelo –en lo que nadie ha reparado porque lo que todos ven es cómo la fuente, en su caída, ha arrastrado una copa casi llena de champán que se derrama –el champán crepitando en el mantel, espumoso, blanco irisado, antes de ser absorbido por la tela y dejar una forma longilínea, como una sombra exageradamente estirada, y luego ese color amarillo paja que ensombrece el brillo del mantel –ruido de copa que se quiebra–, un triángulo de cristal, muy nítido, en el lugar de contacto entre el cristal y la mesa, pero no es nada, un ruido sordo que nadie oye pues la voz de Christophe ocupa todo el espacio,

¡Joder, Bègue!

la voz de Christophe cuando aún no han transcurrido más que unos segundos, tan poco entre el momento en que Christophe ha visto a su hermano llegar a la terraza y su entrada, unos

357

segundos en los que lo que paraliza a los demás es ver a Christophe brincar, arrojando la fuente como si acabara de quemarse y gritar,

¡Joder, Bègue!

como si ahora no se jugase a nada, si no hubiera ya nada a que jugar si todo hubiera acabado, y Christophe estuviera un paso por delante anunciando el final del juego, liberando a los demás al mismo tiempo, ellos que al principio no le entienden, se sorprenden, se molestarían casi y por un poco le reprocharían traicionar algo que habían construido juntos, sí, lo habían hecho juntos, ese silencio común, todos de acuerdo con lo que los mantiene juntos –el mismo juego de un extremo a otro de la amenaza –la navaja; Christine– y ahora se han desprendido de las apariencias engañosas que los mantenían apretados como prendas estrechas.

Es lo primero que los sorprende, lo que hace que salgan todos de ese extraño letargo en el que, aun sin darse del todo cuenta, se habían dejado deslizar, incluidas Nathalie y Lydie que son las primeras en saltar de la silla –qué mosca le ha picado para soltar la fuente de esa manera, y luego, unos segundos después –ese tipo, ¿quién es ese tipo? Joder, si está sangrando –las manchas de salsa–, su voz. La voz de Christophe y su tono tan brutal cuando se arroja a su hermano –lo justo para que lo vean los demás, que comprendan su presencia– primero la voz, luego la mano...

¡Joder, Bègue!

y entonces todos se levantan,

¿Qué coño haces aquí?

Todos de pie casi al unísono –los chirridos de las sillas contra las baldosas– la silla de Bergogne que cae a un lado, rebota, gritos también –voces comprendiendo que es demasiado tarde, que ocurre algo que los deja absortos, abrumados, Lydie que ha pegado ese grito, Nathalie que se arrima contra ella, las chicas que no entienden nada –ese tipo que irrumpe con la mano ensangrentada, dando voces y mostrando la mano repitiendo no como uno lo repite cuando quiere volverlo a decir sino porque su voz enloquece

Me ha,

Me ha,

y no sabe contener ese hipido de palabras, sin reparar en que acaba de mancharse la jeta con su propia sangre, buscando una frase y tendiendo la mano para mostrársela a todos,

Mirad,

Lydie y Nathalie se echan para atrás como pueden,

Mierda pero ¿quién es, Marion? ¿Qué es eso?

¿Es sangre?, joder ¿es sangre?

¿Está herido?

¿Qué es esa sangre, qué es?

¿Qué le pasa, quién es usted?

¿Qué es eso, qué es?

No salen de su asombro, no entienden, cuánto tiempo ha de pasar para que una de ellas se vea con fuerzas para exigir a Marion que le conteste, de momento ven que ni las mira, ni las oye,

Marion pero carajo ¿qué es esto?

¿Qué pasa aquí?

Joder, pero ¿qué está ocurriendo aquí?

Marion no puede responder –Marion ha corrido hacia Bègue, alzando la cabeza, dispuesta a pegarle, ella, tan pequeña a su lado, empieza a abofetearlo, las manos como nubes que descargan sobre sus mejillas, tortas cada vez más rápidas que repite cada vez más fuerte, cada vez más, y los ojos de él parpadean en respuesta a los golpes que recibe,

¿Qué le has hecho? ¿Qué le has hecho?

amenazante, las voces de las dos chicas ahora parapetadas a unos metros, sin dejar de retroceder, pegadas a la pared, sosteniéndose una a otra,

Marion, pero ¿qué está pasando aquí?

¿Quién es este tipo?

¿Por qué sangra?

Cacho gilipollas ¿qué has hecho?

y él como un demente,

Me ha,

un demente,

No he tenido elección,

Christophe casi junto a él,

Joder, Bègue,

Christophe que se interpone y sin embargo deja que Marion siga abofeteándolo –sabe que Marion podría sin problema soltarle un puñetazo en la jeta a Bègue–, le extraña verla limitarse a darle decenas de bofetones, como un rechazo de niña, pero eso es todo, la deja hacerlo, la deja agotarse, deja que Bègue se proteja la cara con las manos,

Yo no quería, yo...

Christophe pasa a su lado y le suelta, con la punta de los dedos, una bofetada insultante detrás de la cabeza, un guantazo que Bègue no se esperaba. De repente se calla. Durante un segundo, se pasa la mano por la boca cerrando los ojos. Uno o dos segundos. Dos segundos tal vez, Marion se adelanta de nuevo,

¿Qué le has hecho? Vas a contestar,

Para el carro, tú.

Esta vez Christophe la contiene,

y apenas Christophe avanza hacia Marion un movimiento como una amenaza, una forma de erguirse no para proteger a Bègue sino oscilando hacia Marion,

Cierra el pico, tú.

Ahora la que lo dice es Marion, que se yergue frente a Christophe, nada la retiene ya, ahora se ha acabado, no pueden ya retenerlos y esa ira que Marion y Patrice han tenido que reprimir, ahora sabe que podrán hacerla estallar y que a ella le basta ponerse a dar gritos y dejar de soportar su presencia aquí y soltar todo lo que llevan aguantándose demasiado tiempo,

Cierra el pico, gilipollas,

todo lo que le viene a la boca –insultos que suelta no gritando sino largándolos rabiosamente, aunque ahora Christophe no parece dispuesto a aguantar mecha y se torna amenazador –Marion lo reconoce por fin, como aquel día en que aprovechó la ausencia de Denis para acercarse demasiado, y ella lo rechazó con tal arrogancia, tal desdén, que él concibió por ella tanto odio como una atracción todavía mayor, pero la cosa quedó ahí, un pequeño secreto entre ambos, sí, un secreto soterrado entre otros secretos, el que ligaba a Marion con Christophe, el beso que le había arrancado antes de que ella lo mandara a paseo preguntándole qué opinaría al respecto Denis si algún día se le ocurría contárselo.

Tampoco tú has cambiado,

le oye decir, una declaración de rencor y de odio, basta que Christophe haga ese gesto hacia ella, ese gesto que hace que Patrice reaccione por fin, ahora que ya no hay impedimento alguno, están ahí, todos, ¿es solamente un pensamiento en Bergogne?, no, Bergogne no piensa en nada en ese momento, todo en él se electriza y no es más que una forma de liberación, una suerte de ira emancipadora que Bergogne recibe, se ve actuar sin nada premeditado, y, en vez de hacer lo que vagamente se le había ocurrido antes, correr hacia el salón para coger la escopeta de caza, un puñado de cartuchos, no, se limita a asir uno de esos cuchillos para carne con mangos de plata de ley con el dibujo de una cinta y de un nudo, el sello de cabeza de Minerva, con esa vieja historia tantas veces oída en su infancia, los alemanes en el año cuarenta dando las gracias a sus abuelos por su hospitalidad, que incluso les ofrecieron compartir la comida en su propia mesa, cuando a unos kilómetros los mismos habían ordenado que se quemara a cien habitantes en la iglesia del pueblo –sí, la de cosas que habrán visto esos cubiertos, esa violencia permanente que se instala en la mesa de las familias y de las naciones interpretando la comedia de la cortesía–, y ahora Bergogne apenas ha asido el mango del cuchillo y amagado el gesto de amenazar cuando,

Deja eso ahora mismo,

la punta de la pistola encañonándolo —cómo ha aparecido esa pistola, de dónde ha salido—, a Bergogne no le ha dado tiempo de verla; Denis tal vez posea suficiente control de sí mismo, ha calculado su gesto, sacando de uno de los bolsillos de su chaqueta una pistola que parece tan pequeña en su mano que cuesta creer que sea un arma peligrosa —¿una Browning?, ¿una Colt?, ¿una Walther?—, una masa compacta y de repente todavía no el silencio sino como un estado precedente al silencio, un movimiento de espera que prepara la espera, y Denis, el brazo tendido empuñando la pistola —el frío metálico y oscuro que se cuela entre ellos—, Denis que habla lenta, nítidamente,

Bègue, coge los cuchillos y tíralos fuera.

Para Patrice, todo se detiene en la realidad de ese brazo tendido, muy tieso, señalándolo a él o su mano —el cuchillo que sostiene. Su gesto detenido, suspendido en un amago de movimiento que comenzaba con determinación y fuerza, un gesto convincente, pues la mano se había cerrado sobre el mango con intención de atacar. Pero Patrice no duda ni un segundo que Denis disparará si es preciso. Mientras se dice que no pensaba que uno de los tipos dispondría de un arma, sus dedos dejan ya de apretar el cuchillo, casi imperceptiblemente lo dejan deslizarse —pero todavía con la fuerza suficiente para retenerlo y no dejarlo caer sobre la mesa, ya porque una resistencia orgullosa le ordena no claudicar demasiado deprisa soltando el cuchillo, ya porque, sin darse cuenta, Bergogne no consigue mover más los dedos, incapaz de reaccionar a esa sorpresa —ni durante treinta segundos había imaginado que hubiera hombres armados —al llevar el joven de chándal su navaja en las manos, había pensado que no pasarían de esa forma de amateurismo, que no caerían en lo que está ocurriendo —la pistola tendida hacia él, el cañón apuntándole unos segundos, no había tenido conciencia de mayor peligro que el que corría Christine, y además, como animado por un incurable optimismo, se había dicho que todo acabaría con la marcha de los tres hombres y la extraña fatiga del sosiego, las lágrimas de respiro, de los reencuentros con Christine; había pensado en el día siguiente, que iría a ver a la poli, o en su consiguiente agarrada con Marion, que le instaría a no ir a verlos, a dejarlo correr, a olvidarlo todo, y en esas horas de silencio que sobrevendrían cuando Marion se encerrase en su negativa a explicar quiénes eran los tres tipos y qué querían, de qué querían vengarse, qué cuentas tenían que solventar con ella, pues imaginaba que al final de la noche no se habría resuelto nada pero los tipos acabarían marchándose como habían venido, sin dejar a su paso más que la vajilla rota y un pésimo recuerdo, un recelo que reaparecería ante el menor vendedor ambulante que se dejara caer por el patio, además del olor, la sangre, el perro, también la tirantez entre la voluntad de exigir explicaciones a Marion y el deber que se imponía a sí mismo de respetar su derecho al silencio. Pero Bergogne comprende que no será eso todo. Que la determinación de los tres hombres es mayor que la suya. Tiene tiempo de sobra para decirse, al ver la pistola que empuña Denis, que tan estúpido es sorprenderse como haber creído que bastaba mantenerse dócil y esperar a que acabaran soltando a Christine. Porque ahora comprende que no soltarán a nadie; en este instante, Bergogne se dice que los tres hombres han venido para matarlos y que ni siquiera tendrán la certeza de saber por qué se les mata. En este instante, se dice que va a morir, que Marion va a morir –pero piensa que Ida debe escapar, que debe huir–, y aunque no es un pensamiento que tenga tiempo de formularse tan nítidamente, está la antigua imagen de aquel relato, la voz de sus padres, de su abuela evocando a los alemanes encerrando a la gente del pueblo de al lado y prendiendo fuego a la iglesia, y aquella frase que había oído evocando a dos o tres niños muy pequeños que habían logrado huir por un agujero –pero ¿a dónde?, ¿a qué espacio? Nunca lo supo y le había costado imaginarlo– en uno de los muros de la iglesia, esa imagen que le cruza por la mente y le hace comprender que Ida debe huir. Se da cuenta de que su hija no está durmiendo, lo sabe, como sabe que debe huir, no le cabe duda de lo que hace diez segundos se le antojaba todavía imposible –la idea de la matanza, la inminencia de la muerte, de repente las ganas de vomitar, de decirle a Marion que no le reprocha nada, que él no vale gran cosa y que hace muy bien no queriéndolo–, Marion y él, ambos un instante juntos en la misma lucidez, ambos convencidos de que todo va a acabar aquí, de que todo va a detenerse para ellos, y quizá, durante un instante se miren pensando en la urgencia de hacer que se marche Ida, en un cara a cara en que todos los demás desaparecen, se dicen que están condenados, quizá es esa idea que comparten a través de la incredulidad, que se cruza alternativamente en sus ojos, y también ese terror común por Ida, ese brillo que los reúne, que los anima a uno y otro, en que el amor revive en nombre de su hija, por esa necesidad que de pronto sienten ambos de protegerla, pero ¿cómo hacer para estar seguros de que saldrá adelante, cómo hacer para que pueda huir?

Bueno, ahora vamos a sentarnos y a quedarnos tranquilitos.

Y Denis adopta un tono casi jocoso para decirlo, ostentando una suerte de sonrisa extraña, como si quizá se hubiese planteado que eso era lo que iba a pasar, como si ese imprevisto no lo fuera realmente para él –¿cómo saberlo?–, cómo en cualquier caso pudo contar con Bègue, tan frágil, tan inestable, supuestamente curado cuando sus padres podían dar fe aún de su violencia y de su imprevisibilidad, como si eso fuera lo que le gustaba a Denis, verlo irrumpir con los ojos exorbitados, hinchados de lágrimas que le corren por unas mejillas que ha ensangrentado con su mano todavía chorreante de sangre. Todo ese terror tan sorprendente dista de disgustarle, participa de un sentido de la puesta en escena que no desdeña. Denis dispone de tiempo, esta noche, para lo que quiere hacer; mientras todas las sorpresas provengan de él, mientras sirvan y alimenten el relato que se ha forjado de la fiesta, de la noche, el largo e interminable descenso al fondo de un infierno que no sabe él mismo hasta dónde llegará, divertido calibrando su profundidad.

Bueno, a sentarse.

Marion no se atreve ya a intentar nada –pasa de uno a otro de los tres hermanos, de las manos ensangrentadas de Bègue al rostro de Denis, apenas se digna detenerse en Christophe, no tiene la menor gana de prestarle atención, no, escruta alternativamente a Bègue y a Denis, y a Patrice, a las dos chicas y,

Lo siento mucho,

solo

Lo siento mucho,

Con una voz que no llega al otro extremo de la estancia; pero las dos chicas de todas maneras no tienen intención de hacer más preguntas, ahora esperan, paralizadas, jadeantes, sin entender lo que pasa ni por qué se han visto envueltas en esta historia –la violencia del giro que han tomado las cosas las ha brutalizado todavía más que la llegada de Bègue y el arma de Denis–, Denis, que gira sobre sí mismo, el cuerpo fijo, el brazo muy recto, pivotando y repitiendo una frase dirigida a todo el mundo,

He dicho que ahora a sentarse.

Y luego, desde el fondo de la estancia, muy lentamente las mujeres retornan hacia la mesa, sin osar decir ni preguntar nada, tan blancas que se diría que van a desmayarse, pero no, no se desmayan. Caminan, se detienen, vienen a sentarse, pero ni por un segundo consiguen despegar los ojos del arma, el arma no siempre encañonándolas a ellas, no, por el contrario, el arma se desplaza, apunta una vez a Patrice, otra a Marion, vuelve a Patrice y por último a ellas, su movilidad lenta y fluida de ida y vuelta, esperando que todo el mundo se haya enterado bien,

He dicho –Marion– venid a sentaros.

Es muy lento, casi mecánico, Marion viene a sentarse, pero ni por un segundo despega los ojos de Denis –le planta cara, cede, pero no capitula; en la mesa se mantiene erguida y sonríe volviéndose hacia Christophe y, con un gesto muy ostensible, amplio, alza el brazo derecho, chasca muy fuerte dos dedos como quien llama, con un gesto condescendiente, al camarero en un restaurante,

Clac,

ese chasquido de dedos dirigido a Christophe, a quien ni se molesta en mirar,

Quizá podríamos beber vino, al menos.

Denis sonríe, ahora la reconoce muy bien,

Desde luego,

un movimiento de cabeza dirigido a Christophe que coge la botella y escancia a Marion, a las chicas, y a Patrice también –el ruido del vino que corre en los vasos, la inmovilidad y los silencios espesos de todos en torno al gorgoteo que hace el vino al descender de la botella, sí, podría ser divertido, Denis no dice nada por el momento y,

Bègue, coge los cuchillos y tíralos fuera. Ahora mismo.

Pero al ver acercarse a Bègue a la mesa, Denis hace un gesto de asco; coge una servilleta y se la arroja diciéndole que se restriegue las manos y la cara, llevas sangre por todas partes, es una marranada. Bègue atrapa la servilleta, se restriega las manos y la cara tan torpemente que la sangre no hace más que extenderse, se te queda cara de piel roja, dice Denis sonriendo. Vamos, vamos, espabila, Bègue, coge los cuchillos y tíralos fuera.

Enseguida.

Denis observa cómo se abalanza sobre la mesa su hermano para coger los cuchillos, lo ven hacerlo en el mismo silencio viscoso, solo Marion se aferra a su vaso de vino y se pone a beber, lentamente, a pequeños tragos que sorbe mirando de reojo lo que pasa y luego, a Bègue:

Siempre has sido un tarado. No eres más que un tarado. ¿Me oyes?

Y su voz sube cuando interpela a Denis,

¿Quién me dijo que había cambiado? ¿Que se podía confiar

en él? Un pobre tarado es lo que eres... ¿Confiar en ti? Nadie cambia, oyes –tarado.

Bègue entonces se yergue. Los cuchillos forman un montón ruidoso y casi informe entre sus manos, se encoge de hombros y acaba de coger el cuchillo de Patrice –este lo deja deslizar de la mano para evitar que el otro le toque los dedos, Bègue se apresura, los ojos gachos ocultando apenas sus ganas de explotar contra Marion y su voz belicosa, amarga, y quizá también su silencio de timidez pueril frente a las dos mujeres –no se atreve a diquelar a nadie y sus movimientos son bruscos, pasa delante de Denis,

¿Qué hago con ellos?

Fuera.

Christophe le abre la puerta, Bègue va a salir, da unos pasos, arroja los cuchillos como si le quemaran las manos y se las restriega contra los muslos –su chándal azul que no se ve ya en la noche y que lo protege tan mal del frío mientras una sacudida, un espasmo, como una descarga, le atraviesa todo el cuerpo.

38

Y no ve ni deseo ni reflejos de luna en las hojas de los cuchillos; no ve más que el fulgor de su decepción porque no ha sabido ni podido desempeñar el papel que se le había asignado, creyéndolo capacitado cuando una vez más ha demostrado que no lo estaba, que no era digno de esa excesiva confianza que habían depositado en él, como si hubiera dado ya muestras de que habría podido merecerla, no, y las ideas se le embarullan en la cabeza pues se pregunta al mismo tiempo cómo podían reprocharle nada a él, que había estado atareado mientras los otros dos bebían champán en compañía de dos chicas exclusivamente para ellos —las palabras que siguen volviéndole de la vecina, la necesidad que había tenido de sacar ese cúter grotescamente y él, bueno, no pensar más en eso, no pensar en absoluto, quiere no volver a pensar y no hace más que pensar en su deseo de no volver a pensar, de no dejar que las imágenes y las voces de los demás lo abrumen,

Siempre has sido un tarado. No eres más que un tarado.

la de Marion la primera,

¿Me oyes?

y las voces lejanas o próximas, recientes o no, las de los demás, de su madre, como una musiquilla almibarada, enganchada al fondo de su cerebro y en un constante ir y venir.

368

(Corazón que suspira no tiene lo que ansía)
la vecina que viene a meter baza, y la de él también, que oye
como si fuera la de otro, y Marion de nuevo,
Pobre tarado.
las voces bajo su cráneo,
Bègue, coge los cuchillos y tíralos fuera. Enseguida.
Siempre has sido un tarado. No eres más que un tarado.
¿Me oyes?
Siempre has sido
Corazón que suspira
Un tarado.
No tiene lo que ansía.
¿Me oyes?
¿Por quién te tomas, pequeño gilipollas?
(Pero ¿quiénes eran las dos chicas?)
¿Te atreves a decir que no has sido tú?
Has sido tú.
¿Por qué la has matado?
(Pero ¿quiénes eran las dos chicas?)
¿Ahora?
¿Y ahora qué?
(Pero ¿quiénes eran las dos chicas?)
¿Y ahora qué ahora?

Ahora es el aliento de su hermano que pasa corriendo a su
lado, sin detenerse –una silueta, un ruido de pasos que van hasta
el Clio delante de la casa de Christine, sí,
(Pero ¿quiénes eran las dos chicas?)
las voces que se eternizan en él, unos segundos más, como
un zumbido que le golpea el interior de la cabeza y que perturba
apenas el paso de Christophe muy cerca de él; Christophe corre
hacia su coche y Bègue lo ve precipitarse dentro, no entiende por
qué Christophe ha abierto la portezuela del conductor cuando,

visiblemente, va a buscar algo en el lado del copiloto; Bègue se precipita hacia allí, tiene que hablar con su hermano, decirle lo consternado que está y sobre todo que no quería que ocurriera lo que ha ocurrido, él es el primero en estar indignado consigo mismo, no hace falta que le chille ni que le ponga mala cara, no, no necesita ponerle mala cara, hará que le perdonen, se lo promete a sí mismo, lo promete, no sabe cómo pero hará todo lo que le pidan por haber hecho eso. Le gustaría tanto que le crean, tienen que saber que no le ha ayudado, la vecina, de verdad que no ha podido hacer nada para evitarlo –pero ya vale.

Se acerca a su hermano que ya sale, comprende que Christophe ha ido a buscar su pistola en la guantera –¿qué coño haces aquí, Bègue?

¿Por qué coges eso?

Eso son tus gilipolleces.

Christophe cierra de un portazo el coche y le da un empujón a su hermano que quiere impedirle pasar, o más bien contenerlo,

No ha sido cul...

Que te calles.

El olor que viene del establo, de las vacas, de los purines, de la tierra que los rodea, de la humedad de las piedras de la granja, del salitre, del río que corre más abajo y el frío glacial de la noche que desciende sobre ellos; Christophe da gritos porque no se puede dejar a Denis allí demasiado tiempo, hay que entrar. Christophe que aviva el paso para volver hacia la casa –la luz dibuja en la terraza un rectángulo deformado de un color amarillento, como una imagen a través del marco de la puertaventana, más bien foto que película, pues nadie parece moverse en el comedor. Pero eso no dura,

Espera, espera,

Bègue quiere retener a su hermano, Bègue que se aferra a su hermano sin darse del todo cuenta,

Ella me, ha sido ella,

Cierra el pico, me tocas los cojones, Bègue, me to –y Christophe agarra a su hermano del cuello y le clava las uñas en la piel, vociferando mientras aprieta, ahora basta ya de gilipolleces, no van a durar toda la vida tus gilipolleces, ¿cuánto tiempo vas a seguir con tus gilipolleces? ¿Cuánto tiempo seguirás tocándome los cojones? Y empuja a su hermano con tal violencia que el otro se tambalea, sorprendido por la brutalidad del gesto, y retrocede, unos pasos, intenta zafarse del cuello los dedos y las uñas de su hermano y no caer de espaldas, dando tumbos, los brazos abiertos para equilibrar el cuerpo, que oscila, sigue retrocediendo y por último cae hacia atrás, con ruido de saco de cemento que revienta. Christophe no le presta atención, marcha hacia la casa —luego amina el paso, se detiene. Recobra el aliento. Respira, recobra el aliento. Duda, muda de opinión. Luego vuelve hacia Bègue,

Levanta, joder,

Bègue llora, tumbado cuan largo es en el suelo.

Joder, me cago en la puta, levanta, te digo.

Bègue llora mascullando que no quería, siempre lo han tomado por una mierda, un don nadie, un criado para todas las cosas que ellos no quieren hacer. Y le tiembla el cuerpo y los escalofríos le hacen hipar, sofocarse, como si estuviera a punto de asfixiarse; habla y la saliva le refluye a la garganta, el aliento ahogado, entrecortado, aun así sigue hablando cuando le convendría tomar aire —y Christophe se inclina hacia él, es superior a sus fuerzas, tiene que ayudarle a incorporarse, toda la ira que le inspiraba su hermano se desvanece, se disipa, un viento aciago ahuyentado por un aire saturado de tristeza y de paciencia,

Venga, vale ya, Bègue. Escucha, ya está bien... Qué es eso que cuentas, para de lloriquear, que no eres una tía, coño.

Y se inclina y el otro se le aferra, y los dos hermanos vuelven a la casa de esa guisa, Bègue llorando con tal desesperación que no ve lo que tiene delante, aferrado a su hermano, agarrado con las dos manos a sus brazos, sin soltarlo ya, la cara casi pegada al pecho de su hermano, apretujándose sin darse cuenta de que está

371

hablando y de que recobra el aliento, de que las palabra vuelven, derechas a su boca, atravesando el aire de la noche con una rapidez que no conoce y que tampoco su hermano le conoce. Y tal vez por eso Christophe es incapaz de decir nada, de hacer nada, cuando hace aún unos segundos se moría de impaciencia de ver a Denis en el comedor de la casa de Bergogne –Denis solo frente a los demás, la pistola apuntándolos, pero solamente una pistola–, Christophe sabe que eso no puede durar, pero de pronto no tiene ni idea de qué hacen ahí, por qué Denis los ha arrastrado a esa historia –y la puta de Marion que ya le había causado tantos quebrantos, acabaría causándole más, a Denis, pero también a ellos, a Bègue y a él, esa zorra de la que siempre había sabido que su hermano debía desconfiar,

Estás de broma, ¿no?

una mujer que se acostaba a la mínima y a quien todo el mundo había visto hacer de puta,

¿Estás de broma?

que se había cachondeado de él cuando osó pretender que tenía tanto derecho como los demás, y que lo amenazó, una mocosa de veinticinco años,

Estás de broma, ¿no?

y la humillación había sido tan fuerte como el espejismo de un miembro que te han amputado hace tiempo y que te duele en las noches en que el aire es muy húmedo, como esta noche, la misma humillación que reconoce en las lágrimas de este hermanito a quien quiere como si fuera su padre, como nunca ha conseguido serlo con sus propias hijas, un cero a la izquierda con sus críos, cuando la única paternidad que experimenta de veras es aquella de la que se siente como depositario, padre de este hermano al que nunca ha dejado de llamar *hermanito*, aunque no tenga nada de niño, pero a quien su fragilidad abruma tanto que parece seguir en el ámbito de la infancia. A Christophe lo acongoja oír a su hermano que repite con la misma voz vehemente, sois vosotros, vosotros quienes me metéis la jeta bajo el agua cada vez, y en cuanto intento sacarla apretáis, para reíros, para cachon-dearos, y dejáis para mí todo lo que vosotros no queréis hacer, por qué he tenido que hacer yo lo del perro cuando no quería, eras tú el que quería, eras tú joder –y Bègue cierra los puños que empiezan a golpear en el pecho a su hermano, joder por qué he de ser yo quien tenga que pringarse haciendo las cosas que no quiere mientras vosotros vais de reyes, ¿eh? La buena vida os la pegáis vosotros bebiendo champán y pasándooslo bomba con las chicas –ya me he dado cuenta cuando he llegado, llego y mientras tanto las chicas os las vais a quedar vosotros...

Bueno, ya basta, Bègue. Ya basta. Para de decir gilipolleces. Venga, hermanito, no te preocupes, vale, vale, está bien, no pasa nada, lo pasamos bien, lo pasaremos bien, quiero decirte. Le abraza y dura tiempo el abrazo entre ellos, las ganas de llorar suben un punto.

Te lo juro, vamos a pasarlo bien, venga, vale, deja de lloriquear, Ven, no es culpa tuya, ni lo del perro tampoco.

¿Y las chicas?

¿Las chicas? Tranquilo, que de las chicas vamos a ocuparnos.

El calor de la casa. Esa bocanada nada más entrar que los sorprende unos segundos, el tiempo que lleva acostumbrarse; un tiempo breve como el que se necesita para que los ojos se habitúen a la luz demasiado fuerte, los olores tan distintos de aquellos, orgánicos y fríos, del exterior, disipados por estos tufos que apestan –no solo el olor de los pitillos que Marion fuma casi uno tras otro, ni los efluvios del calor de los cuerpos, más el miedo que multiplica esa exudación ácida que corrompe los alientos y el perfume de las mujeres–, pero también la estufa, el olor de la salsa de las mollejas de ternera que sigue ahí enfriándose, esa mezcla repulsiva de fin de fiesta cuando esta debería estar empezando. Pero lo que contrasta con el frío gélido de fuera es también, en el momento en que los dos hermanos entran en la casa, la rapidez con que Christophe apunta su arma con los gestos ostensibles de un tipo que puede disparar en cualquier momento, intentando demostrar que podría reírse al mismo tiempo, haciéndose enseguida el listillo, como si le trajera sin cuidado esa febrilidad que palpita en su ojo abierto de par en par –¿se deben únicamente esas mejillas rojas al frío exterior, o no está tan a sus anchas como pretende aparentar y siente, nada más llegar, la necesidad de mostrarse dicharachero, juguetón, interpelando a unos y otros?– a veces hago muchas gilipolleces, se me había olvidado mi juguete en el coche, qué tontería, ¿no? Bueno, ¿qué tal todos? ¿No nos habíais echado demasiado de menos, a Bègue y a mí?

Los Bergogne, las chicas, como incrédulas y presas de mutismo, al igual que Bègue, plantado frente a ellas, la espalda pegada a la puertaventana, observando a Christophe, que quiere seguir haciendo como si se pudiera jugar porque tiene una pipa, que apunta hacia otro, o si no hacia *otra*, más bien *una*, sí, porque ahora es una evidencia que le divierte, por un lado tres hombres y por otro tres mujeres, con Bergogne perdido por el lado de las mujeres, pero cuyo sitio más bien debería ser el establo, con las vacas y el cadáver del chucho. Ese pensamiento cruza por la mente de Christophe, ¿Qué coño hace ahí ese campesino? Mira a Bergogne y si pudiera le gustaría preguntarle: ¿A que tiene gracia esta situación?, tres hombres y tres mujeres y, en medio, ese pobre memo para contar los puntos. Pero se contiene, hay algo más urgente, tiene que ocuparse de Bègue, que se divierta también, el hermanito.

Eh, Marion, ¿quieres servirle un vaso de vino a Bègue?

¿No hay cerveza, mejor?

Marion, ya lo has oído, prefiere cerveza. ¿Tienes cerveza?

Marion no contesta, el rostro ceñudo, los dientes muy apretados, mirando a los ojos a Denis; Marion volviéndose un segundo hacia Christophe y Bègue –al tiempo que los fulmina, sí, una mirada asesina y breve, que lanzaría relámpagos si pudiera, pero la mirada no fulmina nada. Denis se vuelve hacia Marion, le sonríe con una suerte de tristeza desenvuelta, a continuación se sienta, y, con esa misma apariencia de dulzura calculada y laboriosa, demasiado milimetrada, casi obsequiosa, se dirige a Marion como si le murmurase algo al oído o se dirigiese a ella después del amor, en la intimidad de una habitación, de un lecho,

Bueno, Marion, ahora vamos a hablar, ¿eh? Creo yo que tenemos cosas que decirnos. ¿Marion?

¿Marion?

Christophe ha encontrado cervezas en la nevera; vuelve con un botellín de Leffe y, mierda, evidentemente no hay abridor, pues nada, a la antigua, Marion, ¿tu mechero?

Marion no contesta, ni siquiera lo oye, le deja cogerle el mechero, que tiene delante –él lo utiliza para abrir el botellín, el ruido de la chapa que cae en la mesa, Bègue coge el botellín que le tiende su hermano, le da las gracias con un movimiento de cabeza. Bebe, el otro le sonríe como diciendo, venga, olvidado, se acabó, ahora vamos a pasarlo bien, ¿eh? Pero no habla porque lo hace Denis,

Bueno, Marion, ¿no tienes nada que decir?

Ella no contesta. Silencio. Luego Christophe se acerca a Denis. Se inclina, se pone la mano delante de la boca y del oído de su hermano para que nadie lo oiga: Denis lo escucha, muy serio. Unas frases y de pronto la cara de Denis que se abre,

¿O sea que quieres bailar, Bègue?

sí, esa sonrisa que se dibuja en sus labios, y Bègue que no contesta, se limita, muy apurado, a dedicarse a su cerveza,

¿Crees que te lo mereces?

Denis duda, o más bien simula dudar,

¡Pues claro que sí! ¡Al fin y al cabo es una fiesta! ¿Eh, Marion? Bègue necesita divertirse, se lo tiene merecido, es cierto, ha hecho gilipolleces, pero necesita relajarse ¡y al fin y al cabo estamos de fiesta!

Entonces Denis se levanta,

¿Cómo se hace, cómo funciona la música, aquí? Se lo pregunta a Marion, a Patrice, todos se quedan estupefactos; Denis ve el ordenador –un portátil colocado sobre una cómoda, bafles, sí, qué modernos, oye. Denis empieza a reírse, es la mar de enrollado tu marido, Marion, hasta tiene su pequeña *playlist* para montar una buena, ¿se puede ver? Y se acerca, nadie acaba de entender a qué juega y las dos chicas se sostienen con la mirada como si fuese la única solución que tienen para no venirse abajo o para tener la seguridad de vivir lo que viven, la sorpresa dando paso a una perplejidad tan mayúscula que al final toda la realidad se disuelve en una sensación de hiperrealismo brutal –el detalle de una peca que nunca habían observado en las mejillas de la de enfrente, una grieta en una pared, la cara recia y esa bola de piel junto al lóbulo de la oreja de Bergogne, la pequeñez del comedor que siempre habían pensado más grande, y, en el mismo movimiento, el hiperrealismo se descompone, se desmenuza en bloques inconcebibles –como deslizamientos de terreno–, abriéndose el vacío bajo ellas, y ellas, dejándose devorar por exceso de incredulidad, se observan como para hallar en la otra el reflejo de su propia estupefacción, sin contar con Marion que está separada de ellas, y, cuando suena la canción en el comedor, tardan en dar crédito a esa realidad, la voz de Léo Ferré y Denis ante el ordenador, dándoles la espalda a todos,

Te acuerdas,

C'est extra,

¿Marion, los karaokes?

Les Moody Blues qui chantent la nuit,

¡Marion, los karaokes!

Comme un satin de blanc marié,

Canta y la voz de Ferré brota de los bafles, sube mucho el volumen, demasiado, resuena, vibra en el comedor y Denis se vuelve hacia Bègue,

Ven a ayudarme, ¡vamos, date prisa!

y helos ahí diciendo a todos que se echen atrás, se levantan y

Bègue y Denis arriman la mesa a la pared –caen cubiertos, se rompen platos, las dos chicas se apartan lo más lejos posible, están pegadas las dos, arrimadas a la pared, incapaces de hablar, al igual que callan Patrice y Marion, que se han acercado el uno al otro, ¿lo saben, se ven hacerlo, buscándose? –esa necesidad que tiene él de tomarle la mano, de cogerla del brazo, aun si por un instante ella se contrae, duda, oculta sus ganas de llorar y acoge la mano mordiéndose los labios como para repetir una y otra vez lo mucho que lo siente, pero él quiere contestarle que no debe hacerlo, aunque resulte absurdo, pues dura un segundo, el slow de Léo Ferré, ese

C'est extra
Atronador,
C'est extra,

que vocea su sentimentalismo oscilante, cómplice, esa canción que conocen todos y que todos han amado y con la que todos han amado, un día u otro, una u otra vez, tiempo atrás, en otra vida; ahora Denis se mantiene apartado, erguido ante la puerta-ventana, hace una señal a Christophe, sí, y a Bègue, sí, adelante ahora, y Christophe va a buscar a Nathalie, se planta frente a ella y nadie oye nada de lo que dice y se la ve que retrocede, rehúsa, presa de pánico, de ira, la cabeza niega, adelanta las manos, se defiende, pero en realidad al poco no tendrá elección, en unos cuantos segundos Christophe va a asirle el brazo con tal fuerza que ya no podrá resistirse, la atrae, la arrastra hacia él hasta el centro de la estancia ejerciendo sobre ella tal presión que no podrá negarse, y se limita a lanzar en derredor miradas despavoridas, no gritará, no dirá nada, buscará a Marion, Marion, ven, tienes que venir, parar esto, por qué no haces nada y el otro tirando de ella hacia el centro de la estancia empezando a dar voces, ¡ven Bègue ven!, al tiempo que se acerca hacia él, ¡tu pareja chaval!, ¡tu pareja!, ¡a qué esperas! Y Bègue se acercará a Nathalie, paralizada al principio, y que retrocederá en cuando el otro quiera cogerla por la cintura, retrocederá más, forcejeará, Nathalie retrocediendo y gritando –un grito de terror porque Bègue está cubierto de sangre, porque no ve más que la sangre y la cara arrasada por las lágrimas, en el cuello las señales de las uñas de su hermano, el pelo lleno de tierra, querrá huir pero también saber de quién es esa sangre que lleva, y luego no saberlo, Lydie se acercará a Marion, y a saber si se verá con fuerzas para chillar, exigir a Marion que pare eso, que se acabe, y a saber si Denis controlará todo aquello sonriendo y marcando el ritmo,

C'est extra,

sí, es extraordinario y lo será también cuando pasen a algo tecno, bajo potente y beat con ese vaivén en el que se reconocen los sonidos que se deslizan,

Turn the light,

On

Turn the light,

Off

Bègue como liberado y Christophe que irá a buscar a Lydie, que también habrá recorrido la pared e intentará quitárselo de encima, pero no, tiende el brazo, ella lo rechazará, se negará, chillará y Bègue querrá que Nathalie beba a morro y pegará su mano pringosa al cráneo de Nathalie para obligarla a beber, venga,

Turn the light,

On

Un trago, a compartir, ella negándose, forcejeando al poco, hasta que Marion vocifera basta, grita basta cuando nadie la oye debido a

Turn the light,

Off,

hasta que Patrice cruza la estancia y cierra la pantalla con tal violencia que el ordenador cae al suelo con un ruido sordo que interrumpe la música, los dos hermanos,

Eh, que no ha acabado,

permitiendo a las dos chicas rechazarlos y, en unos pasos,

ponerse a salvo. Y será en ese momento cuando Marion, por fin, pronunciará, con suficiente resignación en el tono de abandono, unas palabras –lo que Marion puede decir. Lo que por fin Marion va a decir.

39

En ese momento en que Marion consiente en hablar para que todo acabe –al igual que querría disculparse por todo lo que sus amigas acaban de soportar y por lo que Patrice, desde hace años, aguanta con abnegación–, en ese momento, pues, en que se acerca a Denis para hablarle, he aquí que en la casa de al lado, sobre las baldosas del estudio, Christine recobra la respiración, que las sensaciones vuelven a su cuerpo –el hormigueo en los dedos y en los pies–, el frío tan frío de las baldosas, es casi una quemazón lo que la despierta.

En ese momento, los pensamientos de Christine no son pensamientos sino más bien –o apenas– fluctuaciones en su cuerpo, vagas sensaciones que comienzan a cobrar forma en su mente, recordándole que está tumbada y que siente dolor –no se trata todavía de saber en qué lugar le duele más, ni siquiera si su cuerpo está roto por completo o si podrá levantarse, andar, o si eso se ha acabado ya para siempre. No. Por el momento, todas las preguntas permanecen bloqueadas por el dolor, obstruidas por él; las preguntas que podría formularse retornan a un rincón del cerebro en el que el dolor parece ausente, confluyen en un punto que Christine no logra alcanzar, a no ser que ocurra lo contrario y que sea el dolor el que, por fogonazos, aparezca y recuerde a Christine que tiene una pierna, y luego otra, un pie en el extremo de cada pierna, un vientre como una isla perdida en medio del océano –pechos, brazos, ojos, un cuello y una cabeza compuesta de una boca, una nariz, orejas. Y como si todos sus miembros estuvieran separados de ella, arrancados de ella, confinados en el espacio de su dolor, sin estar vinculados por una conciencia de formar un único ser. Pero va a ayudarla el frío de las baldosas; el olor repulsivo de la sangre, de la cerveza en su boca, las ganas de vomitar la ayudarán. El cráneo golpea, aprieta, aplasta; y luego un dolor más difuso que se infiltra en la nariz, el silbido de los senos nasales, la dificultad de respirar, las narinas obstruidas por una sangre espesa y ya coagulada que deja poco espacio para respirar.

Mientras Christine asciende hacia la conciencia, cada minuto haciéndola recuperar un poco de vida, en casa de los Bergogne, como por un movimiento de balancín, la vida de Marion irá haciéndose cada vez más frágil; como si, de una a otra casa, de una a otra generación, de una a otra mujer, una decreciera en el momento en que la otra va recobrando sus fuerzas, ignorantes la una de la otra, una pensando que la otra está muerta mientras que esta, volviendo a la vida, no imagina que la primera esté desmoronándose –no literalmente, no físicamente, no, por el contrario Marion está llena de recursos que su ira y su rabia alimentan, galvanizan incluso, pero se ve aumentar su desmoronamiento interior y aparece tan claramente a los ojos de todos que, ahora, no puede ya ocultárselo a nadie. Nathalie y Lydie la observan con estupor, han olvidado ya a la Marion victoriosa, impertinente y locatis de esta tarde, la que las había impresionado tanto ante el imbécil del jefe de proyecto y ante el patrón, y escrutan su rostro descompuesto para buscar en él las huellas de la Marion magnífica que tantas veces las ha hecho soñar, cuando ahora esa Marion se ha venido abajo –las lágrimas que ya no contiene sino que deja escapar sin contención ni preocupación por que la vean, esa voz quebrada, insegura, que nunca habrían reconocido,

De acuerdo...

voz tétrica

Has ganado, ganas...

que intenta recobrarse,

Es lo que querías...

que lucha consigo misma para recuperarse, se interrumpe,

Verme así... aquí... así, delante...

dejando a las dos chicas y a Bergogne –los tres que creían conocerla– incrédulos, estupefactos ante esa Marion desconocida, como si descubriesen el impudor de esa parte de sí misma que Marion había hecho lo indecible por ocultarles durante años, agregando entonces, ahora que se daba a conocer, la ignominia a su vulnerabilidad, pues lo que las dos colegas de Marion ven, lo que Patrice descubre es su obsequiosidad temerosa y casi pusilánime –una forma de componenda frente al miedo, una manera de aceptar su dominación que ni su marido ni sus amigas habían percibido nunca en ella, y que descubren, sorprendidos no solo de verla ceder ante Denis, abandonando todo, desnudándose de sí misma y de la imagen que tanto le había gustado *dar* a los demás, ante quienes se había reinventado desde hacía varios años, pero sobre todo atónitos porque nunca antes había dejado transparentar nada de lo que se mostraba hoy ante ellos.

Ahora está frente a Denis, pues a él solo debe hablar, con esa voz tan consternada –él que triunfa, del que reconoce todo, sus tics, su vanidad que resplandece, su goce mezquino y demente que le tiñe las mejillas de un rosa casi malva, como si fuera a estallar literalmente de alegría, cuando está fingiendo mantenerse lo más tranquilo que puede. A Marion le gustaría decir, se oye decir, al principio casi nada, jadeos que se le antojan palabras, y las palabras que nacen por fin, Bueno... sí, eso es, has ganado, has... tú ganas siempre, ¿eh?... ¿No? ¿No es eso lo que hay que pensar? Que Denis gana siempre... Así que déjalas... déjalas marchar... No te han hecho nada, las chicas, basta ya... y Patrice tampoco te ha hecho nada.

Cree que nadie la oye, porque es incapaz de alzar la voz o de oírla ella misma, como si sonara un zumbido tan fuerte en derredor que no pudiera estar segura de haber pronunciado la menor palabra, pero también porque, sin reparar en ello, ha avanzado tan cerca de Denis que le habla con la cara alzada contra él, dando la impresión de usar voz no suave –oye los roces, los carraspeos en su garganta–, pero tan baja que piensa que solo él la oye; y es todo lo que quiere, todo lo que espera, que no la oigan, que no perciban en su voz la vibración de su resignación y de su rendición.

Todavía alberga esa vaga esperanza de que no la oigan, de que las chicas no comprendan que no es la chica sensacional y guay a quien nadie se resiste, de que no es la que ellas creen conocer, y ahora casi les reprocha la candidez con la que la creyeron tan fuerte, tan poderosa, se lo reprocha tanto de repente que le gustaría darse media vuelta y agredirlas, sí, esa pulsión, esas ganas que tiene que reprimir de saltarles encima para acabar con todo, tomarla con ellas dos para gritarles que desde que vive aquí, es obvio que nada ni nadie ha podido ejercer el más mínimo dominio sobre su vida ni sobre ella, es tan amable la gente de aquí, ¿no lo sabíais?

Y cómo explicarles que de todas formas nada puede hacerle daño porque su vida está muerta desde el día en que conoció a Denis, demasiado pronto en su adolescencia, apenas salida de la infancia, porque durante años ha vivido bajo su sombra y en el terror –acaso se forman ellas una idea de lo que es el terror, cuando la idea de miedo a ella la hace sonreír *dulcemente*, porque el miedo siempre va acompañado de una posibilidad de salida, y mientras existe esa posibilidad de salida, no es nada, nada; en cambio el terror impone cada noche el mismo muro infranqueable, cada noche el mismo infierno que se repite– acaso les gritará reprochándoles no haber entendido nunca lo que podía ser vivir con un tipo como Denis, que te aplasta y te elimina mentalmente, te roba dos o tres fruslerías en unos almacenes para fingir mimarte de vez en cuando, o te aparece con los brazos cargados de joyas, de teléfonos, de ropas robadas no se sabe dónde solo para embobarte porque unas noches antes se ha pasado tanto que hasta a él le ha sorprendido su furor, no solo abusando de ti, esa vez, sino casi matándote, para imaginar una reconciliación en la almohada que tan solo lo reconcilia a él con su necesidad de follar, pero que tienes que aguantar porque es preferible hacerse la muerta que morir de veras, y mala suerte si se queja de ti jurándote que te quiere y prometiéndote castigos de los que ni puedes hacerte idea si se te ocurre una vez más abandonarlo, marcharte –¿marcharte? Ni en sueños, no lo hacía ya ni en sueños, había dejado de soñar, tal era el miedo que me daba que apareciera en ellos, porque decidió que me tocaba a mí pagar por su ira y sus propias humillaciones, incluso en mis sueños me hundo hasta el fondo de la noche, todas las noches, acaso alguna de vosotras dos se ha meado encima oyendo a las cuatro de la madrugada que el hombre con el que vives no consigue meter sus putas llaves en la cerradura porque va demasiado cocido para hacerlo, acaso sabéis lo que son ese pavor y esa rabia, las ganas de cargártelo; no solo unas ganas, sino la idea que se precisa, los medios que se dibujan, el ánimo que flaquea al final pero no la idea, únicamente el temor de pasar a la acción y de fallar, de errar el golpe pero nada más, nunca –sencillamente porque te ha dicho que vas a cobrar de lo lindo porque ha decidido que tu almeja apesta a leche de otro–, aquellas palabras suyas, escupidas sobre lo que te queda de ilusión o de esperanza de que todo se arregle algún día, porque para él te mereces arrastrarte de rodillas pidiendo perdón y confesando que eres una puta que no lo hará más; y todo ese mundo que le vuelve a la cabeza, cree verlo desfilar mirando a Lydie y a Nathalie con semejante ira que parece dispuesta a matarlas –las dos mujeres que no lo entienden, no, ¿qué le he hemos dicho?

¡Nada, no le hemos dicho nada, no hemos hecho nada!

pero lo cierto es que en el comedor todos los demás la han oído, todos, decir, sí, has ganado, tú siempre ganas... y como si no pudiera más, Marion las ataca esta vez, ¿se puede saber por qué me miráis así? Las ataca, a las chicas, a Lydie, a Nathalie, pero también a Patrice y a Christophe, a Bègue, a Denis, a todos, ¿qué queréis de mí joder?, ¿qué me veis? Dejad ya de esperar no sé qué, ¿qué os pensáis, chicas?, ¿que basta chascar los dedos para mandar a hacer gárgaras a todos los gilipollas de la Tierra? Que puedo... ¿que puedo qué? La voz que se corta, que no puede más y se extenúa, se desploma. La emoción repentina que la invade y las lágrimas que la desbordan –espera algo de su marido, farfulla, no puedo hacer nada, nada, comprendes... no puedo hacer nada... Entonces, sí, se vuelve hacia Denis, le quedan aún fuerzas para eso: no sé lo que quieres, no lo sé, joder, no lo sé... No puedo hacer nada por ti, ¿me oyes? nada. Puedes sonreír como te dé la gana, eso no cambiará Nada... así que ven, ven, hablaremos, pero aquí no. Ven arriba. Solo los dos. Al menos que estemos solo los dos –ajustaremos cuentas, nuestras putas cuentas, las ajustaremos.

Sí, ir arriba. Ir arriba los dos. ¿Es una idea que ha germinado en ella con tal rapidez que cabe pensar que la ha madurado durante largo tiempo?, ¿o, por el contrario, la idea le cruza por la mente en el momento mismo en que la formula, cobrando conciencia de la oportunidad que puede brindarle y de que, comprendiéndola con tal rapidez, diciéndola, mira a Patrice con una suerte de interrogación o casi de exaltación en los ojos, como para buscar un apoyo al que él responde sin vacilar, mediante una mirada inequívoca? Porque sin saber de verdad por qué, como si sus ojos hubieran comenzado también a brillar, quiere que sepa que está de acuerdo con ella. Que confía en ella. Que la comprende como si comprendiera *realmente* qué ha pensado, como si no solo estuviera de acuerdo con ella sino que la misma idea se hubiera impuesto en él, con esa misma fulguración que ha cruzado por la mente de Marion, cuando no sabe de verdad lo que ella ha pensado ni lo que se ha contado a sí misma cuando ha repetido a Denis que iban a hablar, sí, pero no aquí, en el comedor, ni siquiera en el salón o en ninguna estancia de la planta baja, sino arriba, sin precisar dónde, como si hubiera un motivo para ir allí y no pudiera hacerse en ninguna otra parte, cuando en el piso de arriba no había más que estancias dudosas para acogerlos: habitaciones, un cuarto de baño.

Pero quizá no cae en ello, quizá no le acude a la mente. Tan solo piensa que tendrán que pasar por delante de la habitación de su hija, y que se verá con ánimos para exigir entrar en ella sola. Entonces algo cambia. Ya no corren las lágrimas. Marion, se recupera, como lista para enfrentarse con alguien que nos roba sin pedirlo lo que nos pertenecía. Sabe lo que hay que hacer, lo repite, Arriba, vamos arriba, y qué se le va a hacer si ¿Ya, la habitación? Muy propio de Christophe, Oye, qué rápidas van las reconciliaciones. ¿eh?

Bègue se echa a reír con Christophe, ambos junto a la puertaventana, bebiendo, choteándose largo y tendido de la alusión, mirando a las chicas con aire ni siquiera salaz, no, solo patoso, con una suerte de apuro que no saben evitar, como si hacerse los listillos los apurase y los desasosegase más de lo que incomodaban a Nathalie y a Lydie, y a Patrice también, los tres al otro lado de la mesa, de pie, apretados unos contra otros, mientras que Denis y Marion permanecen unos segundos más a la derecha, Denis limitándose a decir que está de acuerdo, si ella quiere, por qué no, puede condescender a eso, seguro, como vencedor consiente en ese capricho, no ve trampa en ello y tiene razón, no hay trampa, solo la idea de que Marion pueda entrar en el cuarto de su hija —lo cual hará cuando suban, dejando atrás a los otros cinco; Denis ha puesto cuidado en dejar su pistola a Bègue,

¿Se puede confiar en ti esta vez?

Observándolo severamente —o juguetón,

¿Se puede confiar en ti?

provocador,

¿Se puede, estás seguro?

el otro cogiendo el arma sin chistar, contemplando la pistola en sus manos, como si pesase demasiado para él, o como si fuera indigno de que depositasen una vez más su confianza en él. Permanece con esa sensación extraña de que puedan estar manipulándolo, y le asalta confusamente la sospecha de que su hermano juega a hacerlo tropezar, de que espera cada vez que cometa un error, que no confía en él como pretende, sino que confía en que todo termine en un accidente, una catástrofe, como si en realidad fuera eso lo que esperaba de él, lo que él mismo sería incapaz de nombrar, y su primera reacción es buscar ayuda en el rostro de Christophe.

Entonces, sin pararse a pensarlo, se mete la pistola en el bolsillo –es tan pequeña, esa pipa– y como todos los demás mira a Denis y a Marion, que se marchan, Denis siguiendo a Marion hacia la escalera que asciende hacia las habitaciones y el cuarto de baño, Marion sin atreverse a reducir la marcha al pasar junto a las chicas ni a lanzarles una mirada que tendría que acompañar de excusas, de disculpas, como tampoco se atreve a detenerse ante Patrice, pese a que él no despega los ojos de ella y se le acerca, da un paso hacia ella pero sin atreverse a tocarla, a retenerla, todavía menos a hablarle, y a continuación da otro paso, ahora hacia Denis, ante el que se planta como si quisiera interceptarlo, hacerle entender que siempre trataría de interponerse entre su mujer y él, pero el otro lo esquiva, los hombros se rozan, y uno de ellos osa esa leve inclinación del busto hacia el otro, un movimiento casi imperceptible, los hombros chocan, cita concertada –papirotazo, provocación, cuerpos tiesos, hombros tensos, empujón contenido–, y Denis sigue su camino.

Patrice lo deja subir conteniendo su ira, encendido, la piel brillante de sudor; traga saliva, y esta tiene un repulsivo sabor en la boca. De nuevo se pregunta qué puede hacer, qué va a pasar, y, sobre todo, espera que Marion pueda conseguir lo que piensa que se propone: ir a ver a Ida. Hablar con Ida. Decirle que tiene que marcharse. Tendrá que despertarla si está durmiendo, murmurarle que debe huir hasta que la sugerencia se infiltre en sus sueños, en su sueño, o, mejor, despertarla brutalmente si es que duerme, cosa que no cree, pero nunca se sabe, hay que hacer todo lo posible para que escape de aquí; Marion sube la escalera, y no le sorprende verla hacer lo que hace, ir derecha hacia adelante, sin dirigir una mirada ni a él ni a nadie. Sería incapaz de decir si avanza con determinación o con resignación, como una condenada que se encamina al cadalso o como una cabecilla que va a lanzar el primer grito de la Fronde futura, avanza, sin más. Con el otro que la sigue y sube los escalones como si fueran los dos –sí, esta vez Bergogne lo piensa tan claramente como le resulta posible admitirlo, le asalta la idea de que suben hacia las habitaciones, y esa imagen le abre a toda la comprensión que necesita para captar el momento: por fin le da la impresión de saber quién es Denis para ella, o quién ha sido, aquel de quien nunca le ha hablado y que ha rondado durante toda su relación. Los ve desaparecer arriba, espía el momento en que los oirá detenerse ante la habitación de Ida, espera que su idea –la idea de ella y que ha creído percibir en su actitud–, se pueda llevar a cabo de inmediato, que pueda entrar en la habitación de su hija sin que el otro la siga; es lo que ansía ver, ahora, dejando casi de respirar para tener la seguridad de no perderse el momento en que Marion diga a Denis que la espere, que quiere ver si su hija está durmiendo–, sí, así va a ser, es necesario, y va a murmurarle a Ida que tiene que huir lo antes posible, con suficiente convicción para motivarla pero no demasiada como para paralizarla, sin asustarla, pero infundiéndole valor para huir –¿por la ventana?, ¿por la puerta? ¿Cómo hacer? Bajar y deslizarse entre unos y otros, pasar por una ventana del salón o por qué no salir a la terraza por la puerta, al extremo del salón, que no se utiliza y en la que estará puesta la llave, y luego echar a correr sin detenerse, no detenerse, pero sin decirle que no se detenga quiere decir rodeando la casa de Christine, sobre todo no abrir su puerta –pero ¿cómo decírselo sin despertar sus sospechas? Que corra, sí. Ida tiene que salir de aquí. Es todo en lo que piensa, todo en lo que a buen seguro piensa también Marion; es la única razón por la que ha propuesto a Denis que suba, Patrice no ve otras, sin plantearse la absurdidad de lo que acaba de soltar Christophe, pero sin plantearse tampoco que la primera razón por la que Marion había querido que se alejasen era que no quería que los oyesen, sencillamente porque quiere poner término a su humillación y que todo cuanto había conseguido durante años contrarrestar, destruir del pasado de su vida –esas zonas encubiertas tan lejos que habrían podido permanecer sepultadas hasta el fin de los tiempos sin que nadie viniera a reclamarle nada–, siga vedado para siempre a los demás, a su conocimiento y a su dictamen.

40

Cuando oye los pasos en la escalera, Ida piensa que vienen a buscarla, que de pronto se han acordado de ella, que van a preguntarle algo. Piensa en el regalo que su padre le había arrancado de las manos y arrojado, esa sensación vergonzante de haberle traicionado porque ya tenía el regalo en las manos y había estado a punto de aceptarlo, porque lo deseaba, porque él vio lo mucho que le apetecía, ese deseo que no se quitaba de la cabeza desde entonces con la sensación de haber cometido una falta que su padre le reprocharía sin duda durante tiempo. Esa idea es intensa, pero más intensos son los pasos que suben por la escalera. Conoce el ruido de los pasos de sus padres cuando suben, los pasos de uno u otro si suben solos, pero en esta ocasión son dos los que suben –¿Serán sus padres los que suben? ¿Si no, porque iba a venir nadie a verla hasta aquí?

Hace ya rato que oye las voces destempladas de abajo, pero ha acabado poniéndose los auriculares para meterse en un videojuego y golpear a unos monstruos que explotan como burbujas de jabón cuando los matas a bastonazos. No había jugado durante mucho rato, lo había dejado porque quería saber qué pasaba abajo, pero con los auriculares puestos para filtrar los ruidos, las voces, para tender entre la gente y ella una especie de protección acolchada que pudiera protegerla. No se había desvestido, solo se había quitado los zapatos dejándose puestos los calcetines –que se estiraba desde hacía un rato, los pies juntos, las piernas apretadas, sentada en la cama, diciéndose que esos malditos calcetines la estorbaban, que estaban mal puestos, las costuras saliendo en todos los sentidos, no acoplándose ni a los talones ni a la punta de los pies; los estiraba, volvía a ponérselos, se estrujaba los dedos de los pies, luego examinaba frente a ella el cuadro que Tatie Christine le había pintado y que le regalaron para su cumpleaños de hacía dos años –esa niña que podía haber sido ella, si no fuera porque tenía los ojos de un rosa asalmonado irreal y el pelo color azul zafiro, que llevaba una bata a cuadros de un verde botella como nunca había llevado, ni bata ni nada a cuadros, y que se mantenía tiesa como nunca Ida había podido mantenerse tiesa, salvo alguna vez cuando la medía la señora Privat, que anotaba sus progresos en altura y en peso. Aparte de eso, nunca se había mantenido tan tiesa como la chiquilla de pelo azul con un cervatillo en los brazos, que no parecía nada asustada y cuya espalda ostentaba dos hileras de manchas, como una suerte de teclado de ordenador con dos gruesas teclas blancuzcas que se perdían en el pelaje marrón. Soñaba con frecuencia que Tatie Christine le regalaría algún día el cuadro de la chiquilla ya adulta, con el mismo cabello azul pero con un corte distinto: habría abandonado el carré por un corte más suelto, el pelo largo cayéndole sobre los hombros, y, sobre todo, ante ella, ocupando una gran parte del espacio que ocupa el cuadro, cuyas dimensiones quedarían como multiplicadas por la edad de la joven, aparecería un inmenso ciervo blanco –las manchas blancas del cervatillo se habrían extendido e invadido todo el pelaje del animal, los mismos cuernos serían blancos, eso existe, por qué no él, tendría la cabeza inclinada para el enfrentamiento, a no ser que fuera para hacer una reverencia, imposible saberlo, serían grandes los dos– pero ahora no piensa en los cuernos blancos del ciervo sino en la madera azul oscuro de la escalera que cruje bajo los pasos que se detienen delante mismo de su puerta, y, sin vacilar, se quita los auriculares y los arroja al pie de la cama, al tiempo que se arroja y se echa en la cama y se tapa con el edredón para ocultar que no lleva pijama, que no está durmiendo; consulta la hora en su radio despertador pero no ve las cifras; no, es un reflejo que tiene de preocuparse por la hora, como hace casi todas las noches en el momento en que sus padres suben a acostarse, pues con frecuencia se ha hecho tarde y desde hace rato piensan que está durmiendo, pero le gusta quedarse con la radio encendida soñando despierta o leyendo bien recogida en la cama, en el temblor amarillento y tímido de esa minúscula lámpara cuya bombilla difunde una luz tan débil que proyecta su luminosidad en un halo cortísimo, e Ida sabe que no filtra bajo el resquicio de la puerta.

Pero ahora no pasa como todas las noches, no tiene hambre, y sin embargo, oye sonar ruidos en su barriga, algo que se retuerce; lo único que tiene ganas de tragar es agua, pero ya se ha bebido toda su jarra. Sigue teniendo mucha sed, pero no se ha atrevido a salir antes para llenarla en el cuarto de baño al fondo del pasillo, a pesar de tener los labios secos, le había dado miedo llamar la atención, y ahora están sonando pasos junto a su puerta. Espera con los ojos cerrados y se dispone a fingir que duerme, pero es superior a sus fuerzas, ha de reabrirlos porque oye la voz de su madre dirigiéndose a alguien que comprende que es un hombre, y que no es su padre.

Se abre la puerta: Ida se vuelve hacia su madre, haciendo como si esta acabase de despertarla, fingiendo tener los ojos abotargados por el sueño. Su madre ha cerrado la puerta y ahora se inclina sobre su cama. Marion mira a su hija, Ida mira a Marion, y le parece ver, en la oscuridad de la habitación, pese a la luminosidad de la lamparita, unos ojos muy brillantes, ¿podría ser que su madre... serán lágrimas? No, oye que le tiembla la voz, lo mismo que anoche, como tantas veces estos últimos días y estas últimas semanas, leyendo el libro de *Historias de la noche*, cuando, al marcharse, su madre le dice siempre,

Cariño, si un dragón te molesta, le rompes los dientes.

Marion se acerca a murmurarle al oído algo que Ida no entiende. Enseguida, quiere preguntar a su madre si se han marchado los hombres, si van a marcharse pronto, si las chicas también van a marcharse. Percibe en la voz de su madre que le miente cuando asegura que sí, todo el mundo va a marcharse muy pronto, dentro de muy poco volverán a quedarse solos los tres, y Christine vendrá a reunirse con ellos. Habla con una voz tan suave y al mismo tiempo tan temblorosa que Ida no está ya muy segura de saber si su madre le habla en serio o le está soltando con voz zalamera un cuento para dormirla. No sabe, no entiende nada; su madre le dice, cariño, no hagas ruido, sobre todo no hagas ruido, pero en cuanto puedas tienes que salir de aquí, que intentarlo, sabes por dónde podrías salir, por el cobertizo, ya sabes, por la ventana del cuarto de baño, saltas al patio sin hacerte daño y sales corriendo, no vayas a casa de Tatie porque está durmiendo, no vayas a su casa, aunque veas luz no la molestes y tú te marchas, corres y te vas hasta casa de Lucas o de Charline. Marion no piensa que en la mente de su hija está trabajando la lógica implacable de la infancia y las preguntas que dejan los adultos al borde de su camino, pues solo los niños tienen la cordura de sembrar piedras tras ellos para reencontrar su camino, y, enseguida Ida piensa que si Christine se ha ido a dormir, ¿por qué ir a los caseríos de al lado, donde los padres de Lucas y de Charline también duermen y por qué no hay que despertar a Tatie Christine, que está justo al lado?

Pero Ida no lo pregunta. Asiente, porque nota a través de los dedos de su madre, que le coge las dos mejillas entre las manos, en la pulpa de los dedos, el calor irradiante del miedo; nota en la respiración tan cercana de su madre, no solo el aliento castigado por los excesivamente numerosos cigarrillos y el vino, sino por el olor metálico, amargo, no sabe qué es y no se pregunta si su madre está enferma, no, solo sabe que está sucediendo algo cuya gravedad no tiene la misma magnitud que antes; y sin embargo sabe que lo que está ocurriendo la aterroriza, los tres hombres, el perro que yace envuelto en sangre, las imágenes que retornan en cuanto cierra los ojos, y sin embargo hace lo que puede para no asustarse, para mantener la serenidad, ser valiente, y, cuando su madre la estrecha muy fuerte en sus brazos, cuando deja escapar en un murmullo que la quiere por encima de todo, no se pregunta lo que quiere decir ese *por encima de todo*, lo que contiene, cómo el amor puede contener algo *por encima de todo* y no ser ese mismo todo.

Su madre la abraza y la idea de huir, ¿le ha pedido su madre que...?

¿Mamá?

pero su madre no la oye, acaba de abrir la puerta, de cerrarla tras ella, muy deprisa, sin volverse hacia Ida, sin detenerse, casi escapando de la habitación, e Ida vuelve a quedarse sola, con la luz vacilante y amarillenta que ilumina tan mal el retrato de la chiquilla y del cervatillo; le da la impresión de que los dos le dicen lo mismo, piensa en Christine y se dice que va a intentar ir a su casa —cada vez que algo va mal, diga lo que diga su madre porque está un poco celosa del afecto que profesa Ida a su vecina, acude siempre a casa de Tatie Christine.

Cuando Ida abre despacito la puerta de su habitación, no oye voces ni ruido, ningún movimiento ni gesto que provenga del comedor. Abajo todo el mundo parece haber renunciado a hablar, a esperar algo antes de que vuelvan Marion y Denis. A no ser que todo el mundo intente acompañarlos entretanto, seguirlos imaginando a dónde van a ir, anticipando secretamente lo que van a decirse, porque, en la intimidad de este silencio, ¿por qué no espiar? ¿Qué otra cosa hacer que aguzar el oído para percibir algunas palabras, frases tal vez, que puedan dar indicios sobre lo que ocurre o va a ocurrir muy pronto, simplemente dedicándose a escuchar? Así pues, cuando abre la puerta de su habitación, Ida no oye ruido que llegue de abajo. Ninguna voz. Aunque no dure, porque luego, dentro de unos segundos, oirá a Christophe y a Bègue, a quienes reconocerá, al igual que identificará enseguida ese tono tan peculiar que gastan, un acento de una región que desconoce y que hace sonar el francés como una lengua extranjera, aun cuando se reconozca que es francés.

Abre la puerta muy lentamente, poniendo buen cuidado en que no se la oiga. La escalera no queda lejos de su puerta, podría oír a quien subiera hasta ella, las voces de las conversaciones de la planta baja. Pero nada. Como tampoco oye a su madre y al hombre que la acompaña. Tan solo oye que han entrado en el cuarto de baño, que han empujado la puerta sin cerrarla del todo tras ellos –un silencio extraño que dura demasiado, se extiende, se propaga por toda la casa, al final quebrado por las voces de abajo,

¿Crees que la conoces a tu Marion?

luego silencio. Pasos, crujidos –la patas de las sillas que alguien mueve. Luego, mucho más alto,

Cierra el pico,

Solo la voz de su padre, cortante,

Cierra el pico,

cuando quiere hacer callar a los tipos, que continúan con excitación y rapidez,

¿Crees que la conoces?

Bergogne solamente,

Cierra el pico,

que contesta

Os he dicho que cerréis el pico,

con su voz cargada de ira que reconoce tan bien, su voz en la que todo tiembla, que tanto tranquiliza a Ida, en ese momento. Pero al poco solo lo oye a él, y luego casi nada, como si no hubiera nadie abajo, o Bergogne estuviera solo frente a los dos hombres –y a saber si seguirán ahí esos dos, Ida no está segura, tan solo percibe otra voz junto a la de su padre–, porque lo que no sabe, no ve, es por qué los dos tipos hablan con voces cada vez más bajas, como si los secretos que querían revelar no soportaran la luz demasiado viva ni el estallido de un sonido demasiado nítido, como si fuese necesario el murmullo y la estancia en la penumbra para oír cómo se arrugan las cosas en las que quieren que todos metan las manos, dirigiéndose a las dos mujeres, ahora sentadas y lívidas, mudas, que esperan a los hermanos –sienten que ellas serán más receptivas–, ellas, que miran desesperadamente las armas que empuñan los otros dos, sin ver la ironía y sin acabar de entender a los tipos narrándoles cosas con hastío asqueado y, si bien consternados, felices de sacar a la luz esas historias sucias sobre su amiga, porque quieren decirlas, esas historias, todas, pues les da la impresión de reparar una injusticia y lo dicen varias veces, Marion engaña a todo el mundo, es así, por lo tanto hay que contar al detalle esas historias, no solo limitándose a enmerdar la imagen que dan de la juventud de Marion, sino enmerdando los pormenores, enmerdando todo lo que la concierne, todo lo que la atañe, todo con lo que mantuvo relación de joven, enmerdándola a ella para que al final no sea más que eso, una mujer enmerdada por historias asquerosas, a cuál más sórdida, el retrato de una sucia cabrona que ponen todo su empeño en ensuciar todavía más, todo lo que los otros tres, marido y colegas, no han imaginado nunca de ella.

Y sin duda Bègue no hace más que seguir, repetir lo que su hermano mayor lleva años contándole; quizá Bègue no hace más que repetir las palabras de Christophe para que este tenga la certeza de que él es como ellos, como lo que Denis exige y espera de ellos. Y quizá Bègue inventa, hincha únicamente para quedar bien ante sus hermanos, tanto da, no se despega de Christophe, sigue su ejemplo, apoya cuanto dice, aun sin una palabra, aun sin creérselo, apretando los labios, repitiendo, sí, sí claro, y a Christophe le trae sin cuidado que por el momento se les crea o no, pues lo importante para él es que en las mentes de las colegas y del marido de Marion se graben las imágenes de una joven en quien nadie había podido confiar nunca, una cabrona sin un ápice de moral, una cabrona drogata a quien había costado mucho desengancharse y habría costado mucho más dejar de robar si Denis y ellos no hubieran estado allí –al parecer porque le había tomado gusto al robo, era así por *naturaleza*– lo cual sugieren pero sin acabar de decirlo, sin formularlo, tan solo encogiéndose de hombros, soltando como por inadvertencia suspiros consternados, iniciando historias pero sin acabarlas, demasiado afligidos, demasiado afectados por ello, tan asqueados ante semejante bajeza que no encuentran palabras para expresarlo, prefiriendo así dejar que la imaginación de los demás haga el resto.

Lo que importa no es tanto lo que dicen como lo que sugieren: esas imágenes, las inoculan en el cerebro del marido y de las amigas como un veneno que se expandirá en ellos y ocupará muy pronto el mismo espacio que sus propios recuerdos. Lo importante es que eso que van postergando sin decirlo adquirirá al poco la misma realidad y el mismo grado de certeza que si ellos mismos, colegas y marido, hubieran conocido a Marion en su juventud y la hubieran visto revolcarse en todas las mierdas que desvelan esas imágenes. Los hermanos saben que el veneno se abrirá camino, que todo lo que, por el momento, niegan y combaten, rechazan con todo el fervor del amor que sienten por Marion, con toda la fe que les inspira la idea que han decidido hacerse de ella, el marido de Marion y sus dos colegas acabarán admitiéndolo, sometiéndose, creyéndolo, y, por último, viéndolo como si nunca lo hubieran puesto en duda o hubieran sido ellos mismos testigos de ello.

Los dos hermanos cuentan y,

Cierra el pico,

cada vez más débil, más lamentable,

Cierra el pico,

todavía no suplicante ni del todo descorazonado, pero, ya, Patrice se deja anestesiar por la emoción, ¿un grano de polvo viciado en el aire?, ¿su mujer, la cárcel?, ¿seis meses de cárcel?, ¿su mujer?, colegas de ella que embaucan a unos tipos y ella, metida en eso, ladrona y mentirosa empedernida, peleona que había prendido fuego en casa de una vieja por mero placer y vicio –más maldad, las palabras vuelan como un enjambre de avispas en torno a sus oídos,

Cierra el pico,

repite, y, ahora, desde arriba, su hija no lo oye, su voz es un murmullo que se apaga y se transforma en una inmensa sonrisa de triunfo en el rostro de Christophe.

Eso Ida no lo oye; en su mente, no se forma ya idea ni imagen alguna de lo que se produce en el comedor.

Ahora, ha salido de su habitación, está de pie en el pasillo y cierra suavemente la puerta. Ya, sin acabar de saber por qué ni lo que espera de ello, se decide a hacer algo tal vez incomprensible o ilógico, pero en lo que se aplica con una meticulosidad que podría sorprenderla a ella misma si le prestase atención. Le sorprende durante unos segundos que sus pasos y su cuerpo no le dicten obedecer a su madre e intentar huir cuanto antes de la casa, ni siquiera buscar el modo de realizar esa fuga. No obstante, está presente en su espíritu, en todo su ser: sigue oyendo la voz de su madre, sus palabras, su tono, el temor y la suerte de innombrable oración o de súplica que contiene, el eco de esas palabras que resuenan a través de todo su cuerpo. Sin embargo, lo que hace es no obedecer a su madre ni siquiera tratar de salir de la casa; casi sin quererlo, pero con aplicación, mecánicamente, como esas imágenes de sonámbulo o de zombi, en que, por la sobreimpresión de dos imágenes, el desdoblamiento de un personaje que sueña que sale de su cuerpo en algunas películas antiguas, que Ida sin embargo no ha visto nunca, no hace lo que se le ha pedido y sabe que debe hacer. Ella misma constata, con una suerte de extrañeza cándida, como si no pudiera evitarlo, que no ha sido para obedecer el requerimiento de su madre por lo que se ha levantado de la cama justo cuando se ha quedado sola en la habitación, se ha puesto los calcetines y ha apagado la lámpara antes de acercarse a la puerta. No, no por eso ha adoptado esa lentitud felina y prudente para abrir la puerta, antes de deslizarse al pasillo. Ha permanecido unos segundos en el rellano, esperando no se sabe qué, escuchando o más bien espiando las voces que subían del comedor, como para intentar comprender, no tanto lo que decían las palabras como lo que revelaban de la situación.

Ahora, se queda ante la puerta sin saber muy bien qué hacer, escuchando y sin escuchar lo que ocurre abajo, tomándose el tiempo necesario para dejar pugnar en ella las voces que suben del comedor con aquella, interior pero más silenciosa, de su madre, que le ordena huir, le repite una y otra vez, en lo más hondo de su cerebro, lo que quiere verla hacer, pero confundiéndose con la voz, presente y real ahora, de su madre al otro extremo del pasillo, que murmura, que intenta abrirse camino en el silencio, voz que Ida percibe a pesar de las que suben de la planta baja y esa otra, cuyo eco sigue sonando aún en su mente. Advierte que esa voz se halla a unos metros de ella, pero al principio no comprende si habla sola o a alguien, tal vez al hombre cuyos pasos habían acompañado a los de Marion cuando esta había subido.

Necesita todo ese tiempo para hacerse a la idea de que no es lo que ocurre abajo lo que la requiere, y todo ese tiempo para comprender que no es solamente lo que pueda decirse en el cuarto de baño lo que la intriga, sino sobre todo por qué su madre ha venido a verla, con esa voz tan herida y vacilante, tan inquieta, por qué ese miedo que Ida no había percibido nunca en ella, como si acabara de descubrir una nueva voz en la voz de su madre. Pero la pregunta se transforma: de repente, ¿por qué esa luz que llega del cuarto de baño y esa agua que corre del grifo —muy fuerte, como si hubieran abierto el grifo a fondo. ¿Lo hacen para encubrir lo que dicen, para espesar lo que nos separa de ellos, para hacer que las voces suenen más lejanas, por qué si no querían que se los oyera su madre y el hombre no se limitaron a salir al patio?

No se le pasa por la cabeza a la chiquilla que ella podría ser la respuesta a esa pregunta. Simplemente, se desliza sobre la pared de su habitación, en el pasillo. Camina con lentitud pues conoce todos los ruidos que hacen las tablas del suelo –cuántas veces se ha escurrido hasta el cuarto de baño, por la noche, o ya muy entrada la tarde, para llenar su jarra de agua, para acudir ante la habitación de sus padres porque los había oído pelearse, pues lo que la preocupaba más que sus grescas, por entonces, era ser ella el objeto de la riña, o más bien el desencadenante, como si necesitase oír en persona que no era la responsable de los gritos de uno o de otro–, y esta noche, avanza evitando la trampa de los crujidos de la madera, evitando una tabla acelerando el paso sobre otra, y, poco a poco, llegando junto al cuarto de baño, ante la puerta, o mejor dicho, más que delante a un lado, procurando pegarse al tabique opuesto al pomo de la puerta, esperando ver sin ser vista, para asegurarse de no pisar el rayo de luz de la puerta, pero segura de poder oírlo todo.

No necesita mucho tiempo para eso. Oír. Aunque las palabras no se perciban bien al principio, ahogadas por el chorro del grifo. Está ahora pegada a la puerta, y, como cree que no podrá mantenerse en pie sin temblar, sin verse obligada de un modo u otro a ir cambiando de pierna, necesita un apoyo, no puede apoyar el hombro contra la puerta sin desplazar el batiente y denunciar su presencia. Decide quedarse en cuclillas, los pies bien planos, los brazos y las manos rodeando las rodillas, el cuello y la cabeza estirados para colocar la oreja lo más cerca posible de la puerta, rozándola pero sin tocarla, la mirada fija en la zona luminosa que recorre el resquicio de la puerta y de donde salen los sonidos –primero el del grifo cuyo chorro rompe sobre el esmalte del lavabo, luego, cuando una mano lo cierra, el ruido del agua que escapa al conducto del desagüe, produciendo un gorgoteo ridículo, y la respiración de su madre que habla con voz bajísima, con una suerte de cautela insólita en ella, como si hubiera en su voz una desolación, una devastación que le impone hablar lentamente casi susurrando, como si tuviera que disculparse y no hacer ruido alguno en derredor. Ida no comprende todas las palabras, no porque sean difíciles o abstractas, desconocidas por ella, sino porque están pronunciadas con una deferencia tan inquieta que a Ida le da la impresión de que no es su madre quien las dice. No, nunca he tratado de engañarte. No. Nunca. Y luego largos lapsos de silencio, que saturan el espacio al igual que las frases extrañas y sibilinas de Marion, tan solo interrumpidas por la voz del hombre, que habla con frases cortas y casi siempre como si volviera a preguntar lo mismo,

¿Ah?

y de nuevo el silencio que se expande entre ambos, impone su espesor esponjoso,

¿Ah?

No.

¿Tú, no me traicionaste?

No.

¿Ah?

y de nuevo ese silencio. O más bien como dos silencios que hubieran elegido medir sus fuerzas, enfrentarse el uno al otro, que Ida descubre desde detrás de la puerta, las manos aferradas a las rodillas, los pies bien planos y la espalda inclinada, la nuca estirada para seguir oyendo la voz de su madre e intentar reconocerla cuando dice, me marché y tenía derecho, oyes, tenía derecho, te lo había dicho...

¿Ah? ¿Tenías derecho?

y de nuevo ese silencio que se prolonga, esta vez más allá de un tiempo incluso muy largo, como puede ocurrir a ratos que ambos se callen y se establezca, en el interior de una conversación, un espacio de repliegue en el que cada cual encuentre con qué impulsar un reintento que querrá más vivo y más denso que la primera salva de palabras, como si estas se hubieran agotado o deteriorado demasiado aprisa. Ahora, no es ese tipo de silencio consentido en el que cada parte encuentra el modo de sacar provecho, un provecho quizá insuficiente o exiguo, pero provecho a la postre. No, Ida intenta imaginar lo que ocurre tras la puerta, y solo a costa de un gran esfuerzo renuncia a incorporarse y entrar corriendo en el cuarto de baño para arrojarse en los brazos de su madre, para que todo se detenga. Tal vez se muerde un labio y sigue apretando más fuerte los dedos contra las rodillas, por qué tiene tanto miedo, por qué ese silencio parece durar tanto... Imagina lo de detrás de la puerta y ve en el pensamiento a su madre inclinada sobre el lavabo, como si estuviera mareada o borracha perdida, que cierra los ojos y todavía no ha tenido tiempo de enjugarse con la toalla toda el agua con la que se ha inundado la cara.

41

Sin embargo el agua fresca le sienta bien –durante unos segundos Marion cree que está recobrando fuerzas e incluso una suerte de ascendiente sobre sí misma, e imponiéndole ese tiempo que se toma es como si adquiriese también, en cierto modo, una forma de ascendiente sobre Denis, que la observa con un aire que le conoce demasiado bien y que ni siquiera le viene de muy lejos, ni siquiera del pasado, no, porque ese aire que adopta está inscrito en ella desde siempre y listo para resurgir, como aparece ahora, con apenas unos detalles que marcan el número de años transcurridos, pero, si no, esa misma expresión de ira fría y de determinación sigue siendo la que ha quedado grabada en su memoria.

Está sentado en el borde de la bañera, las piernas abiertas como si abriera los muslos con impudor para mostrarle la polla y los cojones a través del pantalón, prometiéndoselos como el castigo que la esperaba desde todos estos años en que juró que no escaparía porque él estaba en su derecho, en lo que él pensaba que era su derecho y que no tenía sin duda nada que ver con el derecho de los jueces ni el de los maderos, ni siquiera con el que Marion se había inventado largándose como había hecho, llevando a cabo aquella amenaza que tantas veces le había hecho de desaparecer sin dejar rastro, tan pronto se presentase la ocasión. Y él que creyó que nunca pasaría a los actos, que tuvo la presunción de creer que ella no se atrevería a salir de su órbita, como si, en el centro de su sistema –en el que él hacía de sol demasiado incandescente como para que los planetas fríos y sin envergadura que gravitaban a su alrededor intentasen escapar de su irradiación–, creyó que era imposible que nadie se desprendiera de su dominio y de la fascinación que ejercía sobre quien decidía. Y así, cuando Marion aprovechó su encarcelamiento para eclipsarse sin dejar rastro, aquello supuso para Denis un golpe peor que la condena y la misma cárcel; le ocurrió a él lo que les sucede a otros, pero él, incrédulo al principio se encogió de hombros y la emprendió con Christophe, sobre todo porque este le había alertado mucho antes de que iba a ocurrir, asegurándole, como hermano afectuoso y guardián del bien común, que no le quitaría ojo a Marion mientras él siguiera en la cárcel, porque, le dijo, una chica como esa, puedes imaginarte que aprovechará el día menos pensado para ahuecar el ala, seguro que sale de naja, tu maja, había insistido con una extraña sonrisa de su gracia, o tal vez encantado ante la idea de que alguien pudiera arriesgarse a disgustar a Denis, o que, durante un segundo, le excitase y entusiasmase esa idea de que ella hubiera tenido la cara dura de dejarlo plantado. Y, como Denis no contestaba nada, Christophe soltó de nuevo su gracia entre *salir de naja y su maja* –tan ufano de su ocurrencia que no pudo evitar reírse de ella, cosa que no fue ni mucho menos del agrado de Denis y que le irritó, cuando como respuesta él había mirado altivamente a su hermano recordándole que, en cualquier caso, Christophe no había podido nunca tragar a Marion y que no se sabía muy bien cuál era su juego con ella.

Luego, Denis habrá de vivir, durante años, con la amargura de lo que su hermano había predicho aquel día, pero que en un principio no quiso escuchar, y tan solo se repitió, amargado y encolerizado sobre todo contra Christophe, durante días y días tal vez, en ese periodo dilatado por la estrechez del espacio de la celda, condenado a la impotencia del confinamiento, sin dudar un momento que Christophe no despegaba ojo de Marion, un ojo brillante de codicia y de concupiscencia, de deseo mal disimulado, de frustración, pues Denis siempre había visto –y sabido desde la infancia– hasta qué punto la fidelidad de su hermano menor y la admiración que este último le había profesado siempre se teñían también de una acritud que habría podido virar a la traición, por poco que se presentase la coyuntura. Denis lo sabía desde siempre, como sabía jugar esa carta, a sabiendas de que Christophe no se sustraería –como tampoco él o Bègue– a los papeles que la naturaleza o la familia o la vida, o lo que se quiera que fuera, les había asignado: el mayor, el segundón y el benjamín hasta la noche de los tiempos. Todos los intentos de escapar a eso serían tan vanos como vano habría sido intentar evadirse de la cárcel, sin dejar entonces más satisfacción que la de imaginar cómo podría sacar provecho en el momento de salir, del resentimiento de Christophe para con Marion, la necesidad de amor de Bègue y su locura de niño frustrado; diez años para imaginar el día en que lavaría esa afrenta que ella le había infligido de aprovechar su encarcelamiento para huir –porque, para él, abandonarlo era huir.

Y solo tras el vidrio del locutorio, solo y siempre incrédulo ante su fuga, Denis hubo de reconocer que se había equivocado confiando en ella, o más bien confiando en su propia capacidad de someterla a sus deseos, pensando como había pensado –convencido, sin ninguna duda ni inquietud– que seguiría ligada a él sin siquiera decirlo, por reflejo, porque se lo debía todo y no podía sino amarlo, estar literalmente y sin coerción alguna *vinculada* a él, porque en todas las ocasiones en que le había pegado o había abusado de ella, ella misma había reconocido siempre que había hecho bien haciéndolo, reconociendo culpas que sabía que no tenía pero que admitía, como si comprendiese que se pudiera acusarla.

Por esa razón estaba convencido de que debería haber llevado durante diez años una vida como la de todas las mujeres de los demás presos, y que debería haberse impuesto una vida en torno a la cárcel, en torno a su espera y manteniéndose fiel a la familia de él, a los padres de él, pero también y en primer lugar fiel a su ausencia, sin salidas y sin fiestas, como se lleva el luto de un marido muerto por decirlo así hasta purgar su pena. Debería haberse negado a pavonearse por las calles, a beber en presencia de otros hombres o salir de tiendas o a los bares con las amigas, y vivir la cárcel para que todo su entorno viera hasta qué punto ella era también una víctima, casi tanto como él, destrozada por la justicia al renunciar a su propia vida, perdiéndola en visitas regulares a su lado, para traerle algo más que noticias del exterior, ahorrando euro tras euro para el confort de él, renunciando a cuanto pudiera parecer una comodidad, más muerta que él, vagando por su casa, por la calle como una emparedada que no sabe que lo está, como vagan las mujeres de presos, los padres y los amigos de los presos, todos ellos condenados sin haber sido juzgados, castigados por un crimen del que quizá no saben nada, víctimas colaterales que no se rehacen de la injusticia de que han sido víctimas sin tomarlos en consideración, condenados a los aledaños de las cáceles y de las prisiones, como tendría que haber gravitado ella en torno a la celda de Denis, y amoldar su vida a su paso circular y acompasado en un patio de cárcel, a sus horas de musculación y sus noches de insomnio, esperando los días de visita con el mismo temor a que la tengan esperando horas antes de acceder al locutorio, y obligada a aguantar las mismas conversaciones de las mujeres de presos, la letanía de congojas de las madres y los padres, la ira, la amargura, el resentimiento y toda aquella miseria conque habría apechugado al igual que las esposas y las amantes tenían que apechugar con resignación, aprendiendo de unas a otras todo lo que tenían que darles a los maridos —para las otras todos eran maridos— un poco de placer si no de dinero, temiendo en cada ocasión que algunos guardianes diligentes las registrasen para que no trajeran nada sospechoso a sus hombres, todo ello debido a una palabra inadecuada o una mirada que les hubiera parecido extemporánea.

Y, en vez de esa mujer que imaginó esperando con las demás, ocupando un puesto en la cola de espera de personas que se agolpaban ante la puerta de la cárcel, con un calor agobiante o una lluvia torrencial, cualesquiera que fueran el viento y el grado de humillación que había que aceptar, se vio obligado a comprender que no acudiría y que, durante los diez años que pasaría allí, la única mujer que vería sería su madre, solo a ella.

Ahora intenta fingir que está relajado, los brazos separados del cuerpo y las manos apoyadas a cada lado en el borde de la bañera. A ratos, se examina en el voluminoso espejo que ocupa casi toda la pared encima del lavabo, en el que Marion se ha rociado abundantemente con agua, inclinándose sobre la pila, hundiendo las manos en el agua, sumergiendo en ella la cara, parando y volviendo a empezar, como si no bastara para sacarla por completo de lo que ocurría, como si no consiguiera emerger aún de una mala noche. Denis la mira en el espejo y ella no se da la vuelta para hablarle. Lo espía también en el espejo, dándole la espalda, sin acabar de hundir las manos en un chorrillo de agua que abre y cierra en el grifo, sin siquiera reparar en lo que hace, cómo se frota las mejillas, la cara, la nuca, el pelo, antes de incorporarse y seguir sus movimientos una vez más en el espejo, sin secarse la cara ni las manos,

No te engañé, te escribí, dejé una carta antes de marcharme.

Nunca vi ninguna carta.

Pregúntaselo a tu hermano.

Nunca la vi.

Estoy segura de que él lo sabe.

Eso no cambia nada.

Y las palabras se despliegan a través del cuarto y escapan, aun atenuadas, aun disminuidas, al otro lado de la pared del cuarto de baño. Ida las oye, y aun si no comprende todo, capta retazos e intenta unir unos con otros, su madre,

Yo nunca te pedí, nunca te pedí eso...
la voz de Marion,
Nunca te pedí,
No, solo quedaste para hacer como si fueras a reunirte con él apañándote para que yo supiera dónde y cómo te había facilitado su puta información,
No,
Estabas hasta el gorro de su jeta,
No,
No parabas de decir que estabas hasta el gorro
No,
Que sabías cómo deshacerte de él
No,
¿Quieres que te diga tus palabras?
Nunca he querido...
Tus palabras, tus propias palabras, ¿las quieres?
Nunca he pedido, nunca...
¿Ah?
Ida duda en volver a su habitación o se pregunta cómo podría ir a casa de Tatie, pero sobre todo, de repente, le da la impresión de que no puede moverse de aquí, de que no puede alejarse de aquí y dejar a sus padres, como si de algún modo pensara que no conseguirán hacer nada sin ella. Se pregunta –se le pasa por la cabeza, aunque sabe que no es una buena idea, más bien una bola de rabia que asciende en ella y explota como una burbuja de jabón– si no debería entrar en el cuarto de baño y gritarle al hombre que se marche. Pero Ida no hace nada, se queda ahí, acurrucada, mordiéndose la rodilla a través de la tela del pantalón, apretando tan fuerte los dientes que podría echarse a gritar, oye la voz de su madre a través del tabique y al otro lado de la puerta,
No... Dijeron...
...
Lo que hiciste.
No tuve elección.

Cómo lo hiciste,
No tuve elección, yo... Nunca tuve elección.
Yo no tengo nada que ver con cómo lo hiciste, nada que ver,
Él gritaba,
Lo hiciste tú.
Sí, fui yo. Él gritaba y le destrocé la cara como tú querías.
No...
¿Ah?
Déjalos marchar.
¿Crees que lo decides tú?
Déjalos.
¿Tú crees?
...
¿Marion? ¿Crees que estás en situación? ¿Que puedes pedir
cosas, así como así?
Haré lo que quieras...
¿Lo que quiera?
Déjalos...
¿Porque sabes lo que yo quiero, tú?
Lo que quieres, no, no sé lo que quieres.
No, Marion, no sabes lo que quiero.
Y se calla, dejando a Marion debatirse con una vieja historia
en la que estallan sollozos, que Ida oye, reconoce, como ha oído
ya a su madre llorar a solas asegurando que la última vez que se
le escaparon unas lágrimas fueron lágrimas en plan de risa, lágrimas de cocodrilo, sollozos de cría cuando tenía diez años,
pretextando no sin darse aires que desde entonces no había
vuelto a derramar una lágrima, llegando a decir que había ido a
caer demasiado pronto en la vida de verdad para no dejar correr
unas lágrimas en beneficio de una rabia inmensa y de un afán de
destruirlo todo, de mandarlos a todos a la mierda, su madre la
primera, pero también la escuela y todo el resto, todo ese mundo en el que su infancia y su juventud le habían dado la impresión de hundirse como en un limo esponjoso y repugnante. Ida

sabía que aquella historia de no llorar nunca o de no saber abandonarse al llanto era falsa, claro, en varias ocasiones había sorprendido a su madre con lágrimas en los ojos, pero nunca se había atrevido a decírselo.

Al otro lado de la pared, en el cuarto de baño, ya nadie dice nada, ni siquiera, a lo que parece, en el comedor.

Ningún ruido asciende ya hasta el pasillo ni a los oídos de Ida. Luego, la única voz que vuelve a sonar es el murmullo casi imperceptible de Marion; la voz que empieza a susurrar algo, como si lo hiciera para sí misma. Ida se pregunta cómo le llegan las palabras –suenan muy próximas y muy lejanas a la vez–, pero oye a su madre repetir que nunca quiso lo que había sucedido, y que ella no tuvo nada que ver con aquello, y, tal vez durante unos segundos, ni siquiera un minuto, Marion se dirige directamente a sí misma y revive la decisión loca de marcharse y de abandonar por fin a Denis y a su familia, y puede que siga sintiendo la gravedad de aquella decisión que maduró varios días antes de aventurarse –cuando lo había soñado durante años y, al resultar de pronto posible comenzó a dudar de su capacidad para hacerlo– sí, recuerda a la perfección aquella mañana –un 24 de mayo de hace unos diez años, en que hacía un tiempo un poco fresco para la estación, en que incluso se marchó de su casa sin coger un paraguas, como si fuera a comprar pitillos o pan al pie del inmueble, lo que duraba una ida y vuelta con un bolso un poco más grande de lo habitual, pero sobre todo sin maletas ni nada que pudiese despertar las sospechas de los padres de Denis, que vivían en la misma calle y la vigilaban en cuanto atravesaba la hilera de edificios, de los amigos de Denis, que vivían todos en el mismo barrio y cogían los mismos buses, los mismos tranvías que ella. Hubo de hacer como si solo fuera a coger el bus o el tranvía para hacer compras o ir a ver a una amiga –aun a sabiendas de que le seguirían la pista sin duda tan pronto como la vieran salir del casco urbano y cruzar la barrera invisible de sus hábitos y de la zona que tenía asignada para su

410

vida y la de Denis, y, como si tal cosa, había cogido un autobús y caminado mucho hasta encontrarse en una estación, de repente con la nariz ante un indicador, luego en un andén, y, por fin, amedrentada, excitadísima también, con el corazón estallándole en el pecho: en un tren.

Hizo exactamente lo que tenía previsto hacer, tomar el primer tren que iba a no se sabía dónde –sí, eso hizo, subir a un tren y prometerse no hacerse preguntas y sentarse en un vagón, esperando a que un revisor la echara o le endosara una multa que de todas formas no pagaría nunca porque carecía de unas señas concretas; una vez en la estación de París, decidió no quedarse allí, por miedo a aquella multitud demasiado densa y movediza en la que había decidido no ahogarse, diciéndose que, tarde o temprano, Christophe acudiría a buscarla hasta allí, que recorrería todas las estaciones, los hoteles astrosos cercanos a las estaciones, las casas de okupas porque él sabría perfectamente que había tomado un tren y que su estación término sería París; un sitio donde ir a parar, esa estación u otra, antes de acabar en la calle. Entonces decidió atravesar París, lo cual hizo andando, dejando que el azar la guiara hacia una estación desconocida, deteniéndose de vez en cuando, para sentarse en los bancos, a veces en la terraza de un café, y aprovechar lo que aún le quedaba en el monedero siempre demasiado grande para ella, unos cuantos billetes de diez euros con los que no pasaría la semana. Así fue como aterrizó aquel 24 de mayo en el bulevar de l'Hôpital, donde pasó horas esperando en el McDonald's junto a la estación de Austerlitz, sorbiendo cocacolas y atiborrándose de *cheese bacon* y de *potatoes* con kétchup, y aprovechando un inesperado rayo de sol para acomodarse en el Jardin des Plantes, se permitió una visita al zoo con el escaso dinero que le quedaba.

Anochecía, y, antes de que le entrase hambre, se metió en una estación que parecía abandonada y vacía, y allí se subió al primer tren sin mirar su destino ni siquiera sus paradas, y decidió, de forma totalmente arbitraria, que se apearía en la última estación, si es que había una, si el revisor no la echaba antes, y que, cualquiera que fuese la ciudad o el rincón perdido en el que estuviera, sería allí donde reharía su vida. Y, en ese preciso momento, recibió furiosas patadas en el interior de su vientre: sí, seguro, una buena idea, el bebé estaba de acuerdo con ella.

42

Ida no sabe ya muy bien lo que oye, ni siquiera está segura de estar escuchando, o no sabe si escucha más su cuerpo que tira de ella en todas direcciones, sus rodillas que se agarrotan, su espalda que se tuerce, su nuca que le duele porque está inclinada de manera extraña; no sabe si es su cuerpo el que la obliga a incorporarse o lo que oye y comprende cada vez menos, frases, ataques, palabras, las del hombre o las de su madre, él que se irrita y responde que, de haber estado loco, no lo habrían metido donde lo metieron sino donde los pirados, lo habrían metido donde los pirados, alza la voz para decir que no está como su hermano,
¿Tú qué crees?
y además ella lo sabe muy bien,
Lo sabes muy bien,
por qué juega a eso, Marion, seguro que lo preferiría, le iría muy bien, a ella y a su pequeña conciencia de mierda.

Es todo lo que Ida comprende —descifra— porque después, todo se torna confuso, la voz de su madre que intenta hacerse un sitio, ascender, luchar, imponerse a la del hombre para cobrar el ascendiente y soltarle —como si el forzar la voz la ayudara a imponer su verdad— palabras rotundas y tan poderosas que puedan silenciar las que suelta Denis con su ira cada vez más palpable, que controla cada vez menos, como si esa determinación imperturbable que le gustaba ostentar desde hacía un rato estuviera cuarteándose para dar paso a simas, perforaciones en su voz, y se pusiese finalmente a farfullar a su vez, no como su hermano, sino deslizándose hacia el temblor doloroso de una voz que cruje, se disgrega y ha de rehacerse para dejarse oír. Entonces se rehace, se lanza muy alto, muy nítidamente, dominando y aplastando todo –¿Qué te pensabas, Marion, que iba a salir de la trena y encontraría a una mujercita que me pariera críos sin que te encontrase antes?–, dejándola incapaz de reaccionar, aprovechando para atacar más fuerte –¿Tan gilipollas eres o te me estás cachondeando?–, y luego, dejando imponerse el vacío entre ellos, y Marion aprovecha ese silencio para defenderse, como si le hubiera machacado la cabeza a pedradas –No te debo nada, no quieres entender que tú ya no existes–, y ambos arrancan a hablar al mismo tiempo, tan deprisa, tan alto, o más bien las voces han subido tanto de volumen que comienzan a desplegar su ira, su violencia, y ahora sus palabras entrechocan sin contestarse, los dos dejan de escucharse y tampoco se ven, aunque Denis se ha levantado del borde de la bañera y se ha acercado al lavabo, y ella se ha vuelto, están el uno frente al otro, se tocan casi, y ella empieza a empujarlo,

No te me acerques,

las palabras se superponen,

No te me acerques, te he dicho,

se agarran,

No me toques,

e Ida ya no entiende nada,

No te acerques,

siente que aquello estalla, que va a pasarse de la raya muy pronto, lo siente y se pregunta de qué hablan, pues no entiende nada ni de lo que dicen ni de por qué lo dicen, por qué sus voces se superponen en ese punto en el que lo único que percibe es el vértigo que le produce, y el miedo asciende en ella y se transforma en angustia, en pánico, lo oye golpearle el pecho y rugir en ella y, desde detrás de la pared, en la misma pared, que vibra, en la puerta que la separa de lo que oye, continúa, como una cortina desgarrada –la confusión y la voz de él, retazos que surgen, que Ida capta, fragmentos de frases –me das pena Marion; tú y tu campesino gordo y tu vida de mierda; tu saloncito y tus amigas con tu curro de mierda– y luego la voz de su madre que se embarulla o calla para hacer acopio de fuerzas, o porque está que no puede más, cuando él sí puede, su voz rencorosa e inagotable que atraviesa el silencio de al lado –¿Eso es lo que te hace soñar? ¿Tu vida de mierda en el fondo de una granja putrefacta?

No te me acerques,

Tu campesino gordo y tu vida de mierda tu saloncito y tus amigas con tu curro de mierda...

Marion ya no dice nada. Puede que Ida presienta algo, pues se levanta en el preciso momento en que él se acerca a Marion intentando algo en señal de apaciguamiento, alzando las manos, Vamos, Marion... Marion. Discúlpame, no quiero herirte, perdón. Si te pido perdón. Te llevo conmigo si quieres, volvemos a empezar si quieres, Marion –el silencio y la voz de él que se repite en varios tonos –¿Marion?, Marion...

Marion.

Marion.

Marion escúchame joder.

Silencio. Él que no soporta el silencio. Y tal vez la mirada de rabia que le lanza ella como sola y única respuesta; el rechazo que le sienta como una bofetada porque quizá había esperado algo, o pensado hasta el final que le bastaba reaparecer para que ella cayera bajo su férula, sometida instantáneamente a él, como si solo se hubiera visto con fuerzas para despegarse de él por el alejamiento –y, porque la había liberado de su campo magnético la presencia de los muros de la cárcel, como si los muros hubieran interferido en algo– y porque estaban ahora los dos el uno frente al otro, ella iba, pese a los diez años y todo el espacio que los separaban, a volver a él, a ceder a su poder de atracción como si fuera incapaz de resistírsele, como si cupiera la menor duda de que ella podría volver la espalda a su vida actual sin pena alguna, porque saltaba a la vista que ella despreciaba su vida actual tanto como él la miraba consternado. Por eso no entiende –vete a tomar viento, Denis; vete a tomar viento. ¿Qué te crees? ¿Que me voy a marchar contigo? Antes reventar. Antes reventar, ¿me oyes? Y él se vuelve amenazador, no tanto porque le espeta esa humillación de rechazarlo como por ver venirse abajo por completo su poder de dominio, como si hubiese necesitado el trance de un cara a cara para convencerlo, cuando todo el mundo, en su entorno, no había dejado de repetírselo, y él mismo, desde el fondo de su celda, no había podido sino admitirlo con la boca pequeña, aunque fuera solamente reconocerlo desde el punto de vista de los hechos y de la evidencia, sin integrarlo de verdad, dejando ese saber existir en una capa superficial de su inteligencia, cuando el sentimiento íntimo había rechazado plegarse y confesarse que Marion estaba definitivamente perdida para él.

Ahora, Denis siente una amargura y un asco tan fuertes ante la ingratitud que le demostró huyendo y abandonándolo sin decir una palabra durante diez años... Sí, diez años como un gilipollas, pudriéndose tras las asquerosas paredes de un talego superpoblado. ¿Y todo eso para hacer algo tan maravilloso, tan placentero como venir a enterrarse en un rincón perdido del centro de Francia, en medio de nada, de campos sudando pesticida y cáncer, tedio, desertificación y resentimiento? Todo eso para que ahora la vea, con el pelo aún mojado, rociado con agua

416

para comprender lo que le sucede, su hermosa jeta, apenas enve-
jecida por los años, como si su puta belleza fuese tan recia contra
el tiempo como lo había sido ante él, resistiéndosele como lo
había hecho tantas veces, cuando lo ponía fuera de sí por menudencias, durante el tiempo magnífico y terrible que pasaron
juntos, en que su vida no había sido sino una serie de explosiones
y gritos pero también de promesas, de reconciliaciones y de polvos tan demenciales que estaba seguro de que no volvería nunca
a conocer algo parecido. Le decepciona tanto encontrársela aquí,
verla tan rabiosa con él, que no comprende, no quiere o no puede oír lo violento que él llegó a ser, cosa que no ve y no ha visto
nunca, nunca entendió siquiera lo que le había impuesto y en
qué pesadilla había convertido la vida de ella.

    ¿De verdad crees que... Marion, de verdad crees que todavía
me importa una puta mierda tu jeta? ¿Qué crees? ¿Estás a gusto
aquí, esto te basta? Pues por mí revienta aquí, que me la suda, me
importa un cojón, chata, sí, porque... todas las noches macha-
cándote con la misma barrena tu hermosa cocorota de puta, sabes,
en sueños... sí sí, la de sueños que he tenido con eso, machacarte
con la misma barrena que el otro gilipollas. Lo único que me
apetece ahora es dejarte reventar, del puro asco que das... He
pensado tantas veces en tu fiesta de mierda, cuarenta años, chata,
con tu paleto, en tus campos, puedes reventar en tus campos, y
puedo decirte, sí, claro que sí, lo mucho que me regodeaba de
pensarlo, imaginar cómo podía jodértela, tu fiesta en familia...
Horas y horas, pero créeme, de verdad te lo digo, no he venido
aquí para eso, chata, no.

    Ida no está segura de oír cuanto dice, no está segura de lo
que ha dicho, porque en este mismo momento, oye el grito de
Marion,

    ¡Lárgate!

    Y él cuenta entonces cómo se imaginó a Marion cogiendo el
tren, encontrándose sola, una noche, en la estación de una ciudad
donde no conocía a nadie, su tripa ya pesada –¿cuántos meses,

eh, de cuánto estabas embarazada, cinco, seis meses? Y esa es la única razón por la que estoy aquí.

Lo más extraño es que al parecer Denis no duda de lo que está comenzando a decir y que Ida, al otro lado del tabique, no lo oye enseguida. Es extraño, porque él no entiende la contradicción en que se encierra, jurando que si Marion había huido embarazada, había hecho otra cosa que huir, otra cosa mucho más grave e imperdonable, abusar de la fuerza y el privilegio que la naturaleza le había otorgado de albergar en su vientre la vida del hijo del propio Denis –cuando él por haber dado una muerte iría a criar moho en la cárcel mientras que ella, tan responsable como él, iría a llevar la vida a otro lugar, lejos de él, privándolo de su hijo y de esa vida a la que también tenía derecho, su parte de vida de la que ella había decidido privarlo, cuando él pagaría plenamente la parte de muerte que había infligido. Tal injusticia se la debía a ella; era por ese motivo que quería una compensación, más aún que por el desastre que había originado la marcha de Marion. Pero esa extraña contradicción en que se basa todo lo que dice, ahora que empieza a hablar como si repitiera en voz alta frases que había soltado a solas decenas y decenas de veces, o a veces no a solas, sino con cualquier compañero de celda, los mismos compañeros oyéndolo resignados cuando se morían de ganas de decirle que se tragase de una vez aquella historia que estaban hartos de oír, ya nos hemos enterado, tu mujercita se ha pirado con tu crío y tú te crees que es la primera vez que pasa eso aquí, cuántos te piensas que son los tíos que andan llorando en una sombra,[1] pero todos se guardaban muy bien de reprocharle que hablara, que volviera a la misma historia, y tomando buena nota para sí mismos, de ese conflicto en el que se había encerrado, cuando Denis se ponía a vociferar sobre Marion para contar los detalles sórdidos de una criatura aban-

1. Alusión al libro de Yann-Fanch Kemener: *Nous irons pleurer sur vos ombres. (N. del T.)*

donada prematuramente por la pirada de su madre, de la miseria para arrancar lágrimas a los campesinos, o puede que se hubiera compadecido el día en que la conoció –pero no, compasión ninguna, tan solo la chica más excitante que había conocido, se la habría levantado a un muerto, esa zorra–, y ellos, a fuerza de oírlo, habían intentado hacerle ver tal contradicción, pero no, Denis podía seguir soltando la misma salva de frases salpicadas de pinchos y espinas en los que su voz se arañaba espasmódica, sucumbiendo en ocasiones a bruscos lapsos bajo el efecto de la emoción, de la ira, y luego, prosiguiendo, podía espetar sin ver el problema que Marion le había engañado decenas de veces y que por un billete era capaz de engañar a cualquiera como le había engañado a él, pero que lo peor que le había hecho al marcharse era haberse marchado con la criatura que llevaba dentro y de la que ni un segundo había admitido la hipótesis de que podía no ser él el padre, pues podía formular ambas afirmaciones con la misma seguridad y sin ver en ello el problema: la criatura era suya, y Marion se había acostado con todo el mundo.

Ida, ahora, está muy cerca de la puerta; está a dos dedos de abrirla, de entrar a arrojarse entre el hombre y su madre y oye a esta, que sale de su silencio, que responde a algo que no ha oído; de qué hablan, se pregunta Ida oyendo a su madre vociferar que ella nunca ha querido volver a verlos ni a unos ni a otros, ni volver allá, y que durante años se ha pegado noches de insomnio por lo mucho que temía que la noche la devolviera a la casa de ellos, traída por el espesor brumoso y adiposo, glauco, de los sueños, con sus rodeos solapados y su arte de rehundirte en el corazón del infierno del que habías conseguido escapar. Pero no, los sueños están ahí para enviarte a tu infierno, para que te encuentres con el mismo terror los mismos rostros que habías abandonado, y, con todos ellos, las calles, los edificios, todo contra lo que te

419

habías peleado. Marion grita no quiero nada que venga de allá, no quiero nada que venga de ti, nada.

Ida escucha: ¿No somos bastante buenos para ti? ¿Es eso?

Ida escucha: Quiero que me dejes, que te vayas.

Ida escucha: ¿Nada que venga de allá? Pero si allá es tu casa, Marion. Es tu casa. Es tu casa y no puedes hacer nada. Puedes hacer lo que quieras, puedes ponerte plumas en el culo o pillar su acento de paletos si quieres, pero no puedes hacer nada: vienes de allá, Todo en ti viene de allá: tu jeta, tu voz, tus modales, tu manera de comportarte. No puedes escapar de eso. Eres como yo, chata, eres como Bègue, todos somos iguales y hasta tu hija... *nuestra hija*, viene de allá. ¿Acaso no viene de allá nuestra hija? ¿Nuestra hijita? ¿Por qué la llamaste Ida? ¿Por qué no me consultaste? Puede que tenga ganas de saber de dónde viene. ¿No? ¿Su familia? Le preguntaremos qué opina, ¿no te parece? Vamos a preguntárselo.

Ida oye los cuerpos que se desplazan en medio de un gran movimiento y el grito de su madre –bofetadas, varias bofetadas que Ida no sabría decir si su madre da o recibe.

No te acerques a ella, no te acerques...

Su madre que grita y de pronto Ida prorrumpe en sollozos, y cuando segundos antes creía que iba a arrojarse entre el hombre y su madre,

No quiero que mi hija te vea.

ahora se arroja por el contrario al pasillo,

Tiene un padre y nunca serás tú.

y echa a correr gritando,

¡No te acerques a ella! ¡Déjala!

con todas sus fuerzas,

Marion,

como si todo su terror ascendiera por ella, la helase, la quemase, le recorriese la espalda con una sensación de picor que nunca ha sentido, cuando arranca a correr y baja la escalera –al otro lado de la puerta, Denis y Marion han comprendido que Ida los ha escuchado. Ambos se arrojan en pos de ella. Denis aparta a Marion con un amplio gesto que la propulsa contra el lavabo y se lanza al pasillo, Marion se yergue, grita, grita con todas sus fuerzas y está ahí, a unos metros de él, corriendo tras él en el pasillo, bajando ahora la escalera dando voces de animal degollado, pero Ida ya ha llegado abajo y, ante Patrice estupefacto, ante las dos mujeres y los dos tipos, Ida no sabe ya qué hace, es como si su propio padre le pareciera monstruoso y hostil, no sabe lo que hace, no reflexiona, sale corriendo hacia la puerta, pues, muy pronto, muy pronto estará fuera, muy pronto estará fuera, muy pronto estará fuera.

43

Muy pronto.

Pero muy pronto también, los disparos.

Muy pronto, estará la muerte que se invitará en el caserío como se invita por doquier, pues por doquier está en su casa, en su casa cuando le viene en gana, campando a sus anchas por hogares donde nunca había puesto los pies ni se había dignado echar una ojeada; de repente en su casa, como una reina sin pudor ni empacho, vagamente obscena, dejando despavoridos e inermes a cuantos pensaron por un instante que los había olvidado.

Muy pronto, siete disparos resonando en el vacío de la noche, cuatro de los cuales darán en el blanco, los otros se perderán en algún lugar, en algún mueble o tabique.

Pero antes, antes mismo de que Ida eche a correr hacia la escalera y el comedor, antes de que salga de su habitación, de que oiga a su madre subir la escalera seguida de un hombre que no es Patrice –se sabe al dedillo todos los ruidos de aquí, todas las entonaciones y vibraciones de la casa–, apenas un poco antes, por lo tanto, en la otra casa, Christine recobra la conciencia de su cuerpo, de su mente. Lentamente, poco a poco. En cuanto se mueve, el dolor le asesta un golpe como si se produjera un desfase entre el momento en que Bègue la había golpeado y aquel en el que sobrevenía el dolor. A Christine todavía no se le ocurre incorporarse. Concentra todo su esfuerzo en el gesto de abrir los ojos, de respirar. Se mueve, y, cada vez, el dolor le ordena limitar los gestos recordándole que a cada golpe que ha recibido le sucederá otro, quizá menos fuerte, pero lo suficiente para que lo experimente como la onda de choque de un cataclismo, al igual que las réplicas que se encadenan tras un temblor de tierra van haciéndose menos potentes hasta resultar imperceptibles o por decirlo así inexistentes.

El momento de cobrar conciencia de que respira y abre los ojos supone ya un esfuerzo tan intenso que requiere descansar y esperar, detenerse para permitir que un grado de conciencia ascienda en su mente, la ilumine, le ofrezca una luz para enfrentarse con la oscuridad, hasta poder por fin cobrar conciencia del silencio que la rodea. La imagen de Bègue le vuelve con una nitidez cercana a la invención, como si pudiera ver cada punto negro en su nariz y las arruguillas bajo los ojos, las estrías verticales en sus labios, su jeta de crío retorcida por la rabia; y ese fulgor de placer que ha visto, está segura, sin poder aún hacerse a la idea de verlo tan satisfecho. Y luego proyecta las manos hacia delante, los dedos separados, intenta buscar apoyo. Lo consigue, no sabe cómo puede ser, pero eso sucede, logra arrastrarse unos centímetros. A continuación, se detiene. Recobra fuerzas. Espera; sí, ni ruidos, ni movimiento o voces. Aúna fuerzas para proseguir. Levanta la pelvis, empuja las piernas, que se despliegan lentamente, las rodillas en el embaldosado; siente un dolor como ignoraba que pudiera sentirse, los brazos se tensan y la ayudan, lo consigue. Estará muy pronto lo bastante cerca de una pared para encontrar apoyo. Quiere incorporarse. Se tensa. Se contrae. Se yergue. Se deja casi caer hacia delante. Y tanto da si las manos manchan los lienzos, hace caer uno con un ruido que ni siquiera la sobresalta, no, está concentrada en su esfuerzo, consigue incorporarse.

Muy pronto tendrá que lanzarse al vacío –sin nada que la contenga– pero todavía no ha llegado a ese punto.

Se mantiene apoyada contra la pared, la mujer roja a su lado. Ahora mantenerse en pie. Ahora avanzar. Ahora volver a erguirse. Los dedos en la cara, necesidad de tocarse las mejillas, la boca, la nariz... pero no puede –demasiado daño; el dolor antes mismo de tocar–, lo comprueba de nuevo, mastica para asegurarse de que no se ha quedado sin dientes y la sorprende toda esa sangre que ha corrido –en cuanto se roza la nariz con un gesto demasiado brusco, demasiado directo, el dolor es tan intenso que le arranca un grito–, en ese momento le flaquean las piernas, va a caerse de nuevo y tiene que buscar algo donde agarrarse. Siente casi que va a volver a desvanecerse –las piernas, pero también los brazos, el cuerpo entero que se desploma sobre sí mismo–, consigue asirse al taburete delante de su mesa de trabajo, le gustaría sentarse pero no va a poder, así que estira las piernas lo más rectas posible, tiesas como dos postes, muy abiertas, los pies bien planos, en la medida de lo posible para afianzar las piernas y apoyarse en ellas, que no se muevan, no cedan a los temblores y a los arranques de debilidad ni a las pulsaciones de la sangre que la hacen tambalearse. Coloca las dos manos sobre el taburete, intenta mantener los dos brazos tiesos –tienen que servirle de apoyos firmes para poder respirar, reflexionar...

Bueno, venga, todo va a ir bien. Sí, va a ir bien. Tengo que. Tengo.

Y al ver sobre la mesa todos sus bártulos, sus cuadernos, sus pinceles, se ve cogiendo el cúter en la caja de lápices y se pregunta por qué ha hecho eso –como si no supiera que el joven podría con ella, como si hubiera sentido que él iba a intentar...

Sobre la mesa, las dos hojas vueltas del revés de Ida. Durante un segundo Christine las observa. Le gustaría, sí, pero duda. No sabe por qué duda. Aguarda un poco y hace acopio de fuerzas para estirar el brazo, volver las hojas –ver de nuevo los dibujos de

Ida para el cumpleaños de su madre con sus jardines de flores a la inglesa, el revoltijo de manchas, de colores, Mamá te quiero con el corazón así de grande, y Christine se deja desbordar por unas lágrimas que no se habría creído capaz de volver a derramar desde que acabó de llorar a causa del amor que no había durado, del éxito que no había durado, de la juventud que no había durado, de la maldad en torno suyo que, por supuesto, había durado y se había endurecido abandonando toda contención; una dureza contra la cual no había dado la talla, la dureza de la indiferencia y las palabras humillantes sobre ese cuerpo y ese rostro que los años deshacían con perversa precisión, dureza de ese mundo del arte que pisoteó todos los esfuerzos que ella había realizado, toda la convicción y entusiasmo que había puesto, que pisoteó con el mismo regocijo años de su trabajo por una negligencia que había cometido, tal vez, y que sirvió de pretexto para torpedearla e inducirla a abandonarlo todo, todo lo que había tenido que pagar por encima de su precio para encontrarse al término de su trayectoria, sin más compañía que la desilusión y la amargura, que habían durado y crecido en ella. Y ahora comprende cómo todo se ha fosilizado y endurecido en ella; se libera de todo eso, sí, llorando, lágrimas de las que se creía incapaz, lágrimas melodramáticas, mares de lágrimas ante la inocencia desarmante e insoportable de Ida, cruel en su misma dulzura, aterradora en su energía, en su fe en la vida, en el amor y la confianza sin fisura de una chiquilla por su madre, algo la destroza a ese respecto —el amor puro la cercena, no puede con eso, Christine, está loca de rabia, tiene que salvarla la ira, montar en cólera frente a los dibujos de Ida y su insoportable declaración de amor a su madre— una rabia como una bola que la ahoga desde hace años, que ha tenido enclaustrada dentro de ella manteniéndola lejos de todo, aquí, de todo el mundo, y acaso también de sí misma.

Entonces, se recobra. Inclina la nuca, baja abiertamente la cabeza entre los hombros y grita; cree que grita, pero nada brota de su boca. Es como si hubiera oído el grito proyectado por todo su ser hacia delante, fuera de sí misma. Va a poder recobrar la noción de las cosas en el presente. Ahora va a poder salir de esta pesadilla. Volver. Meditar y reaccionar. Si Bègue no está, es porque se ha marchado con los otros a casa de los Bergogne. Y su cerebro se acelera. Si el otro se ha ido es que se han ido todos, si se ha reunido con los otros es que ella ha dejado de ser rehén. ¿Qué ocurre entonces si se ha ido? ¿Se han ido, solo ido? Pero no, no. Si no, Bergogne. Si no, Patrice habría venido aquí. Alguien habría venido a verla, si no ha venido nadie es que los otros no se han ido, siguen allí. El teléfono, tiene que llamar, debe llamar –pero todas esas imágenes ante ella. Los Bergogne, Ida, la casa y el olor de las tortas, el recuerdo de los coches de las dos colegas de Marion llegando al patio, sus faros barriendo el interior de su cocina y los dos tipos inquietos.

Siente que le vuelven las fuerzas, que el presente invade su espacio mental, las ideas, las preguntas, como si las piezas del puzle pudieran articularse entre ellas. Si Bègue se ha marchado, puede que se hayan marchado todos. O no, si se ha marchado a reunirse con los otros, ¿se ha acabado todo? ¿Solo se ha marchado él o se han marchado los tres? Sí, seguramente los tres –pero piensa que no es posible, los tres hermanos han decidido seguir allí y vete a saber lo que está pasando al lado, lo que han decidido, quizá seguir ahí, seguir ahí ¿y seguir reteniendo a Bergogne, a su mujer y a su hija? Renuncia ya incluso a preguntarse si puede haber motivos para ello, ahora todo se le antoja posible sin necesidad de buscar una razón, una idea, un proyecto tan sencillo como querer pedir un rescate –pero para qué pedir un rescate aquí, de todas las posibilidades ridículas esta le parece la peor, casi le da risa. No es eso, tiene que ver con Marion. Pero ahora ni se le pasa por la cabeza culpar de nada a Marion, sino que, por el contrario, le gustaría decirle que saldrán de esa, que saldrán de esa y que muy pronto todo acabará. Pero ¿qué ha pasado entonces? ¿Por qué se halla aquí sola y qué ocurre ahí, al lado mismo, en casa

426

de los vecinos? El teléfono. Los gendarmes. El número del gendarme Filipkowski: Llámeme al menor problema. Y recuerda ahora lo que le dijo tendiéndole su tarjeta. Recuerda su voz, su mano que le tiende la tarjeta; se dice que debe llamar, tiene que llamarlo a su número, su línea de móvil debe de ser más fácil de contactar que la centralita de la gendarmería por la noche. Ahora lamenta haber llamado a la gendarmería hace un rato. Tenía que haberlo llamado a él, a Filipkowski, y no lo que había hecho, llamar a la gendarmería. Pero todavía no sabe si podrá −todas esas imágenes ante ella, Bergogne, Ida, la casa y las tortas, los coches llegando al patio, los dos tipos inquietos−, ¿qué han hecho? ¿Qué ha ocurrido ahí al lado? Y esa cuestión la tortura unos segundos más, tiene que arrimarse a las paredes para no caerse, el cuerpo le duele mucho, le cuesta respirar, la nariz le hace daño y no se atreve a tocarla −camina así, lentamente, pegada a la pared y avanzando un paso tras otro, entra por fin en el cuarto de baño y no se atreve a apretar el interruptor, como hace sin embargo todas las noches sin siquiera reparar en su gesto. Pero ahora la luz −la luminosidad de la lámpara, su crudeza− la aterra tanto que teme cruzarse con el reflejo de su rostro en el espejo. Quiere coger el teléfono; lo encontrará sin demasiada dificultad porque recuerda que Bègue lo había arrojado al lavabo. Le extraña no encontrarlo en la pila sino en el borde. Tiende la mano hacia él, procurando no cruzarse con el espejo de encima. Coge el teléfono con gesto inseguro, no está muy segura de haber anotado el número del gendarme, ¿no se limitó a coger la tarjeta en la que él había anotado su número sin apuntarlo con sus contactos?

Se ve con bastante claridad guardando la tarjeta en su cartera, y esta última, sí, esta última la guardó en el bolso, estaba en el interior de la gendarmería, lo recuerda perfectamente, fue ayer, como también se acuerda de Bergogne esperándola en el parking donde la lluvia había dejado amplios charcos en los que las nubes blancas y gris azulado se reflejaban jugando al escondite con el sol; se ve en el coche de Bergogne dejando el bolso a sus pies mejor que sobre las rodillas, sí, tuvo que dejarlo –¿a sus pies?, ¿o más bien en la bandeja de atrás?, ¿no? ¿Se había dejado puesto el abrigo?–, durante unos cuantos segundos la angustia haberse olvidado el bolso en el Kangoo de Bergogne, espera, se concentra más pero no, no, no se lo dejó, no es posible porque había metido dentro las llaves y forzosamente las había necesitado, así que puede ahorrarse ese susto. A todas luces hizo lo que siempre hace al volver a casa, dejar el bolso en el asiento más cercano a la puerta, tapándolo acto seguido con el abrigo. Es lo que hace habitualmente, ¿por qué iba a hacerlo de otra manera? Duda, es que la idea de volver a la cocina la aterroriza –no acaba de saber por qué, si es solo el dolor, los magullamientos del cuerpo, el tiempo que requerirá llegar hasta el bolso, el tiempo que requerirá cogerlo, encontrar la tarjeta y llamar sin exponerse a perder mucho tiempo, Bègue puede volver, sus hermanos pueden volver y decidir acabar con ella, ahí, de un navajazo, como han matado a su perro, cargársela como a un perro, así mismo, y ahora la idea la encorajina y la decide a absorber el dolor de los músculos, absorberlo en sí misma e ignorarlo, incluso el más agudo, de la nariz, y el que le rodea toda la cara, sobre todo en torno a los ojos, y el que siente en las manos, con las que se protegió la cara durante unos minutos y que recibieron golpes muy fuertes, sus manos que sin embargo no están rotas, sí, y gracias a ellas pudo asirse de uno a otro mueble, de una a otra pared, y, como una ciega, a tientas, vuelve hacia la cocina, busca el bolso que ve no sobre la silla como se esperaba, sino en el suelo, como si alguien lo hubiese dejado allí, contra el armario donde guarda sus conservas y un montón de cosas que no le son de ninguna utilidad. Pero el bolso está ahí. Christine echa una ojeada fuera –la noche no es muy oscura, adivina las formas de las paredes del caserío, algunas paredes que ocultan el azul de la noche y las estrellas– pero no espera más, necesita un tiempo para llegar hasta el bolso. Se inclina y tanto da si su cuerpo parece desgarrarse y siente en ella la violencia de las pulsaciones de la sangre, su dolor de cabeza y sobre todo, al inclinarse, como si la sangre le subiera a la cara, se precipitara a la nariz y a los ojos –quemazones, agujas en la carne–, se contiene para no caerse, agarra el bolso sin siquiera comprobar si la tarjeta está dentro, está segura de que sí y comprende hasta qué punto no quiere quedarse ahí, y por eso, sin pensárselo más, se arriesga a enfrentarse a los escalones y a subir –lenta, penosamente– hacia su habitación, en el piso de arriba, pues se dice que solo ahí se sentirá segura, a sabiendas de que lo estará igual que en otro sitio, pero lo importante es la sensación de seguridad y no la realidad hipotética de esta.

Entonces sube, entra en su habitación y se encierra en ella. Aquí, puede encender la luz porque no se encontrará ningún espejo. Puede echarse en la cama para dejar que se le relaje el cuerpo –se siente tan extenuada. Ahora hurga en el bolso y no encuentra nada, seguro que no encuentra nada, porque no hay casi nada en el bolso, una cartera y un libro de bolsillo y unos crucigramas y unos pañuelos de papel, y eso es más o menos todo. Cuando encuentra por fin la tarjeta, cuando se repite tres o cuatro veces el número, intenta marcar las cifras en su teléfono, pero sus dedos ensangrentados se le pegan, le tiemblan, no encuentran las teclas, se agarrotan. Christine ha de rehacerse y respirar, calmarse. Sí, me calmo. Vuelve a empezar y lo hará varias veces seguidas, repitiéndose que tiene que calmarse, –tengo que calmarme ahora, cálmate, cálmate te he dicho–, y por fin lo consigue, coge el teléfono y se lo acerca al oído y, mientras oye el tono, se oye suplicar susurrando, se oye tutear al capitán de la gendarmería pidiendo que descuelgue. Pero el tono continúa dos, tres, cuatro veces hasta que la voz de una mujer virtual le pide que deje su mensaje y su dirección. La aterroriza la idea de tener que dejar un mensaje porque qué mensaje puede dejar que no sea un mensaje confuso, embarullado, un mensaje que solo cuenta con su urgencia en decirlo. Y sin embargo tiene que dejar un mensaje –le da tiempo para pensar que él contestará cuando todo el mundo esté muerto. No espera el bip para empezar a hablar y balbucea ya, se precipita a decir que están en la casa y han matado a mi perro, han matado a mi perro y tienen que venir ustedes, van a matarnos, van a matarnos, van a matar a mi niñita querida y se le hace un nudo en la garganta cuando se oye a sí misma pronunciar las únicas palabras que la oprimen y la destrozan de verdad, van a matar a mi niñita querida y ya no puede hablar, se ahoga, *van a matar a mi niñita querida*, esa frase que se le apretuja en la boca, y llora, *mi niñita querida*, y le parte el corazón tal vez porque la sorprende a sí misma querer tanto a esa niña, poder oírse a sí misma pronunciar palabras de amor tan cariñosas y tiernas, mi niñita querida, y le da la impresión de oír algo, sí, oye entrar a alguien en la casa –está segura– se queda paralizada, incapaz de moverse –el teléfono en la mano que es incapaz de colgar, tiembla, ojo alerta, sí, aprieta, se aferra con fuerza al teléfono, no sabe si lo que oye viene de fuera de su cuerpo o de la sangre que le palpita en las venas, su respiración demasiado fuerte en el pecho, después razona, tiene que calmarse, ahora cálmate, cálmate te he dicho. Por fin lo consigue, una apariencia de calma retorna: escucha, no cabe duda, hay alguien en la casa.

Alguien acaba de entrar en la cocina y ha entrado a toda velocidad, no entiende lo que oye, al igual que Ida tampoco entiende lo que ve al presentarse en casa de Christine. Ida no puede ya gritar ni llorar, pero tiembla y respira tan fuerte que se diría que ha corrido kilómetros, cuando no ha hecho más que bajar corriendo la escalera desde su habitación, atravesar el comedor bajo la mirada de los adultos, y, tras ella, oír la voz de Denis que chillaba a los demás que la parasen a toda costa, los gritos de su madre que intentaba impedir a Denis que echase a correr. Ida ha corrido tan aprisa que los dos tipos no han acabado de enterarse cuando se ha precipitado sobre ellos, por más que hayan intentado interceptarla ante la puerta. Algo ha ocurrido que les ha impedido hacerlo. Ida no lo ha visto bien, no sabe si ha sido su padre, Patrice, quien se ha adelantado para distraer la atención, ha sido tan solo la sorpresa o qué, no lo sabe, ha corrido con todas sus fuerzas y ha entrado en casa de Christine –segura de encontrarla en el taller o quizá en la habitación de arriba, sin saber dónde va a encontrarla, lanzada por la escalera y deteniéndose en el umbral, ante ese cuadro descolgado de la pared que está caído de cara al suelo, pero sobre todo la sangre, toda esa sangre en el suelo, un enorme charco de sangre y no solo esa mancha sino todas las otras, contra las paredes, manchas en las paredes, como manchas hechas con las manos, los dedos. Ida de repente deja de moverse. Permanece muda. Inmóvil. Luego retrocede. No sabe qué puede hacer y aunque murmura Tatie, Tatie, se le apaga la voz en la garganta. Retrocede de nuevo y vuelve a la cocina.

Y al poco: siete disparos restallan en el vacío de la noche, cuatro de los cuales darán en el blanco, los otros se pierden en algún lugar en un mueble o un tabique.

44

En unos segundos, el primer disparo, que procederá de la casa de Ida. Christine y ella se sobresaltarán, se callarán, no se moverán durante unos minutos que se dilatarán y se espesarán hasta cobrar la negrura y el espesor casi pegajoso de una noche azul petróleo.

Luego otro tiro.

Luego un tercero, un cuarto; este muy cercano al anterior. Ida se sobresaltará de nuevo, como sacudida por la onda o la potencia de los tiros. Permanecerá incapaz de reaccionar de inmediato, y luego la asaltará algo que se asemejará a una idea, aunque sin acabar de serlo, antes bien una suerte de reflejo que nunca sabrá por qué lo tuvo, ni si era o no lo conveniente.

Por el momento, Ida retorna a la cocina y se dirige hacia el mueble. Lo hace precipitándose hacia el cajón de la derecha, que abre sin temblar, segura de su gesto y de lo que busca. No tarda demasiado; sabe dónde está, en la caja Samsung del teléfono de Christine –qué manía tiene de conservar todas las cajas, Tatie Christine–. La llave está allí en efecto e Ida la coge. Pone cuidado en volver a poner la tapadera en la caja. Mantiene con firmeza la llave en la palma, repliega los dedos, la mano bien apretada en forma de puño, pero en el momento en que quiere cerrar el cajón, en el que ha de apoyarse casi por entero, empujar con todo el cuerpo, el busto inclinado hacia delante, apoyando con fuerza los brazos y los hombros pues cuesta empujarlo del todo, comprende que no va a conseguirlo. Hay que hacerlo en varias veces, cosa que sabe pues había birlado la llave en varias ocasiones para enseñar a Charline y a Lucas la casa en venta, para buscar los tesoros que podían haber quedado olvidados. Pero ahora no se toma tiempo para cerrar el cajón hasta el fondo, decididamente resulta demasiado difícil empujar tan fuerte, y, sobre todo, un disparo viene a arruinar todo esfuerzo, paralizando a Ida, alterándola tanto que lanza un grito como si acabara de tocarla.

Entonces olvida que es importante cerrar el cajón si no quiere que la encuentren, o más bien renuncia a hacerlo, como si al oír la deflagración el cajón le hubiese quemado los dedos; sale de la casa a toda prisa, sin preocuparle lo de detrás, a todo correr, y ahora se precipita en la casa de los antiguos vecinos, pues está segura de que allí, por lo menos, a nadie se le ocurrirá venir a buscarla. Y lo cierto es que, durante un tiempo que puede hacérsele bastante largo, no viene nadie a esa casa donde no viven ya, desde hace meses, más que algunas colonias de ratones y de musarañas, colonias de arañas y algún que otro insecto. En la planta de arriba, en todas las habitaciones, armarios monumentales que habría que desmontar para transportarlos y sacarlos de ahí, al igual que, en la cocina, una cómoda tan antigua como la casa, como el bufet que preside en el comedor y que es más que centenario, agrietado por todos los lados y salido directamente de un poema de Rimbaud, con su atmósfera de perfumes acogedores y flores secas; y luego, por encima, en sus marcos realzados con pintura dorada, fotos en blanco y negro de caras con rasgos marcados y severos, ligeramente retocadas para aclarar rostros que tan solo se reconocen por haberlos visto en medallones de cerámica en las estelas del cementerio, pegados a nombres que ya no dicen nada a nadie. Una casa muerta, que se mantiene todavía en pie cuando nadie parece interesarse ya por ella ni querer comprarla –algunos holandeses, dos parejas de ingleses la han visitado, pero no ha vuelto nadie.

Es en esa casa de la que solo quedan los muebles antiguos demasiado difíciles de mover, cuyos propietarios se resignarán muy pronto a liquidar si un chamarilero acepta venir a llevárselos, vendiendo por un precio más que irrisorio todo cuanto queda del siglo diecinueve y del siglo veinte de la vida en el campo, todo ello apagándose lentamente, dejando como único rastro de su paso las carcasas enormes de los muebles, pero también de las paredes y muy pronto solo nombres en registros enmohecidos que nadie consultará ya, fosilizándose antes mismo de desaparecer de la memoria de las familias, de los vecinos, y, finalmente, de la superficie del mundo, es ahí, decimos, donde Ida acaba de entrar, sofocada por el olor a polvo y a humedad, a frío, por ese olor mortal en el que con las heces y los cadáveres de ratones y moscas se entreveran los múltiples pasados, el vacío en un espacio que resuena como un museo demasiado grande haciendo vibrar su aire viciado de polvo y de cera de abeja, produciéndole a Ida una ligera náusea. Pero quizá lo que más la desestabiliza es por encima de todo ese silencio ahogado y grávido, cargado también de una suerte de polvo, como un polvo de tiempo, un espesor de palabras, de ruidos, de fulgores, como sobrecargado de vibraciones. A Ida le da la sensación de que lo que se oye es el sonido íntimo de la noche, o tal vez sea como se sentiría la intimidad de un animal gigante que acabara de engullirnos –ballena o dinosaurio–, a no ser que, quizá, Ida esté solamente desorientada porque acaba de entrar en un lugar que es como un santuario consagrado al silencio y la inmovilidad, ella que acaba de vivir en la agitación tan ruidosa y tumultuosa de una vida demencial –como si ese contrapunto no representase tanto un alivio cuanto una suerte de transformación demasiado radical, como si el refugio que había venido a buscar aquí respondiese a su espera en la misma medida en que resultaba casi inquietante y a su vez hostil, pues, apenas había entrado en la casa se dio cuenta de que no podría echar la llave–, la puerta se había hinchado durante el invierno debido a la lluvia, se requiere la fuerza de un hombre para cerrarla. Se había llevado ya una gran alegría al conseguir abrirla, pues se le había resistido tanto que había tenido que hacerlo a fuerza de empujones, arrojándose contra ella con todas sus fuerzas, e Ida todavía tiembla de haber corrido, con ese silencio que paraliza la casa y vibra en su oído como un silbido –a causa de los disparos, ¿serán disparos lo que ha oído? Varios tiros, sí. Es como durante la cacería, los disparos que se oyen y que vienen del bosque, de la otra orilla del río, salvo que aquí sonaban tan cer... Todo ha vibrado en el aire de una manera extraña e irreal, como si solo se hubiesen disparado dos tiros y el eco se hubiera repetido varias veces en la noche, o puede que más, tres o cuatro veces, como durante las tormentas cuando el trueno suena durante mucho rato en el aire hasta que se apaga del todo. No lo sabe, o más bien es como si todo se diluyese en ella y hubiera perdido la noción de lo que duran de verdad las cosas. Se ve cogiendo la llave en la cocina de casa de Tatie, apretándola con fuerza, corriendo más deprisa que nunca al dejar todo tras ella y entrar en la casa –esta casa en la que no se atreve de verdad a avanzar y en la que, ahora, permanece sofocada, tragando a bocanadas secas ese polvo que le pica en los ojos, diciéndose que debe avanzar, esconderse, no hacer ruido, y aguardar en algún lugar donde no la encuentren.

Por fin avanza, sabe a dónde va a ir. En una de las habitaciones, del piso de arriba, Christine ha depositado un montón de lienzos que ha guardado aquí porque no sabe muy bien dónde dejarlos en su casa. Arriba, hay un sillón en el que Ida podrá sentarse y esperar; sabe también que, en las habitaciones de arriba, no han juzgado necesario cerrar los postigos. Christine entra a abrir una o dos veces por semana para ventilar, así que puede que no esté muy oscuro, en cualquier caso menos que abajo, porque aunque todavía funcione la electricidad en la casa, es preferible no utilizarla: sí, eso es, más vale subir y no llamar la atención encendiendo. Le da mucho miedo la oscuridad, pero menos que lo que está ocurriendo en el caserío. Entonces hay que atravesar esa zona opaca para acceder a la escalera y subir a la planta de arriba a encontrarse la luz relativa de la noche. Sí, hay que hacerlo, hay que hacerlo lo antes posible, no pensárselo, porque si espera, si pierde más tiempo pensándoselo más, pronto no podrá moverse y se convertirá por decirlo así en estatua de sal –petrificada como se había quedado ya en la piscina de tanto que la aterrorizaba la idea de tener que zambullirse–, pero ahora, sí, tiene que tirarse al agua, de modo que se lanza a atravesar esa espesa zona muy oscura que se come una parte del comedor y del salón y se dirige hacia la escalera, de la que vislumbra lo alto de los escalones y sobre todo, arriba, arriba del todo, las manchas grisáceas y flotantes de una relativa luz –sí, parece casi iluminado–, una iluminación de sombras, de palidez, de azules y de grises.

Al poco, Ida se encuentra en la gran estancia donde la esperan los cuadros —están vueltos contra la pared— y el sillón en el que se dice que va a sentarse. Pero se adelanta hacia la ventana, para ver no solo el gran espacio de noche que allí se dibuja, el cielo que ocupa la gran mitad de la parte superior, el patio de los antiguos vecinos, pero quizá también para decirse que está segura aquí, que aquí no puede pasarle nada. Con todo, esa seguridad se asemeja al silencio de la muerte, resulta casi más inquietante que la angustia de lo que ha oído y visto en su casa o en casa de Christine –y las imágenes–, la sangre, la sangre que reaparece enseguida, los disparos, ¿querrá eso decir que Tatie ha muerto, que sus padres han muerto o que ella va a morir, esta noche? Vuelven a cruzar por su mente la sangre en el taller y la del perro que se le pega a las manos, y ella, que estaba segura de encontrar a Tatie Christine, se pregunta dónde estará, por qué no había nadie en casa de Tatie, aparte de ese horrible silencio y ese cuadro en el suelo, esas manchas en las paredes y ese charco también

—entonces, ¿puede hacer otra cosa que sentarse y acurrucarse en ese sillón de los años setenta, que quizá no se ha movido de allí en cincuenta años y que ha permanecido en esta habitación, entre una cama y una ventana, sin que ningún acontecimiento en el mundo pudiera desplazarlo un solo centímetro? Ida no va a sentarse en ese sillón. Intenta conservar la calma y piensa en su madre y en su padre; el grito de su madre tras ella cuando el otro había echado a correr. Piensa en las vociferaciones y en la luz del cuarto de baño que se filtraba por la puerta entreabierta –¿acaso su madre le ha mentido durante años y es posible que su madre sea esa mujer extraña que ha llevado antes de ella una vida tan distinta de la que le conoce, y que, en cierto modo, fuera como si Marion hubiese sido alguien que no era Marion? ¿Como si hubiera en el cuerpo de su madre otra mujer que no era su madre que, ahora, le quisiera mal? De pronto se asusta de la mujer que vive en el cuerpo de su madre: Ida se dice que alguien desconocido habita en ese cuerpo, se pregunta quién es esa desconocida que llora a escondidas y le recomienda no dejar que le den el coñazo los dragones y matarlos, romperles los dientes, si todo lo que ha oído esta noche lo ha oído de verdad, y por qué su madre no había hablado nunca de esos hombres que han venido hoy, por qué había mantenido en secreto una historia que ha resultado ser monstruosa y loca. Ida no lo entiende. Se pregunta si todo eso lo sueña o si es real, nada en el silencio esponjoso de una noche demasiado silenciosa, y de repente comprende: un disparo, seguido de otro.

El quinto. El sexto.

Esta vez, desde aquí, desde esta casa donde el mismo silencio es una suerte de zumbido, el eco del tiro se extiende más profundamente, se expande no solo en el espacio de la campiña, como si nada pudiese impedirle extenderse como una nube de gas por encima de los campos y del río, hacia las casas, allende el caserío, sobre toda La Bassée y aún más allá, pero también hacia el interior de los seres y las cosas, expandiéndose tan fácilmente como se propaga hacia el exterior. Ida siente el frío de esta casa que solo se calienta de vez en cuando para que no prolifere la humedad; Ida siente que la invade el frío, intenta contar el número de disparos pese al desasosiego en que la sume la repercusión del eco, como si las deflagraciones se estrellaran contra los muros y contra el cielo de noche, las nubes las reenviasen, les dieran la vuelta y las hicieran explotar de nuevo, en el vacío ahora, y con menos fuerza, pero eso basta para que no resulte tan fácil contar el número de disparos. Ida llega a pensar que va a morir gente *de verdad*, o sea no como el miedo que ha tenido hasta ahora por sus padres y por Christine, sino comprendiendo que cada disparo que desgarra el silencio es primero un proyectil que desgarra un cuerpo, y, por más que su mente rechaza esa idea, Ida se deja devastar completamente por esa revelación de los cuerpos perforados, despedazados por las balas en el momento en que oye la detonación, los múltiples ecos estirándose en el cielo, por encima del caserío y de la campiña, haciendo ladrar a los perros a kilómetros a la redonda, porque de repente los oye, a lo lejos, a los perros que ladran y forman como una cadena que llega hasta a saber dónde, tan lejos para reaccionar a las detonaciones, perderse en el infinito del espacio y del tiempo –porque asimismo da la impresión de que los perros ladran todas las noches desde siempre, desde hace siglos, como si los ladridos que se oyen no fuesen más que el eco o la prolongación de los ladridos y de las alertas de los primeros perros adiestrados para vigilar, como si desde los siglos pasados vigilando los caminos, las carreteras, los senderos, los perros de los perros, los perros engendrados por los perros de los perros, no hubieran tenido tiempo de tomarse las amenazas a la ligera, de esquivarse, y hubiese sido menester entonces que repitieran la alerta ancestral de un peligro o de una amenaza venidera–, e Ida tiembla, tal vez sea el frío, está sola en este caserón cuyas maderas crujen por encima

438

de su cabeza, en el desván, a su alrededor, debajo, en los parqués y los muebles.

No se sienta en el sillón sino bajo la ventana, ahí, por lo menos, la envuelve una suerte de halo de luz; luminosidad pálida y azul que no caldea nada, pero le da la posibilidad de verse, sentada sobre las nalgas y rodeando las piernas con los brazos. Apretándolos con fuerza, intentando deslizar la cabeza en el hueco que separa lo alto de los muslos, las rodillas, lo alto del busto. Llora, sollozos, jadeos, temblando, haciendo todo lo posible para ahogar su llanto e impedirse llorar –¿es consciente de que su cuerpo se contrae y de que sus ojos no consiguen pestañear, de que permanecen obstinadamente abiertos y de que su boca no está cerrada sino como acerrojada, las mandíbulas cerradas tan fuerte que durante tres o cuatro días le dolerán todos los músculos de la cara?–. Ese silencio que se extiende a su alrededor, como si lo hubiera envuelto todo y fuese a durar siempre, como si en adelante esa capa vaya a eternizarse en torno suyo y nunca más Ida con la mirada fija vuelva a ver el movimiento ni la vida –pequeño insecto apresado bajo su cristal, un alfiler plantado entre los omóplatos–, aunque por supuesto la mente permanezca ágil, el terror galopa en el cerebro con las preguntas que ella suscita y busca. Cómo imaginar lo que ha ocurrido en casa de Christine y dónde está Christine, cómo imaginar que Ida con la mirada fija no haya oído nada aparte de los disparos –hasta el punto de que, muy pronto, pensará que no los ha oído, que no ha habido disparos porque habría habido gritos, porque habría habido alertas, gente que corre, coches que arrancan, portazos, llamadas de auxilio, cristales rotos, cuando no ha habido más que este vacío silencioso y pesado que le zumba en los oídos. Se dice que no es posible, que no es posible no oír nada pues sabe que esta casa no es tan estanca, que desde donde está se oyen los ruidos del exterior y que si pasara algo lo oiría. ¿Está enteramente sola, aquí, o quizá en todo el caserío y todo a su alrededor se ha evaporado a su alrededor o nunca ha existido? Quizá todo es un sueño, sí, su sueño

439

–pronto se despertará, el sonido de su sueño va a sacarla de esta pesadilla y será la hora de ir a la escuela, eso es, va a oír a su madre en el cuarto de baño cepillándose los dientes y secándose el pelo, France Info abajo en la cocina, el microondas y su chocolate enseguida listo, en vez de este silencio que continúa, tiene que ser eso, en vez de la voz de su madre y la de ese hombre.

Pero es tu casa, aquello, Marion. Es tu casa. Tu jeta, tu voz, tus modales, tu manera de comportarte, no puedes escapar a eso... y *nuestra hija*... ¿No viene de allá, *nuestra hija*?

45

Por supuesto, a Ida le gustaría que todas esas voces que vienen a colmar el silencio de la casa acaben callando, en vez de repetir esas conversaciones extrañas y como vacías de sentido para ella que no quiere oír lo que dicen, hasta tal punto percibe la inmensidad, o más bien la enormidad de lo que abren bajo sus pies, como si le dijeran que todo lo que cree que es su vida es en realidad la de otra niña, o que, como su madre está habitada por una Marion desconocida, dotada con una vida de la que no se conoce más que el silencio con el que quiere recubrirla y ocultarla al juicio de los demás, Ida no tendría tampoco nada que ver con esa chiquilla tranquila que quiere a sus padres y les da la lata desde hace unas semanas porque quiere un geco como el de su amiga Lou.

Como si de repente le comunicaran que ella es otra persona distinta de Ida Bergogne, le revelaran que quizá no se llama Ida Bergogne, que no tiene nombre, que no es la que ve en el espejo a diario y que sus manos no son de ella, como tampoco su boca y sus piernas. Sin embargo, Marion había dicho siempre que Ida se llamaba Ida Bergogne, su padre había dicho siempre que se llamaba Ida Bergogne, todo el mundo sabía que era Ida Bergogne, y, a decir verdad, nadie se había planteado la pregunta de saber cómo se llamaba puesto que, como hija de Patrice y de Marion, ostentaba naturalmente su apellido, al igual que Marion se llamaba Bergogne porque eligió separarse de su apellido de nacimiento –cuando habría podido añadir el apellido que había recibido de su madre al de Bergogne, eligió por el contrario hacer desaparecer el apellido de su madre, hacerlo desaparecer y disolverlo con el de su marido, al igual que un camaleón se funde con su entorno. Pero lo cierto era que, al nacer Ida, su madre no conocía todavía a Bergogne. Ida era tan pequeñita cuando se produjo el encuentro, que Patrice pasó a ser su padre con facilidad y con tal evidencia que era como si siempre lo hubiera sido. Esa historia de haber tenido otro apellido al nacer hasta tal punto no era un problema que todo el mundo había olvidado que Bergogne la había adoptado y se había convertido oficialmente en su padre. Todos, Marion y Patrice en primer lugar, y también Ida, acabaron olvidándolo, y la idea de que su padre no fuera su padre biológico, no la había intrigado nunca en realidad, y, ahora, piensa que todo lo que le han ocultado no corresponde solamente con algo silenciado, piensa en ello como un peso con el que la han cargado, como si a fuerza de años hubiesen querido amputarla de lo que acaba de estallar en su casa, y la embarga la extraña sensación de haber sido engañada sin que sepa por quién ni por qué, pero engañada al cabo, por su madre e incluso por su padre, pues ni uno ni otro intentaron explicárselo. Entonces, al oír la voz de su madre,

Ida,

que emerge de no sabe dónde,

Ida, Ida, contesta, contéstame,

Ida, que no entiende desde hace cuánto tiempo la llama la voz, y si la llama de verdad, si de verdad es su madre la que oye y no la voz de una suerte de fantasma que errase por las paredes de la casa vacía, similar a la de su madre,

Ida, sé que estás ahí, soy mamá, soy yo cariño.

la voz de su madre, cada vez más precisa, la voz le parece más límpida, más nítida, de pronto Ida comprende que su madre ha venido a buscarla aquí, y que no la abandonan, y llora, Ida llora, y no experimenta ya esa sensación de haber sido engañada o embaucada, sino un reconocimiento delirante y tiembla y dice,

Mamá, mamá,

con voz temblorosa, y, cuando su madre aparece en el marco de la puerta, Ida no tiene tiempo para entender lo que ocurre –lo que sabe es que su madre viene y que se arroja en sus brazos, de rodillas, y que la estrecha lo más fuerte que puede contra su pecho, su madre que llora también y besa a Ida en el pelo, hunde las manos en su pelo, tesoro, mi tesoro te quiero tanto, te quiero, no te dejaré nunca, estoy aquí, estoy aquí, todo se va a arreglar, e Ida tiene ganas de creerla, sí, claro que se va a arreglar, todo se va a arreglar y necesita un poco más de tiempo antes de comprender que su madre ha dejado la escopeta al lado –la escopeta de caza, en el suelo, que Ida ve a la luz pálida de la noche, en el suelo que aparece gris y mate, la escopeta cuyo doble cañón negro emite reflejos azulados–, hace un gesto de retroceso y no lo entiende, no dice nada, no hace preguntas, solo se extraña –siempre le han dicho que no se acerque a la escopeta, que estaba prohibido tocarla, acercarse a ella–, solo puede hacerlo Patrice y ahora ve a su madre en esta casa con esa escopeta y se pregunta si su madre ha disparado los cartuchos que ha oído, le gustaría saberlo pero no se atreve a preguntar, se queda paralizada, por qué esa escopeta, por qué, ahí, en el suelo, y de repente su madre, su madre que segundos antes la cogía en sus brazos, la estrechaba tan fuerte diciéndole que no se preocupase, le da la impresión de que ha aflojado el abrazo y de que... se cae... pesa... de que, sí... se desploma... parece que se derrumba, y ahora el peso... su madre... el peso de su madre... sobre ella, Ida, Ida que se extraña y

¿Mamá? ¿Mamá?

su madre que no contesta enseguida,

¿Mamá? Mamá ¿qué pasa, mamá ¿qué tienes?, ¿qué tienes?

443

Y Marion
Nada, cariño, nada,
Nada,

Mamá, ¿te duermes? ¿Por qué te duermes?
No, no me duermo, estoy bien.
No mamá no estás bien, te duermes encima de mí parece,
qué...

Y Marion querría incorporarse y no puede; le cuesta mantenerse despierta ahora, pero todo irá bien, todo ha ido tan rápido
desde hace un rato, como una imagen que vuelve a su cerebro,
cuando oye que Ida está detrás de la puerta del cuarto de baño,
la oye gritar tan fuerte, y Marion, en ese momento, comprende
que no solo Ida no se ha marchado como ella quería que hiciese,
como habría sido preciso que intentase hacer, sino que se ha
acercado a escuchar esa conversación en la que en unas palabras
ha comprendido todo lo que hasta ahora su madre se había esforzado en que no oyera, todo lo que se había prometido no
decirle nunca, o al menos transformando los detalles, acomodán-
dolos quizá y, sobre todo, dándose tiempo para explicarle con
palabras elegidas para pulir la realidad, hacerla más presentable,
menos violenta y menos, tal vez, injusta o cruel, contándole cada
cosa, cada pormenor de la historia, porque hubiera sentido a su
hija preparada para entenderlos, si es que es posible entenderlos
algún día, y ahora ha resultado que era demasiado tarde y, después
del grito de Ida, y luego ese gesto de Denis cuando había empujado a Marion para salir antes que ella –sabe lo que ha decidido
Denis, la razón de su llegada, lo sabe como sabe también que
espera este momento desde el día, y aun el minuto, en que subió
al tren sujetándose el vientre redondo con las dos manos debajo,
en arco de círculo, con toda aquella gente que se había cruzado

durante el viaje y que le había ofrecido el asiento –¿se habrá cruzado con gente tan amable en toda su vida? ¿Habría conocido sin su hija a gente tan amable como Patrice y aquellos desconocidos en el tren?

Ahora Marion piensa en él y lo ve, abajo en el comedor, mientras ella irrumpe tras Denis que corre para alcanzar a Ida; está a unos metros de Denis y lo atrapa en el momento en que va a bajar la escalera; se arroja sobre él, él se tambalea, se ase a la barandilla y lo golpea con todas sus fuerzas, lo agarra por el pelo, le grita que deje a su hija, le araña, grita y Denis se detiene y se vuelve y quiere asestarle un puñetazo pero ella le da un empujón, va a caer en la escalera pero se sujeta chillando a sus dos hermanos que no dejen salir a Ida, que la sujeten, pero los otros dos no reaccionan lo bastante rápido, y quien reacciona es Patrice cuando Ida ya ha atravesado el salón gritando –él que comprende porque lo ha oído todo, porque lo sabe todo desde siempre, incluido lo que finge no saber, que pensaba no saber, pero que en el fondo de sí mismo comprendió desde un principio, Marion no lo duda, él siempre supo quién era ella, y quizá sea el único que lo ha sabido siempre, el único que lo ha aceptado, que no ha adoptado ese airecillo de superioridad que ella ha encontrado siempre en los hombres, y también en las mujeres, pero en ellas, asociado a envidia y celos o admiración boba, no, la ha deseado por ella misma, enterado de quién era ella, Marion nunca ha dudado de su amor por ella, sí, qué mejor refugio podía haber encontrado para escapar de Denis, de su pasado, de aquella vida que había tenido que arrastrar, y gracias a él, a su sombra gigantesca de hombre y de enamorado improbable, había podido esconderse. Y a él, Patrice, lo ve arrojarse sobre los dos hermanos y ve a Ida, que aprovecha para salir dando un portazo tras ella, huye y Denis sale también –la ha empujado tan violentamente que ha sido ella quien se ha caído en la escalera, quien ha resbalado por varios escalones, sujetándose como ha podido, pero dándole tiempo a él para atravesar la estancia y salir de la casa –la puerta

445

restalla, los dos hermanos vociferan ahora y Bergogne intenta retenerlos, Marion se acerca, oye a los otros dos que le ordenan que no se mueva, que se quede ahí, pero ya nadie los oye, ni siquiera las dos chicas que permanecen en un rincón al fondo del comedor y, sentadas en el suelo, las manos sobre la cabeza o ante la cara, como si sus manos pudiesen protegerlas de los disparos que se van a producir.

El primero, que estalla en la casa, lo dispara Christophe.

Apunta a Patrice y falla; Patrice que se ha dado media vuelta rápidamente y se ha lanzado hacia el salón a grandes zancadas –ha sido entonces cuando ha disparado el otro–, la bala se pierde en el vacío, está demasiado enardecido y Patrice va demasiado deprisa, aunque no corre, no, solo da zancadas que lo llevan a toda velocidad del comedor al salón, y ya no oye los gritos que suenan tras él, Christophe

¿Eh? ¿a dónde vas?

que le ordena,

¡Vuelve!

y Patrice que no oye, porque toda su mente y sus gestos se concentran en lo que tiene que hacer, agarrar la escopeta en la pared y coger los cartuchos –lo cual es más largo, lo cual daría tiempo a Christophe para llegar al salón de no ser porque Marion se arroja sobre él para retenerlo,

Para,

su cuerpo frente al suyo, se pega a él y lo mira, lo provoca,

¿Qué pasa, gilipollas? ¿Qué pasa?

y él no contesta, intenta rechazarla, no verla, no mirarla a los ojos porque sabe Dios lo que podría ver si se perdiese en esa jungla, sus ojos, no, pero pierde unos segundos preciosos mientras le vuelve a gritar a Bergogne,

¿Que a dónde vas? ¿Qué coño haces?

Y cuando por fin se libera y llega al salón, Patrice está car-

446

gando la escopeta y quizá es lo que ve Christophe –a Patrice que ya ha comprobado el seguro, el arma apuntada hacia abajo, que ya ha apretado el cerrojo para hacer oscilar el doble cañón que se ha abierto–, pues al otro lado todo transcurre tan deprisa que Patrice no percibe más que los gritos de Christophe que se le acerca. Pero hace lo que ha de hacer, no ve a Christophe que le amenaza con su pistola y le dice que va a disparar si no vuelve enseguida –pero Patrice ha cogido ya dos cartuchos que ha introducido en el doble cañón y alzado este hasta oír

Clic...

La báscula cerrada y entonces Marion se aparta y sale disparada hacia la puerta donde Bègue...

El segundo disparo, casi a quemarropa.

Christophe recibe la descarga a menos de dos metros –en pleno pecho, el cuerpo despedido va a desplomarse contra la pared del salón, grandes salpicaduras de sangre y el cuerpo que se desmorona–. Patrice no se da cuenta de nada, la deflagración le ha atolondrado ensordeciéndolo, nunca había oído hasta ahora un disparo de escopeta en una habitación cerrada, solo en los bosques y en el campo, y aunque conocía perfectamente la fuerza de la deflagración, se da cuenta de que ignoraba su violencia sonora, aunque no se deja aturdir demasiado rato, pues la ira le ha subido un grado más, esa ira que no hace sino crecer, ocupar todo el espacio de la frustración y las tensiones acumuladas desde hace horas, y sin embargo, aun temblando debe permanecer tranquilo, actuar como lo hace durante la caza –método, dominio, aliento para canalizar las emociones y para que todo ello se plasme en el momento preciso de apretar el gatillo, en un gesto que sepa aunar la arbitrariedad, el resentimiento del momento en que debe disparar y la precisión del disparo.

447

Coge tres cartuchos, carga uno en el cañón vacío y se mete los otros dos en el bolsillo trasero de los vaqueros y, sin darse prisa, vuelve al comedor, con sus grandes zancadas, su cuerpo enorme que de pronto parece ligero y rapidísimo –apenas ve a las dos chicas acurrucadas contra la pared casi bajo la escalera y que siguen paralizadas, cuando ve, ahora, junto a la puertaventana, a Marion y a Bègue que están y están el uno frente al otro y él que la amenaza y la mantiene encañonada –ella ha dejado de gritar pues ahora Bègue la amenaza con la pistola y ella sabe que va a disparar, que se muere de ganas, que las ganas le retuercen el semblante y le estampan en la cara una suerte de mueca dolorosa y vana en el momento en que ve aparecer a Patrice, y de inmediato vuelve el brazo y apunta a Patrice.

El tercer disparo que yerra totalmente el blanco, que Patrice duda en replicar debido a la presencia de Marion, esa duda de un segundo que el otro no tiene, Bègue...
El cuarto disparo que resuena tan fuerte y haría estallar los tímpanos y el olor a pólvora en el espacio tan reducido del comedor, y ese zumbido que se instala, silba y transforma el espacio en torno a ellos.

46

El cuarto tiro lo dispara, pues, Bègue, que esta vez da en el
blanco: Patrice se sujeta el balazo en el hombro del brazo herido
–suelta la escopeta y un grito de dolor con una voz que él mismo
no se conoce, que no se ha oído nunca–, y enseguida la sangre se
extiende por el cuello, junto a la oreja. Cree que está afectada la
mandíbula, que acaban de arrancarle la cara pues el dolor es tan
ardiente que inunda toda la parte superior del cuerpo. Patrice cae,
Marion grita –grita y su reacción no es correr hacia Patrice, pues
sabe que si corre Bègue la matará, sí, lo sabe, sin tener que pensárselo lo sabe, antes que la ira y la cólera, que el deseo de masa-
crarlo porque le ha disparado a Patrice, porque ha matado a
Christine o por ser hermano de Denis, sobre todo porque sabe
que si no hace nada o si corre hacia Patrice, la matará, por eso se
arroja sobre Bègue y le muerde hasta la sangre la muñeca de la
mano con la que sostiene la pistola, lo más fuerte que puede, y el
grito de él, su mano que se abre, la pistola que cae, ella que la
manda de una patada al otro lado de la mesa,
 Zorra,
 junto a las dos chicas que ven el arma pero
 No eres más que una zorra,
 dudan en cogerla, no saben,
 Zorra,

Marion no escucha, lucha –hasta el final lucha, incluso cuando Bègue saca la navaja y la hoja restalla ante ella, no le da tiempo de verlo no sabe lo que pasa, ese cuerpo a cuerpo tan rápido, él que se arroja contra ella y siente la hoja que desgarra la tela y le perfora el vientre, en qué lugar, lo que la desgarra, le quema, le corta la respiración y todo su cuerpo se contrae pero ella lucha, le empuja con los dos brazos, con una fuerza que ignora poseer, le empuja tan fuerte que Bègue se queda también sorprendido, desequilibrado y arrojado contra la pared, esta vez lo bastante aislado para que...

Muy pronto. Otro tiro –el quinto. El quinto va a sonar. Luego el sexto. Todo va muy deprisa, porque Patrice ha vuelto a coger la escopeta y tira como puede, pese al dolor, la vista que se le nubla, el quinto tiro no da en el blanco y el cartucho se pierde en la pared por encima de Bègue; Patrice se rehace, apunta y tiembla, vacila, apunta de nuevo y esta vez puede sentirse satisfecho del esfuerzo producido, y estirando todo el cuerpo cae hacia atrás, pesado, como una masa inerte, un peso muerto, y aunque no ha podido aunar la fuerza y la precisión que habría necesitado, a pesar de todo ha conseguido algo; ha disparado tan aprisa, dos veces seguidas, casi seguidas porque había comprendido que el otro había sacado la navaja y había herido a Marion, que el tiempo en que permanecería aislado contra la pared sería muy breve, Bergogne ha disparado tan aprisa que Bègue ha soltado un grito que ha cubierto el de Marion, Marion, Bègue, su grito y su sangre encima del muslo, el dolor del disparo que le ha triturado una parte del muslo, hunde las manos en su sangre y los ojos abiertos de par en par, bañados en lágrimas, tiembla, se desploma, incrédulo, balbuceando algo, suplicando algo, los ojos enturbiados por las lágrimas que preguntan a Marion no sabe qué, si quiere pedirle perdón o por qué le han disparado, o para decirle que no lo entiende y que lo que lo aterroriza ahora es la

450

idea de que acaben con él, el miedo a que le asesten un último golpe, sin piedad, ofreciéndole una noche sin fin con desdén y desprecio por su vida, su vida de pánico y de sumisión, y se desploma como si fuese su vida la que pesaba demasiado en el cuerpo, la que se viene abajo y cae, su vida adosada a la pared, un crío de diez años que deja a Marion y a Patrice durante un segundo sin reacción, o tal vez una reacción de asco o de piedad.

Marion lo deja llorar, no siente la herida en el vientre, piensa en Ida y corre como puede hacia Patrice, sorprendida al descubrir que tiene que inclinarse para avanzar, pero avanza, se dirige a Patrice, arrimado también a una pared, pero en el otro extremo de la estancia, en la esquina del salón. Tiene las piernas estiradas, dos cartuchos en la mano, y la escopeta al lado. Le cuesta respirar, le da miedo desvanecerse; se le mezcla el sudor con la sangre, Marion camina hacia él, le gustaría ayudarle y grita a Nathalie,

Chicas, Nathalie, Lydie, chicas,

y él no sabe si es verdad,

Patrice,

lo que oye cuando siente las manos en su cara, la voz de su mujer,

Amor mío,

¿es el calor de sus manos lo que siente en las mejillas, es ella la que acaba de posar sus labios en los suyos diciéndole que le quiere y él quien se pregunta si no está loco o ya muerto, pese al dolor y el ardor en el brazo?

Y ahora, ahora falta ese otro disparo –el último.

Marion coge la escopeta. Marion coge los cartuchos de la mano de Patrice y él se pregunta qué va a hacer –esa mirada tan resuelta de Marion cogiendo la escopeta. Porque sabe utilizarla, él no lo ignora; recuerda su sorpresa cuando se conocieron, cuando la llevó a cazar, más bien buena cazadora y ella disparó y dio en el blanco varias veces, con la paciencia que se requería para ello –pero la cuadrilla de amigos y los vasos de vino caliente en los techos de los coches, los chalecos naranja sobre el gris verdoso de los follajes y de las hierbas altas en los campos, las bromas procaces y las pullas facilonas, las conversaciones tediosas sobre asuntos de los que no sabía nada o que le importaban un pito, sí, se dio perfecta cuenta de que su puesto no estaba allí. Era algo que había aprendido de muy joven, saber dónde y cuándo no estás en tu sitio. Para una chica, es el tipo de cosas que vale más saber pronto, sobre todo si tu madre no cuida de ti y no tienes padre, si te pasas el día en casa de las amigas y flirteas pronto con el robo y el sexo, cuando tan solo una vieja amiga de tu madre te ha tomado afecto y te acoge de vez en cuando porque no le das demasiado asco con tus olores de okupa, tus piercings y tus dos perros chungos que dejarás en la protectora porque están tan colgados como tu; te gustaría ser capaz algún día de decirles a todas las damiselas respetables con las que te cruzas, que tú nunca estarás en tu sitio, y que lo que te haría falta es un tipo bien gordo confortable como un peluche que te oculte en su casa, sin reparar en que podrías acabar queriéndolo de verdad; porque ahora Marion debe cesar el combate contra sí misma; ahora comprende que ese sitio que le ofreció nunca supo aceptarlo del todo, que le resultó difícil adoptar ese sitio, pues ha de reconocer que nunca quiso querer a ese hombre gordo confortable y acogedor que no respondía en nada a lo que creía poder o deber esperar de un hombre, únicamente porque había sido incapaz de imaginar que pudiese quererlo de verdad, que *ella* pudiese hacerle un sitio, e incapaz de pensar que un hombre que podía amarla fuese tan amable porque era capaz de amarla, y no, como ella había creído, como había luchado contra sí misma para creerlo: odioso o despreciable por el hecho de amarla, como si amarla a ella implicase ya merecer su desprecio o su indiferencia.

Ahora no sabe lo que le hace más daño, esa caída en la escalera por culpa de Denis, ese navajazo en el vientre, o ese calor que asciende en ella, un embotamiento, los sonidos que se apagan o se alejan o se dilatan, o si es el ver todo lo que ha perdido de su marido negándole el amor que él le ofrecía –todo porque había conocido tan poco el amor que la asustaba y repelía cuando se le presentaba–, al igual que el propio Patrice, ahora que la ve marcharse de la casa con la escopeta, se pregunta si no debería gritarle que se quede, si no debería suplicarle que se quede; sabe lo que Marion quiere hacer, debe hacerlo si quiere acabar de una vez por todas con estas historias a las que nunca tendrá acceso más que por la presencia de Ida, porque Ida es una pura presencia en la que cohabitan mundos que se ignoran y se rechazan, bloques del pasado y zonas de futuro en las que Patrice ni siquiera se ve, pues no está seguro de nada, pero seguro, a pesar de todo –cuando ve a las dos colegas de Marion acercarse hacia él, cuando una llama a la gendarmería y la otra a los bomberos– de que esta noche algo se acaba, que no afecta solo a Marion y su pasado, sino que le afecta también a él. Y ahora, al repasar este día, mientras piensa en su mano afeitándose esa barba que no le sentaba bien –el afán, ese hermoso afán de complacerla– le gustaría decirle a Marion,

Ten, había olvidado tu regalo en la cocina,

decirle,

Sabes, me siento tan solo a veces,

decirle,

Soy un tipo viejo que se va de putas, en la ciudad, porque tiene la suerte de ir a la ciudad. Y su miseria sexual lo avergüenza quizá, pero sabe la violencia que lo devasta y que sería mucho peor que no existiera, de cuando en cuando, el revulsivo del sexo y de la caza para convencerse de que la vida puede seguir así sin mandar nada a la mierda –mandarse uno a la mierda, su vida, un balazo en la cabeza como hizo un viejo amigo que curraba en la fábrica– pues sí, como se oculta a sí mismo las ganas de pegarse un tiro en la cabeza todos los días –y no solo porque su trabajo

453

sea difícil– le gustaría decirle que todos los días Ida y ella le salvan la vida, sin que ellas lo sepan. Y todo lo que quiere preservar aun en el silencio de su soledad, de su dolor de vivirla, su trabajo que siempre ha amado apasionadamente, y su caserío y sus animales y por supuesto las tres chicas solas de su casa, tres chicas y tres edades como tanto amor de mujeres para un hombre tan solo, como él, sí, Christine, Marion e Ida –Ida por encima de todo. Le gustaría decirle todo eso, Se lo dice a sí mismo, y así está bien.

Porque Marion se ha marchado.

Marion avanza con la escopeta y tiene que detenerse enseguida, le duele la herida, cada vez más. Se la tapa con la mano, que se llena muy pronto de sangre –conoce la sangre, nunca le ha dado miedo, no son momentos para nimiedades–. Así pues, avanza y entra en casa de Christine, no presta atención a la cocina, lo primero es encontrar a su vecina, está segura de que va a encontrársela muerta en alguna parte del taller, o más arriba, en su habitación. Pero cuando llega al taller y ve las manchas de sangre, no comprende lo que sucede. Se le pasa por la cabeza que a lo mejor no han matado a Christine, ella no ha –y por qué vuelve a la cocina, por qué tiene que volver ahí, o es que al final ese detalle se ha abierto paso en su mente: el cajón abierto, el mueble con el cajón abierto, sí, por qué de repente se dice que ahí está lo extraño, no piensa en Christine ni en Ida, se pregunta dónde está el cabrón de Denis, se dice que no ha podido alcanzar a Ida pero sabe que estará en alguna parte, sabe que volverá, no va a quedarse sin hacer nada, y sin embargo se encuentra ante el cajón abierto y ve que la caja del Samsung no está del todo en su sitio, que alguien ha abierto la caja y de repente se precipita, deja caer la escopeta a sus pies, el impacto contra el embaldosado, que no oye, no oye nada, no ve más que la caja del teléfono que abre y joder la llave de la casa de al lado no está y comprende que Ida no ha ido muy lejos, que no ha hecho caso, que no ha huido por la carretera, sino que ha ido a ocultarse en la casa en venta –no puede contener un grito, y si Denis la ha seguido, si Denis la ha visto, dónde está, se pregunta dónde puede estar si ha desaparecido totalmente. Marion se dice que tiene que pararlo, sin reparar en que él, desde donde está, ve quién entra y quién sale tanto de la casa de Marion como de la de Christine.

La primera reacción de Denis había sido ir a buscar a Ida no a casa de la vecina, sino al establo. Allí, tan solo se había topado con el cadáver aún no del todo frío del pastor alemán. Sí, su rabia. Propina una patada rabiosa al cadáver, con toda su fuerza golpea el cuerpo del perro muerto; este salta y aterriza cayendo con un ruido sordo. Denis –el amable Denis como lo llamaban de pequeño, porque todo el mundo pensaba que Denis era un nombre que solo podían ostentar chicos amables, toda aquella amabilidad que había acabado simulando durante la infancia, remedado durante la adolescencia, y en la que no había acabado escupiendo en su vida adulta–, como si no tuviese otra cuenta que saldar que la de la supuesta amabilidad a la que su nombre debía obligarle, no, eso, ahora, se ha acabado.

Sale del establo tras haber comprobado que Ida no está ahí, y de repente, en el patio, cobra conciencia de que ha dejado su arma a Bègue. No le gusta no tener arma, quiere un arma. Ha oído disparos y no sabe qué ha ocurrido. Al atravesar el patio, lo primero que piensa es encaminarse hacia su coche y coger el sacaclavos que había metido en el maletero; ahora va armado y se siente preparado, en la oscuridad, cuando ve a Marion saliendo de casa de Christine –sí, es ella con una escopeta en las manos. Se mueve extrañamente inclinada, casi doblada. Se dice que está herida y, en vez de correr hacia ella, la deja seguir preguntándose a dónde va; y comprende a dónde lo lleva. Se da cuenta de que está lesionada, y se acerca lentamente a casa de Christine; no entra, mira por la puerta de la cocina y al entrar finalmente y hacer el mismo trayecto que Marion y que Ida, ve las huellas de sangre y el desorden de la casa. No oye nada, ningún ruido, sin tratar de investigar vuelve sobre sus pasos. En el suelo de la cocina, hay manchas de sangre, gotas que son recientes, todas ellas recientes. Las sigue y no puede evitar sonreír. Comprende, sí, sale de la casa y ve gotas en el rellano, más gotas que se hunden en la noche. Denis coge el móvil y enciende la linterna; la luz proyecta en el suelo su blancura espectral, el halo que acentúa las irregularidades marcando las sombras en el suelo –los agujeros, los bultos, las piedras que sobresalen, el cemento resquebrajado, las matas de hierba– y la sangre, las gotas de sangre que trazan como una línea hacia la casa vacía que se yergue muy pronto ante él.

Tiene que empujar la puerta, lo que no requiere un gran esfuerzo porque no está cerrada del todo. Proyecta la luz blanca sobre el pomo de la puerta –más sangre, la misma sangre en el pomo, toca la sangre con los dedos y se detiene para lamerlos.

Mi pequeña Marion, creo que esto pinta mal, pinta mal, ¿sabes, golfilla mía?

y en la casa la linterna de su teléfono sigue salpicando el suelo con su luz fría y blanca, y continúa siguiendo el mismo hilo de sangre, las gotas le parecen más grandes, o el derrame se produce de manera más continua, puede ser, no lo sabe. Anda simplemente siguiendo el camino que el rastro le indica y, como debe ser, piensa en Garbancito,

¿Marion? ¿Qué te pasa, Marion?

y no dice nada, continúa avanzando. Da unos pasos en la entrada, en el comedor, y se detiene. Con un movimiento de muñeca desplaza la luz de su linterna y sigue la línea de las gotas de sangre. Ve que suben a la planta de arriba, avanza despacio, receloso –Marion lleva una escopeta–, tan tonto no es, no se dejará pillar así como así. Es consciente de que lo espera ahí arriba, puede que se esté preparando para atacarlo, aunque sabe que está con Ida. Así que avanza muy lentamente y apaga la linterna del móvil –se ase a la barandilla de la escalera con una mano, y, con la otra, sostiene firmemente el sacaclavos. Comienza a subir los escalones –muy lentamente–, avanza haciendo el menor ruido posible, y por eso Marion e Ida se sobresaltan cuando lo oyen —su voz que asciende hasta ellas y que adopta un tono demasiado pausado, comedido.

¿Marion? ¿Marion? ¿Por qué te marchaste? ¿Por qué privaste a mi hija de su padre? ¿Crees que hay derecho a hacer eso? ¿Crees que se puede hacer eso? No, Marion, no se puede hacer eso, ni siquiera tú puedes.

Y, en la habitación, Marion e Ida están apretadas la una a la otra. Marion ha tapado la boca a Ida para amordazarla, no hay que hacer ruido —ni el menor ruido, sabe que su propio aliento es demasiado pesado—, ahora quiere coger la escopeta, pero para eso ha de despegarse de su hija —ha de coger la escopeta —voy a coger la escopeta y hace una señal a Ida indicándole que se calle —el índice sobre la boca— coge la escopeta...

¿Marion? ¿Por qué no le has dicho nada a Ida? Podías haberle dicho que ese viejo querindongo no era su padre, ¿no? ¿Ida? ¿Me oyes? Soy tu papá, Ida. Tu papá soy yo.

Y la voz es cada vez más suave y lenta al tiempo que se acerca, se hace más precisa; Marion hace todo lo posible para concentrarse y coge los cartuchos del bolsillo. Sabe hacerlo —quita el seguro; aprieta el cerrojo que hace oscilar el doble cañón; controla mal el gesto y el extremo del cañón toca con un golpe seco el suelo—, Ida se suelta de su madre; Marion que lo para todo; no se mueve, siente el calor que asciende en ella y le quema el cerebro, le nubla la vista —la respiración— se recupera y deja caer los dos cartuchos vacíos

Ploc, ploc...

En el suelo.

Sé que me esperas, Ida, sabes, me habría gustado que nos fuéramos los tres de viaje, pero ya ves, tu madre prefiere que nos vayamos los dos, tu madre prefiere quedarse aquí, ¿comprendes?

Y al poco tiene que aminorar el paso porque va a llegar al umbral. Intenta comprender cómo está distribuida la planta de arriba —enseguida ve lo suficiente para comprender y ver las

457

puertas–, ve muy pronto la que está abierta e intuye que están ahí. Lo siente, lo sabe. Percibe nítidamente el llanto de Ida y el terror se esparce en vibraciones por todo el cuerpo de la chiquilla, y él no puede evitar sonreír, y, entretanto, oye a Marion, a Marion que lanza una suerte de estertor animal, sus dedos temblorosos dejan escurrirse los cartuchos que caen, ruedan por el suelo, se inclina para recogerlos, una fuerte punzada en el vientre, pero alarga la mano, los atrapa, los coge, los dedos se cierran encima. Se las ve negras para sostener la escopeta, tiene frío, luego demasiado calor, por fin coloca los cartuchos –uno tras otro, las manos temblorosas, los dedos que buscan, lo consiguen a costa de un inmenso esfuerzo y, cuando alza el cañón y cierra la báscula oyendo el clic que confirma que la escopeta está lista, es ella la que se desploma, la que no puede más, y, en el pasillo, los pasos de Denis comienzan a oírse más nítidamente. Ida llora, sacude a su madre que el cielo de la noche viene a iluminar con manchas grises y plateadas con una luz como negativa e Ida...

¿Ida? Soy tu papá. ¿Ida?

Fuera, las sirenas de los coches de la gendarmería y los bomberos y la voz,

¿Ida?

Ida que oye la voz tan cercana, y las sirenas de los bomberos y la gendarmería mientras se dibuja una silueta en el umbral de la puerta, Denis que entra en la estancia y que ve, bajo el marco de la ventana, el cuerpo casi inanimado de Marion, su respiración ronca, pesada, su pecho que se alza, sus manos que intentan atrapar algo y, tras ella, de pie, los ojos de Ida y la locura de Ida de mirada fija, el tiempo de un respiro, un estallido, sin que Denis tenga tiempo de hacer nada, la chiquilla erguida; Ida que aprieta el gatillo y deja explotar el disparo con un estrépito que hace crujir las paredes de la vieja casa, un estrépito de piedras y un olor a azufre que va a propagarse por encima de las granjas y los campos, hasta el río y la nacional, desde donde podría verse el caserío de las Tres Chicas Solas, por poco que se decida prestarle atención.